Anders Roslund
Engelsgabe

ANDERS
ROSLUND

ENGELSGABE

KRIMINALROMAN

Aus dem Schwedischen
von Ulla Ackermann

Ullstein

Besuchen Sie uns im Internet:
www.ullstein.de

Wir verpflichten uns zu Nachhaltigkeit
- Klimaneutrales Produkt
- Papiere aus nachhaltiger Waldwirtschaft und anderen kontrollierten Quellen
- ullstein.de/nachhaltigkeit

MIX
Papier
FSC FSC® C083411

Deutsche Erstausgabe im Ullstein Paperback
1. Auflage Juli 2023

Published by agreement with Salomonsson Agency
Die schwedische Originalausgabe erschien 2021 unter dem Titel *Litapåmig*
bei Albert Bonniers Förlag, Stockholm.
Satz: Pinkuin Satz und Datentechnik, Berlin
Gesetzt aus der Adobe Caslon Pro
Druck und Bindearbeiten: CPI books GmbH, Leck
ISBN 978-3-86493-204-5

Das Licht, das ihre Augen sucht, ist grell, und womöglich blinzelt sie ein wenig. Ihre Beine sind ausgestreckt, ihre Arme liegen locker an den Seiten, und ihre Füße und Schultern haben ausreichend Platz. Sie friert nicht. Das Laken ist hübsch, aus Baumwolle gewebt und dicker, als es den Anschein hat, es ist eins dieser Laken, die man spürt, ohne dass sie beschweren, die umfangen, ohne zu scheuern. Sie ist nackt, blass, beinahe winterblass, obwohl Sommer ist, weiche Haut, die kaum Sonne gesehen hat – die Gewohnheiten sind verschieden, manche Menschen meiden die Sonne, tragen weite Hosen und luftige Oberteile, vielleicht ist sie eine von denen.

In der Ferne wird eine Tür geöffnet.

Sie knarrt ein bisschen, quietscht leise und metallisch, Schritte nähern sich, flache Schuhe mit harten Absätzen treffen auf den Boden, dünnes Linoleum auf festem Beton, so ein Fußboden ist es.

Vermutlich hört sie ihn nicht.

Sie hätte den Kopf ein kleines Stück zur Seite drehen, sich zögernd jemandem zuwenden sollen, den sie nicht erkennt.

Etwa einen Meter entfernt von ihr bleibt er stehen. Die Frau ist jung, hübsch. Ihr langes, dunkles Haar ist an den Spitzen leicht gelockt. Sie wirkt zerbrechlich, zartgliedrig, Arme, die nicht viel gehoben haben, Beine und Waden, die nicht viel gelaufen sind.

Sie rührt sich nicht, begegnet nicht seinem Blick. Er beugt sich dichter heran, und vielleicht erahnt sie den Geruch eines Mannes mittleren Alters, Schweiß, als ob irgendetwas nicht stimmt, warme Atemzüge, die nach einer halben Zigarette und einer Tasse schwarzem Kaffee riechen.

Sie sieht aus wie die anderen. Irgendwie ähneln sie einander immer. Besonders die Augen und der Mund. Ob sie jemals gelacht hat? Vielleicht. Er würde gerne wissen, wie es klang, wenn sie glücklich war.

Er beugt sich etwas weiter vor, legt die Hand auf ihre bloße Schulter, sein Atem streift ihre Wange. Sein Blick wandert umher, verharrt auf dem Stahltisch in der Mitte des Raums.

Er versteht es nicht.

Die Nieren wurden post mortem entnommen – keine Gefäßligaturen, kein Blutstau im Unterleib.

Auch das Herz wurde nach dem Tod entnommen.

Ebenso wie die Leber.

Die Bauchspeicheldrüse.

Die Lungen.

Die Augenhornhäute.

Das Knochenmark.

Sogar die Hypophyse.

Nur die Eierstöcke. Die Eierstöcke hat man aus ihr herausgenommen, als sie noch lebte.

Das erkennt er an der fast verheilten Narbe.

Dass einem Menschen Nieren, Lungen und Bauchspeicheldrüse entnommen werden, versteht er.

Aber die Eierstöcke?

Dafür zahlt niemand Geld.

Fünfzehn Tage zuvor

Teil 1

Vilnius

Sie liebte es, im Gehen zu den zarten Wolken am Himmel hinaufzuschauen, langsame, fast zögerliche Schritte am Ufer der Vilnia entlang zu machen. Das Frühstückscafé, das schon bei Sonnenaufgang öffnete, lag hinter ihr, ebenso wie der stillgelegte alte Turm und das Schulgebäude, das seine Mauern einzuziehen schien, um in die Lücke zwischen Fabrik und Tankstelle hineinzupassen, und sie näherte sich der Brücke, die die Kalvarijų gatvė in einen fünfspurigen geraden Arm verwandelte, ausgestreckt zur Hauptverkehrsschlagader der Stadt. Sie war spät dran, ein Morgen mit zu vielen Gedanken, und hastete auf das schäbige vierstöckige Backsteingebäude mit einer Eingangstür aus schwerem Eisen zu.

Alena Sljusareva trug eine Papiertüte mit dem zapfenförmigen Gebäck bei sich, das sie immer in der kleinen Bäckerei an der Ecke kaufte, bei der alten Dame, die so freundlich lächelte und sich jedes Mal erkundigte, wie es ihr gehe, während der Teig am Spieß über dem Feuer drehte, so lange, bis er wie früher schmeckte, als die Tage unbeschwert und endlos gewesen waren.

Sie saßen schon da, als sie die Tür öffnete und die Räumlichkeiten betrat, stumm auf dem geblümten Besuchersofa. So schmächtig, so verunsichert, als ihre Blicke sich ihr zuwandten.

Zwillinge. Exakte Repliken. Spiegelbilder voneinander.

Ihr seid die Letzten. Nie wieder.

Alena maß Pulver und Wasser in die Kaffeemaschine, zerteilte das trockene Gebäck, legte die bröseligen Stücke auf ein Serviertablett und stellte es in die Mitte des Couchtisches.

Dem Mann war sie schon begegnet, sie schätzte ihn auf Anfang, Mitte vierzig. Seine spröden, schwulstigen Lippen umgab ein ungepflegter Bart, und er fläzte sich lässig in einem der Sessel, während die beiden Frauen geradeaus starrten und unbewusst die Schultern strafften.

»Greift zu. Šakotis. Nicht zu süß. Der beste der Stadt.«

Auffordernd schob Alena das Tablett zu ihnen hin. Die beiden jungen Frauen blickten zu dem Mann, bis dieser nickte und sie ein Stück nahmen. Gleichzeitig.

»Und dann müsst ihr euch ausziehen.«

Die beiden jungen Frauen sahen sie an, hörten, was sie sagte, doch sie rührten sich nicht.

»Wenn ihr aufgegessen habt.«

Der Mann lehnte den litauischen Baumkuchen ab, nestelte stattdessen eine Schachtel Zigaretten aus seinem Sakko hervor, schüttelte eine heraus und steckte sie an.

Alena seufzte.

»Dies ist – wie wir beide wissen – eine Arztpraxis.«

Er grinste sie an und inhalierte den ersten Zug. Beim zweiten grinste er wieder und blies den Rauch aus, der zwischen ihnen eine diffuse, stinkende Wolke formte. Bis Alena aufstand, dem Mann hart ins Gesicht schlug, ihm die Zigarette aus dem Mund riss und sie auf seinem Oberschenkel ausdrückte.

Macht.

Die verteilt werden musste, jedes Mal.

»Und ihr beiden – damit ich euch helfen kann, *müsst ihr euch ausziehen*.«

Wie säuberlich sie ihre Kleidung zusammenlegten, gleichzeitig und auf die gleiche Weise. Zwei ordentliche, vollkommen identische Kleiderstapel. Es war Sommer, Juni, aber drinnen war es kälter als draußen. In den Häusern längs des großen Flusses lag permanent Feuchtigkeit in der Luft, und die beiden froren, bloße Haut, auf der sich Gänsehaut ausbreitete. Sie rückten näher zueinander, wirkten kleiner.

Alena stand auf, bedeutete ihnen, sich vor sie hinzustellen, während sie im Kreis um sie herumging und sie musterte. Die beiden versuchten stillzustehen, Alena sah, dass sie sich Mühe gaben, aber nackte Füße auf Steinfußboden und ungeschützte Körper sehnten sich fort. Ihre Blicke suchten das Fenster, flüchteten, und Alena floh mit ihnen – ein Ausflugsboot, das hinaus in die Flussmitte glitt, ein Vogelschwarm, der sich am Ufer niederließ, und eine Sonne, die die Konturen verwischte, als sie alles in gleißendes Licht tauchte. Alena riss das Fenster weit auf und ließ frische Luft herein, wollte die Feuchtigkeit vertreiben, ein Innenraum sollte nicht kalt sein, wenn draußen Sommer war.

Schmächtige Schultern und Hüften unter ihren Händen, Wangen, so zart, wie sie auch aussahen. So hatte sie selbst einmal dagestanden. Alena fuhr ihnen mit den Fingern durch die Haare, lange glänzende Strähnen, strich über weiche Hälse und runde Kinnpartien, teilte rot geschminkte Lippen und entblößte gesunde weiße Zähne.

»Zweiundzwanzig?«

Alena wandte sich an den Mann im Sessel.

»Ja. Zweiundzwanzig.«

Sie schüttelte den Kopf.

»Nein.«

Sein Blick flackerte, nicht stark, aber deutlich genug, er hoffte wohl, dass es nicht auffiel.

»Einundzwanzig.«

»Wohl eher zwanzig?«

»Ja.«

»Ja?«

»Ja. Neunzehn.«

Sie streichelte ihre Wangen, diesmal mit dem Handrücken.

»Wie alt seid ihr?«

Die jungen Frauen suchten den Blick ihres Begleiters, wollten die richtige Antwort geben.

»Ich habe *euch* gefragt. Ich will, dass *ihr* antwortet.«

Geschminkte Augen senkten sich.

»Wie alt?«

Sie hob die Stimme.

»*Wie alt seid ihr?*«

»Achtzehn.«

»Achtzehn?«

»Bald.«

Alena ging mit ihnen in den angrenzenden Raum zu dem Schreibtisch, der eine komplette Ecke einnahm und an dem ein älterer Mann bisher schweigend dagesessen hatte, in einem weißen Kittel und mit einem Stethoskop um den Hals. Jetzt war er an der Reihe. Die jungen Frauen atmeten tief ein, während der Arzt ihr Herz und ihre Lungen abhörte, lagen auf dem Rücken, als er zwei Fingerspitzen auf ihre Fußrücken legte und eine normale Pulsfrequenz attestierte.

»Streckt bitte euren linken Arm aus.«

Er griff nach einem hellen Holzlineal, legte es jeweils an zwei rote Punkte an der Innenseite ihrer Unterarme.

»Beim Tuberkulin-Test habt ihr einen kleinen Piks gespürt, erinnert ihr euch?«

Sie seufzten, gleichzeitig.

»Heute spürt ihr nichts. Ich messe bloß die Punkte. Seht ihr?«

Der Arzt murmelte vor sich hin, notierte irgendwas, blickte Alena an.

»Das sieht gut aus. Genau wie die Proben neulich.«

Alena hatte den älteren Mann nie leiden können.

»Sind Sie sicher?«, fragte sie.

»Ja.«

Sie erinnerte sich daran, wie er ihren Körper berührt hatte.

Am deutlichsten erinnerte sie sich an das letzte Mal, als er das Leben aus ihr herausgenommen hatte.

»Nichts?«

»Keine Infektionen, die Blutzuckerwerte sind normal. Kein Hepatitis-Befund, keine venösen Erkrankungen, kein Eiweiß im Urin. HIV-Test negativ. Der Tuberkulin-Test und die Röntgenbilder der Lunge zeigen keine Auffälligkeiten – kein TBC.«

»Die Exit-Patientenverfügungen?«

»Liegen hier auf dem Schreibtisch. Beglaubigt und fertig. Meine Zusammenfassung inklusive einer vollständigen Anamnese und der Bestätigung, dass die beiden über Konsequenzen und Risiken aufgeklärt worden sind. Ich bezeuge ihre ausdrückliche Bereitschaft, ihren ausdrücklichen Willen zur Organspende und erwähne ihre Verwandtschaft zu einer möglichen Empfängerin – eine Cousine, das schreiben wir meistens. Die Auswertungen eines Kreatinin- und Cystatin-C-Tests sind beigefügt. Die GFR-Werte sind top. Nur die Datumszeile habe ich freigelassen. Ihr legt ja Wert darauf, einige Jahre verstreichen zu lassen und das Datum selbst einzutragen, wenn es so weit ist.«

Der Arzt sank auf seinen Schreibtischstuhl, während zwei junge Körper nackt in der Mitte des Raums warteten, exakt dort, wo das Licht der Leuchtstoffröhre am unbarmherzigsten auf bleiche Haut traf.

Alena gab sich Mühe, die beiden anzulächeln. Sie zitterten immer stärker.

»Ihr könnt euch anziehen und euch wieder auf das geblümte Sofa setzen.«

Sie wartete, bis die drei Besucher das Zimmer des Arztes verlassen hatten, dann trat sie an das geöffnete Fenster und suchte eine Weile nach der Sonne, die hinter Wolken verschwunden war. Sie nahm ihr Handy aus der Tasche und wählte die Nummer, die sie auswendig kannte. Mit der Stimme am anderen Ende sprach sie Englisch, mit ein paar schwedischen und litauischen Wörtern dazwischen, wenn es nicht anders ging.

»Keine Krankheiten.«

Die Stimme wollte mehr.

»Gute Haarqualität, gesunde Zähne.«

Das wollte sie immer, mehr haben.

»Kleine Brüste, helles Schamhaar, Beine ohne sichtbare Muskulatur.«

Alena blickte in den Vorraum, zu den Kaffeetassen, die halb leer waren, und den Baumkuchenresten, die schon summende Fliegen anlockten – sie ähnelten der Stimme, die keine Ruhe gab.

»Und?«

»Die Exit-Patientenverfügungen sind perfekt.«

»Blut?«

»Auch perfekt.«

»Heißt?«

»Blutgruppe Null. Mit so gut wie jedem Empfänger kompatibel. Größte Nachfrage, längste Wartezeiten. Für beide lassen sich leicht geeignete Empfänger finden.«

Die Stimme, die sie hasste, war endlich zufrieden.

Alena legte auf, als die Wolken am Himmel auseinanderdrifteten und sie Wärme auf dem Gesicht spürte.

Sie musste dorthin, in Kürze, fort von all dem hier.

»Ihr seid für heute fertig.«

Die beiden Spiegelbilder hatten wie befohlen auf dem Sofa gewartet und konnten nicht mehr dichter zueinanderrücken, sie saßen fast aufeinander.

»Fertig?«

»Versprochen. Ihr müsst nicht mehr frieren. Morgen reisen wir ab.«

»Sind wir …«

Sie schauten ihren Begleiter an.

»… fertig, *Tētis*? Wirklich fertig?«

Er nickte.

»Ja. *Ihr* seid fertig. Aber ich nicht.«

Er grinste Alena auf dieselbe überhebliche Art an wie eben, als er sich die Zigarette angesteckt und ihr den Rauch ins Gesicht geblasen hatte.

»Oder irre ich mich?«

Alena erwiderte seinen Blick so lange, bis er seinen abwandte, dann erst streckte sie ihm den prallen Umschlag hin, den sie in der Hand hielt.

»Die eine Hälfte jetzt, die andere Hälfte in Stockholm – nach Lieferung.«

Ließ ihn jedoch nicht los, als er danach griff.

»Okay?«

Er grinste immer noch.

»Okay. Noch mal so viel in Stockholm.«

Sie ließ den Umschlag los, und er knüllte ihn zusammen und stopfte ihn in die Innentasche seines nach Rauch stinkenden Sakkos.

Alena begleitete sie nach draußen, hinaus in einen leichten Wind und angenehme Wärme. Sie verabschiedeten sich, wie man sich von jemandem verabschiedet, den man nicht kennt, aber schon zu vermissen glaubt. Alena umarmte zwei schmächtige Körper, die mit ihren Gesichtern und Gesten Sicherheit vorspielten, ihre Unsicherheit dadurch aber nur umso augenscheinlicher machten.

»Ach, übrigens.«

Die zwei jungen Frauen drehten sich um, gleichzeitig.

»Ich würde gerne wissen … wer von euch ist wer?«

Sie kicherten, schüchtern.

»Vilma. Ich bin Vilma.«

»Und ich bin Zelma. Ich habe einen winzigen braunen Fleck im Gesicht ... ganz oben an der Wange.«

Im gleichen Moment, als Alena sich vorbeugte, um besser sehen zu können, beugte sich die junge Frau, die einen winzigen braunen Fleck im Gesicht hatte und Zelma hieß, ebenfalls vor und umarmte die fremde Frau, die sich die Zeit nahm zu fragen, wer sie war, ein zweites Mal.

Und flüsterte.

»Wir sehen uns heute Abend. Auf dem Schiff.«

Das letzte Mal.

Alena hatte ihren Entschluss gefasst. Nie wieder.

Ich schicke keine mehr. Nie wieder.

Dann sah sie dabei zu, wie zwei schmächtige Rücken im engen Fond eines Autos verschwanden, und dachte an eine andere sehr junge Frau, die in einem anderen Raum gestanden hatte, während andere Augen schweigend im Kreis um sie herumgewandert waren und unbekleidete Haut gemustert hatten, so wie sie vor ein paar Minuten. Alena schluckte etwas hinunter, das an Tränen erinnerte, und blickte dem Wagen nach, der einen starken Dieselgeruch hinterließ, bis er, von den müden, farblosen Häusern verdeckt, beschleunigte und seinen Weg fortsetzte, in die Ferne.

Tētis.

So hatten sie ihn genannt.

Aber Alena wusste, wie die Welt gestrickt war.

Jeder gab vor, ein anderer zu sein.

Der Mann am Steuer dieses Autos war alles andere als der Vater dieser Frauen.

Stockholm

»Ewert?«

»Ja?«

»Schieß!«

Die Füße fest auf der harten Matte. Den rechten Arm still halten, ohne ihn anzuspannen.

Einatmen, die Luft einige Sekunden in Brust und Bauch halten und – sehr langsam – ausatmen.

Das war der Moment, in dem Ewert Grens schoss.

»Darf ich …«

Der Knall verklang genauso schnell, wie er entstanden war.

»… zählen, Ewert?«

»Wenn du versprichst, nicht zu lachen.«

Hugos schmächtige zwölfjährige Schultern zogen sich zusammen, als er losspurtete, um die Zielscheibe zu kontrollieren.

Und dann. Dann lachte er.

»Sorry, Ewert.«

»Du hast es versprochen!«

Und lachte.

»Ich hab gelogen.«

Und lachte.

Bis auch Ewert Grens lachte.

Denn ein miserablerer Schütze als er war nie durch die Korridore des Polizeipräsidiums Kronoberg zum Schießstand im Keller jenes Komplexes gelaufen, der das Epizentrum des schwedischen Polizeiwesens bildete und wo die Sicherheitspolizei Tür an Tür mit Interpol und der NOA wohnte.

»Eine Zwei, Ewert! Und da bin ich schon großzügig! Eigentlich ist es eine Eins – aber wenn man *ganz, ganz* genau hinguckt, hat der Schuss die Linie zur Zwei haarscharf gestreift. Also lass uns sagen, es ist eine Zwei. Und das war bis jetzt dein bester Schuss! Hallo? Wie konntest du überhaupt Kriminalkommissar werden?«

Der runde schwarze Punkt in der Mitte der Scheibe, auf dem eine 10 stand, war unversehrt.

Ebenso wie der schmale Ring mit der Nummer 9.

Und die Ringe mit den Nummern 8 und 7 und 6 und 5 und 4 und 3.

Im Bereich der Ringe mit der Nummer 1 und der Nummer 2 dagegen sowie im Großteil der weißen Fläche jenseits des äußeren Rings war die quadratische Pappscheibe von zahlreichen Pistolenschüssen durchlöchert.

»Besonders schnell laufen kannst du auch nicht. Genauso wenig wie springen oder dich anschleichen. Was machst du hier? Was kannst du eigentlich?«

»Denken.«

Hugo wischte sich mit dem Handrücken die Lachtränen aus dem Gesicht, die ihm über die Wangen gelaufen waren, und rieb sich die Augen.

»Ja, Ewert. Denken kannst du gut, da stimme ich dir zu.«

»Ich glaube sogar, dass Denken sehr viel wichtiger sein kann als Laufen, Springen oder Schießen, wenn ein Kriminalkommissar zu verstehen versucht, warum ein Mensch einen anderen Menschen verletzt oder getötet hat. Wenn das Verbrechen geschieht, bin ich ja nicht am Tatort. Ich treffe hinterher ein und muss mir den Tathergang vor Augen führen, ihn Stück für Stück rekonstruieren, nachdem das Verbrechen verübt worden ist.«

Hugo fing wieder an zu lachen.

Ein aufrichtiges Lachen, das lauter wurde und geradewegs aus dem Herzen sprudelte.

»Trotzdem …«

Die Lachtränen kehrten zurück.

»... also, Ewert, ehrlich ...«

Hugo zog die Zielscheibe aus dem Rahmen, hielt das größtenteils unversehrte Stück Pappe hoch und schwenkte es in der Luft.

»*Was ist das hier?* Ich nehme die Scheibe mit hoch in dein Büro, ja? Und hänge sie hinter deinem Schreibtisch an die Wand.«

Sie begannen ihren üblichen Spaziergang durch die Abteilungsgebäude des Polizeipräsidiums, passierten verschlossene Glastüren, die Hugo mit der Schlüsselkarte des Kriminalkommissars öffnete, bis zur allerletzten Tür, der Tür zum Flur der Stockholmer Mordkommission und zu Ewert Grens' Büro, das dreißig Jahre zuvor zu seinem sicheren Pol geworden war, als er nicht mehr den Mut aufgebracht hatte, nach Hause zu gehen und in einer verlassenen Wohnung zu schlafen. Im Büro war es warm und stickig. Hugo ging zum Fenster, öffnete es, blieb im leichten Wind stehen und blickte hinaus in den Innenhof, wo Mitarbeiter der Polizeibehörde ihren Vormittagskaffee in strahlendem Sonnenschein tranken.

»Hast du Hunger?«

Hugo drehte sich um.

»Ja, ein bisschen, Ewert, aber ...«

»Ich meine, du warst im Hallenbad des Polizeipräsidiums schwimmen, bist mit mir runter ins Archiv gegangen, in dem lauter verstaubte Polizeiakten stehen, und hast mir im Schießstand zugeguckt, wie ich wie ein blutiger Anfänger geschossen habe, und mich ausgelacht!«

»Ja, ich habe Hunger, aber ...«

»Das Übliche? Ich glaube, der Snackautomat wurde gestern aufgefüllt, die Auswahl ist nur ein paar Schritte entfernt. ›Der kleine Supermarkt‹, wie dein jüngerer Bruder immer sagt. Ich hole das Knäckebrot-Sandwich mit Streichkäse, das du so gern isst, diese runden Kekse mit rotem Gelee und das Getränk in der quadratischen Packung, von dem ich immer vergesse, wie es heißt.«

Der Kriminalkommissar war schon auf dem Weg in den Flur, als Hugo ihn in der Tür aufhielt.

»Heute essen wir nichts aus dem Snackautomaten.«

»Nicht? Du magst das Zeug doch gerne.«

»Heute lade ich dich ein.«

Mit zufriedener Miene öffnete Hugo seinen Rucksack und förderte unter Badehose und feuchten Handtüchern drei Kunststoffboxen zutage, die er vorsichtig auf Grens' wackligem Couchtisch aufreihte.

»Setz dich, Ewert.«

Der Kriminalkommissar ließ sich mit neugierigem Gesicht auf dem durchgesessenen Cordsofa nieder.

»Heute spendiere ich unseren Mittagsimbiss. Kommt dir das hier ... bekannt vor?«

Die kleinste Kunststoffbox enthielt einen Klecks Erdbeermarmelade. Die mittlere einen größeren Klecks Preiselbeermarmelade. Und unter dem Deckel der größten Kunststoffbox kam ein Stapel Pfannkuchen zum Vorschein.

Gewaffelte Pfannkuchen.

Ewert Grens lächelte. Ein Lächeln, das sanft war und bis tief in den Bauch hinein wärmte. Ein Lächeln, für das es wert war zu leben.

»Ja, und ob mir das bekannt vorkommt.«

Damals war er zum ersten Mal allein mit Piet Hoffmanns Söhnen gewesen. Er, der noch nie ein vernünftiges Gespräch mit einem Kind geführt hatte. Panisch. Unbeholfen. So war er sich vorgekommen. Bis die beiden Jungen ein Waffeleisen aus dem Küchenschrank gekramt hatten, weil gemeinsam Pfannkuchen zu backen ohne Frage die beste Art ist, einander kennenzulernen.

Unter feuchten Handtüchern verbargen sich noch weitere Dinge in den Tiefen von Hugos Rucksack. Er kramte Pappteller und Plastikbesteck hervor.

»Probier mal, Ewert.«

Hugo nahm den obersten Pfannkuchen, platzierte ihn auf seinem Teller, bestrich ihn mit Erdbeermarmelade, nahm den zweiten, legte ihn auf Grens' Teller und bedeckte ihn mit einem See aus Preiselbeermarmelade.

»Mehl, Eier, Milch, Butter und Salz. Und im Waffeleisen gebacken. Genau wie an dem Tag, als wir uns kennengelernt haben.«

Damals hatte Grens verständnislos auf das Waffeleisen geblickt und nicht gewusst, was er sagen sollte.

»Also … ich glaube nicht, dass man damit Pfannkuchen machen kann.«

»Doch, das geht. Siehst du, Ewert? Wir füllen den Teig hier rein, und …«

Hugos jüngerer Bruder hatte das Waffeleisen voller Überzeugung immer wieder auf- und zugeklappt, auf und zu, wie einen großen Mund.

»Dann klappen wir es zu, lassen das Gerät schlucken, warten ein bisschen, und – simsalabim – fertig sind gewaffelte *Pfannkuchen.«*

Sie tauschten einen Blick, dachten an ihre erste Begegnung.

Ein mittlerweile zwölfjähriger Junge und ein fünfundsechzigjähriger Kriminalkommissar, die eine unerwartete Freundschaft verband.

Zwei Menschen, denen es aus unterschiedlichen Gründen schwerfiel, Vertrauen zu anderen zu fassen, denen es bisweilen Probleme bereitete, soziale Kontakte zu knüpfen. Jetzt saßen sie nebeneinander im Polizeipräsidium Kronoberg, ließen sich gewaffelte Pfannkuchen schmecken und spürten, dass das Leben kaum schöner sein konnte.

»Du weißt doch noch, dass ich gleich losmuss? Zu einer anderen Verabredung?«

»Ja, weiß ich, Ewert. Und ich weiß auch, dass du mir nicht sagen wolltest, was das für eine Verabredung ist.«

»Ich muss mich umziehen, mich etwas … ja, schick machen. Aber ich setze dich unterwegs zu Hause ab – die Verabredung ist woanders.«

»Ja, das hast du gesagt. Aber nicht, *wo genau*. Oder *mit wem*.«

Ewert Grens nahm den frisch gereinigten Anzug aus seinem Bürospind, der für seine Dienstuniform gedacht war, die er nie trug. Der Anzug steckte noch in der Plastikhülle der Reinigung und wies für einen nicht mehr ganz durchtrainierten älteren Mann eine passable Passform auf. Grens zog einen Kamm aus seiner Gesäßtasche, richtete das schüttere Haar, das ihm noch geblieben war, und blickte weiter in den Spiegel an der Innenseite der Spindtür.

Denn wenn er so stand und seinem wissbegierigen Besucher den Rücken zuwandte, sah dieser nicht, dass er errötete.

»Nur mit einer alten Freundin.«

»Nur? Ich habe dich noch nie so elegant angezogen gesehen.«

»Manchmal … ja, manchmal ist so was angebracht.«

»Angebracht?«

»Mmm.«

»Dreh dich um, Ewert.«

»Ich muss noch …«

»Du bist rot geworden! *Eine alte Freundin?* Na klar. Du bist nicht der Einzige, der denken kann, Ewert.«

Es kam zurück.

Das Lächeln, das bis tief hinein in Brust und Bauch reichte.

Am Ende hatte sich für ihn alles zum Besseren gewendet.

Da waren Hoffmanns fabelhafte Söhne, mit denen er sich

traf, mit denen er redete, die er gernhatte und die ihn manchmal *Ersatzopa* nannten – ausgerechnet ihn, der nie mit Kindern umzugehen gewusst hatte. Und mehr noch: Hugo hatte recht, er stand vor dem Spiegel und bereitete sich darauf vor, einen zweiten Menschen zu treffen. Einen Menschen, den er auf eine andere Art gernhatte und der vielleicht, wenn er Glück hatte, auch ihn wenigstens ein kleines bisschen gernhatte.

Ewert Grens, der sich nicht im Geringsten auf Menschen verstand, war im Begriff, gleich nach einem der Menschen, die er trotz allem zu verstehen gelernt hatte, noch einen zweiten Menschen zu treffen.

Er fuhr sich abermals mit dem Kamm durchs Haar und hatte soeben begonnen, störrische Schutzfolie von frisch gereinigten Anzugärmeln und Hosenbeinen zu entfernen, als das Festnetztelefon auf seinem Schreibtisch klingelte. Was es inzwischen nur noch selten tat. Eine interne Nummer irgendwo aus dem weitläufigen Polizeihauptquartier.

»Ewert?«

»Ja?«

»Erkennst du meine Stimme?«

Grens blickte aus dem Fenster auf das große Gebäude auf der gegenüberliegenden Seite des Innenhofs und neigte den Nacken ein wenig zur Seite, um besser zum neunten Stock und zu dem Fenster hinaufschauen zu können, hinter dem der Mann saß, dessen Anruf zu ihm durchgestellt worden war.

»Ich erkenne deine Stimme.«

»Ich brauche deine Hilfe.«

Grens zog einen Anzugärmel glatt, den er endlich von der Schutzfolie befreit hatte, kontrollierte, dass er nicht eingelaufen war und noch immer bis an sein Handgelenk reichte.

»Wann?«

»Jetzt gleich.«

Der Kamm fuhr ein letztes Mal durch schütteres Haar, durch den Wirbel, der grundsätzlich zur falschen Seite hin lag.

»Ich habe keine Zeit. Tut mir leid. Ich muss zu einem wichtigen Termin. Und vorher muss ich noch einen sehr wichtigen Besucher nach Hause bringen. Ich komme heute Abend zu dir. Oder morgen.«

»Ewert?«

»Ja?«

»Ich würde nicht anrufen, wenn es nicht verflucht eilig wäre.«

Ewert Grens blickte wieder in den Spiegel an der Innenseite der Spindtür.

»Wie eilig?«

»In exakt einer Stunde und siebenundzwanzig Minuten ist es zu spät.«

(Genehmigte Abhörung von Mobiltelefon C, KARLAVÄGEN 71)

- Hallo? Ich verstehe dich kaum.
- Schlechter Empfang, ich stehe im Treppenhaus, vor der Wohnungstür.
- Okay. Wie viele, hast du gesagt?
- Siebenunddreißig.
- Die genauen Zahlen. Von jeder!
- Neda sieben. Inesa vier. Tanya sieben. Antea sieben. Estela vier. Pija acht.
- Welche Sorte?
- Nummer zwei. Die fast durchsichtigen. Mit zwei Streifen in der Mitte.

Neda beugte sich ein Stück vor, ließ ihr Gesicht das kühle Fensterglas berühren. Auf der Scheibe entstanden unschöne Schlieren, die das Hinaussehen erschwerten, aber sie blieb, wo sie war, und blickte den Hausbewohnern nach, die über den Innenhof gingen. Fünf Stockwerke unter ihr waren die Menschen auf dem Weg in ein Stockholm, das sie nie betreten hatte.

Es war ein schöner Morgen, ein heller Morgen. Irgendjemand hatte den Himmel blau angestrichen, und der Schornstein auf der anderen Seite reflektierte die Sonnenstrahlen.

Fast konnte sie die Luft da draußen spüren.

Sie stand in einer hübschen Küche, weiß gekachelte Wände, eine Dunstabzugshaube aus Edelstahl und ein großer runder Holztisch. Sie trank einen Schluck von ihrem Kaffee, der schon ein wenig abgekühlt war. Ein zweiter Becher stand leer auf dem Tisch. Inesa war noch in ihrem Zimmer – jede begann den Tag auf ihre Weise.

Neda horchte auf.

Seine Schritte im Treppenhaus, kurz darauf im Wohnungsflur.

Gleich würde er wie immer stehen bleiben – auf halber Höhe des Flurs, vor dem Spiegel mit Goldrand –, laut fluchen und den Spiegel umdrehen. Ihn richtig herum drehen.

Sie sah ihn nicht an, als er die Küche betrat, und er hatte den Versuch aufgegeben, Blickkontakt zu ihr herzustellen. Anfangs hatte er immer ihren Blick gesucht, und sie hatte auf seinen Hals gestarrt, auf sein Kinn, auf seine Ohren – wohin auch immer, ohne seinen Blick zu erwidern.

Erki.

Er sollte es spüren.

Er würde niemals in sie hineinsehen.

Erki stellte seine braune Ledertasche ab, öffnete sie, nahm eine kleine Tüte heraus und zählte laut – *vienas, du, trys, keturi, penki, šeši, septyni* –, während er den Inhalt auf den Tisch neben ihren Kaffeebecher legte. Dann zählte er erneut – *vienas, du, trys, keturi* – und legte einen zweiten Stapel neben den leeren Kaffeebecher.

»Du hast sieben, Inesa vier.«

Neda musterte die Kondome.

Zwei helle Streifen, ungefähr in der Mitte, diese Sorte hatten sie noch nie bekommen.

Er wartete auf ihre Augen, die nicht klein beigaben, griff nach seiner Tasche und ging hinaus in den Flur.

»Bis später.«

Sie schluckte, ihre Stimme sollte stark klingen.

»Wann … später?«

Ohne zu antworten, zog er die Wohnungstür hinter sich zu.

Sie fragte sich, ob heute einer dieser Tage sein würde, an denen er fünf Minuten später zurückkam, um den ganzen Vormittag über in der Küche zu hocken, oder ob er kommen und gehen würde, kurze Stippvisiten ohne Vorwarnung.

Sie goss sich noch einen Becher Kaffee ein. Als sie ihn zur Hälfte ausgetrunken hatte, klingelte es an der Tür. Im Flur blieb sie auf halbem Weg vor dem Spiegel stehen, schaute daran vorbei, wie sie eben an Erki vorbeigeschaut hatte, und hängte ihn mit der Vorderseite zur Wand, ehe sie die Finger um die Türklinke schloss.

Ich sehe ihn nicht. Er sieht mich nicht.

Dieser Gast verhielt sich stets höflich und wartete im Treppenhaus, obwohl die Gäste die Tür inzwischen selbst öffnen konnten, mit einem runden Plastikchip, der piepte, wenn sie ihn vor das Schloss hielten. Neda knickste, wie es ihr befohlen worden war, und sagte Willkommen, und der Gast erwiderte Danke, und sie sagte Folge mir, und der Gast erwiderte Gerne, und sie führte ihn in das Zimmer, das ihres war.

Gast. So sollten die Freier angesprochen werden.

Sie zog sich aus. Der Gast zog sich aus. Sie streckte sich zum Nachttisch, zum ersten von sieben Kondomen.

Er nahm es ihr nicht ab.

»Sieh mich an, Neda.«

Sie sah auf seinen Hals, seine Wangen, über ihn hinweg, durch ihn hindurch, aber sie sah ihn nicht an.

»Du? Ohne? Wie letztes Mal? Wie du und ich es manchmal machen? Bitte?«

Sie hielt ihm weiter das Kondom hin.

»Ich helfe dir, es anzuziehen.«

»Ich möchte bei dir sein. In dir, richtig.«

»Ich traue mich nicht. Nicht mehr.«

»Ich bin gesund.«

»Das ist nicht der Grund.«

»Was dann? Ich profitiere, du profitierst.«

Weil es stimmen muss.

Weil Erki die Kondome heute Abend abholt und sie Händen übergibt, die bis sieben zählen.

Weil sich meine Schulden jedes Mal erhöhen, wenn die Zahl nicht stimmt.

»Es ist einfach so.«

Der erste Gast des Tages nahm das Kondom enttäuscht entgegen – doch dann hielt er unvermittelt inne, ließ es zu Boden fallen, stand auf und nahm seine Brieftasche aus der Innentasche seines Jacketts. Drei ungefaltete Fünfhundertkronenscheine. Er legte sie auf die drei anderen.

»Drei für die Leute, mit denen ich den Termin vereinbare, und drei für dich. Wenn ich dich bitte?«

Drei Fünfhundertkronenscheine, die sie abliefern musste.

Drei Fünfhundertkronenscheine, die ihr allein gehörten.

Sie legte sich auf den Rücken, er legte sich auf sie drauf, und die Hülle, die ihre Genitalien voneinander trennen sollte, blieb auf dem Fußboden liegen.

Er suchte ihre Augen, und sie sah auf seine Stirn, seinen Hals.

Ich sehe dich nicht. Du siehst mich nicht.

Sie schloss die Augen und suchte hinter den Lidern den hellen Punkt, der größer und farbig wurde – wie früher in ihrer Kindheit, als sie darauf gewartet hatte, dass alles wieder gut werden würde, damit sie wieder hinsehen konnte.

Sie rührte sich nicht, während seine Bewegungen zum Ende kamen.

Es fühlte sich nicht an, als würde etwas kommen. Es war nicht warm, es war nichts.

Neda blieb liegen, während er aufstand, sich anzog und bedankte.

Als seine Schritte verklangen, streckte sie den Arm über die Bettkante und tastete vorsichtig nach dem unbenutzten Kondom auf dem Fußboden – von dem, was aus ihr herausrann, musste so viel wie möglich aufgefangen werden.

(Genehmigte Abhörung von Mobiltelefon C,
ÖSTGÖTAGATAN 76)

- Ich stehe vor der Tür.
- Sie haben gebucht und bezahlt. Alles im grünen Bereich. Sie öffnen die Tür mit dem Key-Tag. Er ist für EINEN Besuch freigeschaltet.
- Aber ich möchte ganz sicher sein.

- Sie können ganz sicher sein.
- Keine Mascara-Klümpchen? Keine zugekleisterten Wimpern, die sich vom Gewicht der Tusche nach unten neigen? Keine dicke, abstoßende schwarze Masse in den Spitzen?
- Nein.
- Keine Strumpfhose, die von Weitem intakt aussieht, von Nahem aber hässliche Laufmaschen zieht?
- Nein.
- Kein roter Nagellack, der nicht an beiden Daumen exakt bis vorn zur Spitze reicht?
- Nein. Keine Makel.

Wenn er nicht hinsah, legte Tanya die Hand auf die zarte Haut ihrer Wange.

Ich glühe.

Die Zungenspitze an den Gaumen und vorsichtig an den Lippen entlang, er durfte nichts merken.

Eine erstickende, wütende, pulsierende Hitze.

Bald eine Woche, vielleicht länger. Ein Fieber mit Schmerzen, die sie anbrüllten, sie zittern ließen, obwohl sie ihre Handgelenke eben erst in eiskaltes Wasser getaucht hatte. Sein dickes Silberhaar schaukelte. Wenn sie nicht atmete, wenn sie das Entsetzliche Stück für Stück ausblendete, ließ es vielleicht nach.

»Warte.«

Tanya biss sich fest in die Innenseite ihrer Wange, der Schmerz pulsierte fürchterlich, aber sie durfte nicht, durfte nicht, durfte nicht schreien.

»Warte, einen Moment.«

Der silberhaarige Gast hielt mitten in der Bewegung inne.

»Ich verstehe nicht.«

»Ein bisschen … vorsichtig.«

»Ich habe hierfür bezahlt.«

»Nur ein ganz klein bisschen vorsichtig.«

Er blieb in ihr drin, aber reglos, und so war es kaum zu spüren.

»Warum?«

»Schmerzen.«

»Wie bitte? Was meinst du?«

»Es tut …«

Sie schluckte, alles blieb in der Hitze stecken.

»... ein bisschen weh.«

Sie bewegte sich, aber nicht mit ihm – sie entzog sich, wich zurück, und ihr Gesicht war verkrampft, verzerrt. Das scharfe Messer fuhr tief in ihren Bauch und an ihrer Wirbelsäule entlang – jeder neue Stoß war spitz und zerfetzte.

Sie schloss die Augen.

Hielt die Luft an.

Bis er aufhörte.

Er glitt aus ihr heraus, kleidete sich an, fuhr sich mit den Fingern wie mit einem Kamm durch das silbergraue Haar, bis es in einem akkuraten Seitenscheitel nach links fiel. Wortlos ging er aus dem Zimmer, doch sie hörte, wie er im Flur nach seinem Handy griff, Erki anrief und sagte: *Sie haben mir keine Makel zugesichert*, bevor die schwere Wohnungstür hinter ihm zufiel.

Tanya hielt die Augen weiter geschlossen, zählte langsam von zehn rückwärts, fuhr sich mit den Handrücken über Kreuz und Bauch, und vielleicht ließ der Schmerz ein kleines bisschen nach, wurde dumpf und eher bohrend. Vielleicht würde er noch ein wenig mehr nachlassen, ehe der nächste Gast kam.

(Genehmigte Abhörung von Mobiltelefon C, VEGAGATAN 3)

- Bist du sicher?
- Zu alt. Der Exit ist abzusehen.
- Und sie unterschreibt?
- Sie hat keine andere Wahl. Sie hat Schulden. Und Sie wissen doch, Schulden muss man zurückzahlen.
- Eine Spende ist natürlich immer freiwillig.

- Selbstverständlich.
- Hundertzwanzigtausend.
- Nach Tarif.

JEDES MAL, WENN sein Atem auf ihr Gesicht traf, umfing sie der Geruch des Gastes.

Scharf, chemisch.

Ein Geruch, dem Estela nicht entkommen konnte.

Wie in Papas Auto. Es war gelb gewesen, und in der Mitte des Motors hatte ein runder Metallbehälter gesessen, den sie herausnahm, während Papa das Benzin einspritzte. Und danach hatte es immer ganz schnell gehen müssen. Sie war in Windeseile neben ihn auf den Beifahrersitz geklettert, hatte dabei zugeschaut, wie er den Zündschlüssel herumdrehte und das Gaspedal durchtrat, bis aus der Motorhaube eine Flamme emporschlug. Dann hatte Papa gelächelt, dass ihr Herz einen Hüpfer machte, das Auto war angesprungen, und sie waren losgefahren. Sonst hatte Papa kaum gelächelt.

Der Gast begann zu keuchen, er packte ihre Hüften fester, und mehr von diesem scharfen, chemischen Geruch traf auf ihr Gesicht.

Doch manchmal waren es nicht Papa, das Auto und das Benzin. Manchmal erinnerte der Geruch sie an Mama. An die hübschen Fläschchen aus der Parfümabteilung des Warenhauses in Kaunas, die Mama in der untersten Schublade ihrer Kommode aufbewahrt hatte. Estela sah ihre Mutter immer noch vor sich, mit frisch lackierten blutroten Fingernägeln, und ein kleines Mädchen, das auf denselben Stuhl kletterte und seine Fingernägel mit blauer Farbe anmalte. Der schönsten Farbe, die es kannte.

Der Gast wurde schwerer, und mit jeder geöffneten Pore roch er stärker. Seine Schenkel und sein Bauch rieben sich an ihr, sein Körper war glitschig von Schweiß, der Gestank unerträglich und überall – er kam von innen, war wie Benzin.

Sie verknotete das Kondom so, wie Erki es wollte. Wenn er die Kondome abends abholte, musste die Bilanz stimmen. Vier benutzte Kondome bedeuteten vier Gäste, die jeweils siebenhundertfünfzig Kronen bezahlt hatten. Den halben Preis. Alle anderen kosteten eintausendfünfhundert, aber ihr Preis war siebenhundertfünfzig, mehr konnte man für sie nicht verlangen.

Estela stand vom Bett auf, der Raum stank nach Aceton.

Sie wusste ganz genau, dass es das war, wonach es roch.

Nicht nach Papas gelbem Auto, nicht nach Mamas Parfümflakons in der Kommodenschublade – diese Gerüche gab es nicht mehr, sie hatten einem anderen Leben in einer anderen Zeit angehört.

Sie wusste, dass sie nur noch die Sorte Gäste zugeteilt bekam, die stoned war, stoned von Amphetamin, das mithilfe eines Kaffeefilters und einiger Deziliter Aceton gereinigt worden war, und dass es das war, was sie ausatmeten, ausschwitzten.

Ewert Grens lief, so schnell es sein hinkender Gang zuließ, durch ein Polizeihauptquartier, das Gebäude für Gebäude wuchs, mit neuen Korridoren, die zu neuen Fahrstühlen wurden, die in weitere Korridore und weitere Fahrstühle mündeten. Sein steifes Bein traf hart auf den Behördenfußboden, verursachte ein knallendes Geräusch, das ihn verfolgte, während heftige Atemzüge zu keuchendem Schnaufen wurden, sein sorgfältig gescheiteltes Haar in Unordnung geriet und er sich dem vereinbarten Treffpunkt näherte. Mit ein bisschen Überredungsarbeit war es ihm gelungen, einen Streifenwagen zu organisieren und einen Polizeiinspektor zu beschwatzen, seine Pause sausen zu lassen, um einen zwölfjährigen Jungen nach Hause zu fahren. Hugo hatte protestiert: *Ich bin alt genug, um mit der U-Bahn zu fahren, Ewert*, und der Kriminalkommissar hatte erwidert, dass dem ganz bestimmt so sei, aber wenn er Piet und Zofia versprochen habe, dass ihr ältester Sohn mit dem Auto nach Hause gebracht würde, daran auch nicht zu rütteln sei. Hugos Proteste verstummten, als Grens' netter Kollege ihn vorne auf dem Beifahrersitz mitfahren ließ und er die Ausrüstung des Streifenwagens nicht nur vorgeführt bekam, sondern sie obendrein selbst ausprobieren durfte. Danach hatte Grens nach Kräften versucht, die Ruhe zu finden, die er nicht besaß, und sich davon zu überzeugen, dass seine Stimme zumindest annähernd seiner gewohnten Stimme entsprach. Schließlich hatte er sich ein Herz gefasst und die Frau angerufen, deretwegen er einen Anzug trug. Er hatte sie nervös und unnötig wortreich darüber informiert, dass er sich ein wenig verspäten würde, und sie hatte das geantwortet, worauf er nicht zu hoffen gewagt hatte – dass sie einmal mit einem Polizisten verheiratet gewesen sei und wisse, wie es in einem Polizeipräsidium zuging.

Grens verlangsamte sein Tempo nicht, als er Gunnar Werner entdeckte. Fragil und krummrückig wartete sein gleichaltriger Kollege zwischen der Rezeption und einer gläsernen Drehtür, hektische rote Flecken am Hals und auf dem Gesicht einen Ausdruck von Besorgnis oder Wut oder vermutlich beidem.

»Ewert. Danke, dass du kommst.«

Werner wies mit der Hand auf den Fahrstuhl, der das Ende von Grens' Dauerlauf markierte, die letzte Strecke würden sie gemeinsam zurücklegen.

»Und so schnell.«

»Du bittest mich nicht oft um etwas, aber wenn du es tust …«

Ewert Grens ließ den Satz unvollendet. Er musste ihn nicht beenden. Sie musterten einander in dem Licht, das durch das schmale Fenster in der Fahrstuhltür hereinfiel und kam und ging, während sie die Stockwerke passierten, die unterschiedliche Abteilungen der Polizeibehörde beherbergten, und an ihren letzten gemeinsamen Fall dachten, an das Mädchen Linnea, das mit einem blauen Schmetterling im Haar spurlos verschwunden war.

Im neunten Stock stiegen sie aus. Aus einem Fahrstuhl, in dem es acht nummerierte Knöpfe gab, die gedrückt werden konnten.

Die Abteilung für Abhörmaßnahmen existierte und existierte nicht.

»Aber was sehe ich da? Gehört der Anzug dir?«

»Ja?«

»Neu?«

»Frisch aus der Reinigung.«

»*Jetzt* verstehe ich. Ein ungewöhnlich wichtiger Termin. Danke – noch mal –, dass du gekommen bist.«

Werner deutete mit dem Kopf in den dunklen Korridor, an dessen hinterem Ende ein Abhörraum lag, an dem niemand zufällig vorbeiging.

»Kaffee?«, fragte er.

»Haben wir Zeit dafür?«

»Eine Tasse Kaffee macht es erträglicher, Ewert. Die Zeit, bis der Kaffee durchgelaufen ist, holen wir wieder rein.«

Außerhalb des Polizeipräsidiums pflegten sie keinen Kontakt zueinander, sie hatten nie den Schritt von Kollegen zu Freunden vollzogen, aber vierzig Jahre am selben Arbeitsplatz verbracht.

Sie kannten einander.

»Schwarz. Und zwei Tassen für mich – wie üblich.«

Werner verschwand mit vorsichtigen Schritten und fahrigen Bewegungen in einer verwaisten Teeküche, während Grens vor dem einzigen Fenster des dunklen Korridors stehen blieb. Die Scheibe war verdreckt, doch trotz der gleißenden Sonne, die hereinschien, konnte er problemlos hinausschauen; von hier oben betrachtet, wirkten die Menschen glücklicher, vollauf damit beschäftigt, den schönen Sommertag zu genießen, allen voran die Kinder, die in Shorts und T-Shirts auf den Spielplätzen des Kronobergparks herumtobten, kurze Beinchen, die keinen Moment zögerten.

Ewert Grens hatte noch keine Ahnung, warum er hier war.

Aber er wusste, in welche Wirklichkeit auch immer sie gleich hineinblickten, mit dem Leben dort unten im Park würde sie nicht die geringste Ähnlichkeit haben.

»Komm rein.«

Werner balancierte drei dampfende Plastikbecher in Richtung glänzender Riesenmonitore, wuchtiger Kopfhörer und winziger Lautsprecher, hinein in einen Raum, der tagein, tagaus vom Geräusch vor- und rückwärtslaufender Audiodateien erfüllt war, Lauschangriffe auf Telefone von verdächtigen Personen, die keinen Schimmer davon hatten, dass im Hintergrund jemand mithörte.

»In diesem Fall erstreckt sich unsere richterliche Abhörgenehmigung für elektronische Kommunikation auf insgesamt zweiundzwanzig Telefone. Seit acht Wochen höre ich mir jedes Gespräch an, schreibe mit, registriere und speichere die Audiodateien. Überwiegend leeres Geschwätz, doch die eine oder andere Bemerkung könnte für die Ermittlung meiner Ansicht nach durchaus richtungsweisend sein, womöglich sogar den entscheidenden Hinweis liefern.«

Sie nahmen auf schlichten Schreibtischstühlen Platz. Werner griff nach einem Kopfhörer, klickte auf dem Desktop eines Monitors ein Dokument namens MONTAG, KARLAVÄGEN 71, 09:33 Uhr an und lehnte sich auf seinem Stuhl zurück.

»Dieses angezapfte Handy – der Grund, warum ich dich gebeten habe zu kommen – gehört einem Zuhälter aus dem Baltikum. Er spricht gebrochenes, aber verständliches Schwedisch. Die Stimme der Person, mit der er telefoniert, ist jedoch elektronisch verzerrt und unkenntlich gemacht. Über diese Person haben wir keine weiteren Informationen.«

– Neda sieben. Inesa vier. Tanya sieben. Antea sieben.
Estela vier. Pija acht.

»Er ruft diese Person jeden Morgen um die gleiche Uhrzeit an und erstattet ihr ungefähr den gleichen Bericht. Ich habe keine Ahnung, worüber sie sprechen und worauf sich seine Aufzählung bezieht.«

Werner sah Grens an, der den Kopf schüttelte, er konnte sich ebenfalls keinen Reim darauf machen.

»Aber es spielt auch keine Rolle. Der Zuhälter ist für unseren Hauptauftrag nicht von Belang. Er ist nicht das Zielobjekt. Das ist einer seiner Kunden, ein Mann, dem er Frauen vermittelt und der seine Prepaid-Nummern so geschickt wechselt, dass wir nichts anderes haben als die Mitschnitte seiner Telefongespräche, die er führt, um seine Sexkäufe abzuwickeln.«

»*Hauptauftrag?*«

»Du weißt, dass ich nicht mehr sagen kann.«

»Wenn das so ist – was zum Teufel tue ich dann hier, statt bei einer Verabredung zu sein, auf die ich mich wirklich gefreut habe?«

Ewert Grens erhob sich.

»*Du* hast *mich* angerufen, Werner.«

Er kam aber nicht dazu zu gehen.

»Terrorverdacht. Höchste Priorität.«

Der Kriminalkommissar setzte sich wieder.

»Red weiter.«

»Aber deshalb bist du nicht hier. Mein Auftrag – die Ohren nach Hinweisen auf Vorbereitungen für mögliche Terroranschläge offen zu halten – weist, wie dir sehr wohl klar ist, Ewert, so gut wie keine Berührungspunkte mit dem Alltag dieses Zuhälters auf.«

Werner öffnete eine neue Audiodatei mit der Bezeichnung MONTAG, ÖSTGÖTAGATAN 76, 09:58 Uhr.

– Keine Strumpfhose, die von Weitem intakt aussieht, von Nahem aber hässliche Laufmaschen zieht?
– Nein.

»Die Person, die antwortet, ist der Zuhälter, wie du hörst, Ewert, und die andere ist ein Freier, der öfter anruft, jedes Mal die gleichen Fragen stellt und Bestätigung verlangt. Er will jedes Mal eine neue Frau, eine Frau ohne den geringsten Makel. Und hier …«

Gunnar Werner öffnete eine dritte Audiodatei.

MONTAG, VEGAGATAN 3, 10:16 Uhr.

»… haben wir noch eine Person, mit der der Zuhälter einige Male telefoniert hat. Trotzdem habe ich keine Ahnung, wer dieser Anrufer ist oder was es mit ihm auf sich hat.«

Im ersten Moment war nichts als Rauschen zu hören.

Ewert Grens beugte sich dichter zu einem der kleinen Lautsprecher.

Mehr Rauschen. Stimmengewirr, Restaurant. Danach klang es.

Dann – eine relativ helle Stimme. Ohne recht zu wissen, warum, stellte Grens sich einen Mann mittleren Alters vor, der ein weißes Hemd und eine blau gestreifte Krawatte trug.

– Sie hat keine andere Wahl. Sie hat Schulden. Und Sie wissen doch, Schulden muss man zurückzahlen.
– Eine Spende ist natürlich immer freiwillig.
– Selbstverständlich.

Der krummrückige Abhörspezialist zuckte mit den Achseln.

»Ich habe keine Ahnung, worum es da geht, was die Stimme beim Zuhälter kauft, was für eine Spende er als *freiwillig* bezeichnet.«

Grens schwieg, begann aber zu verstehen, was Werner zu sagen versuchte.

Warum er – obwohl die Zeit drängte – Zeit damit vergeudete, seinen im Eiltempo herbeizitierten Kollegen mit einem Fall vertraut zu machen, der nichts mit seinem offiziellen Abhörauftrag zu tun hatte, und ihm, Grens, die Dringlichkeit unmissverständlich vor Augen zu führen.

Nachdem er Hunderte Stunden lang Gespräche von Unbekannten belauscht hatte, war Werner auf ein vollkommen andersgeartetes Verbrechen gestoßen. Die Art von Verbrechen, die sie beide hassten und die Gefahr lief, nie aufgeklärt zu werden.

»Die SÄPO hat Abhörungen in Hinblick auf mögliche Terroranschläge genehmigt. Höchstes Strafmaß, lebenslang. Das, was du eben gehört hast, Ewert, ist in diesem Moment nicht mehr als bloße Überschussinformation – Hinweise auf andere Verbrechen, die nichts mit den Fällen der schwedischen Sicherheitspolizei zu tun haben. Es ist das alte Lied. Wir stoßen regelmäßig auf unzählige Straftaten, für deren Nachverfolgung uns die Zeit fehlt und die ich vergessen muss, um mich weiter auf meine Hauptaufgabe konzentrieren zu können.«

»Aber?«

»Ich habe gelauscht und vergessen – bis ich das hier gehört habe.«

Der Kriminalinspektor bei der Abteilung für Abhörmaßnahmen drückte mit einem zittrigen Zeigefinger auf eine Taste der vor ihm liegenden Tastatur und startete eine Audiodatei mit dem Titel 11:33 Uhr.

»Dasselbe Handy, derselbe Zuhälter.«

In der Leitung knisterte es, als befände sich mindestens einer der Gesprächsteilnehmer bei windigem Wetter im Freien.

– Siebzehn?
– Bald achtzehn.
– Beide?
– Zwillinge.

»Ewert, ich …«

Werner stand auf. Setzte sich. Stand wieder auf.

Sie waren angelangt. Bei der verflixten Unruhe.

»… als ich das gehört habe, da …«

Der freundliche Mann, der niemals aufbrauste, niemals seine Stimme hob, wie Grens es zu tun pflegte, senkte sie.

»Ich kann nicht vergessen, was ich vergessen soll – ich *darf* es nicht vergessen.«

Flüsterte fast. Verzweifelt.

»Weil ich zu verstehen beginne, worüber sie reden.«

Werner zog den Cursor der Audiodatei weiter nach rechts, spulte das Gespräch vor.

– Wie viel?
– Zehn Prozent auf alles.
– Alles?
– Sie machen alles.

»Werner, worum …«

Ewert Grens deutete auf den Monitor, auf das längliche Symbol der Audiodatei.

»… geht es hier?«

Gunnar Werner konnte nicht vergessen, durfte nicht vergessen.

Weil er nicht vergessen wollte.

»Sehr wahrscheinlich … um einen *Verstoß gegen das Sexkaufverbot*. Sehr wahrscheinlich … um *grobe Kuppelei*. Um Anklagepunkte, die auf der Strafskala sehr viel weiter unten rangieren als der Straftatbestand, für den unsere Abhörgenehmigung gilt. Mit anderen Worten, Ewert, hier oben, im neunten Stock, bleiben es Überschussinformationen, für die niemand Zeit hat. Nichts anderes.«

Die Röte war von Werners Hals in seine Wangen und Ohren gestiegen.

»Der Anrufer ist auch ein Zuhälter – und er unterbreitet einer Organisation, die an mindestens drei verschiedenen Adressen in der Stockholmer Innenstadt Wohnungsbordelle betreibt, ein Angebot über zwei neue Einnahmequellen.«

– Was ist mit dem Geld?
– Du bekommst die zweite Hälfte deines Finderlohns, wenn wir die Mädchen bekommen.
– Und die Übergabe?
– Hotel Mornington. Zimmer 316. Wie zuletzt.
– Wann?
– 13 Uhr.

Hier gab Werner auf.

Manchmal ist es unmöglich, dagegen anzukämpfen.

Selbst wenn es nur um kleine, zaghafte Tränen geht.

»Sie sind siebzehn Jahre alt, Ewert. Er liefert – verkauft – zwei junge Menschen, während ich zuhöre.«

Schon bei ihrer letzten Zusammenarbeit hatte Grens gedacht, dass sein gleichaltriger Kollege zu nett für den Polizeiberuf war, dass er zu viel Herz besaß.

»Tut mir leid ... ich ... also, ich kann nicht ...«

»Außer mir ist niemand hier, Werner.«

»Kümmere dich darum, Ewert, verhindere diesen verfluchten Kauf!«

Grens zog am einen Ärmel seines frisch gereinigten Anzugs, er war doch ein klein wenig zu kurz, die Hemdmanschette schaute darunter hervor.

»Ewert?«

Es hätte einer dieser Tage werden sollen, nach denen er sich zuweilen sehnte.

»Hilf mir, das zu verhindern, was hier oben nicht verhindert wird, weil wir andere Dinge bearbeiten ... priorisieren.«

Sie sahen sich an. Dann gleichzeitig zur Uhr an der Wand.
»Um Punkt dreizehn Uhr?«
»Ja.«
»Dann bleiben uns fünfundvierzig Minuten.«

Sven Sundkvist hörte schnelle Schritte. Sein Chef, der niemals rannte, tat genau das – er rannte den Korridor der Mordkommission entlang, und seine Stimme klang gehetzt, gepresst. *In fünf Minuten im Auto, Sven!* Nach einem ganzen Erwachsenenleben als Ewert Grens' engster Mitarbeiter war Sven Sundkvist einer von wenigen Kollegen im Stockholmer Polizeipräsidium, die es mit dem Kriminalkommissar aushielten, der es häufig selbst nicht mit sich aushielt. *Mornington Hotel, Nybrogatan, sofort, Sven!* Er hatte gelernt, was Grens' unterschiedliche Stimmlagen bedeuteten, und diese machte unmissverständlich klar, dass es ernst war. *Deine Waffe, Sven, du musst deine verfluchte Waffe holen!* Sven riss sich Jackett und Hemd vom Körper, griff nach dem Funktionsshirt und der schwarzen Schutzweste, die in seinem Bürospind hingen, zurrte die vier Klettverschlüsse fest und begann seinerseits zu rennen, zwei Treppenstufen auf einmal nehmend, fünf Stockwerke hinunter in den dunklen Keller des Präsidiums, in den Raum hinter der verschlossenen Stahltür.

Zu aufeinandergestapelten rechteckigen Metallboxen.

Zu Wänden, die näher zu rücken schienen.

Er hatte die Waffenkammer halb durchquert, als er aus einer Tasche seiner Schutzweste den Schlüssel nestelte, von dem er selten Gebrauch machte, und eine der Metallboxen in der untersten Reihe öffnete. Dort lag sie. Eine schwarze Pistole in einem schwarzen Lederholster. Sven wog seine Dienstwaffe in der Hand. Er trug sie nicht oft, noch seltener richtete er sie auf ein Ziel. Er nahm ein volles Magazin aus dem Regal an der Wand, schob fünfzehn blanke Bleikugeln in die Waffe und rannte erneut los, wieder zwei Treppenstufen auf einmal nehmend, noch tiefer in die Katakomben des Polizeipräsidiums hinunter, in die Tiefgarage und zu einem unpersönlichen, zivilen Streifenwagen, der vor dem Eingang der Untersuchungshaft wartete. Ewert Grens saß schon auf seinem Platz auf der Rückbank. Sven Sundkvist begegnete im Rückspiegel dem stummen Blick des Kriminalkommissars, drehte den Zündschlüssel herum und raste so schnell wie irgend möglich auf das Tageslicht zu, das intensiver wurde, je näher sie der Schranke kamen, die langsam in die Höhe ging.

»Noch achtunddreissig Minuten.«

Ewert Grens' Stimme klang unverändert gehetzt.

»Wir kommen an. Wir observieren die Gäste in der Lobby. Wir kontrollieren die Ausgänge.«

Unverändert gepresst.

»Wir lassen den Käufer unbehelligt zur Rezeption gehen, den Zimmerschlüssel holen und mit dem Fahrstuhl nach oben fahren.«

Jeder warme Atemzug, der Svens Nacken traf, wurde von Wut begleitet.

»Dann warten wir. Auf den Verkäufer und auf das, was er verkaufen will.«

Und jetzt zischte Grens.

»Und wir werden dafür sorgen, dass diese Zuhälterschweine sich niemals begegnen.«

Der Kriminalkommissar umklammerte den Fahrersitz mit beiden Händen und hievte seinen schweren Oberkörper nach vorne.

»Wir nehmen den Verkäufer an Ort und Stelle fest – dann warten wir wieder. Bis dem Käufer der Geduldsfaden reißt und er sein Zimmer verlässt. Der *Anführer*. Ich will den Anführer, und der Käufer wird uns zu ihm führen. Nur wenn wir den Anführer schnappen, können wir dieser Teufelei ein Ende setzen, nur wenn wir ihn aus dem Verkehr ziehen, verhindern wir, dass morgen neue Frauen in diese Organisation eingeschleust werden. *Hörst du, Sven?* Denn in dieser Stadt, *hör mir zu!*, werden Menschen weder gekauft noch verkauft.«

Sie rasten mit hohem Tempo durch Stockholms Straßen.

Und als das nicht genügte – als Autoschlangen und Bushaltestellen und Ampeln zu Mauern wurden, die im Weg standen –, über öffentliche Plätze, Bürgersteige und durch Einbahnstraßen.

Auf Höhe der Norrlandsgatan schaltete Sven das Sirenengeheul aus, und einen Straßenzug später lehnte Grens sich aus dem heruntergekurbelten Seitenfenster und nahm das rotierende Blaulicht vom Dach. Sie näherten sich Östermalm lautlos und inkognito und parkten mit Sicht auf den Eingang des Mornington Hotels.

»Werner?«

Ewert Grens rief vom Autorücksitz aus im Abhörraum im dunklen Flur im neunten Stock des Polizeipräsidiums an.

»Ja?«

»Wir sind da.«

»Wir?«

Grens sah in den Rückspiegel und begegnete Svens Blick.

»Sven Sundkvist sitzt vor mir auf dem Fahrersitz. Er ist einverstanden, dass wir vorerst allein und ohne Verstärkung operieren.«

»Ich würde es begrüßen, wenn ihr meinen Namen aus der Sache raushaltet, Ewert.«

»Wo befindet sich der Käufer?«

Ewert Grens konnte seinen gleichaltrigen Kollegen nicht sehen, aber das musste er auch nicht – er wusste, dass Werner seine krumme Gestalt noch etwas mehr zusammenkrümmte, während er seine Monitore nach der GPS-Spur absuchte, die eines der abgehörten Mobiltelefone hinterließ.

»Werner? Mach schon! *Wo ist er?*«

»Das Zielobjekt hat sich exakt … siebenundzwanzig Minuten in der Vegagatan 3 aufgehalten, sich aber vor wenigen Augenblicken in Bewegung gesetzt.«

»Zu Fuß? Mit dem Auto?«

»Ich melde mich wieder, sobald ich das sagen kann.«

Grens legte auf und bedeutete Sven, sich ins Hotel und in die Lobby zu begeben.

Dann begann er zu rechnen.

Vegagatan. In der Nähe des Odenplan. Um diese Uhrzeit eine Autofahrt von fünfzehn Minuten.

Sein Telefon klingelte – Werners Nummer.

»Zuerst war er zu Fuß unterwegs, aber jetzt bewegt er sich sehr schnell. Er sitzt in einem motorisierten Fahrzeug. Ihr werdet euch in Kürze begegnen, Ewert.«

»Wie sieht er aus?«

»Ich kenne nur seine Stimme.«

Grens stieg aus dem Wagen. Nach ein paar Schritten konnte er durch die große Fensterfront sehen, die die gesamte Vorderseite des Hotels einnahm. Sven saß, wie vereinbart, halb verborgen hinter einer Säule allein an einem runden Tisch in unmittelbarer Nähe der Fahrstühle, in einer Hand eine Zeitung, in der anderen ein Glas Mineralwasser mit Zitronenscheiben. Am Nebentisch bekam ein etwa 70-jähriges Seniorenpärchen Kaffee mit Schlagsahne serviert. Ihren Schuhen und Rucksäcken nach zu urteilen, tippte Grens auf Amerikaner. Hinter dem amerikanischen Ehepaar alberten drei Mädchen herum, die ungefähr im gleichen Alter waren wie die beiden jungen Frauen, die gleich verkauft werden sollten, denen das Leben aber völlig andere Voraussetzungen zugeteilt hatte. Grens wusste nicht viel über Mode, aber er wusste sehr wohl, dass die Kleidung, die die drei Mädchen trugen, die Taschen zu ihren Füßen, die Handys, mit denen sie herumspielten, und der Schmuck, der an ihren jungen Hälsen und schmalen Handgelenken glitzerte, einer anderen Sorte Leben angehörten.

Sein Telefon vibrierte. Eine Textnachricht. Von Werner.

OBJEKT BIEGT VON ODENGATAN IN DIE ROSLAGSGATAN EIN

Es war eine gemütliche Lobby, die Wände mit klassischer Literatur geschmückt, französische Einbände, dicke Buchrücken, die Verlassenheit ausströmten, daran gewöhnt, von Gästen ignoriert zu werden, die lieber ein Glas Rotwein tranken. Die beiden Zuhälter hatten Ort und Zeit klug gewählt. Ein zentral gelegenes Hotel während der Leerlaufphase zwischen vormittäglichem Aus- und nachmittäglichem Einchecken, wenn die Gäste, die extra teure Zimmer gebucht hatten, sie kaum benutzten.

Grens' Telefon vibrierte erneut. Eine weitere Textnachricht.

OBJEKT BIEGT VON KUNGSTENSGATAN IN KARLAVÄGEN EIN

Grens bestellte einen schwarzen Kaffee und setzte sich an einen der Tische vor der großen Fensterfront. Ein perfekter Platz – mit Blick auf jede Person, die sich dem Hoteleingang näherte, und dabei so sichtbar, dass niemand auf die Idee käme, er könnte dort sitzen, um zu observieren.

Nur noch wenige Minuten.

Grens atmete tief ein, in den Bauch, wie er es gelernt hatte, ein, aus, ein, aus.

Er tat gerade das, von dem er Hugo gegenüber behauptet hatte, es niemals zu tun. Er befand sich an einem Tatort, zu dem Zeitpunkt, an dem das Verbrechen verübt werden sollte.

Sogar bewaffnet war er, obwohl kaum eine Stunde vergangen war, seit er im Schießstand alles getroffen hatte bis auf das Ziel in der Mitte und dafür mit Hugos aufrichtigem Lachen belohnt worden war.

Er atmete.

Ein, aus, ein, aus.

Grens ließ seinen Blick durch die ruhige Hotellobby wandern, musterte die jungen Frauen, die so wohlhabend aussahen, das amerikanische Seniorenpärchen, das einander so zugetan zu sein schien, und Sven, der so schwer zu entdecken war, weil er nicht gesehen werden wollte. Sven Sundkvist war kein Hotelmensch, kein Konferenzmensch, niemand, der in einer Bar abhing, er war schlicht und normal und grau und zuverlässig auf diese Art, die langweilig klingen mochte, aber fantastisch war. Sven war ein Mensch, auf den man sich verlassen konnte. Ein Mensch, der beständig blieb, es immer gewesen war und im Lauf der Zeit zu Grens' engstem Freund geworden war. Zuweilen dachte der Kriminalkommissar darüber nach, wohin ein Mensch geht, wenn alle fortgehen. Er hatte seine Eltern und seine Frau beerdigt, seine Tochter, er hatte Bengt beerdigt, seinen ältesten Freund, er hatte sich von Mariana verabschieden müssen, für die er sich geöffnet hatte und die in ein anderes Dezernat gewechselt war, weil sie es nicht mehr mit ihm ausgehalten hatte. In diesen Momenten brauchte er zwei Jungen, die Hugo und Rasmus hießen und ihn *Ersatzopa* nannten und die seine Verbindung in die Zukunft waren. In diesen Momenten brauchte er einen Menschen, der ihn gernhatte und von dem er hoffte, dass auch er ihn eines Tages gernhaben würde, und dessentwegen er einen Anzug anzog, wenn sie zum Mittagessen verabredet waren. Und in diesen Momenten brauchte er einen Sven, dem er vertraute, der immer, in jeder Situation, beständig blieb und ausharrte.

Eine neue Textnachricht.

Der Kriminalkommissar schielte auf sein Telefon, das auf dem Tisch lag, zwischen Kaffeetasse und einer schmalen Vase, in der ein grüner, dorniger Blumenstängel steckte.

OBJEKT BIEGT NACH RECHTS IN DIE
NYBROGATAN AB
NOCH ZWEIHUNDERT METER BIS ZUM ZIEL

Grens atmete.

Ein, aus, ein, aus.

Und da, hinter einem breiten Lastwagen, der über die Innenstadtstraße schwankte, sah er das Auto, das bis zu diesem Augenblick eine digitale Spur gewesen war. Schwarz, neu, glänzend. Vor dem Hotel – vor dem Fenster, hinter dem Grens saß – hielt der Wagen auf einem Behindertenparkplatz, und der Fahrer schaltete den Motor aus.

So sah er also aus.

Der Zuhälter, dessen Telefongespräche Werner abhörte und der sich gleich mit einem anderen Zuhälter traf, um zwei Menschen zu kaufen.

Jünger als seine Stimme. In Hemd und Krawatte gekleidet. Und als er näher kam, die Glastüren des Hotels durchquerte, zeigten sich in seinem blassen Gesicht ein schlaffer Oberlippenbart über nicht vorhandenen Lippen, Augenbrauen über farblosen Augen, eine hohe Stirn, die den Haaransatz nicht recht zu erreichen schien. Sein Gang war schleppend, er schlurfte zur Rezeption, bezahlte bar, bekam ein Papierheftchen mit einer Schlüsselkarte ausgehändigt und verschwand in einem von zwei Fahrstühlen.

»Ewert?«

Werner rief an. Ungeduldig. Drängend.

»Ja?«

»Wie sieht es aus?«

»Wie erhofft.«

»Der Verkäufer?«

»Noch nicht in Sicht.«

Grens wartete darauf, dass Werner das Gespräch beendete, auflegte. Er tat es nicht. Stattdessen verdichteten sich seine Atemzüge, als ob die Worte, nach denen er suchte, sich in Schweigen auflösten.

»Werner – was willst du?«

»Wenn ihr fertig seid …«

»Ja?«

»… möchte ich, dass du noch einmal zu mir kommst.«

Erneute Atemzüge, dichter am Mikrofon.

»Ich habe mehr.«

»Mehr?«

»Hinterher. *Ich habe mehr.* Du wirst nicht enttäuscht sein, Ewert.«

In diesem Moment fuhr draußen vor dem Hotel ein Taxi vor, langsam passierte es die Reihen geparkter Autos.

»Ich lege auf. Sie sind hier.«

Drei Personen stiegen aus.

Ein großer, kräftiger Mann in den Vierzigern, der eine helle Jacke, Jeans und schwarze Stiefel trug.

Und zwei sehr junge Frauen in hochhackigen Schuhen und kurzen Röcken.

Es war so weit.

Ewert Grens blickte zu Sven Sundkvist hinüber, der seinen Blick nicht erwiderte, aber nickte, bereit.

Gleich würden sie vor den Fahrstühlen stehen, sorgfältig darauf bedacht, aus verschiedenen Richtungen zu kommen.

Sven sass ruhig da, starrte auf inhaltslose Zeitungswörter und Zeitungsbilder, trank einen Schluck Mineralwasser mit Zitronengeschmack.

Sie gingen dicht an ihm vorbei.

So dicht, dass eine der beiden jungen Frauen seinen Arm auf der runden Tischkante streifte.

Sven Sundkvists Hände zitterten. Aus Angst vor einer Zeit, die seine Zeit war und die es Menschen gestattete, andere Menschen als ihr Eigentum zu betrachten. Er stand auf, so normal und alltäglich und unauffällig, wie er im Kern seines Wesens war, als er zu einem Hotelgast wurde und in Richtung der Fahrstuhlnische ging, um hinauf in sein Zimmer zu fahren.

Die enge, sauerstoffarme Nische bildete einen separaten Bereich der Hotellobby. Einige wenige Quadratmeter. Auf denen vier Menschen dicht nebeneinander standen.

Sven streckte die Hand nach dem Knopf aus, auf dem ein Pfeil aufwärts zeigte – im selben Moment tat der Begleiter der beiden jungen Frauen das Gleiche. Jetzt war es der Arm des Verkäufers, der ihn streifte.

Unsichtbar. Ohne dass er sich verbarg.

Der Mann war größer, als Sven zunächst vermutet hatte, muskulöser. Die Frauen hingegen schienen noch kleiner zu sein als gewöhnlich. Er erinnerte sich noch immer an seinen ersten Fall von Menschenhandel, in dem er gemeinsam mit Ewert und Mariana Hermansson ermittelt hatte, in jenem Sommer, der eine warme Atempause hätte werden sollen, jedoch Peitschenhiebe auf nackte Rücken und Explosionen und Tod in einer Leichenhalle hervorgebracht hatte und der erst zu Ende gegangen war, als er das Schließfach mit der Nummer 21 am Stockholmer Hauptbahnhof geöffnet hatte. Die Frauen damals waren vermutlich nicht viel älter gewesen, vielleicht hatten sie genauso ausgesehen wie diese beiden, vielleicht war er damals unsicherer gewesen, hatte sich auf Zehenspitzen gestellt, um eine Realität zu sehen, die sich verbarg. Danach waren sie immer wieder aufgetaucht, in mehreren Fällen pro Jahr, andere junge Frauen in der Gewalt anderer Menschenhändlerorganisationen, die andere Freier in anderen Wohnungen anlächelten, und mit jedem Mal schienen sie kleiner zu werden, herausgeputzter zu sein.

Der Stockwerkanzeige zufolge befand sich der Fahrstuhl gerade im siebten Stock, der obersten Etage. Lange Sekunden waren sie gezwungen, ausdruckslos vor sich hin zu starren. Bis aus vier Personen fünf wurden, als Ewert Grens wie vereinbart aus der anderen Richtung zu ihnen stieß – ein weiterer Hotelgast, der hoch in sein Zimmer wollte. Sven sah aus dem Augenwinkel zu ihm hinüber, und diesmal war es Grens, der unmerklich nickte. Gut. Ewert hatte den Verkäufer observiert – und verstanden. Als der Mann die Lobby durchquert hatte, immer einen Schritt hinter den beiden jungen Frauen, hatte seine rechte Hand permanent in der Tasche seines Sakkos gesteckt, an dem Gegenstand, von dem Sven und Ewert annahmen, dass es eine Waffe war, und auf dem seine Hand auch jetzt ruhte.

Der Aufzug setzte sich in Bewegung, kam langsam näher.

Die 7 auf der Stockwerkanzeige wurde zur 6, zur 5, verharrte dort.

Sven betrachtete die junge Frau, die am Tisch seinen Arm gestreift hatte und nun neben seiner Schulter stand und wartete. Mehr als einen Kopf kleiner als er, ihre langen Haare dufteten nach Parfüm. Sie drehte sich um, begegnete seinem

Blick. Sie hatte keine Ahnung, wohin ihre Fahrstuhlfahrt ging.

Vierter Stock. Dritter Stock. Noch zehn, höchstens fünfzehn Sekunden.

Die junge Frau musterte ihn, lächelte scheu. Sven wollte schreien, zwang sich jedoch, seine Mundwinkel nach oben zu ziehen und gleichfalls zu lächeln.

Zweiter Stock, der Aufzug hielt erneut an.

Der Mann, der Verkäufer, schnaubte irritiert in Richtung der geschlossenen Fahrstuhltüren. Das zweite junge Mädchen stand ein Stück weiter weg, eine Zwillingsschwester, Sven war sich sicher – geschminkt oder nicht, die beiden Mädchen waren identisch. Aber ihr Parfüm roch anders, und sie sang etwas, summte Wörter in einer Sprache, die nicht Schwedisch war.

Bis ein anderer Ton ihren Gesang übertönte. Laut. Aufdringlich.

Obwohl es eigentlich ein angenehmer Laut war, ein kurzes Pling.

Doch er kam von der Stockwerkanzeige, auf der die Zahl 2 zu einer 1 und schließlich zu der Buchstabenkombination EG geworden war.

Der Fahrstuhl.

Die Türen würden gleich aufgehen.

DAS KURZE PLING war zugleich das Signal zum Zugriff.

Sie handelten synchron.

Ewert Grens griff die beiden jungen Frauen fest bei den Schultern, riss ihre zierlichen Körper zurück in die Lobby und drückte sie zu Boden, zwang sie, dort liegen zu bleiben. Während Sven Sundkvist im selben Augenblick schräg nach hinten trat, den rechten Arm des Verkäufers packte, dessen Hand unverändert in der Tasche seines Sakkos steckte und den Gegenstand umfasst hielt, der womöglich eine Pistole war. Sven zückte seine eigene Waffe und presste dem Mann die Mündung in den Rücken.

Von seiner Position weiter hinten in der Lobby konnte Grens nicht erkennen, was bei den Fahrstühlen vorging.

»Police!«

Er hörte nur Svens Stimme über blank polierten Marmor hallen.

»Police – face down!«

Und erfasste nicht, dass alles zum Teufel ging.

Sven bekam mit, wie der Rücken vor ihm – *Police!* – zusammenzuckte und Ewert die beiden jungen Frauen – *Face down!* – auf den Marmorboden der Lobby presste und die Hotelmitarbeiterin am Empfang – *Now!* – alles stehen und liegen ließ und davonrannte.

Das war alles.

Er bekam nicht mit, wie der Verkäufer herumschnellte, sich aus seinem Griff befreite und wie die rechte Hand des Mannes, die in der Sakkotasche steckte, einen Abzug drückte und durch den Stoff hindurch mehrere Schüsse abfeuerte.

Er spürte nicht einmal die Kugel, die in der Nähe des Herzens in seine Brust eindrang, weil alles bereits geendet hatte.

LÄRM.

So laut, dass nichts zu hören war.

Ewert Grens zählte vier Schüsse.

»*Move!*«

Weitere Schüsse.

Grens zählte wieder. Drei diesmal.

»*The girls!*«

In die Decke über ihm. In den Fußboden neben ihm. In die Wand hinter ihm.

»*To me!*«

Der Verkäufer stand vor ihm und schlug ihm die scharfe Metallkante seiner Waffe ins Gesicht, trat ihm mit seinen Stiefelspitzen in den Bauch, nahm die Handschellen aus der Innentasche von Grens' Jacke, schloss das eine Ende um Grens' Handgelenk und das andere um ein Stahlbein des Bartresens. Dann schlug er erneut mit dem Waffenkolben zu, diesmal auf Stirn und Schläfe des Kriminalkommissars, bis dieser das Bewusstsein verlor.

Schatten, Farben.

Nur das.

Bis das Sonnenlicht, das durch das große Panoramafenster fiel, Löcher in das sonderbare Dunkel der Lobby bohrte und Ewert Grens zu Bewusstsein kam, sich bewusst wurde.

Körper. Ringsherum.

Er zählte, wie vorher die Schüsse, und kam bis sieben.

Vor seinen Füßen hockte eine Frau in der hellblauen Dienstkleidung des Hotels, sie verbarg den Kopf in den Armen und weinte. Die drei jungen Frauen, die sich so sehr von den zwei jungen Frauen unterschieden, die hergebracht worden waren, um verkauft zu werden, kauerten unter dem Tisch, an dem sie eben noch Saft mit Eiswürfeln getrunken und mit ihren Handys gespielt hatten. Ein Stück entfernt, als hätten sie im ersten Moment fliehen wollen, sich aber dagegen entschieden, kauerte das amerikanische Ehepaar hinter ausladenden Topfpflanzen.

Leicht zu entschlüsselnde Bilder.

Das letzte Bild erforderte mehr Zeit.

Das siebte. Ein Mann, so viel konnte Grens von seiner Position aus erkennen, der Rest war verdeckt.

Ein regloser Körper.

Die schwarzen Schuhe, die jeden Tag mehrmals durch den Korridor der Stockholmer Mordkommission zu Grens' Büro liefen, das graue Jackett, das sich in Grens' weiches Cordsofa zurücklehnte, die graue Hose, die zur zusätzlichen Ablagefläche wurde, wenn Grens während einer Fallbesprechung eine weitere Akte über den Tisch schob. Ewert Grens meinte sogar, die nachdenkliche und geduldige Stimme zu hören und das angenehme Summen, das gelegentlich die Stille ausfüllte.

So vertraut.

Bis der Kriminalkommissar sich mühsam so weit aufrichtete, dass die Handschellen in seine Haut schnitten – um auch das Gesicht des Mannes sehen zu können.

Vertraut wurde zu fremd.

Bleich. Leer. Leblos.

Und als Grens seinen Blick erneut auf die reglose Gestalt richtete und ihn auf deren Magengegend verharren ließ, schoss ihm – ehe er voller Qual aufbrüllte – der Gedanke durch den Kopf, dass Blut, das mit hoher Geschwindigkeit aus einem Körper herausgepumpt wird, von erstaunlich roter Farbe ist.

Der Mann, der Menschen verkaufte, war verschwunden. Genau wie die Zwillinge. Aber das war unwichtig. Ewert Grens' volle Aufmerksamkeit galt dem Rettungswagen, der vor dem Hoteleingang hielt.

»Macht mich los!«

Der Trage, die gleich in die Lobby gerollt werden würde.

»Zum Henker ...«

Sven, der unverändert vor den geschlossenen Fahrstuhltüren auf dem Boden lag.

Allein.

»*... macht mich endlich los!*«

Grens zog und zerrte an den Handschellen, die ihn festhielten, und brüllte dabei in das Chaos der Lobby hinein. In kollektive Verwirrung, in Schmerz, der mit jedem Atemzug seine Form veränderte, in die Art von fassungslosem Entsetzen hinein, die von Herz zu Herz geht. Er brüllte in Richtung der Polizeibeamten, die er nicht kannte und die ihn nicht kannten, die einem Alarm gefolgt und mit Blaulicht und Sirenen an einem Tatort eingetroffen waren und nun mit gezückten Waffen binnen Sekunden ausmachen mussten, wer Gast und wer dafür verantwortlich war, dass aus Einschusslöchern in Decke und Wänden weißer Mörtelstaub rieselte.

»Mein Name ist Ewert Grens! Ich bin Kriminalkommissar bei der Stockholmer Mordkommission! Der Schlüssel für meine Handschellen steckt in meiner Gesäßtasche! Und der Mann da ... der Mann da ... ist mein bester Freund!«

Er brüllte nicht mehr.

Er weinte.

Er war nicht wie Werner – der kaum fähig war zu weinen.

Ewert Grens weinte Tränen, die tief aus seinem Inneren kamen, als endlich jemand diesen verfluchten Metallring aufschloss, der seinen Arm festgekettet hatte, als er zwischen Menschen hindurchstolperte, die im heillosen Durcheinander der Lobby auf dem Fußboden hockten, als er Svens noch warme Hand ergriff, die unter der Decke von der Trage herabhing, die in den Rettungswagen geschoben wurde.

Er weinte und drückte sie fest.

LICHT.

Sven war sich fast sicher.

Hartes, weißes, aufdringliches Licht, das keinen Geruch, kein Geräusch erzeugte.

Er bemühte sich mit aller Kraft, jeden klaren Moment festzuhalten, kämpfte darum, die winzig kleinen Inseln von Gegenwart nicht entgleiten zu lassen.

Augenblicke, in denen er zweifellos bei Bewusstsein war.

Dann zerfloss es. Das Licht. Blinkte.

An.

Aus.

Nah.

Fern.

»Sven?«

Er wollte sich aufrichten, zu den grellen Lampen, die an der Decke des Fahrzeugs zu sitzen schienen, und der Stimme, die ununterbrochen seinen Namen wiederholte. Seine Finger umschlossen kaltes Metall, er stemmte seinen Oberkörper nach oben.

Und fiel. Zurück.

»Sven?«

Atemzüge an seiner Wange, er spürte sie.

»Sven, hörst du mich? Ich bin es, Ewert! Hörst du mich?«

Ganz nah.

»Sven, wach auf. Bitte!«

Eine Hand auf seiner Stirn.

»Sven? Mein Freund. *Zum Henker*, Sven, du darfst mich nicht …«

»Er hat das Bewusstsein verloren.«

»… verlassen.«

»Ich muss die Türen schließen.«

Der Sanitäter in dem grüngelben Overall griff nach den Hecktüren des Rettungswagens und signalisierte deutlich, dass Grens im Weg stand.

»Wollen Sie mitfahren?«

Ewert Grens zögerte.

»Wir müssen uns beeilen. Die Notaufnahme im Karolinska Krankenhaus ist nach einem Auffahrunfall überfüllt, wir müssen ins Söderkrankenhaus, die Fahrt dahin dauert länger. Zusätzliche Zeit, die wir nicht haben.«

»Ja. Ich fahre mit.«

Sie rasten durch enge Straßen, überholten Busse, die an Haltestellen hielten, Autos, die den Weg frei machten, und Passanten, die die Gehwege räumten. Schneller, als Grens es je im Stadtverkehr erlebt hatte. Ein Rettungssanitäter stach eine Kanüle mit einem dünnen Plastikschlauch in Svens rechten Handrücken, während Grens Svens linke Hand in seiner hielt – und sie beobachteten beide, wie die Flüssigkeit Tropfen für Tropfen den Weg aus dem Plastikbeutel in Svens bewusstlosen Körper fand.

»Ankunft in weniger als zehn Minuten.«

Der Rettungssanitäter hielt das Funkgerät dicht an den Mund.

»Mann, Mitte vierzig. Katatonisch. Blass, Blutdruck fallend.«

»Weiter?«

»Schussverletzung. Linksseitig, Brusthöhe. Das Projektil hat die Schutzweste durchschlagen, möglicherweise innere Organe verletzt, die Flugbahn geändert und …«

»Ja?«

»Die Milz. Er blutet stark.«

Grens wartete, bis der Rettungssanitäter das Gespräch beendet hatte und sie Blickkontakt bekamen.

»Was bedeutet das?«

Der Rettungssanitäter zögerte.

»Was Sie da gerade ins Funkgerät gebrabbelt haben?«

Als ob er nicht antworten wollte.

»Ich will wissen, was es bedeutet! Im Klartext. Es geht um einen Polizeibeamten, der im Dienst angeschossen wurde!«

»Eine Milzruptur kann tödlich sein. Wenn sie nicht sofort behandelt wird.«

»Was heißt das?«

»Dass Ihr Kollege umgehend operiert wird, dass die Ärzte die Blutungen ohne vorherige Untersuchung stoppen, um den Blutdruck zu stabilisieren. Dass das die einzige Chance ist, damit Ihr Kollege vielleicht weiteratmet.«

Sie näherten sich der Notaufnahme des Söderkrankenhauses, als der Rettungssanitäter Svens Hemd aufschnitt und die Klettverschlussriemen an seiner linken Schulter, an seiner rechten Schulter, an seinem linken Oberschenkel und an seinem rechten Oberschenkel löste.

Jetzt konnte Ewert Grens es sehen.

Das Loch, aus dem das Leben herausrann.

Er sah auch, dass die Stahlplatte der Schutzweste den ersten drei Schüssen standgehalten hatte, aber nicht dem vierten. Eine Makarow 7.62. Grens war sich sicher – damit hatte dieser verfluchte Menschenhändler ihm das Gesicht blutig geschlagen. Eine Waffe, die winzig kleine Projektile erforderte und eine so hohe Durchschlagskraft besaß, dass ihre Geschosse die Traumaplatte durchdrangen – Geschosse, die in Schweden verboten waren und die vor sechzig Jahren in der damaligen Sowjetunion hergestellt worden waren.

Der Kriminalkommissar drückte fest Svens Hand, strich mit der anderen leicht über bewusstlose Wangen.

Er kannte diesen Anblick – ein Projektil, das ans Ziel gelangt war und einen Körper mit Fasern und allem übrigen Dreck einer Schutzweste infiziert hatte, das zerfetzt, vergiftet hatte. Er kannte diesen Anblick von jedem getöteten Polizeibeamten, den er gesehen hatte.

Teil 2

(Vegagatan 3)

Estela kauerte sich im Bett zusammen. Sie fröstelte. Es war eine halbe Stunde her, aber sie nahm noch immer diesen Geruch wahr, der wie Papas Auto und Mamas frisch lackierte Nägel roch und zugleich vollkommen anders – reines Aceton, chemisch und aufdringlich.

Sie hatte das schmale Oberlicht ihres Schlafzimmerfensters geöffnet, den Lüftungsspalt, der frische Luft hereinließ. Sie hatte das Papierlaken und den Papierkissenbezug ausgewechselt. Sie hatte die karierten Kissen abgewischt, die in dem Korbstuhl lagen, in den er sich jedes Mal setzte, wenn er sich auszog, und da, wo er seine Kleidung immer achtlos auf einen Haufen warf, hatte sie den Fußboden gewischt, sie hatte einen Spritzer Zitrone ins Wasser gegeben und an der Stelle, wo er sich immer festhielt, wenn er sich an sie presste, immer und immer wieder über das Kiefernholzbettgestell gerieben.

Der Höllengeruch biss sich fest.

Sie war älter als die anderen und wurde als letzte Option von den Gästen gewählt, die am wenigsten bezahlten – den Gästen, die mit einem Brotmesser in der Hand einen Kiosk ausraubten, auf dem Sergels torg gestrecktes Amphetamin kauften, das gereinigt werden musste, und mit den paar Kronen, die übrig blieben, anschließend in die Vegagatan kamen.

Estela stand auf, reckte sich auf die Zehenspitzen und drückte ihre Nase an den schmalen Lüftungsspalt des Fensters.

Sie weinte nicht, nicht mehr.

(Karlavägen 71)

Neda bewegte sich nicht, während sie das auffing, was aus ihr herausrann.

Sie hatte noch immer Angst.

Wenn es auffiel. *Wenn* Erki nachzählte, den Inhalt kontrollierte und Verdacht schöpfte, dass sie heimlich Geld abzweigte, indem sie den Gästen Sex ohne Kondom gewährte.

Mit Drohungen und Schlägen kam sie zurecht, das waren reine Äußerlichkeiten.

Aber nicht mit Schulden, die immer größer wurden. Eine Summe, die zurückgezahlt werden musste, sich jedoch nie so weit verringerte, dass sie frei war.

Schuldenfrei.

Sie sah auf die tickende Uhr neben dem Fenster. Fünfundzwanzig Minuten, bis der Nächste kam.

Ihr Negligé lag auf der Kommode. Neda hüllte es um bleiche Haut und lief den Flur hinunter, am Spiegel vorbei, den sie umgedreht hatte, *ich sehe mich nicht, er sieht mich nicht.* Sie erinnerte sich an das Haus am Rand von Ignalina – an die großen, länglichen Spiegel, die dort gehangen hatten –, das Haus, in dem sie klein gewesen war, aber sich getraut hatte, dicht vor das Spiegelglas zu treten und die Person zu mustern, die noch sie selbst gewesen war. Am deutlichsten erinnerte sie sich an das Gefühl, das, was sie sah, zu mögen, und von Zeit zu Zeit kam es vor, dass sie diesem Gefühl auch hier und jetzt nachspürte, ohne zu wissen, wie sie es wiederfinden sollte. Manchmal, wenn sie es trotzdem versuchte, war dort bloß eine blanke Fläche, ein Spiegel, der nichts spiegelte.

In diesem Moment spürte sie einen Tritt in ihrem Inneren.

Einen Tritt, der im Bauch begann und der, wenn er ihre Brust erreichte, starkes Unbehagen und kalte Schweißausbrüche auslöste und sie zittern ließ, obwohl sie glücklich sein sollte.

(Östgötagatan 76)

Tanya schwitzte fürchterlich.

Die Hitze des Fiebers schnürte ihr den Hals zu, ließ ihre Wangen, ihre Stirn glühen, sie brannte.

Der silbergraue Gast hatte Erki angerufen und sich beschwert, dass ihm *keine Makel* versprochen worden seien, und sie hatte beschlossen, kein Wort zu den letzten beiden Gästen zu sagen.

Die Tabletten halfen nicht mehr. Nach dem Aufstehen hatte sie zwei Dexketoprofen geschluckt, etwas später noch mal zwei und eine Handvoll Ketogan. Aber ihr Körper wurde unverändert von Fieberkrämpfen geschüttelt. Hektisch kramte sie in ihrem Schminktäschchen nach der Diazepam-Injektionslösung. Sie konnte sich kaum auf den Beinen halten, als sie die sterile Verpackung aufriss, den Plastikverschluss von der Kanüle löste und sich die Dosis in den Oberschenkelmuskel injizierte.

Ein paar Sekunden, dann ließ der Schmerz nach, eine Atempause. Bis der Schmerz zurückkehrte. Pochte. Pochte. Vornüber gekrümmt, öffnete sie den Kühlschrank, schraubte das Cocillana-Fläschchen auf, schüttete den Hustensaft gierig hinunter, die letzten Tropfen liefen ihr über Kinn und Wangen. Mit kleinen Schritten schleppte sie sich zurück zum Bett, legte sich hin und massierte Rücken, Hüften und Bauch mit beiden Händen. Es war herrlich, die einsetzende Betäubung zu spüren.

Bis es an der Tür klingelte. Mehrmals. Sie blieb liegen – es ging einfach nicht.

Also klingelte es wieder.

Wieder. Und wieder.

Irgendwie gelang es ihr, aufzustehen, sich mit den Händen an den Wänden abzustützen und aufrecht bis zur Zimmertür zu kommen, wo sie zu Boden sackte und die letzten Meter zur Wohnungstür kroch, die irgendwo dahinten war.

Er lächelte freundlich.

Ein Mann, mit einem schwarzen Jackett und einer hellblauen Krawatte, der ihre Dienste schon häufiger in Anspruch genommen hatte und sich stets höflich verhielt, nie brutal.

»*No.*«

Trotzdem ging es nicht.

»*Very sorry.*«

Sie zitterte.

»*Much sick.*«

Sie legte eine Hand auf ihren Bauch, an ihren Rücken, doch er blieb stehen und lächelte in ihr vom Fieber gerötetes Gesicht, während ihr Schweißtropfen vom Haaransatz die Stirn hinunterliefen.

Sie beschrieb mit dem Zeigefinger einen Bogen in der Luft, einen weiten Kreis vom Bauchnabel über ihre Hüften zu den Lendenwirbeln, obwohl sie genau wusste, dass eine geschlossene Tür eine Geldstrafe nach sich zog, die höher war als ihr gesamter Monatsverdienst.

»*Much, much, much sick.*«

Aber es ging nicht. Nicht mehr.

Sie blickte auf eine hellblaue Krawatte, schloss die Wohnungstür, drehte sich um, um zurück in ihr Zimmer zu gehen, und brach im Flur zusammen.

»Sie da? Hallo?«

Der hochgewachsene Mann im weißen Kittel hörte ihn nicht, oder Grens war ihm schlichtweg gleichgültig, denn er lief unbeirrt weiter den Krankenhausflur hinunter.

»Sie da! Warten Sie!«

Ewert Grens konnte nicht sagen, wo der endlose Linoleumfußboden anfing und die endlosen weißen Wände aufhörten, als er den fliehenden Schritten hinterherjagte – die Tränen, die ihm im Rettungswagen gekommen waren und auch im Krankenhaus nicht versiegen wollten, ließen alle Konturen verschwimmen.

»Ich muss mit Ihnen reden! Sofort!«

Zu guter Letzt drehte der Mann im weißen Kittel sich um. Er wirkte erschöpft. Nicht wütend, ungeduldig, irritiert oder voller Angst wie Grens.

»Ja?«

»Mein Kollege … mein Freund, er … Sein Name ist Sven Sundkvist, er ist Polizist – Sie haben ihn operiert?«

»Darüber darf ich Ihnen keine Auskunft geben.«

Grens zerrte ein schwarzes Lederetui aus der Innentasche seines Jacketts und reichte dem Arzt seinen Dienstausweis mit dem Wappen, der goldenen Krone und der Aufschrift POLIZEI in roten Lettern.

»Ewert Grens, Kriminalkommissar bei der Stockholmer Mordkommission. Mein Kollege und ich … Mein Kollege ist bei einem Einsatz angeschossen worden, für den ich verantwortlich war.«

Die erschöpften Augen blickten zuerst auf den Dienstausweis, dann auf Grens.

»Wir haben die Blutung gestoppt. Milz und Teile des Darms entfernt. Und wir glauben, dass er durchkommt.«

»*Glauben?* Was zum Henker soll das heißen?«

»Dass wir die Verletzungen versorgt haben.«

»*Versorgt?*«

Der Mann im weißen Kittel blieb ruhig. Vielleicht weil er sich nicht aus der Ruhe bringen lassen wollte. Vielleicht weil er an die Angst von Angehörigen gewöhnt war – maskiert als uneinsichtige, bissige Aggressivität.

»Bei dieser Art von Gewalteinwirkung, Herr Kommissar, lässt sich die Schwere der Verletzung im akuten Stadium nicht vorhersagen. Die Kugel hat im Körper die Flugbahn geändert und die Milz perforiert. Zum Glück hat sie sie nicht durchdrungen – dann wäre jede Hilfe zu spät gekommen.«

Grens schlug mit der Faust gegen die weiße Wand, die hellrote Flecken bekam. Der Arzt blickte kurz auf Grens' blutende Knöchel.

»Ich schätze, das heißt, ich soll deutlicher werden?«

»Ich verstehe kein Wort von Ihrem Geschwafel!«

»Okay. Wie wär's damit? Wenn Sie von einem Schuss in die Hüfte getroffen werden, so wie Ihr Kollege, dann haben Sie Ausscheidungen in der Lunge. Deutlich genug, Herr Kommissar? Wir sprechen von verheerenden Kräften. Aber Ihr Kollege wirkt stabil.«

Das Wartezimmer des Krankenhauses war klein. Und fensterlos. Machte das Atmen schwer. Das war wohl der Grund, warum Grens es da nicht ausgehalten hatte.

Doch jetzt ging er dorthin zurück. Zu Anita und Jonas, Svens Frau und Svens Sohn, die er genauso lange kannte wie Sven. Vermutlich die einzige wirklich glückliche, vielleicht sogar normale Familie, die ihm je begegnet war. Die ihn immer einlud – obwohl er ihre Einladung noch nie erwidert hatte.

Jetzt umarmte er die beiden.

Lange.

»Er … Anita – Sven wird wieder gesund. Der Arzt hat es gesagt. Dass sie ihn *versorgt* haben. Dass er …«

»Ewert, du musst das nicht machen.«

»Ich wollte nur sagen …«

»Du bist hier, Ewert. Das genügt. Sven weiß, wie viel er dir bedeutet.«

Auch diesmal hielt Grens es in dem engen, fensterlosen Raum ohne Sauerstoff nicht aus.

Er hastete davon, nahm denselben Weg wie der operierende Arzt, und die sterile, kalte Atmosphäre verstärkte das Echo seiner Schritte, ließ sie ringsherum widerhallen.

Es war seine Schuld, dass Sven im Koma lag und um sein Leben kämpfte.

Es war seine Schuld, dass ein Zuhälter sich den Weg frei geschossen hatte und mit zwei jungen Frauen geflohen war, die verkauft werden sollten.

Es war seine Schuld, dass er die Gefahr unterschätzt und unvorbereitet und ohne Verstärkung gehandelt hatte.

Werner hatte ihn alarmiert, und Werner hatte um Stillschweigen gebeten – aber allein er, Ewert Grens, hatte die Situation falsch beurteilt. Zum gleichen hohen Preis wie immer: Er lief Gefahr, den Menschen zu verlieren, der ihm am nächsten stand. Wie beim ersten Mal, als sie gegen einen Menschenhändlerring ermittelt hatten und er Bengt, seinen ältesten Freund, geradewegs in eine tödliche Falle geschickt hatte – in eine Leichenhalle, die in die Luft gesprengt wurde. Und wie damals, vor vielen Jahren, als er einen anderen Einsatz falsch beurteilt hatte und Anni, der einzige Mensch, den er gewagt hatte zu lieben, das geistig bewusste Leben verließ.

Grens hastete den nächsten Flur entlang und entdeckte den Rücken, den er jagte. Er rannte, und seine Schritte hallten von den Wänden wider.

Es ist einzig und allein meine Schuld.

Es hallte wirklich.

Es ist einzig und allein meine Schuld.

»Hallo, Sie!«

Ewert Grens rief, und der Arzt drehte sich um.

»Kommissar Grens?«

»Könnten Sie stehen bleiben, ich muss ...«

Grens holte den Arzt ein und rang nach Atem, vornübergebeugt, die Hände auf die Knie gestützt.

»... noch mehr wissen.«

»Ja?«

»Die Milz. Sie sagten, Sie hätten sie entfernt?«

»Ja.«

»Ich frage mich ... kann man ohne Milz leben?«

»Ich kann Ihnen erklären, wie ...«

»Ich meine, kann *mein Kollege* ohne Milz leben?«

Der Blick des Arztes wanderte den leeren Flur entlang, er deutete mit dem Kopf auf zwei Hocker, die an einer Wand standen, wie Ruhebänke in einer weitläufigen Parkanlage.

Zu diesen Hockern gingen sie, ließen sich darauf nieder.

»Ich habe eine Gefäßligatur durchgeführt und das verletzte Organ entfernt. Die Operation zielte darauf ab, das Überleben des Patienten zu sichern und die Verletzungen zu behandeln, die auf den ersten Blick zu erkennen waren. Und ja, man kann ohne Milz leben. Ihr Kollege kann ohne Milz leben. Aber Schussverletzungen können im weiteren Verlauf zu Nekrose führen. Es *könnten* Komplikationen auftreten, von denen wir derzeit noch nichts wissen.«

Freundlich. Trotz aller Unerfreulichkeit. Ewert Grens bewunderte Menschen, die – anders als er – dazu fähig waren.

»Verstehen Sie?«

Grens nickte. Er verstand.

Nichts war jemals sicher.

Nichts in diesem seltsamen Leben blieb unabänderlich bestehen.

»Und, Kommissar Grens?«

Der freundliche Arzt legte ihm freundlich eine Hand auf die Schulter.

»Jetzt möchte ich, dass *Sie* sich behandeln lassen. In einem anderen Teil des Krankenhauses. Ihr Gesicht muss verarztet werden. Sie haben Schürfwunden und Blutergüsse. Und wenn ich mir ansehe, wie Sie laufen, sollten Sie Ihren Oberkörper röntgen lassen. Sie haben gewaltig Prügel bezogen, hab ich recht?«

Einen Pistolengriff auf Stirn, Nase, Wangen. Fußtritte in Hüfte und Bauch. Er hatte es vergessen. Aber jetzt, wo er wieder daran dachte, überfiel ihn der Schmerz. Aus zwei Richtungen.

»Sobald ich weiß, dass es Sven gut geht.«

»Ihr Kollege wurde in ein künstliches Koma versetzt. Momentan geschieht nichts weiter. Kümmern Sie sich um Ihre eigenen Verletzungen und kommen Sie zurück, wenn wir ihn aus dem Koma aufwecken.«

Der Arzt eilte davon.

Es gab niemanden mehr, dem Grens hätte nachjagen und den er hätte anschreien können, um seiner Angst Luft zu machen.

Also blieb er in diesem Flur, der kein Ende nahm, gleichgültig, in welche Richtung er sich wandte, und dachte, dass er nicht noch mehr Menschen verlieren wollte, die ihm ans Herz gewachsen waren. Er blieb dort stehen, bis diese verfluchten Tränen, von denen er nicht wusste, wie er sie deuten sollte, ihm erneut in die Augen stiegen und zögernd über zerfurchte Wangen liefen.

Er ließ sie laufen.

Es sah ihn niemand.

Etwa Mitte dreissig. Mager. Ein schlaffer Oberlippenbart über schmalen Lippen und farblose Augen unter einer hohen Stirn. Das war das Aussehen, das Ewert Grens sich eingeprägt hatte, als der Mann, der zwei junge Mädchen kaufen wollte, durch die Glastüren des Hotels hereingekommen war.

Doch der Kriminalkommissar kannte weder den Namen des Mannes noch den Fluchtweg, den dieser bei unmittelbarer Gefahr zu nehmen gedachte.

Erki Mazeika hatte bereits bei früheren Geschäften sämtliche Ausgänge des Mornington Hotels sondiert, und als er unten in der Lobby Schüsse gehört hatte, war er ohne Umschweife aus dem Fenster des Zimmers 316 geklettert, die Feuerleiter hinuntergestiegen, die Nybrogatan entlanggelaufen, hatte das Kaufhaus Åhlens betreten und in der Herrenabteilung blank polierte Lederschuhe, weißes Hemd und gestreifte Krawatte gegen rote Sneakers, Flickenjeans und einen grauen Hoodie mit großer Kapuze eingetauscht. Nun machte er den ersten Anruf, doch bevor er dazu kam, etwas zu sagen, ergriff die Stimme, die seinem Boss gehörte und der er Bericht erstatten wollte, das Wort – *Wechsle das Handy und schalte das Kundentelefon aus* – und befahl ihm abzuwarten. Ziellos lief er durch die Straßen, und als keine erneute Kontaktaufnahme erfolgte, beschloss er, an der nächstgelegenen Adresse der Organisation auf Tauchstation zu gehen und sich hinter verschlossener Tür und heruntergelassenen Jalousien im Zusatzzimmer zu verstecken, solange Neda und Inesa die Gäste empfingen, deren Termine er gestern bestätigt hatte.

Erst als der allerletzte Gast bezahlt hatte und gegangen war – einer von Inesas Stammkunden –, klingelte sein Handy, das er die ganze Zeit über krampfhaft in der Hand gehalten hatte.

Er flüsterte, hoffte, mit der richtigen Person zu sprechen.

»Ja?«

»Wo bist du?«

Für den Moment atmete er auf – *er sprach mit der richtigen Person.*

Dem Boss.

»Im Karlavägen 71.«

»Gut. Sobald wir aufgelegt haben, machst du weiter wie an einem ganz normalen Tag. Zählst nach und kontrollierst. Während ich …«

»Ist dir klar, was passiert ist?«

»Mir ist klar, was passiert ist.«

»Ich habe Schüsse gehört! Mehrere Schüsse. Und jetzt … was soll ich …«

»Du machst genau das, was ich dir sage. Was wir immer tun, wenn uns jemand zu nahe kommt. Wir verhalten uns normal. Du *verhältst dich normal*, während du kontrollierst, dass unsere Angestellten das tun, was sie tun sollen. Du *verhältst dich normal*, wenn du die Kondome zählst, du *verhältst dich normal*, wenn du das Geld aufs Konto einzahlst.«

»Verstehst du nicht, was ich sage? Irgendein Arschloch hat genau in dem Moment in der Hotellobby rumgeballert, als der Verkäufer aufgetaucht ist! Jemand, der …«

»Ein Polizist wurde angeschossen.«

»Ein … Polizist?«

»Ja.«

»Woher sollte …«

»Ich habe mit dem Verkäufer gesprochen. Sie sind auf freiem Fuß – er und die Mädchen. Und er hat haargenau dieselbe Frage gestellt: *Woher konnte die Polizei wissen, dass er im Hotel war und was dort stattfinden sollte?*«

Sie warteten, schweigend, hörten nur die Atemzüge des anderen.

Als atmeten sie im Takt.

»*Ich* habe dichtgehalten. Das weißt du. Nach all den Jahren, die ich für dich arbeite.«

»Du bist zu feige, Erki, das weiß ich so sicher, wie ich weiß, dass auch der Verkäufer dichtgehalten hat. Trotzdem wussten zwei Bullen in Zivil genau, was heute wann und wo stattfinden sollte. Ein synchroner Zugriff aus zwei Richtungen – der eine hat die Mädchen aus der Gefahrenzone geschafft, während der andere, der angeschossen wurde, den Verkäufer festnehmen sollte.«

Sie atmeten wieder im Takt. Oder warteten darauf, dass der andere den nächsten Zug machte.

»Du und der Verkäufer waren die Einzigen, die Ort, Zeit und Zweck kannten, Erki.«

»Ich habe nichts gesagt! Zu niemandem! Ich schwöre, ich …«

»Ein Lauschangriff.«

»Lausch … angriff?«

»Dein Kundentelefon wurde abgehört. Oder das des Verkäufers. Oder vielleicht auch nicht. Aber so oder so – ab heute benutzt du für Gespräche mit mir dieses Telefon, und für die Gäste schaffst du ein neues an.«

»Für die Gäste? Wir können doch nicht …«

»Wir ziehen um, wie immer. Aber nicht sofort. Nicht überstürzt. Das tut nur jemand, der schuldig ist. Als Nächstes wirst du also Kondome zählen. Und morgen früh teilst du neue Kondome aus, die du morgen Abend zählst.«

»Aber …«

»Wir machen *exakt* so weiter wie bisher – ich löse das Problem.«

Das Gespräch war beendet.

Erki schmatzte geräuschvoll mit den Lippen. Seine übliche Reaktion, wenn er beunruhigt war oder Schiss hatte oder ihm jemand auf den Fersen war. Oder, wie in diesem Moment, alles auf einmal.

Reglos stand er in dem verdunkelten Zusatzzimmer und wartete.

Bis der Reflex nachließ und er hinaus in den Flur gehen konnte.

Sich normal verhalten konnte.

»Was ist los? Neda?«

Neda stand mit dem Rücken zu ihm in der Küche und umklammerte den Rand der Spüle so krampfhaft, wie er eben sein Handy umklammert hatte. Den Oberkörper vorgebeugt, den Kopf im Becken.

Sie erbrach sich.

Ihre Knie gaben nach, sie keuchte und erbrach sich erneut.

»Neda? Was ist mit dir?«

Sie wartete, es kam nichts mehr. Sie drehte sich um. Jemand hatte etwas gesagt.

Er?

Wie konnte das sein? Sie hatte ihn nicht kommen hören.

»Antworte mir!«

Neda stützte ihren Oberkörper auf der Spüle ab.

»Ich … es ist nichts.«

»Ich habe Augen im Kopf. Und Ohren.«

Er ging näher.

»Ich bin gekommen, als Gast Nummer vier bei dir war, und ich habe im Nebenzimmer gesessen und gehört, wie du nach jedem Gast gekotzt hast. Drei Gäste – und dreimal hast du gekotzt! Du gehörst uns, du sollst Geld für uns verdienen. Also antworte: *Warum stehst du hier und kotzt?*«

Er deutete auf den Boden des Spülbeckens. Auf die Reste ihres Mageninhalts.

Bis sie flüsterte.
»Ich glaube ... der Kaffee.«
»Der Kaffee?«
»Ja.«
»Das glaube ich nicht.«
»Doch, ich ...«
»Wie lange schon?«
Mehrmals täglich. Mehrmals täglich seit mehreren Wochen.
»Seit heute ... es hat heute angefangen. Und es ist schon wieder vorbei. Der Kaffee steht immer zu lange auf der Wärmeplatte.«
»Ich habe dich schon letzte Woche kotzen sehen. Klare Flüssigkeit! Und jetzt – kotzt du wieder!«
Er schlug sie nicht.
»Und jedes Mal, wenn eine von euch regelmäßig kotzt ...«
Aber sie sah, dass er es wollte.
»... ist sie schwanger!«
Ihre Beine gaben erneut nach, die Übelkeit, die tief von innen kam, war noch nicht vorbei.
»Eine schwangere Nutte ist wertlos fürs Geschäft! Eine schwangere Nutte scheißt auf den Schutz und wickelt ihre eigenen Geschäfte ab!«
Er reichte ihr die Hand, half ihr auf.
»Wo hast du sie?«
»Im Zimmer, auf dem ...«
Sie bekam keine Luft mehr.
»... Nachttisch.«
Er stürmte in den Flur, achtete darauf, dass sie mitbekam, wie er den Spiegel wieder richtig herum hängte, die Spiegelfläche nach vorne, ging in ihr Zimmer, vorbei an dem ungemachten Bett, dessen Laken gewechselt werden mussten. Die Plastiktüte auf dem Nachttisch enthielt sieben zugeknotete Kondome. Er knipste die Nachttischlampe an, hielt die

Kondome der Reihe nach ins Licht und kontrollierte sie. Sie waren in Ordnung.

Neben der Plastiktüte lag ein Stapel Fünfhundertkronenscheine. Er zählte sie nach. Sieben Kunden zu je tausendfünfhundert Kronen machten zehntausendfünfhundert Kronen. Die Summe stimmte ebenfalls.

Er suchte ihren Blick, aber sie sah wie immer an ihm vorbei, über ihn hinweg, durch ihn hindurch.

»Morgen bekommst du sieben neue, die du füllen musst.«

Er ging in Richtung Wohnungstür.

»Dein erster Gast kommt um zehn. Wasch dich und bring dein Bett in Ordnung, die Laken sind verschwitzt und stinken nach Sex.«

Im Treppenhaus mied er den altersschwachen Fahrstuhl und nahm stattdessen die Treppe. Auf halber Höhe zwischen zwei Stockwerken öffnete er die Tür zu einem winzigen Balkon mit Blick auf den Innenhof. Er setzte sich auf einen Stuhl, starrte auf halb belegte Fahrradständer, verwaiste Tische und Bänke und wählte die einzige im Mobiltelefon gespeicherte Nummer.

»Wir haben ein Problem.«

Der Boss hatte sich nach nur einem Klingeln gemeldet.

»Und was für eins?«

»Vielleicht sogar drei Probleme.«

»Und ich habe – wie du weißt – einiges zu tun. Ich muss herausfinden, wie viel die Polizei weiß und was sie als Nächstes plant. Sag, was du zu sagen hast.«

»Neda ist schwanger. Ich bin mir sicher. Sie übergibt sich regelmäßig.«

»Das kann auch andere Ursachen haben.«

»Ihr Bauch, ich habe genau hingesehen. Kein Zweifel.«

Der Boss atmete schwer, wie vorhin, aber seine Stimme klang lauter, schärfer.

»Und genau deswegen zählst du die Kondome, Erki. Damit keine unserer Angestellten in die eigene Tasche wirtschaftet. Das ist dein verfluchter Job!«

»Ich kontrolliere die Kondome jeden Abend, und es stimmt jedes Mal.«

Wieder diese Atemzüge, die ihn warten ließen.

»Du sagtest drei Probleme.«

Im Treppenhaus erklangen Schritte.

Erki wartete, schwieg. Bis die Schritte sich entfernt hatten.

»Tanya. Sie hat einen Termin abgebrochen und den nächsten Gast gar nicht erst in die Wohnung gelassen.«

»Sie hat nur eine Eierstockentzündung.«

»Ich drohe ihr, ich erhöhe ihre Schulden – es wirkt nicht.«

»Sie macht weiter.«

»Die Medikamente lindern ihre Schmerzen nicht mehr.«

»*Sie macht weiter.* Was noch? Tanya. Neda. Das sind zwei.«

»Estela. Wir bieten sie zum halben Preis an, und trotzdem wird sie kaum gebucht. Sie ist vierundzwanzig – zu alt. Sie hat ihr Soll erfüllt. Ich denke, du solltest ihren Exit in Erwägung ziehen. Eine Spende, um ihre Restschuld zu bezahlen. Ich habe schon mit dem Händler gesprochen.«

Erki blickte auf den Innenhof, der aussah wie alle anderen Innenhöfe in Stockholms teuerstem Stadtviertel – manchmal waren sie kaum voneinander zu unterscheiden, perfekte Adressen, jeweils für einige Monate am Stück.

Er schmatzte mit den Lippen, wie üblich.

»Eins noch – die Bullen. Du hast gesagt, du kümmerst dich darum. Aber ich kann nicht vor die Tür. Wahrscheinlich laufen schon Horden von Polizisten durch die Straßen und suchen nach mir!«

»Die Polizei fahndet nicht nach *dir*, sondern nach dem Verkäufer. Er hat geschossen.«

»Aber er war im Hotel, um sich mit *mir* zu treffen!«

»Euer Treffen hat nicht stattgefunden. Zwischen euch gibt es nicht die geringste Verbindung. Die Polizei jagt ein Phantom, weil der Verkäufer – genau wie du und ich – über das Sicherheitssystem des Hotels im Bilde ist. Erki, ich weiß, wie der Polizist heißt, der angeschossen wurde.«

»Aha.«

»Und ich weiß auch, wer der zweite Polizist ist, der im Hotel war.«

»Aber genau davon rede ich doch! Die Bullen müssen mich gesehen haben! Wie soll ich …«

»Du tust genau das, was ich dir vorhin gesagt habe. Was du eben mit Bravour gemeistert hast. Du verhältst dich weiter *normal* – um die Polizisten kümmere ich mich.«

Er wirkte so klein.

Sven, der so groß sein konnte, wenn er klug und bedachtsam einen Fall drehte und wendete, bis er eine Lösung fand. So erwachsen, wenn er Grens' lauter Stimme und seinen explosiven Wutausbrüchen zuhörte und ihn dann geduldig dazu brachte, keine Möbel mehr mit Fußtritten zu traktieren und nicht mehr mit den Fäusten gegen Wände zu schlagen. Jetzt lag er in diesem Krankenhausbett mit Rädern, die gehorsam rollten, wenn das Bett eilig in einen anderen Raum geschoben werden musste – und glich einem schlafenden Kind. Anita saß an Svens rechter Seite auf einem Stuhl und hielt seine Hand, während zwei mit zahlreichen Schläuchen versehene Apparate piepten und blinkten. Jonas lehnte ein Stück abseits an dem großen Krankenhausfenster.

Das war das Bild, das sich Ewert Grens von seiner Position an der Tür bot – da, aber nicht im Weg –, als Sven mit einem Mal den Kopf ein wenig bewegte, die Augen öffnete und leise *Hallo* murmelte.

Selten hatte ein so harmloses und unwichtiges Wort den Körper des Kriminalkommissars so sehr zum Zittern gebracht, ein Hüpfen in der Brust, ungefähr da, wo das Herz sitzt, das es unmöglich macht stillzustehen. Grens hastete an das Krankenhausbett – da, aber nicht im Weg konnte zuweilen eine verdammt beschwerliche Regel sein – und legte eine Hand auf die Schulter seines Kollegen.

Auf die Schulter seines besten Freundes.

»Sven …«

Und dann bekam er kein Wort mehr heraus.

Doch es schien zu genügen.

Sven nickte kaum wahrnehmbar und drückte Anitas Hand so fest, wie er konnte.

»Kommen Sie.«

Der Arzt, der ein paar Stunden zuvor Bekanntschaft mit Grens' hinter lautstarker Aggressivität verborgener Angst gemacht hatte, legte nun *seine* Hand auf die Schulter des Kriminalkommissars.

»Jetzt ist es besser, wenn Sie das Zimmer verlassen. Ihr Freund braucht Ruhe. Auf der Intensivstation sind nur die engsten Angehörigen erlaubt.«

Grens strich Sven leicht über die Wange, flüsterte *Danke, dass du wieder da bist*, und wandte sich zum Gehen. Doch nach ein paar Schritten blieb er stehen und hielt den Arzt, der ihm ein solches Vertrauen einflößte, zurück.

»Haben Sie eine Minute?«

Trotz der Betriebsamkeit auf dem Flur der Intensivstation, wo Patienten rasch hin und her geschoben wurden und der Tod an jeder Ecke lauerte, kam Grens der Korridor ebenso ruhig vor wie das Zimmer, das er soeben verlassen hatte. Diesmal gab er sich Mühe, nicht auf Angriff zu schalten.

»Was Sie vorhin gesagt haben … gilt das noch?«

»Es gilt noch.«

»Und dass Sven aufgewacht ist und redet … das ist doch gut?«

»Solange nach der operativen Entfernung der Milz keine Komplikationen auftreten, sein Blutdruck stabil bleibt und Ihr Freund ein paar Blutinfusionen bekommt – dann ist er vermutlich außer Gefahr. Und dass er redet, höflich und freundlich, das ist immer ein gutes Zeichen.«

Der Arzt lächelte und ging zurück ins Zimmer, und Grens war sich nicht ganz sicher, ob die letzte Bemerkung des Mediziners wirklich auf Sven gemünzt gewesen war. Ebenfalls nicht ganz sicher war er, was ein Mensch mit sich anfing, dessen Brust nach wie vor Freudensprünge vollführte, nachdem sie Todesangst ausgestanden hatte, und er blieb unschlüssig in dem unbarmherzig grellen Krankenhauslicht stehen, bis er eine neue Hand auf seiner Schulter spürte.

»Ewert?«

Erik Wilson. Der Chef der Stockholmer Mordkommission und damit Grens' und Svens Chef. Es kam nicht oft vor, dass Wilson das Polizeipräsidium Kronoberg verließ.

»Hier gibt es nicht viele ungestörte Orte. Aber man hat mir den Andachtsraum zur Verfügung gestellt. Wir müssen reden.«

Während der kurzen Fahrstuhlfahrt ins Erdgeschoss und auf dem Weg durch andere Krankenhauskorridore voll gestresster Krankenschwestern und leerer Betten wechselten sie kein Wort. Das taten sie erst, als Wilson die Tür des fensterlosen und spärlich möblierten Andachtsraums, der die Stille beherbergte, für die draußen kein Platz war, hinter ihnen geschlossen hatte.

»Zuerst, Ewert, möchte ich sagen, ich weiß, wie tief erschüttert du bist. Weder du noch ich verkorpern die Seele der Stockholmer Mordkommission. Die Seele unserer Abteilung ist Sven, und das ist er immer gewesen.«

Grens sah seinen Chef an.

Erstaunt.

Genau so war es. Die Seele. Er hätte fast die Seele verloren.

»Und sobald all das hier ausgestanden ist, werden du und ich uns darüber unterhalten, warum ihr euch in dieser Hotellobby befunden habt, und auf wessen Anweisung. Denn *meine* war es nicht. Aber dafür haben wir jetzt keine Zeit – jetzt müssen wir ein Phantom aufspüren.«

Erik Wilson öffnete eine abgewetzte schwarze Ledertasche und nahm einen Laptop heraus.

»Weil das Gesicht des Schützen in den Aufnahmen nicht zu erkennen ist.«

Er stellte ihn auf einen der Stühle, die vor dem Altar einen Halbkreis bildeten.

»Er wusste ganz genau, wo er gehen und stehen musste, um nicht von der Kamera erfasst zu werden. Sowohl im Eingangsbereich des Hotels als auch draußen auf der Straße. Ich springe direkt zur letzten Aufnahme in der Fahrstuhlnische.«

Zwei junge Frauen und Sven Sundkvist stehen voll sichtbar nebeneinander vor den Fahrstühlen und warten. Am Rand der Aufnahme steht ein Mann, der die Frauen zu begleiten scheint.

Grens sank auf den Stuhl neben Wilsons Laptop, um sich den Personen zu nähern, die auf dem Computerbildschirm lebendig waren. Wie so oft, wenn er Filmaufnahmen von Überwachungskameras betrachtete, wollte er eingreifen, vor dem warnen, was noch nicht geschehen war.

Sven warnen.

Grens kommt ins Bild, und siebenundzwanzig Sekunden später reißt er die beiden jungen Frauen zur Seite. Im gleichen Moment tritt Sundkvist einen Schritt zurück und packt den Mann am Arm. Einen Augenblick später sackt Sundkvist zu Boden, er blutet aus einer Wunde am Bauch.

»Die Kriminaltechniker sichern DNA und Fingerabdrücke, Kollegen nehmen Zeugenaussagen auf. Was den Schützen angeht ...«

»Wilson – der Schütze interessiert mich nicht.«

»Wie bitte?«

»Den Schützen, den Verkäufer, werden wir so tief unten im Kumla-Bunker einsperren, wie ein Spaten graben kann, und anschließend werde ich eigenhändig den Schlüssel wegwerfen. Dasselbe gilt für den Käufer, einen anderen kleinen Baltikum-Zuhälter, der in den Aufnahmen der Überwachungskameras zu sehen ist, wenn du ein paar Minuten vorspulst. Aber jetzt noch nicht.«

»Noch … nicht?«

»Jeder Muskel in meinem Körper will dieses Schwein, das Sven angeschossen hat, zu Brei schlagen, und mein Herz blutet für die beiden jungen Frauen. Aber wenn wir unseren Fokus jetzt auf Opfer und Täter richten, entwischt uns der *Anführer*. Zwei Mädchen und ein Verkäufer sind genauso schnell ersetzt, wie ein großer Fisch abtaucht. Dieses Mal zäumen wir das Pferd von hinten auf. Jagen den Kopf des Ganzen, damit keine Menschen mehr Schaden nehmen.«

Wilson wurde selten wütend oder aggressiv, im Gegensatz zu Grens, der ohne Konflikte nicht funktionierte.

Jetzt wurde er es.

»Die Aufnahmen zeigen eindeutig, dass du weißt, worum es hier geht. Während ich, dein Chef, es nicht weiß. *Ewert – verflucht, rede mit mir.*«

»Es geht darum, dass ich diesem Dreck ein Ende setzen will. Dass ich den Anführer haben will.«

Auf dem Computermonitor lag Sven weiter am Boden der Hotellobby, während das Leben aus ihm herausrann. Grens versuchte, das Bild zu vertreiben, den Laptop auszuschalten, drückte blindlings irgendwelche Tasten.

»Die Person, die nie sichtbar wird, nie die Drecksarbeit erledigt, sich nie im Hotel zeigt, um junge Frauen in Empfang zu nehmen. Die Person, die das ganz große Geld macht.«

Dann ertrug er es nicht mehr. Er drehte den Bildschirm zur Seite, um der Realität zu entrinnen, an der er kein zweites Mal beteiligt sein konnte.

»Aber wenn wir den Verkäufer schnappen, der Sven angeschossen hat, oder den Käufer, der in einem Hotelzimmer auf ihn gewartet hat – *denn die beiden werden wir finden* –, werden sie uns sowohl zu den jungen Frauen als auch zum Anführer der Organisation führen. Zu Beweisen, die ausreichen, um einen noch tieferen Gefängnisbunker auszuheben.«

Erik Wilson sah Grens an, *sah* ihn wirklich, sah ein Gesicht, das verletzt war, und einen Anzug voller Blut. Sah einen Menschen, dem es schwerfiel stillzusitzen, mit Schmerzen, die von der Hüfte ausstrahlten, wo der Verkäufer am brutalsten zugetreten hatte.

»Wie fühlst du dich, Ewert?«

Grens lächelte.

»Wie ein Fünfundzwanzigjähriger.«

»Ich meine nicht deine Schmerzen beim Gehen, von denen du denkst, ich würde sie nicht bemerken. Oder die Wunden auf deiner Wange und Stirn, die stark geblutet haben. Ich meine, wie du dich dadrin fühlst. Wegen Sven.«

Wilson deutete auf Grens' Brust, auf einen Ewert Grens, der in den vergangenen Jahren gelernt hatte, seinem Chef zumindest eine respektvolle Akzeptanz entgegenzubringen, der begriffen hatte, dass der Mann, der im Polizeipräsidium Kronoberg den schwierigsten Job hatte – Grens' Vorgesetzter zu sein –, seinen Job ziemlich gut machte. Freiräume in Grenzen gewährte. Forderte, ohne Forderungen zu stellen. Antrieb und bremste. Und der deswegen Antworten auf Fragen verdiente, die ihn nichts angingen.

»Ich weiß es nicht.«

»Ewert?«

Grens atmete langsam, versuchte, die Emotionen zu analysieren, die in seinem Inneren tobten.

»Fuchsteufelswild. Erschüttert. Gebrochen. Krank. Kraftlos. Zu Tode verängstigt.«

Er starrte zu Boden.

»Ich fühle mich halb. Vor allem halb, glaube ich. Genügt das?«

Wilson nickte. Es genügte.

Der Chef der Stockholmer Mordkommission schaltete den Laptop mit der einzigen Taste aus, auf die Grens nicht gedrückt hatte.

Ein paar Minuten später stand der Kriminalkommissar in einer Herrentoilette des Krankenhauses und versuchte zu begreifen, wer der ältere Mann war, dessen zerschundenes, von Schürfwunden und Schwellungen übersätes Gesicht ihm aus dem Spiegel entgegenblickte. Er bespritzte sein Gesicht so gut es ging mit Wasser, machte bei dem eingetrockneten Blut auf Anzugjacke und Anzughose weiter – teils seins, teils Svens –, dann ließ er sich auf den geschlossenen Toilettendeckel sinken und sammelte Mut, um einen Menschen anzurufen, der vielleicht auf ihn wartete.

»Hallo … Du … Ich … Ist es zu spät?«

»Für ein Mittagessen ja, aber nicht für ein Glas Wein bei mir zu Hause.«

Freude durchströmte ihn. Bis tief in die Magengrube.

Sie hatte ihn noch nie zu sich nach Hause eingeladen.

»Aber ich sehe furchtbar aus.«

»Deine Blütezeit mag vielleicht vorbei sein, aber das dicke Ende ist noch lange nicht gekommen.«

»Was ich meine – die Situation ist aus dem Ruder gelaufen. Aber ich habe mein Gesicht gesäubert, meine Kleidung auch, und …«

»Du weißt, dass ich alles gesehen habe. Ich warte auf dich, Ewert.«

Es stimmte – sie hatte alles gesehen.

Sie war mit seinem ältesten Freund und Kollegen verheiratet gewesen, hatte Bengt nach physischen Konfrontationen im Dienst blutig und grün und blau geschlagen gesehen, Teil des Polizeialltags. Sie hatte auch Bengts letzten Anblick gesehen, leblos auf einer Obduktionsbahre, und manchmal spürte Grens noch immer, wie er in diesem Moment neben ihr gestanden und sie am Arm gehalten hatte, wie sie sich aneinandergelehnt hatten, um nicht zusammenzubrechen, die Ehefrau und der beste Freund.

Für einen winzigen Moment hatte er es vergessen.

Wie es sich anfühlte, fuchsteufelswild und erschüttert und zerbrochen und krank und kraftlos und zu Tode verängstigt zu sein. Und halb. Er hatte Sven nie gesagt, wie viel er ihm inzwischen bedeutete. Er sollte es tun. Er würde es nie tun.

Grens setzte sich auf die Bank vor dem Haupteingang des Krankenhauses, zu erschöpft, um im Stehen auf das Taxi zu warten.

Es wurde ihm jetzt erst bewusst. Wie schwach man wurde, wenn die Kraft nicht mehr ausreichte, um weitere Verluste zu verkraften. Wie schwach man wurde, bei dem Versuch, den Sinn zu verstehen, warum man überhaupt jemanden kennenlernen, andere Menschen an sich heranlassen sollte, wenn sie doch unweigerlich einer nach dem anderen fortgehen würden.

»Ist alles in Ordnung?«

Eine Frau in Schwesterntracht musterte ihn besorgt. Entweder kam sie aus dem Krankenhaus oder wollte hinein.

»Entschuldigung?«

»Sie sehen … Geht es Ihnen gut?«

»Das sind nur ein paar Kratzer.«

»Ich meinte … Sie wirken …«

Ewert Grens war nicht bewusst gewesen, dass es sichtbar

war, das, was auf seine Brust und seine Augen drückte. Wie sehr er zitterte.

»Danke. Mir geht es gut. Er lebt.«

Die Frau in Schwesterntracht lächelte, nickte leicht und entfernte sich, als das Taxi vorfuhr und Grens aufstand.

»Gamla stan.«

Lena war einige Jahre später in eine Wohnung in der Stockholmer Altstadt gezogen – weg aus dem Einfamilienhaus, weg von den Erinnerungen, die einzig und allein mit Bengt verknüpft waren.

»Wohin?«

Ewert Grens konnte ihre Entscheidung verstehen, obwohl er das Gegenteil getan hatte und in dem Zuhause geblieben war, in dem Anni und er sich gerade erst eingelebt hatten und das ihre ganze gemeinsame Welt gewesen war, als alles geendet hatte, als sie geendet hatte. Weil er zwischen den Erinnerungen leben *wollte*.

»Das habe ich doch gesagt – Gamla stan.«

Der Kriminalkommissar sank auf den Beifahrersitz und wartete darauf, dass der Wagen sich in Bewegung setzte.

Dass der Taxifahrer losfuhr.

»*Wohin* in Gamla stan?«

»Wagenlenker?«

»Ja?«

»Ich habe einen verfluchten Scheißtag hinter mir. Fahr einfach los.«

Der Taxifahrer schaltete den Motor aus.

»Steigen Sie aus.«

Ewert Grens blieb sitzen.

»Steigen Sie aus, *sofort*.«

»Fahr los, zum Henker!«

»Ich dulde keine Fahrgäste, die pöbeln und ausfallend werden. Steig aus, du alter Sack, bevor ich die Polizei rufe!«

Das Zittern war offensichtlich noch immer sichtbar. Der Kriminalkommissar stieg aus, während der Taxifahrer zufrieden in den Rückspiegel grinste – bis Grens unvermittelt den Wagen umrundete, sich auf der Fahrerseite durch das heruntergelassene Seitenfenster beugte, seine Hand zwischen Lenkrad und Taxifahrerbrust schob und den Zündschlüssel an sich riss.

»Was zum Teu…«

Dem Taxifahrer verschlug es die Sprache, als Grens den Schlüssel herauszog, ihn vor seiner Nase am Finger kreisen ließ und zischte:

»Du hast keine Ahnung, wie es sich anfühlt, wenn dein bester Freund angeschossen vor dir auf einem Hotelfußboden liegt, wo er nur ist, weil du ihn darum gebeten hast.«

Er räusperte sich, sammelte Speichel und schob den Schlüssel in den Mund.

Und schluckte.

»Einen Scheißdreck weißt du.«

Er beugte sich dicht zum Gesicht des Taxifahrers.

»Du findest nicht mal den Weg nach Gamla stan.«

Damit ging er davon, winkte das nächste Taxi heran, das in diesem Moment vor dem Krankenhauseingang hielt, und setzte sich stattdessen auf diesen Beifahrersitz.

»Gamla stan.«

Ringvägen Richtung Skanstull, den Tunnel unter der Götgatan hindurch, Hornsgatan Richtung Slussen. Irgendwo da klappte Grens die Sonnenblende nach unten, spähte in den kleinen Spiegel, zog den Kamm durch sein schütteres Haar und kratzte ein paar geronnene Blutstropfen ab, die sich an den Schläfen und unter einem Ohrläppchen versteckt hatten.

Er war auf dem Weg zu Lena.

Bengts Witwe, mit der er sich seit Bengts Tod regelmäßig einmal im Monat zum Mittagessen traf, weil er geglaubt hatte, dass es sich so gehörte, wenn man ein ganzes Erwachsenenleben jemanden miteinander geteilt hatte. Bengt war das Einzige, was sie gemeinsam gehabt hatten, und er war ihr einziges Gesprächsthema gewesen. Bengt, der sich plötzlich als ein vollkommen anderer entpuppt hatte, als ans Licht gekommen war, dass der Menschenhändlerring, gegen den Grens damals ermittelt hatte, *von niemand anderem betrieben und geleitet worden war als von Bengt*. Bengt, der mit seinem Tod vom Polizisten und engsten Freund zum Menschenhändler und unbegreiflichen Rätsel geworden war. Deshalb hatte Kriminalkommissar Ewert Grens entscheidende Beweise vernichtet, Zeugen außer Landes gebracht, Kollegen in die Irre geführt und eine komplette Ermittlung manipuliert. Damals hatte er beschlossen, dass Lena in ihrer Trauer niemals erfahren durfte, wer ihr Ehemann wirklich gewesen war. Grens hatte sie vor der Wahrheit beschützen wollen, vor den verfluchten Lügen ihres Lebenspartners – diese Last sollte sie nicht auch noch tragen müssen.

Dann war etwas geschehen.

In ihm.

Er absolvierte die Mittagessen mit Lena nicht mehr aus Pflichtgefühl und Solidarität – sie waren zu Ereignissen geworden, bei denen er sich ertappte, sich auf sie zu freuen, sie sogar herbeizusehen. Nicht wegen der Gespräche über einen Menschen, der nicht mehr da und nicht mehr derselbe war. Er sehnte sich nach *ihr*. Nach einem Menschen, der ihn verstand, der ihn kannte, der hin und wieder seine Hand auf seine legte. Es war, als ob die in die Luft gesprengte Nähe zu Bengt ihn näher zu Lena gebracht hätte – zu Lena und ihrer Familie, in die er längst eingebunden gewesen war. Wie verblüfft er gewesen war, als er es schlussendlich verstanden hatte. Den Wunsch, für den Rest des Lebens mit jemandem zusammen zu sein, seine Tage nicht mehr allein und in Einsamkeit zu verbringen. Vielleicht stimmte es, dass Menschen mit dem Alter milder wurden, vielleicht galt das sogar für ihn. Und ganz vielleicht, wenn sie sich weiterhin trafen, würde Lena sich irgendwann auch ein bisschen nach ihm sehnen.

Ein letzter Blick in den Spiegel.

Grens schob den Kamm zurück in die Hosentasche.

Besser bekam er es nicht hin.

Der neue Taxifahrer fand den Weg in die Stockholmer Altstadt und zum Mälartorget, und Grens betrachtete den Platz mit überreichlich bestückten Obstständen vor Bürgerhäusern, die gebaut worden waren, als die schwedische Hauptstadt etliche Jahrhunderte jünger gewesen war. Er zog die massive hölzerne Eingangstür zu einem dieser Häuser auf und stieg im Treppenhaus, in dem seine Schritte hallten, die Stufen zum zweiten Stock hinauf. Sie umarmte ihn und bat ihn, an dem antiken Esstisch Platz zu nehmen, den sie beim Umzug mitgenommen hatte und an dem er bisher nur ein einziges Mal eines späten Abends gesessen hatte – als er ihr die Nachricht von Bengts Tod überbracht hatte. Danach hatten sie sich immer in der Stadt getroffen, zum Mittagessen oder auf einen Kaffee in der Wirklichkeit.

Doch heute war es nicht wie immer.

»Ja, wie du siehst …«

Er zuckte mit den Schultern.

»… und dabei habe ich versucht, mich präsentabel zu machen.«

Grens trank selten Wein, er trank so gut wie gar keinen Alkohol, er konnte Menschen nicht leiden, denen der Mut fehlte, sich selbst zu begegnen, und deshalb hatte er keine Ahnung, was Lena ihm eingoss, irgendeine Flüssigkeit von gelblicher Farbe.

Er nippte an seinem Glas, sie schenkte nach. Lena sah noch immer jung aus, grazil, die langen Haare zum Pferdeschwanz zurückgebunden. Um ihre Augen saß ein Kranz aus kleinen Fältchen, aber ihre Bewegungen, ihr Lächeln und ihre Atemzüge waren die eines kleinen Mädchens. Und wenn sie wie jetzt ihre Hand leicht auf seine legte, war es ein sehr kleiner Junge, den sie berührte.

»Dein Gesicht, Ewert, und wie du gehst – was ist passiert?«

Lena spürte sie, seine Angst. Weil sie ihn *kannte.*

»Ich sehe es dir an. Du kommst mehrere Stunden zu spät. Was ist passiert?«

Er sprach nie mit anderen über Polizeieinsätze.

Er sprach auch nie mit anderen über sein Innenleben.

Also war er wohl vor allem erstaunt. Worte. Möglicherweise Gefühle. Die aus ihm heraustraten, Satz für Satz.

»Sven lag reglos am Boden.«

Sie streichelte seine Hand.

»Genau wie Bengt damals.«

Ewert Grens schloss die Augen. Berührung. Davor hatte er sich lange gefürchtet. Aber es war schön, als sie mit dem Handrücken über seinen strich und vorsichtig seinen Arm hinauffuhr. Nach Anni hatte er dreißig Jahre gebraucht, bis er den Mut aufgebracht hatte, sich einer anderen Frau zu nähern – Laura, die Rechtsmedizinerin, deren Lächeln so voller Ruhe gewesen war, obwohl ihr Beruf darin bestand, Leichen aufzuschneiden. Eine kurze Zeit, dann hatte er sich ihr wieder entzogen. Eine einzige flüchtige Beziehung während eines halben Lebens. Er hatte sich nie danach gesehnt. Bis jetzt. Bis Lena.

»Verstehst du? Es war, als würde sich Bengts Tod wiederholen.«

Sie nickte. Sie verstand. Sie verstanden einander.

Er hatte mit dem Tod in der Hand auf ihrer Verandatreppe gestanden, fest entschlossen, alles zu riskieren, die Ermittlung, die enthüllte, dass ihr Mann ein Doppelleben geführt und Menschen verkauft hatte, in der Versenkung verschwinden zu lassen.

Ich habe es deinetwegen getan, Lena.

Er sah sie an.

Um dir dieses Wissen zu ersparen.

Während ihre Berührung spürbarer wurde.

»Was … Sven? Ewert? Was ist mit ihm?«

Jetzt drückte sie seine Hand.

»Er lebt.«

Er erwiderte ihren Händedruck, sah sie an.

»Und ich gebe keine Ruhe, bis ich dieser Drecksbande das Handwerk gelegt habe. Bis der Anführer identifiziert ist und hinter Gittern sitzt. Organisationen, die mit Menschen handeln, haben heute einmal zu oft versucht, mir einen Freund zu nehmen.«

Grens rückte seinen Hemdkragen zurecht, zog an seinem Anzugärmel, fuhr sich mit der Hand durch Haare, die nicht da waren. Während sie ihre halb leeren Gläser auffüllte.

»Wo?«

»Was meinst du?«

»Wo ist Sven angeschossen worden. Wo geschehen solche Dinge? Von welcher Realität habe ich, eine bei der Stadt angestellte Betriebswirtin, in meiner kleinen Mittelstandsblase nicht die geringste Ahnung?«

Ewert Grens sah sie an. Dachte an alles, was er ihr nie erzählen würde.

Wo er erschossen worden war? Bengt?

Er ist von einer Prostituierten erschossen worden, die er bedroht hat, die er vergewaltigt und verkauft hat.

»Sven wurde in einem Hotel in der Nybrogatan angeschossen. Von einem Zuhälter, der zwei Frauen an eine Organisation verkaufen wollte, die mit Menschen handelt.«

Genau das, was dein Mann getan hat, Lena.

»Entschuldige mich einen Moment, Ewert.«

Ein Schuss, ein Fußboden.

Ewert Grens schluckte, krampfhaft, verzweifelt.

Ich hätte es nicht tun sollen.

»Entschuldige, Lena. Die Ähnlichkeit des Hergangs hätte mir klar sein müssen. Ich hätte es nicht …«

Ich hätte kein Wort sagen dürfen.

»Es ist alles in Ordnung. Bleib sitzen. Trink einen Schluck. Ich muss nur kurz telefonieren.«

Sie strich ihm über die Wange, bevor sie auf den Balkon hinausging und die Tür hinter sich schloss. Ein leichter Wind fuhr durch ihre Haare. Ewert Grens beobachtete sie durchs Fenster, fließende Bewegungen, sie nahm ihr Handy aus der Hosentasche und zündete sich eine Zigarette an. Sie war schön. Ihr Anblick machte ihn glücklich.

Deinetwegen habe ich geschwiegen.

Bengts verfluchter Dreck sollte nicht dein Dreck werden.

Lena lief auf dem Balkon mit Blick über Hausdächer aus einer anderen Zeit auf und ab. Ein bisschen so wie er, wenn er zu Hause auf seinem Balkon stand, mit Aussicht auf Stockholm, das so viele Lebensschicksale verbarg.

Sie gestikulierte mit Armen und Händen, stand jedoch mit dem Rücken zu ihm, und er konnte nicht verstehen, was sie sagte. Dann drehte sie sich um, sie spürte wohl, dass er sie beobachtete, winkte ihm durchs Fenster zu, und er winkte zurück.

Er vermisste ihre Hand, die nicht auf seiner lag.

Er hätte nichts sagen dürfen.

Wer wusste besser als er, dass Erinnerungen zurückkehrten, sich einmischten und einem stets zu hart zusetzten.

Er fragte sich, wen sie wohl anrief, wem sie ihr Herz ausschüttete. Er wäre selbst gern dieser Mensch gewesen, der ihr zuhörte, der sich um sie kümmerte.

Erki hatte sich normal verhalten, wie der Boss es befohlen hatte. Er hatte im Karlavägen 71 Nedas und Inesas Einnahmen und Kondome eingesammelt und war in die Vegagatan 3 gegangen. Im Flur stieß er auf Estela, die ihre Kleidung in luftdichte Plastiksäcke verpackt und den Lüftungsspalt ihres Fensters geöffnet hatte, um den Acetongestank abzuschwächen. Hinter der Tür auf der anderen Seite des Wohnzimmers konnten sie Pija und ihren letzten Gast hören, der so erregt klang, wie sie vorgab zu sein. Während Estela im Bad ihre Haut von dem Chemischen reinschrubbte und Erki in der Küche auf sie wartete, klingelte sein Handy.

Der Boss.

»Du hast vorhin gehetzt geklungen.«

»Weil die Bullen hinter mir her sind.«

»Erki – ich habe gesagt, ich kümmere mich darum. Ich kümmere mich um die Polizei. *Und ich bin am Ball.* In ein paar Stunden weiß ich, wie dicht sie an uns dran sind. Ob wir umziehen müssen. Ich habe alles unter Kontrolle. Ich möchte, dass du mir vertraust, einen kühlen Kopf bewahrst und dich *normal verhältst.*«

In der kurzen Gesprächspause drang ein letztes Stöhnen aus Pijas Zimmer. Sie spielte gut.

»Ich bin in der Vegagatan. Estela duscht bei geschlossener Tür. Sie hört mich nicht.«

»Ja?«

»Ich habe das Dokument dabei. Zeit für die Unterschrift. Ich meine, wenn wir Neda und Tanya instand setzen lassen, können wir Estela doch gleich mit abfertigen, auf derselben Reise?«

»Dafür hätten wir die Neuen gebraucht. Ersatz. Die Doppelakquise, die schiefgelaufen ist.«

Die Stimme des Bosses wurde härter, wie so oft.

»Wenn du der Meinung bist, dass sie ausgetauscht werden muss, Erki, tauschst du sie aus. Ich kümmere mich um schwedische Polizisten und litauische Ärzte – das ist mein Job. Du kümmerst dich um unsere Angestellten – das ist dein Job.«

Der Boss legte auf.

Ich kümmere mich um schwedische Polizisten.

Was sollte das heißen? Erki wusste nicht, ob es ihn beruhigen oder noch nervöser machen sollte. Ob er sich im Zusatzzimmer im Karlavägen verschanzen sollte, bis alles ausgestanden wäre, oder ob er Estela aus dem Badezimmer zerren und dafür sorgen sollte, dass sie die Einverständniserklärung unterschrieb.

Er wartete, bis Estela fertig war. Bis sie ihre Haare geföhnt und frische Kleidung angezogen hatte. Er kochte sogar Kaffee, gab einen Schuss Milch hinein, wie sie es mochte, zündete eine Zigarette an und reichte sie ihr.

»Der halbe Preis bringt nichts. Du fährst kaum Gewinn ein. Aber du kannst dich freikaufen, das weißt du, Estela.«

Sie starrte das Blatt Papier an, das er vor sie hingelegt hatte und das aussah wie ein gewöhnliches Behördenformular. Estela wusste genau, worauf es abzielte. Dass die Organisation ihr die Vergangenheit geraubt hatte, ihren Körper, ihre Lebensfreude. *Dass es selbst dann noch etwas herauszuholen gab, wenn es nichts mehr zu holen gab.*

»Eine Niere, Estela. Eine freiwillige Spende. Dann kannst du nach Hause fahren, zurückkehren. Der Gegenwert reicht genau, um deine Schulden zu tilgen.«

Sie betrachtete das Dokument. Es stank. Nicht nach Aceton, wie gereinigtes Amphetamin, es stank noch abscheulicher.

Erki schenkte ihr Kaffee nach, mit genau so viel Milch, wie sie ihn gerne trank, zündete eine neue Zigarette an, gab sie ihr und drückte die erste im Aschenbecher aus. Sie starrte auf die klein gedruckten Zeilen und dachte an ihren letzten Gast, der den halben Preis bezahlt hatte. Angespannte, gespreizte Hände, hysterisch flackernde Augen und ein ruckartig vor- und zurückgeschobenes Kinn, als hätte er auf einem Kaugummi herumgekaut. Es hatte lange gedauert. Er hatte gestöhnt und gestoßen und gekeucht, ohne zum Schuss zu kommen, die vielen Jahre auf Amphetamin verbauten den Weg, zweimal war er aus dem Bett aufgestanden und hatte seinen Frust herausgeschrien. Die Droge, die einst Rausch und Leben bedeutet hatte, war zu Ernüchterung und Tod verkommen.

»Hier. Ein Stift.«

Ein blau-gelber Füllfederhalter. Die Farben des Kaffeebechers. Schwedens.

»Du musst diese Zeile und diese da ausfüllen. Da unten unterschreibst du. Dann bist du frei, Estela. Du weißt, was du uns schuldest. Dass du Bußgelder bekommen hast und deine Schulden so sehr gestiegen sind, dass du sie mit deinen Gästen niemals abarbeiten wirst. Deine Unterschrift auf einem Blatt Papier. Damit hast du den Pass und deine kleinen Fehler beglichen, plus die Summe, die wir deiner Mutter auf deinen Wunsch hin am Anfang geschickt haben.«

Estela umklammerte den Stift, der so schwer zu fassen war; er war glatt und rutschig.

Wenn sie ihn mit beiden Händen umfasste, würde es vielleicht gehen.

Denn manchmal hätte sie gerne gewusst, wie es werden würde – dann. Wer sie sein könnte.

Jeder Tod hat ein Nachleben, pflegte Ewert Grens zu denken, und dass dieses Nachleben – wer man nach dem Tod wird – davon abhängt, wer sich erinnert.

Lena und er teilten einen solchen Tod.

Lena trauerte um einen geliebten Ehemann, den Vater ihres Kindes. Während er in Zeugenaussagen und Dokumenten einem Menschenhändler begegnet war, der junge Frauen mit Gewalt zur Prostitution zwang.

Lena und er teilten das Nachleben von Bengts Tod – doch die Wahrheit teilten sie nicht, nicht, solange er sie davor beschützte.

Ewert Grens reckte sich, suchte in dem Gedränge aus weißbekitteltem Krankenhauspersonal, Besuchern mit Pralinenschachteln, Taxifahrern, Reinigungskräften, Hausmeistern und Sanitätern. Und da, inmitten des Gewoges aus Körpern auf dem Weg in einen neuen Tag, kam sie. Ihre langen Haare wehten sorglos, und wie am Abend zuvor winkte sie, die Hand leicht nach außen gedreht, wie Kinder manchmal winken.

Lena umarmte ihn. Sie duftete gut, und er versuchte, sich nicht anmerken zu lassen, wie sehr ihn das freute.

Sie waren gestern auf dem Balkon geblieben und hatten geredet, bis er um Mitternacht allein durch eine stiller werdende Stadt nach Hause gewandert war. Es war leicht gewesen, unkompliziert, sie hatte nicht einmal nachgefragt. Sie hatte verstanden, wie schwer es für ihn war hierherzukommen, wie beängstigend der Haupteingang des Stockholmer Söderkrankenhauses an einem frühen Morgen sein konnte, während sie Seite an Seite Korridore hinunterliefen, die nicht mehr ganz so lang wirkten, und Fahrstühle betraten, die nicht mehr ganz so groß erschienen. Sogar die Apparate an Svens Bett piepten nicht mehr ganz so laut, und das Gewirr aus Schläuchen war nicht mehr ganz so verworren.

Nur Sven sah noch genauso klein aus wie zuletzt.

Er schlief, tief, schöpfte Kraft. In Vorbereitung auf ein Leben, das nie wieder selbstverständlich sein würde. Anita saß an seinem Bett, hielt Svens Hand, und Grens nickte ihr fast ebenso zaghaft zu, wie Lena es tat. Schweigend setzten sie sich auf zwei Hocker am Fußende des Bettes. Es bedurfte keiner Worte. Der Anblick von Svens regelmäßigen Atemzügen enthielt alle Worte der Welt.

Zehn Minuten wurden zu zwanzig, und der sonst rastlose Kriminalkommissar verspürte nicht den Drang, irgendwohin zu gehen – sein Herz schlug nicht im falschen Takt, und das, was unablässig unangenehm in seiner Brust hämmerte, war vorübergehend verschwunden.

Stille.

Ausgerechnet hier. An Svens Bett.

Bis die Tür des Krankenzimmers geöffnet wurde und er sich umdrehte.

Und aus allen Wolken fiel.

Nach zwei Jahren Schweigen.

Er hatte sie monatelang mehrmals täglich angerufen. Ohne Antwort. Es hatte genauso geschmerzt, wie er es damals bereits geahnt hatte, als sie ihm während eines gemeinsamen Falls mitgeteilt hatte, dass sie sich versetzen lassen würde, weil sie es nicht mehr mit ihm aushielt – zu guter Letzt war es ihm gelungen, auch sie wegzustoßen. Sie und Sven waren die Einzigen gewesen, die … Die Einzigen.

»Mariana?«

Jetzt stand sie da und sah genauso aus wie früher. Die Einzige in dem großen Polizeipräsidium, die gewagt hatte, von ihm Antworten einzufordern, die er nicht geben wollte, die ihn an dem einzigen Ort, an dem er sich sicher fühlte, verunsichert hatte. Mariana Hermansson. Die Tochter, die er nie bekommen hatte.

»Ich wollte nur … Sven besuchen.«

Sie trat an das Krankenhausbett, legte Sven die Hand auf die Stirn, küsste ihn auf die Wange, blieb stehen, küsste ihn auch auf die andere Wange, flüsterte ihm etwas ins Ohr.

Dann suchte sie Grens' Blick.

»Eigentlich gibt es noch einen zweiten Grund.«

Sie zeigte hinaus in den Flur, und sie hatten kaum das Zimmer verlassen, als sie es sagte.

Das, worauf er gewartet, wonach er sich gesehnt hatte.

»Willst du wieder mit mir zusammenarbeiten, Ewert?«

Er sah sie an. Sprachlos. Erstaunen und unfassbare Freude können derart wundervoll sein.

»Nur dieses eine Mal. Bis die Leute, die dafür verantwortlich sind …«

Sie schaute kurz zum Fenster in der Tür, in Richtung von Svens Bett.

»… aus dem Verkehr gezogen sind und hinter Gittern sitzen.«

All die vielen Tage, mit all diesen Gefühlen.

Ewert Grens war nie besonders gut darin gewesen.

Hatte aber schließlich gelernt, glücklich auszusehen. Hatte gelernt, dass Glück weder gefährlich ist noch versteckt werden muss.

»Mariana, du weißt, dass ich nichts lieber will!«

»*Nur dieses eine Mal.* Für Sven – nicht für dich.«

»So lange, wie du willst. So kurz, wie du willst. Hauptsache … du möchtest es.«

Wie gut es sich anfühlte.

Lena im Raum nebenan und Mariana hier auf dem Flur.

Im selben Moment begann einer der Apparate an Svens Bett laut zu piepen.

Ein schriller Ton, der festzustecken schien.

Sie stürzten ins Zimmer und sahen Sven um Atemzüge ringen, die nicht ausreichten. Er begann zu husten, zu röcheln, den Oberkörper vor und zurück zu werfen. Zwei Krankenschwestern eilten herbei, baten sie hinauszugehen.

Grens hatte keine Ahnung, wie lange es dauerte.

Sekunden? Minuten? Stunden?

Er merkte nicht einmal, dass er Marianas Hand hielt, als er durch das Fenster in der Tür schaute und bloß hart arbeitende Rücken sah.

»Sie können wieder reinkommen.«

Die Krankenschwester sah gleichermaßen erleichtert wie besorgt aus. Grens gefiel das nicht.

»Was war los? Wie …«

»Der Patient hat leichtes Fieber. Ich vermute eine Infektion des Darms oder einen Durchbruch. Kleine Verletzungen, Fragmente, die zurückgeblieben sind und die nicht zu sehen waren während der akuten Operation, die darauf abzielte, das Leben des Patienten zu retten.«

»Sein Name ist Sven. Der Patient – unser Freund – heißt Sven.«

»Wir werden wahrscheinlich noch heute eine Computertomografie bei ihm machen.«

»Was heißt das alles?«

»Dieser Verlauf ist nicht ungewöhnlich. Ihrem Freund geht es den Umständen entsprechend gut.«

Sven lächelte matt, als die vier Besucher sich wieder um sein Bett scharten. Anita drückte seine Hand so fest, wie sie es wagte, während Grens so dicht ans Bett herantrat, wie er konnte – doch obwohl ihm so vieles durch den Kopf ging, was er sagen wollte, bekam er nur einen einzigen Satz heraus.

»Die wollten dich umbringen, Sven.«

Er flüsterte. Gab sich alle Mühe. Aber es gelang nicht sonderlich gut.

Also brüllte er.

Sturköpfig. Rasend vor Wut.

Er hatte so große Angst.

»Ich werde den verfluchten Anführer, der Menschen kauft und verkauft, zur Strecke bringen. Den Anführer, der bestimmt hat, dass mein bester Freund sterben soll! Ich …«

Nicht einmal im Auto, auf dem Rückweg vom Krankenhaus, wollte die rasende Wut, das Sturköpfige sich legen. Obwohl er sich bei Anita entschuldigt und sie ihm versichert hatte, dass sie wusste, dass er Sven nur Gutes wollte, obwohl Lena ihn umarmt und Mariana gesagt hatte, dass es jetzt reichte, und obwohl Sven ihn am Ende angesehen und gemurmelt hatte, dass alles so war, wie es sein sollte, weil *du so bist, Ewert.*

Der Weg vom Söderkrankenhaus zum Polizeipräsidium war nicht weit, aber weit genug für drei grundverschiedene Gespräche. Das erste mit Mariana, die ihn vom Beifahrersitz so intensiv anstarrte, dass er sie nach ein paar Minuten bat, um Gottes willen mit der Sprache rauszurücken.

»Lena.«

»Ja?«

»Warum war sie im Krankenhaus?«

»Wir sind gute Freunde.«

»Freunde?«

»Seit Bengts Beerdigung treffen wir uns einmal im Monat.«

»Ewert, Freunde umarmen sich nicht auf diese Art. Und dich umarmt man erst recht nicht so, weil dir Umarmungen unangenehm sind.«

Sie bedachte ihn wieder mit diesem Lächeln, und auch Grens lächelte leicht.

Das zweite Gespräch fand über die Freisprechanlage statt. Eine Nummer, die er kannte und die ihn weiterlächeln ließ.

»Hallo, Hugo.«

»Hallo, Ewert.«

Diese Stimme. Genau die brauchte er jetzt.

»Du? Ewert?«

»Ja?«

»Ich wollte dich fragen – wie geht es dir?«

»Was meinst du … Mir geht es gut?«

»Ich habe gehört, dass ein Polizist angeschossen wurde. Kurz nachdem du weggefahren bist.«

»Du musst dir keine …«

»Ich hab Papa gefragt, und Papa hat Leute gefragt, die er von früher kennt. Andere Polizisten. Sie haben gesagt, es ist Sven. Und ich … ich war froh. Weil nicht du angeschossen wurdest. Dann habe ich mich geschämt. Ich weiß ja, wie gern du Sven hast.«

Hugo.

Zwölf Jahre alt und so erwachsen.

Der so oft ängstlich und beschützend war und versuchte, die ganze Verantwortung zu schultern.

»Manchmal, Hugo, bist du genauso alt wie ich. Und ich freue mich darüber, dass du an mich denkst. Aber nicht darüber, dass du dir Sorgen machst. Das ist toll von dir, aber Sorgen sollten warten, bis du erwachsen bist. Dann kommst du nicht darum herum.«

»Ich wollte es nur wissen.«

»Und darum mag ich dich so gerne. Sven geht es schon viel besser. Ich war gerade bei ihm. Hugo – wir sehen uns bald wieder, du und ich. Abgemacht?«

Das dritte Gespräch führten Mariana und Grens während eines kurzen Spaziergangs, nachdem sie das Auto in der Bergsgatan abgestellt hatten.

»Also … Ewert – was ist los? Ich bin zwei Jahre weg, und du bist ein komplett neuer Mensch, den ich nicht wiedererkenne! Hätte ich das gewusst, hätte ich mich vielleicht längst zurückversetzen lassen.«

Am Eingang des Polizeipräsidiums in der Polhemsgatan ging es erheblich ruhiger zu als am Eingang des Söderkrankenhauses. Sie steuerten auf die Fahrstühle zu, die alle mit geöffneten Türen warteten.

»Ich meine, zuerst die Situation mit Lena, die du ein wenig an dich heranzulassen scheinst. Und dann das Gespräch mit, wie ich herausgehört habe, einem von Hoffmanns Söhnen?«

»Ja, dem ältesten.«

»Nach all den Jahren hast du gelernt … auf Menschen zuzugehen! Du hast dich entwickelt! Und deine Art zu kommunizieren auch. Du gibst dir Mühe, dich gut zu fühlen. Du versuchst, dich um dich selbst und um andere zu kümmern. Ich bin stolz auf dich, Ewert!«

Sie betraten einen Fahrstuhl, und Grens drückte den Knopf mit der Nummer 8. Für das letzte Stockwerk würden sie die Treppe nehmen müssen.

»Ja. Ich bin froh über meine neuen Freunde.«

Er sah sie an. So lange, dass sie seinem Blick auswich.

»Aber einer fehlt noch. Habe ich recht, Mariana?«

Wie tags zuvor passierte der Fahrstuhl sämtliche Etagen der schwedischen Sicherheitspolizei, und im neunten Stock nahm sie der gebeugte und hagere Gunnar Werner in Empfang. Draußen vor dem Fenster spielten Kinder im Kronobergspark andere Spiele, und sie wurden in ein anderes Büro der Abteilung für Abhörmaßnahmen geführt.

»Du hast am Telefon gesagt, du hättest mehr.«

»Ich habe mehr. Wartet kurz.«

Werner holte zwei Stühle aus dem Nebenzimmer und forderte sie auf, sich zu setzen.

»Nach der Sache mit Sven ist es noch wichtiger, dass du dir im Klaren darüber bist, wen du suchst, Ewert.«

Geröteter Hals, gerötete Wangen.

Der Kriminalinspektor, dem die Arbeit in einer Welt aus aufgezeichneten Stimmen so gefiel, war nach wie vor genauso aufgebracht über die Menschen, die er belauschte.

Er reichte Grens und Hermansson Kopfhörer und klickte auf dem Desktop seines Computers eine Audiodatei an.

»Dies sind Mitschnitte von Gesprächen, die einen anderen Zweig ihres Geschäftsmodells betreffen. Zuerst der Wortwechsel, den Ewert schon kennt, damit ihr auf demselben Stand seid, Mariana.«

– Eine Spende erfolgt natürlich immer freiwillig.
– Selbstverständlich.

»Eine Stimme ist die des Zuhälters, für den unsere Abhörgenehmigung gilt. Die andere Männerstimme habe ich als unbekannt vermerkt. Er benutzt eine nicht registrierte Prepaidkarte. Ich habe gestern gesagt, ich wüsste nicht genau, was der Unbekannte vom Zuhälter kauft. Worauf sich die *freiwillige* Spende bezieht. Aber inzwischen habe ich mir frühere Telefonate angehört – zweiundzwanzig parallel abgehörte Telefone liefern leider einen umfangreichen Datensatz – und einige Informationen mit diesem Gespräch in Verbindung gebracht, und jetzt verstehe ich, worum es geht.«

– Ich habe einen Empfänger. Wollt ihr Geld machen oder nicht?

»Das war vor drei Wochen. Und gleich hört ihr, wie dieselben Stimmen wieder miteinander telefonieren. Dieses Gespräch hat vor zehn Tagen stattgefunden. Die erste Stimme klingt allmählich ungeduldig.«

– Hör zu: ein, zwei … drei ideale Empfänger! Über Worldtransplant. Wie zuletzt.
– Ich habe nur eine geeignete Spenderin. Die anderen Organe sitzen in jüngeren Körpern, die wir noch ein paar Jahre gebrauchen können.
– Sind Blutgruppe und Gewebetyp bestätigt? Liegt eine ärztliche Anamnese vor?
– Alle Papiere sind vorhanden.
– Ja, dann verkauf sie, verflucht! Und mit dem Rest wartest du, bis …
– Das ist nicht meine Entscheidung. Der Boss muss mir grünes Licht geben.

Werner nahm seinen Kopfhörer ab und schob ihn in den Nacken.

»Ihr habt es ja gehört. Ich muss vielleicht nicht mehr sagen?«

Mariana schluckte. Betroffen.

»In Einzelteilen mehr wert als im Ganzen.«

Sie flüsterte.

»Wenn sie verbraucht sind. Wenn sie …«

Jetzt sprach sie so leise, dass es nicht zu verstehen war. Es war auch nicht nötig.

In Einzelteilen mehr wert als im Ganzen, deutlicher ging es nicht.

Grens' Blick haftete an dem schwarzen Strich auf dem Computerbildschirm, ein Diagramm über Zeit, die keinen Anfang und kein Ende hatte.

»Eine Organisation, die für ihre Wohnungsbordelle mitten in Stockholm junge Frauen kauft. Wo sie einige Jahre ihre Körper verkaufen. Und sobald die Frauen abgewirtschaftet sind, werden sie aufs Neue verkauft: um sich von Schulden freizukaufen, die von Anfang an erstunken und erlogen waren. Bordelle kennen wir seit Langem, fiktive Schulden ebenfalls, aber dass Organhändler Teile derselben Frauen als eine Art Endabrechnung vermitteln …«

Es war wie eben bei Mariana. Ewert Grens' Stimme wurde leiser und leiser und war am Ende gar nicht mehr zu verstehen. Zwischen Himmel und Erde existierten noch immer Dinge, für die es keine Worte gab.

»Es könnte sein, dass wir von diesem Telefon keine neuen Informationen mehr bekommen.«

Der gebeugte Kriminalinspektor setzte eine Markierung auf die Zeitachse und schloss die Audiodatei.

»Seit gestern hat der Zuhälter weder telefoniert noch Anrufe entgegengenommen. Entweder ist er abgetaucht, oder er hat sich ein neues Telefon zugelegt. Ihr habt im Hotel deutlich signalisiert, dass ihr wisst, worum es geht – und dass ihr ihm auf den Fersen seid.«

Auf dem Hinweg in die Abteilung für Abhörmaßnahmen hatten Ewert Grens und Mariana Hermansson ununterbrochen geredet. Über einen ältlichen Kommissar, der gelernt hatte, andere Menschen an sich heranzulassen und auf sein eigenes Befinden zu achten.

Auf dem Rückweg aber, im Fahrstuhl und auf dem Weg durch die verschiedenen Dezernate des Polizeipräsidiums bis zum Flur der Mordkommission, sagten sie kein einziges Wort.

Hermansson starrte vor sich hin und dachte an junge Frauen, die von morgens bis abends Freier empfingen. Grens starrte vor sich hin und dachte an einen Menschen, der mit Einzelteilen von Frauen handelte.

Und daran, dass sie alle dort draußen waren, in einem gemeinsamen Alltag.

Tanya war zusammengebrochen. Der Länge nach hingeschlagen. Wie zuletzt. Auf dem Teppich im Flur, nachdem sie das Geld des Gastes kassiert hatte. Dort lag sie, als Erki die Tür aufschloss, die Wohnung betrat und über sie hinwegstieg.

Sie konnte nicht einmal sprechen.

Das Fieber, das Feuer, der Schmerz im Rücken und im Bauch und im Unterleib ebbten ab, während ihr Körper sich von ihr löste, sich verselbstständigte und die Farben immer stärker verblassten, bis sie nur noch Schwarz-Weiß sah.

»Steh auf.«

Er griff nach ihrer Hand, zog an jemandem, der unbeweglich und schwer war.

»Der Boss hat entschieden, dass du weitermachen musst. Und ich habe dir jedes verdammte Schmerzmittel besorgt, um das du gebeten hast – *also steh auf.*«

Erki ging in die Küche, wo die leere Morphiumampulle auf dem Tisch lag, neben leeren Tablettenröhrchen und zerknüllten Plastikverpackungen, die Diazepam-Injektionen enthalten hatten. Er zog zwei Vesparax aus der Innentasche seines Sakkos, ein starkes Barbiturat, das in Schweden seit etlichen Jahren nicht mehr erhältlich war.

Tanya schluckte die erste Tablette hinunter und versuchte, sich aus seinem Griff zu winden.

»Ich habe Schmerzen … im Bauch … im Rücken … die ganze Zeit.«

»Nimm die zweite Tablette.«

Er hielt sie fest und zwang ihr Gesicht nach oben. Sie schluckte die zweite Tablette hinunter.

»Gut so. Bei einer Nutte, die kotzt, weil sie schwanger ist, und einer zweiten Nutte, die zu alt ist und nur noch als Ausschussware angeboten werden kann, stimmt sonst heute Abend, wenn ich dem Boss die Tagesabrechnung vorlege, der Umsatz nicht, wenn du deinen nächsten Gast nicht empfängst.«

»Ich kann nicht mehr. Kann nicht.«

Ihre zitternden Hände massierten die Haut an Bauch und Rücken.

»Ich habe … alle Medikamente genommen. Jeden Tag. Sie helfen nicht, es geht nicht …«

»Egal, wie viel Schmerzen du hast und wie viele Medikamente du eingeworfen hast. Wenn es das nächste Mal an der Tür klingelt, *öffnest du und kassierst das Geld.*«

Es war Erki, der die Tür öffnete und das Geld kassierte.

Als Tanya versuchte, aufrecht auf der Bettkante zu sitzen, nicht zur Seite zu kippen, hörte sie Schritte, die zu einem jungen Mann gehörten, so klangen sie jedenfalls, leichter. Sie lächelte, wie sie es sollte, und während er sich auszog, atmete sie vorsichtig. Es stach etwas weniger, wenn die Luft nicht bis ganz nach unten gelangte.

Als er ihr nahe kam, bewegte sie sich, rollte zur Seite weg.

Er suchte ihre Augen und versuchte es erneut. Sie schrie, ein Laut, der tief in ihr begann.

Er stand auf.

»Das mache ich nicht.«

Mehr sagte er nicht, er zog sich an und ging hinaus auf den Flur.

»Ich will mein Geld zurück. Was war das für eine Freakshow?«

Erki antwortete etwas, das sie nicht verstand, und der Gast ging den Flur hinunter, seine Stimme verebbte im Fieberdunst.

»Sie … dieser Laut … das ist zu viel. Einfach zu viel.«

In dem Moment verstummte Tanya.

Der letzte Teil ihres Körpers löste sich von ihr, und nicht einmal das Schwarz-Weiß blieb bestehen.

»Es geht nicht.«

»Erki – man kann immer mehr herausholen.«

»Die Gäste brechen ab. Verlangen ihr Geld zurück.«

»Immer noch ein bisschen mehr.«

»Sie hat eine Eierstockentzündung. Sie sieht aufgebläht aus. Ich glaube …«

»Selbst dann, wenn sie vor Schmerzen schreien.«

»… das nächste Mal …«

»Was ist beim nächsten Mal?«

»… wacht sie nicht mehr auf.«

»Sie sind Meisterinnen. Das weißt du.«

»Ich dachte, sie hätte schon diesmal nicht überlebt!«

»Meisterinnen im Simulieren.«

»Ich habe ihr gedroht. Sie gezwungen, mehr Schmerzmittel zu schlucken. Ich habe alles getan, was du gesagt hast – aber ich werde nicht ihre Leiche raustragen!«

»Erki …«

»Niemals!«

»… du bist immer noch der Meinung, dass drei nicht das liefern, was sie sollen?«

»Ja.«

»Zwei, die instand gesetzt werden müssen, und eine, die ausgetauscht werden muss?«

»Ja.«

»Wenn das so ist: Es ist so weit. Morgen. Du fährst mit allen dreien nach Vilnius.«

»Morgen? Ich?«

»Hast du ein Problem damit?«

»Ja. Weil die Bullen nach mir fahnden.«

»Das tun sie nicht. Weil sie nicht wissen, wer du bist.«

»Bist du sicher?«

»Du ahnst nicht, was man einem Bullen in leitender Funktion alles aus der Nase ziehen kann. Ich weiß jetzt, dass die Polizei *tatsächlich* durch Telefonüberwachung Wind von der Aktion bekommen hat. Ich verstehe nur nicht, warum. Mutmaßliche Sexualdelikte reichen für einen Abhörbeschluss nicht aus, sie rangieren zu weit unten auf der Strafskala, so viel habe ich über Polizeiarbeit gelernt. Das kann nicht der Grund sein. Sie haben dich abgehört, Erki, aber nach etwas anderem gefahndet.«

»Wenn sie mich abgehört haben, kennen sie unsere drei Adressen. Wir müssen *sofort* umziehen.«

»Noch nicht. Den Zeitpunkt bestimme ich.«

»Wir haben einen Bullen erschossen!«

»Erki – der Bulle lebt. Ich habe ihn selbst besucht.«

»Er lebt? Wird er überleben?«

»Vermutlich. Deal?«

»Du bist der Boss.«

»Deal?«

»Ja. Was ist mit der Klinik?«

»Informiert.«

»Was heißt das?«

»Abtreibung für Neda. Transplantation für Estela. Und Tanya werden Eierstöcke und Eileiter entfernt. In ein paar Tagen wird sie wieder Geld für uns verdienen.«

Ewert Grens entsicherte seine Dienstwaffe.

Zielte.

Und schoss.

Mitten ins Herz.

Er kontrollierte die Zielscheibe, die diesmal die Gestalt eines Menschen besaß. Er hatte noch nie auf ein lebendes Ziel geschossen. Einmal hatte er einen Schuss angeordnet, den jemand anders ausgeführt und von dem er lange Zeit geglaubt hatte, er sei tödlich gewesen. Aber er hatte nie eigenhändig schießen müssen, nie den Mut dazu aufbringen müssen. Jetzt schoss er. Ins Herz. In die Stirn. Auf alles, was das Leben kostete. Die Zielscheiben mit bedeutungslosen Zahlen hatte er abgenommen und beiseitegelegt und sie durch Menschen aus Pappe ersetzt. Im verwaisten Polizeipräsidium vermochte nur der Schießstand im Keller seine irrsinnige Wut zu bändigen.

Er zielte auf eine neue, unversehrte Pappfigur und schoss mit einem vollen Magazin.

Schläfe. Herz. Stirn. Schläfe. Herz. Herz. Herz.

Die Röntgenaufnahmen hatten das gezeigt, was die Krankenschwester vermutet hatte. Sven hatte weitere Schussverletzungen. Grens hatte dreimal im Krankenhaus angerufen und jedes Mal dieselbe Antwort erhalten – *der Patient wird noch operiert.*

Herz. Herz. Herz. Herz. Herz. Herz. Herz. Herz.

Er rief wieder an. Und bekam eine andere Antwort.

Sie waren fertig.

»Wie ich befürchtet habe, hat die Kugel weitere Organe verletzt, Herr Kommissar.«

Der Arzt, den er nicht mehr anbrüllte, war genauso ruhig wie bei ihrem letzten Aufeinandertreffen.

»In Teilen des Darms hatten sich Nekrosen gebildet. Aber jetzt, wo wir auch diese Wunden versorgt haben, spricht alles dafür, dass Ihr Freund wieder gesund wird.«

Grens lud nach und schoss. Und schoss. Bis alle Gespenster durchlöchert waren und das Rumoren wenigstens für eine Weile einstellten. Dann stieg er die Treppen zur Mordkommission hinauf und zu seinem Büro mit dem verschlissenen Cordsofa, auf dem er so oft übernachtete. Jetzt nahm er darauf Platz und breitete auf dem Couchtisch einen Stadtplan der Stockholmer Innenstadt aus. Stadtviertel, verbunden durch blaues Wasser und goldfarbene Symbole, die für Brücken standen. Er nahm einen roten Filzstift aus seiner Schreibtischschublade, kreiste in der oberen Ecke des Stadtplans das Gebäude mit der Adresse Karlavägen 71 ein, zog einen zweiten Kreis ganz unten, auf Höhe des letzten Zipfels von Södermalm, Östgötagatan 76, und der dritte Kreis folgte ungefähr in der Mitte des leicht zerknitterten Plans, Vegagatan 3, zwischen den grünen Quadraten des Observatorielunden und des Vasaparks.

Drei Wohnungsbordelle.

Sechs junge Frauen.

Hunderte Freier.

Und ein Anführer.

Grens stand auf und ging hinaus auf den Flur, zunächst zu dem Getränkeautomaten und dann mit zwei Bechern schwarzem Kaffee zu Mariana Hermanssons Büro. Doch dort saß jemand anders. Er entschuldigte sich. Es war so leicht, alte Gewohnheiten wieder aufleben zu lassen und zu vergessen, dass Mariana nicht mehr im Präsidium arbeitete, dass ihr Büro nicht mehr ihr Büro war. Grens ging weiter zu Svens Büro. Dort war sie anzutreffen, vorübergehend. Er klopfte an den

Türrahmen, blieb wie früher vor der Schwelle stehen, und sie registrierte, dass sein Blick einen Bruchteil zu lange zögerte.

»Fühlt es sich … seltsam an?«

»Ein bisschen.«

»Dass ich hier bin?«

»Dass du auf seinem Stuhl sitzt.«

Er bat sie, in sein Büro zu kommen und sich stattdessen auf das Cordsofa vor den aufgefalteten Stadtplan zu setzen. Sie betrachtete das Blaue, Gelbe und Rote, zog im Geist Verbindungslinien von Kreis zu Kreis, überlegte, wie viele weitere Bordelle, betrieben von anderen Organisationen, sich in gewöhnlichen Wohnhäusern dazwischen verbargen.

»Ich möchte, dass du dir die hier ansiehst.«

Grens öffnete einen dicken braunen Umschlag und verteilte insgesamt vierundvierzig Fotos auf den Stadtplan. Die Aufnahmen waren größtenteils klar und scharf, manche jedoch beschnitten oder leicht verwackelt. Alle waren mit einem Teleobjektiv aus großer Distanz geschossen worden, vermutlich aus einem parkenden Auto, das auf der gegenüberliegenden Straßenseite gestanden hatte. Hin und wieder konnte man den Umriss eines Rückspiegels oder die Kante eines heruntergekurbelten Seitenfensters erkennen.

»Während Sven bei der ersten Operation um sein Leben gekämpft hat, habe ich diese drei Adressen observieren lassen. Kinder, Frauen und Männer, die nachweislich da gemeldet sind, konnten wir bereits identifizieren, indem wir ihre Gesichter mit Fotos in offiziellen Melderegistern oder in den sozialen Medien verglichen haben. Dies hier sind die verbliebenen Unbekannten, die die Häuser in den vergangenen vierundzwanzig Stunden betreten und wieder verlassen haben. Erkennst du jemanden davon?«

Mariana nahm einen Stapel in die Hand und sah sich die Bilder der Reihe nach an.

Gründlich und systematisch, manche Fotos sortierte sie ohne Umschweife aus, andere erforderten, dass ihre Augen innehielten. Zwei Fotos bildeten am Ende einen separaten Stapel.

»Dieser Sakkoträger hier – mit dem hatten wir schon in anderen Fällen zu tun, in denen es um Menschenhandel ging. Ich glaube, wir haben ihn mindestens viermal zu illegalen Sexgeschäften vernommen.«

Der Mann, auf den sie zeigte, war circa fünfundzwanzig Jahre alt, untersetzt, und sein Haar lichtete sich bereits. Auf dem Foto betrat er eines der Häuser und blickte über die Schulter zurück, vergewisserte sich, dass niemand ihn beobachtete. Ein Sexsüchtiger, der das schwedische Bordellgeschäft am Laufen hielt. Eine Sucht wie jede andere, schwierig zu therapieren und genauso häufig in Chaos und Selbstmord endend. Mariana sah Grens an, der nickte. Sie wussten es beide, hatten bei anderen Gelegenheiten oft darüber gesprochen: Angebot und Nachfrage. Wären die Freier hauptsächlich Sexsüchtige und könnte die Polizei ihre verfügbaren Ressourcen darauf konzentrieren, ebendiese Freier zu identifizieren, dingfest zu machen und zu therapieren, würde die Zahl der ausgebeuteten Frauen drastisch sinken.

Mariana hielt das zweite Foto hoch. Ein älterer und deutlich abgehalfterter Mann. Eine andere Sorte Süchtiger. Er stand zur Kamera gewandt, blickte geradewegs in sie hinein, als wüsste er, dass sie auf ihn gerichtet war und er beobachtet wurde.

»Das ist ein kleiner Dealer, der selbst drückt und seit Jahren an der Nadel hängt. Saß zuletzt wegen gestrecktem Crystal Meth im Bau. Einer von denen, die ein paar Monate von der Straße verschwinden, eine kurze Haftstrafe absitzen und erst wieder Ärger machen, wenn sie erneut auf dem Sergels torg auftauchen.«

Sie strich mit der Hand über die Fotos.

»Die zwei. Bei denen bin ich mir sicher. Keine große Ausbeute, aber trotzdem ein Hinweis, dass du die richtigen Adressen hast observieren lassen.«

Jetzt war es Grens, der die restlichen Fotografien von Männern, die sich in Alter, Körperbau und sozialer Herkunft unterschieden, in die Hand nahm und betrachtete, bis er ein Foto herauszog und es auf Hermanssons Stapel legte.

»Aber am interessanten sind die Bilder von diesem kleinen Scheißkerl. In dreifacher Ausführung!«

Der Kriminalkommissar zog zwei weitere Aufnahmen aus dem umfangreichen Konvolut. Auf beiden war derselbe Mann beim Betreten oder Verlassen eines der Häuser zu sehen. Er war schlaksig und ziemlich jung. Seine Oberlippe zierte ein spärliches Bärtchen. Er trug einen grauen Kapuzenpullover, Flickenjeans und rote Sneakers.

»Als ich ihn früher am selben Tag gesehen habe, hat er Hemd und Krawatte getragen und ist durch das Hotelfoyer geschlurft. Der Mann, den du hier siehst, Mariana, ist der Zuhälter, dessen Telefon zeitgleich mit einundzwanzig anderen abgehört wurde und der in einem Hotelzimmer gewartet hat, als Sven angeschossen wurde. Dies ist der Mann, den wir haben laufen lassen, damit er uns zum Anführer der Organisation führt.«

Als Mariana Hermansson sich dichter über die Aufnahmen beugte, sah sie, dass es sich bei der Person, die drei verschiedene Haustüren an drei verschiedenen Adressen in der Stockholmer Innenstadt öffnete, zweifellos um ein und denselben Mann handelte.

»Du bist dir sicher? Er ist es?«

»Ich habe am Tisch gesessen, zwei Meter von ihm entfernt. Die farblosen Augen, die hohe Stirn und … Er hat sich in Windeseile ein anderes Outfit zugelegt, aber ja, ich bin mir sicher. *Und jetzt ist seine Galgenfrist abgelaufen.*«

Ewert Grens griff nach den drei Aufnahmen und legte sie auf einen anderen Teil des Stockholmer Stadtplans – auf das Quadrat, das von Kungsholmsgatan, Polhemsgatan und Berggatan eingerahmt wurde –, auf Kronoberg und das Untersuchungsgefängnis, auf das Zentrum des schwedischen Polizeiwesens.

»Wenn er sich ein neues Handy zugelegt hat und uns nicht zum Anführer der Organisation führt, müssen wir die Information eben aus ihm herauszwingen. Heute Abend. Spät. Wenn diese Schweine ihr Tagwerk beendet haben und sich anschicken, in die Heia zu gehen. Dann schlagen wir zu – an drei Adressen gleichzeitig.«

Es gab Momente, in denen er glaubte, er würde sterben.

Still, mit Schmerzen in der Brust.

Atmen, atmen.

Angst in der Dunkelheit, Angst, wieder einzuschlafen, aus Furcht, nicht wieder aufzuwachen.

In diesen Momenten umklammerte er Anitas Hand oder Arm oder Bein oder lehnte seine Stirn an ihre. Ihr warmer Körper, der ihn kannte wie kein zweiter, der ihn daran erinnerte, dass er ein körperlich gesunder Mann um die fünfzig war, genauso weit von der Geburt wie vom Tod entfernt, und dass Angst kontraproduktiv und irrational war, in eine Abwärtsspirale führte und in seinen Gedanken nichts zu suchen hatte. Am Ende schlief er ein, verharrte in ihrer Wärme und Anwesenheit, atmete mit ihr im selben Takt.

Vorsichtig blinzelte er zu dem Vorhang, der sein Krankenhausbett abschirmte, während blinkende Apparate ihm zu leben halfen.

Heute Nacht *war* er gestorben.

Hatte bei den Farben zur Ruhe gefunden.

War gefallen.

Ängstlicher und kleiner als jemals zuvor.

Und war dennoch, gerade eben, aufgewacht.

Er war noch nie angeschossen worden. Ein paar Messerklingen zu dicht vor dem Gesicht, spitze Metallstücke im Rücken. Während einer Nachtschicht als junger Streifenpolizist ein Baseballschläger auf die Schulter und ein abgeschlagener Flaschenhals, Zentimeter vor seiner Kehle, aber nie dieser Zustand der Angst und diese brennende Furcht vor dem Tod. Verbale Überlegenheit hatte ihm am Ende stets Erfolg gebracht, die Fähigkeit, zu kommunizieren, sich herauszureden, keine festgefahrene Situation entstehen zu lassen, die in Gewalt umschlug.

Er war gestorben – und jetzt lag er hier und hatte nicht vor, es noch einmal zu tun.

»Hallo.«

Er öffnete die Augen ein kleines bisschen mehr.

Ein Raum in Unschärfe.

Er konnte die Krankenschwester nicht deutlich erkennen, sie war verschwommen, wie alles andere, nur ihre Umrisse waren klar konturiert.

»Ja?«

»Kannst du mich hören? Siehst du mich?«

»Morphium. Mehr. Das Atmen – tut weh.«

»Ich bin nicht …«

Sie kam näher. Sie war dunkelhaarig, da war er sich sicher, und als sie ihn ansah, neigte sie ihren Kopf schräg nach vorne, als wäre er für sie gleichermaßen verschwommen.

»Sven? Erkennst …«

»Haben Sie noch mehr?«

»… du mich …«

»Mehr Morphium?«

»… nicht wieder?«

Jetzt wagte sie es, dicht heranzutreten. An das metallisch schimmernde Kopfende des Bettes. In die unmittelbare Nähe des Mannes, dem sie Jahre zuvor nur für wenige Stunden begegnet war, dem ein Leben lang zu vertrauen, sie aber gelernt hatte.

»Erkennst du mich wieder, Sven?«

»Vielleicht … gestern? Als ich operiert wurde?«

»Das war ich nicht.«

»Oder vielleicht …«

Verzweifelt versuchte er, umherirrende und verworrene

Gedanken einzufangen und zu Worten zu formen, die seinen Mund verließen.

»… als ich hergebracht wurde? Ins Krankenhaus? Im Rettungswagen?«

»Ich arbeite nicht im Krankenhaus.«

Die Frau setzte sich auf den Stuhl, auf dem sonst immer Anita saß. Aber sie war nicht Anita. Und auch keine Krankenschwester. Er kämpfte gegen die Verschwommenheit an. Bemühte sich, den Blick zu fokussieren. Auf irgendwas.

»Versuch es noch mal, Sven. Sieh mich genau an.«

Sie beugte sich seitwärts, kam näher. Hielt den Kopf gerade.

Und … ja.

Vielleicht.

Oder?

»Du …?«

»Ja.«

»Bist du es …? Von damals? Von – der anderen Seite der Ostsee?«

Alena Sljusareva wurde froh und leicht zumute. Dass dieser schwedische Polizist, der geschwächt und verwundet in einem Krankenhausbett lag, sie wiedererkannte, war so viel wichtiger, als ihr bewusst gewesen war.

»Ja. Ich bin es.«

Wie schnell die Jahre vorbeigehen.

Wie langsam ein Tag vorbeigeht.

So selbstverständlich es sich anfühlte, die Unterhaltung mit einem Mann fortzusetzen, der in einer anderen Zeit freundlich und verständnisvoll und aufrichtig gewesen war – als wäre es eben gewesen, dass er sie vernommen und sich für immer von ihr verabschiedet hatte –, so seltsam war der Gedanke, dass erst zwei Tage vergangen waren, seit sie in einem feuchten Gebäude in Vilnius zwei unbekleidete siebzehnjährige Spiegelbilder inspiziert hatte. Sie hatte mit den Zwillingen und dem Verkäufer, den sie beharrlich *tētis* nannten, die Ostsee überquert, um aus der Distanz die Lieferung zu überwachen, die mit einer Konfrontation und Schüssen geendet hatte, sodass ein Mensch, um den sie sich sorgte – weil er sich einst um sie gesorgt hatte –, plötzlich zwischen Leben und Tod schwebte.

»Alena?«

Anstrengung. Um mehr Worte zu formulieren. Es war offensichtlich, dass er Schmerzen hatte.

»Ja. Du sprichst es sogar richtig aus.«

»Alena … Sljusareva. Habe ich recht?«

Aber sie hatte die Lieferung nicht aus der Distanz überwacht.

Sie war aus einem anderen Grund nach Stockholm gekommen.

Als die Zwillinge mit ihrem Begleiter im Taxi vor dem Hotel eintrafen, um dort in Zimmer 316 übergeben zu werden, war sie zum Stockholmer Hauptbahnhof gelaufen, dem Ort, der alles bedeutet hatte, als sie selbst die neue junge Frau gewesen war, die in jene Organisation hineingezwungen worden war, die Körper verkaufte. Sie hatte die große Bahnhofshalle betreten, ohne etwas von den Schüssen zu ahnen, und war die Rolltreppe zum U-Bahn-Tunnel hinuntergefahren, zu den Schließfächern, die sich auf halbem Weg zu den Bahngleisen befanden. In langen Reihen, je drei Stück übereinander, glichen sie Mauern, in denen sich kleine Räume öffneten. Schließfach 21. Zu diesem Fach ging sie hin. Legte die Hand auf die Tür. Strich leicht darüber, wie um zu sagen: *Da bin ich wieder.* Ein ganz gewöhnliches Schließfach, für einen Koffer oder einen Mantel, während Reisende auf einen Zug oder einen Flughafenbus warteten, das für Lydia und sie jedoch der einzige Ort gewesen war, von dem weder die beiden Bosse der Organisation noch die Zuhälter gewusst hatten. Der einzige Ort, der nur ihnen gehört hatte. Eine mentale Zuflucht, während Männer für ihre Körper bezahlten. Dorthin waren sie in Gedanken gereist. Das Schließfach war das Symbol dafür gewesen, etwas Eigenes zu besitzen, hatte ihre Hoffnung verkörpert, eines Tages vielleicht anderswo, in einem anderen Leben zu sein.

Sie klopfte leicht dagegen.

Halb voll.

Eine mittelgroße Tasche, vermutete sie und fragte sich, wer das Schließfach heute, für diese Stunde, wohl gemietet hatte.

Dort drin, in einer schlichten Zigarrenkiste, hatte jeder Geldschein gelegen, den Lydia und sie den Menschen, deren Eigentum sie gewesen waren, hatten vorenthalten können. Daneben einige Kleidungsstücke, die sie an dem Tag hatten tragen wollen, an dem sie frei wären, sowie einzelne Schmuckstücke, die sie von Stammkunden bekommen hatten und die die beiden Bosse der Organisation nicht zu Gesicht kriegen und konfiszieren sollten.

Auch ihre Vergeltung hatte dort gewartet.

Das Videoband mit der Aufnahme, die ihr Rettungsanker sein sollte – in der sie auf Russisch und Schwedisch vor laufender Kamera gegen den schwedischen Polizisten aussagten, der ein Doppelleben führte.

»Alena?«

»Ja?«

»Was … machst du hier? Nach all der Zeit? Und bei mir, hier im Krankenhaus? Ist etwas passiert? Etwas Schlimmes? Ich meine …«

»Sch. Sven – ich höre, wie sehr dich das Reden anstrengt. Ruh dich ein wenig aus.«

Sie erinnerte sich an jede einzelne Pore im Gesicht des Menschenhändlers, wie er atmete, redete, sich bewegte. Bengt

Nordwall. Dieses Schwein. Der Mann, der sie mit dem Polizeiabzeichen auf der Brust unter Drogen gesetzt, sie vergewaltigt und ihnen ihre Pässe abgenommen hatte, die zu Schulden wurden, die sie abarbeiten mussten. Er verdiente sein Geld mit ihr und Lydia und all den anderen, die vor und nach ihnen gekommen waren. Sie erinnerte sich auch an den zweiten Polizisten namens Grens, der ein wenig älter und korpulenter gewesen war und der im Lauf der Ermittlungen begriffen hatte, wer Nordwall wirklich war. Aber nach Nordwalls und Lydias Tod hatte er die Wahrheit um jeden Preis verbergen wollen und das Videoband, das alles bewies, vernichtet. Ein Polizist, der den Dreck eines anderen Polizisten vertuschte und sie, Alena, die einzige Zeugin, zurück nach Litauen verfrachtete, ehe andere Ermittler von ihrer Existenz hatten erfahren können. Grens hatte sogar ihre Fahrkarte bezahlt und ihr am Fährterminal, während sie auf die Abfahrt des Schiffes warteten, Kaffee und Kuchen spendiert, nicht aus Nettigkeit, sondern um sicherzugehen, dass sie außer Landes und von der Bildfläche verschwand. Aber am deutlichsten erinnerte sie sich an sein Gegenteil, an den Polizisten Sven Sundkvist, den Freundlichen, der sie später ausfindig machte, weil er die Dinge gefunden hatte, die im Schließfach 21 zurückgeblieben waren, nachdem das Videoband mit ihrer Zeugenaussage verschwunden war. Das Geld. Die Erinnerungen. Er hatte sich in Vilnius ihren langen Bericht über Zwangsprostitution als Form moderner Sklaverei angehört und versprochen, dass die schwedische Polizei sie nie wieder behelligen würde. Ein guter Mann. Der einzige während dieser langen Höllenzeit. Die Übrigen: Männer, die für Fantasien zahlten, Wirklichkeit in einem geschlossenen Raum, sie war ihnen allen begegnet.

Und jetzt lag der einzige gute Mann hier.

Verwundet und verletzt durch das Netzwerk, dem sie immer noch angehörte.

Sie legte die Hand auf seinen Arm, behutsam.

»Es …«

Er sah sie an, sein Blick fand endlich Halt.

»… ist nichts passiert? Nichts Schlimmes?«

»Nein.«

»Dann …«

»Ich wollte nur vorbeischauen. Dir genau das erzählen – dass es mir gut ergangen ist, danach. Ich hatte versprochen, mich zu melden, es aber vergessen. Ich bin nach Hause gefahren, zu meinen Eltern, meinen Freunden, in das Dorf, in dem ich aufgewachsen bin. Und da bin ich geblieben. Weit weg von dem anderen Leben, das Lydia und ich geführt haben.«

Er lächelte. Es war so schön.

Sein warmes Lächeln auf dem länglichen Kopfkissen in dem schimmernden Metallbett.

Es auszusprechen fühlte sich gut an. Auch wenn es nicht stimmte.

»Das freut mich so sehr.«

Nun war *er* es, der *ihre* Hand nahm.

»Dass du …«

Sven hustete, redete weiter.

»… ich meine, manchmal kann das Leben …«

Er hustete wieder. Wollte aber unbedingt weiterreden. Die Stimme leise, röchelnd.

»… sich wenden. Und jetzt sitzt du hier, Alena, bei mir. Und bist der Beweis dafür.«

Der Beweis. Für das Gegenteil.

Dass man nie zurückkehren kann, lebendig.

Aber Beweise waren der Grund, warum sie hier war. Beweise anderer Art. Die Sorte Beweise, die Lydia und sie einst im Schließfach 21 versteckt hatten *und die nach wie vor existierten* – ganz gleich, wie gründlich der Polizist namens Grens sie damals meinte vernichtet zu haben. Nachdem sie ihr ehemaliges Schließfach gestreichelt und begrüßt hatte, hatte sie die Straße vor dem Haupteingang des Bahnhofs überquert und war in das Gebäude gegangen, das früher ein Hotel gewesen und dann in Luxuswohnungen umgewandelt worden war. Zu dem Safe, der dort stand. Lydia war schlauer gewesen als alle anderen – schlauer als sie selbst, Alena, als Nordwall, der Menschenhändler, und Grens, der Beweisvernichter.

Als hätte sie gewusst, dass etwas passieren würde. Lydia hatte von Anfang an *zwei* Verstecke organisiert, die nur sie beide kannten, und in beiden Verstecken eine Kopie des Videos hinterlegt. Sie hatten nur das erste Versteck regelmäßig benutzt, Schließfach 21, das zweite hatten sie nie geöffnet.

Doch nachdem Lydia und Bengt Nordwall in einer Leichenhalle in die Luft gesprengt worden waren und Alena Sljusareva von Ewert Grens in ihre litauische Heimat zurückverfrachtet worden war, hatte sich alles verändert. Der Safe, von dessen Existenz nur Alena wusste und dessen Code niemand außer ihr kannte – kein Polizist, niemand sonst –, wurde zur einzigen Wahrheit. Und sie traf mit dem Stammkunden, der in einem seiner Schränke den Platz zur Verfügung stellte, eine Vereinbarung. Jedes Mal, wenn sie an seine Tür klopfte, um etwas in dem Safe zu hinterlegen, bezahlte sie für seine Freundlichkeit, indem sie sämtliche seiner Wünsche befriedigte, und weil es keine bessere Lösung gab, fanden sie beide, dass dieser Tauschhandel seine Zwecke erfüllte.

Sie hatte erkannt, dass er begonnen hatte, sie als seine Freundin auf Distanz zu betrachten, und das konnte er gerne tun, solange er ihren Safe verwahrte. Denn durch die Kopie der Videokassette, die darin lag, existierte nach wie vor ein Rettungsanker, den sie an dem Tag ergreifen konnte, an dem ihr keine andere Wahl blieb.

Jedes Mal, wenn ihr Weg sie in den vergangenen Jahren

nach Stockholm geführt hatte, um neue Mädchen zu liefern oder sich mit Erki oder dem Boss zu treffen, hatte sie auch den Stammkunden aufgesucht und das Videoband um neue Beweise ergänzt. Neue Wahrheiten. Auszüge aus Exceltabellen über die Einkünfte der Organisation, Mädchen für Mädchen, Zuhälter für Zuhälter. Kopien von Kundenlisten, einmaliger Laufkundschaft sowie Stammkunden. Adressverzeichnisse sämtlicher Wohnungsbordelle der Organisation. Und das, was am schwierigsten zu beschaffen gewesen war und was sie heute im Safe hinterlegen würde, das, wozu sie lange versucht hatte, Zugang zu erhalten, was bis vor ein paar Tagen zu scheitern gedroht hatte: Kopien der gefälschten Ärztegutachten zu geplanten Organspenden und heimlich aufgenommene Fotos von einer laufenden Organtransplantation.

Die ganze Wahrheit.

Wenn sie sie wirklich brauchte.

Wenn die Gespräche über Neda, Tanya, Estela und ihre Zukunft nicht so endeten, wie sie hoffte – *wie sie enden mussten.*

»Also … Alena …«

Sven hustete. Schluckte. Setzte neu an.

»… was machst du … hier? In Stockholm?«

Sie legte die Hand auf seine Stirn. Sie war heiß und verschwitzt.

»Dich besuchen.«

»Ja, aber … der eigentliche Grund?«

»Ich war hier. Als normale Touristin. Wenn du wüsstest, wie wundervoll es ist, eure schöne Hauptstadt auf diese Art besuchen zu können. Ich habe geshoppt. In schicken Restaurants gegessen. Mit Freunden aus Vilnius. Und da habe ich gehört, was dir passiert ist, und wollte …«

Sie ließ die Hand auf seiner Stirn liegen, streichelte sie sanft.

Eben hatten sich ihre Worte *wirklich* gut angefühlt. Die

Worte, die nicht wahr waren. Jetzt fühlte sie sich nicht mehr ganz so gut an. Die Lüge. Wenn er da lag und ihr vertraute.

»Gehört? Wie?«

»Ich habe es gelesen. Im Internet. Und habe dich wiedererkannt.«

»Ich wusste nicht, dass … Ich dachte, es würde unter Verschluss gehalten, dass …«

Er brach ab.

Atmete, langsam.

Bis die Stimme trug.

»… ich angeschossen wurde. Aus ermittlungstaktischen Gründen.«

»Sven, du überanstrengst dich. Ruh dich aus. Ich bleibe hier bei dir sitzen.«

Sie schämte sich zutiefst.

Weil sie diesem freundlichen Mann ins Gesicht log.

Weil Lydia ihrer Leidensschwester Alena ermöglicht hatte weiterzuleben und sie hier saß, nicht nur nach wie vor Teil desselben verfluchten Netzwerks, sondern obendrein aufgestiegen: von der Hure zur Akquisiteurin.

Weil es unmöglich war.

In das alte Leben zurückzukehren, lebendig.

Während ihrer Flucht hatte sie ihren damaligen Verlobten aufgesucht, hatte seine Hand gehalten, überzeugt, dass er auf sie gewartet – sich nach ihr gesehnt – hatte, doch dann hatte sie *begriffen*, dass er damals Provision kassiert hatte, dass auch er Geld mit ihr verdient hatte.

Sie hatte versucht, finanziell auf die Füße zu kommen – aber *begriffen*, dass die Schulden, die man ihr am ersten Tag für den Pass, die Überfahrt und die Kleider in Rechnung gestellt hatte, nicht gesunken, sondern gestiegen waren, trotz fünf, sechs, sieben, acht Freiern. Täglich. Über mehrere Jahre hinweg. Ihr war nie bewusst gewesen, dass die Organisation

Kontrolleure beschäftigte, angebliche Freier, für Probeficks und um Bericht zu erstatten, über ein nicht korrekt liegendes Laken oder Unterwäsche, die zu rasch ausgezogen worden war – was auch immer den Schuldenberg der Frauen weiter erhöhte und den Zeitraum verlängerte, den sie benötigen würden, um ihn abzuzahlen. In der Welt der Menschenhändler schuldete *sie ihnen* noch immer eine aberwitzige Summe. Eine Summe, die sie niemals zusammensparen konnte.

Als letzten Ausweg war sie in ihr Heimatdorf zurückgekehrt – und hatte *begriffen*, dass die Organisation sich die stärkste aller Waffen zunutze machte. Die Scham. Die raffinierteste Unternehmensstrategie, brutaler und infamer als jeder falsche Verlobte und jede erfundene finanzielle Schuld. Die Leute, deren Eigentum sie war, hatten ohne ihr Wissen Fotos von ihr gemacht, während sie von einem Gast nach dem anderen in einer Wohnung in der Vasastan gekauft worden war, hatten gefilmt, wie drei Männer sie in einer anderen Wohnung auf Östermalm vergewaltigten. Fotos und Filme, die sie in ihrem Heimatdorf und den Nachbardörfern in Umlauf gebracht hatten, bevor sie aus dem Bus gestiegen und voller Vorfreude zu ihrem Elternhaus gegangen war. Der Boss hatte gewusst, dass diese Scham größer war als jede andere – diesen Preis wollte niemand bezahlen.

Sie war ausgestoßen, mittellos, allein.

Eine Ausgrenzung, die endgültig sein würde. Also kehrte sie zurück. Zu dem Einzigen, was ihr geblieben war. Sogar gefleht hatte sie, zurückkommen zu dürfen, als Hure für jedermann, für ein paar Jahre. Doch dann war sie zu alt geworden, unverkäuflich, nur noch für die Junkies zu gebrauchen, und man hatte ihr einen Weg in die Freiheit angeboten. Durch eine Organspende. Doch sie hatte sich geweigert. Das nicht – nicht auch noch *Teile* ihres Körpers. Aber mit Schulden, die tickten und abbezahlt werden mussten, ohne einen verkäuflichen Körper, ohne verkäufliche Körperteile, blieb ihr nur ein Leben als Akquisiteurin – einer der Menschen zu werden, denen sie selbst ins Netz gegangen war.

Alena Sljusareva wusste es jetzt. Ein Kreis ist immer rund. Er beginnt und endet am selben Punkt.

Sie beugte sich vor und küsste Sven auf die Wange.

Sie nickte leicht, er nickte leicht zurück, und sie fragte sich, ob er ahnte, dass alles miteinander zusammenhing – dass er dort lag, so nah am Tod, wegen der Organisation, die er schon einmal gejagt hatte und von der sie nach wie vor ein Teil war.

Ewert Grens lag der Länge nach auf dem Cordsofa, der Stockholmer Stadtplan aufgefaltet auf dem Couchtisch neben ihm. Die roten Filzstiftkreise umringten drei Adressen in der Innenstadt, und Observierungsfotos bedeckten jene Straßen, die einen Ring um das Präsidium und das Untersuchungsgefängnis Kronoberg bildeten. Wo den bis gestern abgehörten Zuhälter eine Zelle erwartete, im Anschluss an den Zugriff, bei dem Zwangsprostituierte und Mitarbeiter in Gewahrsam genommen und Beweise sichergestellt werden würden.

Genug Beweise, um sie zum Anführer der Organisation zu führen.

Der Kriminalkommissar hieb so wutentbrannt mit der Hand auf den wackligen Couchtisch, dass die Fotos zu Boden segelten und sich über den Fußboden verteilten.

»Ewert? Was ist los?«

Mariana Hermansson.

Sie stand so selbstverständlich auf seiner Türschwelle, wie sie es immer getan hatte.

Wie sie es immer getan hatte, *früher* – als dies ihr Arbeitsplatz gewesen war.

»Ich habe an Sven gedacht. An junge Frauen, die siebzehn, achtzehn Jahre alt sind … Ich habe an den Anführer der Organisation gedacht. Daran, dass wir um Mitternacht an drei Adressen das Unterste zuoberst kehren und uns diesem Schwein nähern werden!«

»Und da legst du schon mal einen Frühstart hin, indem du in der Mordkommission das Unterste zuoberst kehrst? Svens Büro liegt sehr viel näher an deinem als mein altes Zimmer.

Ich habe deine Tobsuchtsanfälle nie mitgekriegt und nie ganz verstanden, was Sven gemeint hat.«

»Jetzt weißt du es. Guck dir weiter die Aufzeichnungen der Überwachungskameras in der Innenstadt an, für die wir eine Genehmigung haben.«

»Brauchst du Hilfe ...«

Sie deutete mit dem Kopf auf den Fußboden.

»... beim Aufräumen?«

»Und dann, Hermansson, nimmst du dir die Kameras vor, für die wir *keine Genehmigung haben* – denn irgendwo *ist* der Täter vorbeigelaufen, mehr oder weniger sichtbar.«

Grens' Knie, Hüften und Nacken schmerzten wie üblich, als er sich – wieder allein – auf den Fußboden kniete, seinen nicht mehr ganz durchtrainierten Körper verbog und Fotos und einen Stadtplan zusammenklaubte. Schmerz, der für einen Moment angenehm war. Er lebte. Er spürte etwas, anders als die Menschen, die zu unterschiedlichen Zeiten so viel bedeutet hatten und die nicht mehr da waren.

Als vom Sofa her sein Handy klingelte, seufzte er.

Den Körper verbiegen und gleich aufs Neue verbiegen? Er ließ es klingeln. Bis das Klingeln von einer anderen Stelle kam. Vom Festnetztelefon auf seinem Schreibtisch. Ein Anrufer, der beide Nummern kannte und wusste, dass er im Büro war. Er ging dran. Und mit einem Mal war der Schmerz verflogen.

Sie.

»Hallo.«

Die Frau, die nach all den Jahren Empfindungen in ihm weckte – auch in seinem Innersten. Etwas. Alles.

»Lena?«

»Ich ... musste an dich denken. An das, was passiert ist, und an deine Ermittlungen, die ... Wie geht es dir, Ewert?«

Ihre Stimme.

So sanft.

Drang in seinen Körper.

Durchdrang den Panzer.

Er hoffte, dass seine Stimme trug, nicht verriet, wie glücklich er war.

»Jetzt geht es mir gut.«

»Und dann dachte ich … Du hast gesagt, du müsstest heute bis spätabends arbeiten. Hast du Lust, dich mit mir zu treffen – jetzt? Ein Vormittagskaffee. Bei mir zu Hause?«

»Jetzt?«

»Natürlich nur, wenn du möchtest.«

Nervös. Verlegen.

Der Gedanke, mit einer Frau einen Kaffee zu trinken, bei ihr zu Hause, auf ihre Initiative hin.

Großer Gott.

Er hatte nicht einmal geahnt, dass ein Mann, jenseits der fünfundsechzig, so nervös und verlegen werden konnte.

Während des Spaziergangs zu ihr – ein Fußmarsch von Kronoberg zum Mälartorget war weniger zeitaufwendig als die Suche nach einem Parkplatz – redete er sich ein, dass eine frühe Pause ein weiser Entschluss war, wenn der Arbeitstag erst in vierzehn Stunden seinen Gipfel erreichen würde. Dass er ihrer Einladung *deswegen* auf der Stelle Folge leistete. Eine Rechtfertigung, die sich ungefähr in der Sekunde in Luft auflöste, als er sein Jackett an einen Garderobenhaken hängte.

Verliebt.

Das war er.

Und er hoffte, dass sie seine Gefühle eines Tages vielleicht erwidern würde.

»Komm.«

Er stand verloren auf der Fußmatte, als sie seine Hand nahm.

Niemand hatte seine Hand genommen … seit Anni.

Sie küsste ihn sogar.

Auf die Wange. Zweimal.

Verwirrt.

Er war eindeutig *verwirrt.*

»Ich ... also, du, Lena ... ich denke an Bengt, und dann denke ich an Anni, und ich ... habe dich sehr gern, und ich denke vor allem an *dich*, aber ... ja. Ich wusste nicht. Habe es nicht geglaubt. Nicht zu glauben gewagt. Dass du ... Ich bin ... ein wenig aus der Übung. Was das angeht. Falls ... *falls.*«

Ihre Hand führte ihn in ein Schlafzimmer.

Ihr Schlafzimmer.

Sie sah ihn an, seine Verlegenheit wuchs, und sie ließ ein kleines Lachen hören, und er blickte zu Boden, und sie hob sanft sein Gesicht an und zog sich aus und zog ihn aus, und sie war weich und warm, und er weinte, obwohl er glücklich war und weil er vergessen hatte, dass die Haut einer Frau sich so anfühlen konnte, und als er hinterher dicht neben ihr lag und sie geradewegs in ihn hineinsah, dachte er einen Moment lang, es wäre gar nicht geschehen, und falls doch, fasste er den Entschluss, niemals wieder allein leben zu wollen.

Als er aufstand, um ins Badezimmer zu gehen, blieb sie liegen und lächelte ihn an.

»Du? Und ich?«

»Du und ich, Ewert. Du kannst mir vertrauen.«

Darum begriff er nicht, was geschah.

Dass sie sich, als er die Badezimmertür hinter sich geschlossen hatte und das Geräusch der laufenden Dusche zu ihr hinausdrang, zum Nachttisch auf seiner Bettseite streckte und nach seinem Handy griff.

Ihr Laptop stand aufgeklappt und einsatzbereit auf ihrer Hälfte des Bettes. Sie verband das Gerät mit dem Diensthandy des Kriminalkommissars und installierte darauf eine Spysoftware, die nach der Installation automatisch alle digitalen Spuren löschte, sodass ihr Vorhandensein unbemerkt blieb. Anschließend achtete sie darauf, das Handy genau so zurückzulegen, wie sie es vorgefunden hatte. Das nächste Mal, wenn sie sich mit Kenn- und Passwort in den Server einloggte, für dessen Nutzung sie mit einer gestohlenen Kreditkarte bezahlte, konnte sie den kompletten Datenverkehr des Handys auslesen, Grens' Anrufe, E-Mails und SMS, und sich, wenn sie wollte, synchron zuschalten, sein Telefon in Echtzeit abhören oder seine Handykamera nutzen, um das zu sehen, was er sah.

Sie tat, was die Polizei von Zeit zu Zeit tat.

Nur professioneller.

Im Badezimmer hatte Grens fertig geduscht und sich mit einem ihrer Handtücher abgetrocknet, das sehr viel dicker war als seine eigenen Handtücher und weniger kratzte und wie eine Sommerwiese duftete, als er plötzlich zu zittern begann. Er konnte nicht aufrecht stehen. Du und ich. *Du kannst mir vertrauen.* Die Beine gaben unter ihm nach, und er sackte auf den gekachelten Fliesenboden. Glück. Rausch. Jahre, Jahrzehnte an verschlossenen Gefühlen wallten auf und aus ihm heraus, und er hatte keine Ahnung, wie er mit ihnen umgehen sollte. In seinem Alter – noch eine Chance. Er, der nie jemandem vertraute, weil er gelernt hatte, dass es das Leben einfacher machte. Er vertraute ihr. Sie hatte seinen Mangel an Vertrauen besiegt. Denn auch das hatte er gelernt: Jemand, der anderen Menschen nicht traute, konnte sich dazu *entschließen*, es zu tun. Aber sie? Und er? Der Rausch kehrte zurück, ließ ihn noch heftiger zittern. Er, der nicht empfinden konnte, es *nicht zuließ*. Er wusste, wie gefährlich es war, sich jemandem auszuliefern, wie tief der schwarze Abgrund war, der ihn erwartete, wie tief der Sturz sein würde, wenn das, was der Boden unter seinen Füßen war – Raum für Leben, Geborgenheit –, eines Tages wegbräche.

Irgendwie kam er auf die Füße, stand auf Beinen, die schwach waren, aber nicht länger nachgaben, und öffnete die Badezimmertür. Und sie lag noch da, lächelte ihn an, wie gerade eben, und er wusste, ab sofort gab es keine Angst, keinen Schutzwall mehr. Das, was ihn durchrauschte, ließ sich nicht verscheuchen, *er wollte es nicht verscheuchen*, er wollte sich mitreißen lassen und weiterlachen, wie er in diesem Moment lachte.

Alena Sljusareva sass in einer Innenstadtwohnung an einem Küchentisch, der aussah wie jeder andere Küchentisch in jeder anderen Innenstadtwohnung, an dem Lydia und sie einst in Erwartung des ersten Kunden des Tages ihren Frühstückskaffee getrunken hatten, als sie Nedas, Tanyas und Estelas Leben gelebt hatten. Östgötagatan 76. Es könnte jede beliebige Straße, jede beliebige Hausnummer sein. Auch Tanyas hohes Fieber, eine brüllende Hitze und unerträgliche Schmerzen in Rücken und Bauch kannte sie nur zu gut – Schmerzen, unter denen auch Lydia gelitten hatte und die damit geendet hatten, dass Lydias Eierstöcke und einer ihrer Eileiter entfernt worden waren. Dieselbe Lösung, die der Boss nun auch für Tanya vorsah. Ein operativer Eingriff und danach gleich wieder an die Arbeit, um festgesetzte Einkünfte zu generieren. Gleichbedeutend mit niemals Kinder bekommen zu können. Alena wusste, was das für Lydia bedeutet hatte, für Lydias Überlebenswillen. Sie wusste, was es für Tanya bedeuten würde, und sie war hier, um diesen Ausgang zu verhindern.

Alena streckte ihren Arm über den Tisch, berührte sanft Tanyas heiße Wange. Sie hatte Tanya zur Zufriedenheit des Bosses vor acht Monaten in einem der armen Vororte von Vilnius akquiriert – und deswegen war es ihre Verantwortung, dass Tanyas Ende ein anderes sein würde als Lydias.

»Du musst keine Angst haben.«

»Aber ich *habe* Angst.«

»Ich kümmere mich um dich, Tanya.«

Vor einer Stunde hatte sie auf dieselbe Weise an einem anderen Küchentisch gesessen. Im Karlavägen 71. Gegenüber von Neda – die auch zum speziellen Arzt der Organisation verschifft werden sollte. Abtreibung. So hatte Alena die Fähigkeit verloren, Kinder zu bekommen. An die Abtreibung selbst erinnerte sie sich nicht. Aber an die anschließende Eröffnung des Arztes, dass sie nie Leben würde schenken können, dachte sie jeden Tag. Die Organisation hatte sie bei dem Eingriff sterilisieren lassen. Sie war sediert gewesen und hatte nicht protestieren, ihre Gedanken nicht laut aussprechen können, und als sie aufgewacht war, war es geschehen.

Sie war hier, um auch diesen Eingriff zu verhindern.

Nedas Zukunft und Ende waren gleichermaßen ihre Verantwortung – eine ebenso junge Frau, die sie vier Monate vor Tanya im selben Vorort akquiriert hatte. Die beiden waren sogar in derselben Plattenbausiedlung aufgewachsen und in dieselbe Klasse gegangen.

Neda sollte Kinder gebären können.

Bis sie selbst – und niemand sonst – eine andere Entscheidung traf.

Alena stand auf, umarmte Tanyas fieberheißen Körper und beteuerte erneut, dass sie ihr Versprechen, niemals eines ihrer Mädchen im Stich zu lassen, halten würde. Sie verließ die Östgötagatan und Södermalm und ging zu Fuß zurück zu dem Ort, den sie früher am Morgen schon einmal aufgesucht hatte, zum Hauptbahnhof und zu einem Treffen, das richtig enden musste. Denn es gab noch eine dritte, noch immer junge Frau, deretwegen Alena nach Stockholm gekommen war, um ihr Schicksal zu verändern. Estela. In der Vegagatan 3. Estela, der nun jener Ausweg angeboten, aufgezwungen wurde, dem sie, Alena, entkommen war, indem sie die Rolle der Akquisiteurin akzeptiert hatte, als kein anderer Ausweg mehr geblieben war.

Eine Niere. Um sich freizukaufen. Von einer Straftat, die nie begangen worden war.

Sie durfte auch nie begangen werden.

Estela war nicht ihre Akquise, nicht ihre Verantwortung. Estela war nach Schweden gekommen, als sie selbst und Lydia noch hier gewesen waren, für eine kurze Zeit hatten sie sogar zu dritt in derselben Wohnung gearbeitet. Alena hatte Estela kennengelernt und sie gemocht. Estela war allein und deshalb schwächer; sie selbst hatte Lydia gehabt, und durch Lydia war sie stark geworden.

Ihr dritter Grund, weshalb sie hier war.

Eine neue Lösung zu finden, nicht die Lösung des Bosses, für Estelas weiteren Weg.

Und da saß sie. Der Boss.

Als Alena die große Bahnhofshalle betrat, wartete Lena Nordwall am Tisch in der hintersten Ecke des Cafés, an dem sie sich immer trafen, so weit entfernt von der großen elektronischen Anzeigetafel mit den Abfahrtszeiten wie möglich. Die Witwe. Die die Menschenhändlerorganisation mit härterer Hand leitete als ihr Mann, der zu Alenas Zeit das äußere Gesicht des Rings gewesen war. Lena Nordwall begrüßte sie wie immer höflich mit eiskalten Wangenküssen und hatte für sie einen Tee mit zwei Stück Zucker bestellt, wie Alena ihn gerne trank.

»Bevor wir anfangen, Alena … Wie du dir sicher denken kannst, weil du es während deiner produktiven Zeit selbst einige Male miterlebt hast, möchte ich dich davon in Kenntnis setzen, dass wir die Verlegung aller drei Erwerbszweige auf neue Gewerbeflächen vorbereiten.«

Lena Nordwall drückte sich oft so aus. Wie ihr Mann es getan hatte.

Produktive Zeit. Erwerbszweige. Gewerbeflächen.

Ließ es klingen wie irgendeinen x-beliebigen Geschäftsbetrieb.

So fühlte es sich wohl besser an.

Als es mit Schwanz, Fotze, ficken, Vergewaltigung, Übergriff, Menschenhandel oder tausend anderen Wörtern zu bezeichnen, die ihre Erwerbszweige und Gewerbeflächen treffender beschrieben hätten.

»Aber wir empfangen so lange wie möglich gebuchte Gäste und maximieren den Gewinn, weil wir die neuen Wohnungen nicht vor nächster Woche beziehen können.«

Lena Nordwall erwartete keine Antwort, dies waren Fakten, nichts anderes.

»In Kürze kann ich, wenn mein … ja, privater Informationskanal weiterhin wie geplant funktioniert, einen konkreteren Zeitpunkt nennen.«

Der Tee schmeckte eiskalt, obwohl er heiß war.

»Aber darüber wolltest du nicht mit mir reden. Sondern über meine Angestellten, oder nicht?«

Angestellte? Sogar *Nutte*, die einzige Funktion, die Alena einmal gehabt hatte, die einzige Funktion, die die jungen Frauen, die heute an denselben Küchentischen saßen, auszuführen hatten, wandelte der Boss in einen wirtschaftlichen Terminus um.

»Ich möchte über Tanya, Neda und Estela reden.«

»Ja?«

»Keine der Lösungen ist gut.«

»Weil?«

»Weil ich diese Lösungen in meiner, wie Sie es nennen, *produktiven Zeit* selbst miterlebt habe.«

Der Boss zeigte keine Regung.

Keine Mimik.

Keine Empathie.

Kein Nachdenken.

Nur Sachlichkeit. Und Kontrolle.

»Unser Geschäftsmodell …«

Lena Nordwall unterbrach sich.

»*Mein* Geschäftsmodell fußt darauf, hohen Standard zu bieten. *Allerhöchsten Standard.* Wir konkurrieren nicht über Preise – das ist bei den Dumpingpreisen, mit denen die Rumänen und Somalier den Markt drücken, unmöglich. Onlinebuchungen für lächerliche Summen und mehr Freiheiten für die Mädchen – so arbeiten wir nicht. Weil unsere Philosophie eine andere ist. Weil *meine* Philosophie eine andere ist. Ich mag vielleicht altmodisch sein, aber ich biete diskrete Kundenverzeichnisse, die kein kleiner Bulle hacken kann, und ich biete ärztlich gecheckte Fotzen – um dein Vokabular zu benutzen, Alena. Du magst mein Vokabular ja nicht, das zeigst du jedes Mal, und ich will sichergehen, dass du mich verstehst.«

Lena Nordwall war elegant. Alena schätzte sie auf Mitte vierzig. Sie war deutlich jünger als ihr verstorbener Polizeiehemann, und schön, auf eine Weise, die Männern gefiel. So würde sie, Alena, später nicht aussehen – *Angestellte* alterten selten gnädig.

»Unsere Gäste greifen ein wenig tiefer in die Tasche, um ein wenig mehr geboten zu bekommen. Und darum, Alena, ist es dein Job, dafür zu sorgen, dass – dein Vokabular – Fotzen, die nicht intakt sind, repariert werden. Genauso wie ich ausgefickte Vierundzwanzigjährige aussondern muss, die nicht zum vollen Preis angeboten werden können.«

Sie starrte Alena an.

Dies war nach wie vor kein Gespräch, dies waren Fakten, die nach unten kommuniziert wurden.

Alena erwiderte Lena Nordwalls Blick nicht. Sie sah an ihr vorbei, in Richtung Ausgang und zum Gebäude auf der anderen Straßenseite. Sie saßen in unmittelbarer Nähe. In der Nähe des Safes. Ihr letzter Ausweg, wenn nichts anderes funktionierte.

»Tanyas Eierstöcke: weg?«

»Ja.«

»Nedas Fötus: weg?«

»Ja.«

»Ich habe andere Lösungen vorgeschlagen.«

»Das ist mir bewusst, Alena.«

»Und?«

»Wir sind uns einig. Der Arzt und ich. Über die wirtschaftlich beste Alternative.«

»Und … Estela? Ihre Spende?«

»Ja?«

»Sie muss eine andere Wahl bekommen.«

»Es gibt keine andere.«

»Aber ich …«

»*Du* hattest eine Wahl, weil ich damals jemanden für die Akquise brauchte. Jetzt habe ich keinen Bedarf. Es sei denn, du möchtest mit Estela tauschen? Du weißt, wie das Geschäft läuft, Alena. Erst vor ein paar Tagen hast du an unserem jüngsten Exitdokument mitgewirkt. Eine wasserdichte Bestätigung, dass die Nieren der Zwillinge nicht abgestoßen werden, wenn sie eines Tages in den Körper eines Empfängers eingepflanzt werden. Vergiss nicht – *du* hast darum gebeten, zu *uns* zurückkommen zu dürfen.«

Mit einem Mal waren alle Umgebungsgeräusche zu hören. Die Ansagen zu Gleisänderungen und neuen Ankunftszeiten, das verzweifelte Weinen eines Kindes, dessen Eiswaffel auf die schmutzigen Steinfliesen gefallen war, das lautstarke Grölen einer Gruppe Fußballfans in identischen Mannschaftstrikots auf dem Weg zu einem Spiel.

All das war zu hören, weil sie schweigend dasaßen.

Es gab nichts weiter zu sagen.

Fötus, Niere, Eierstöcke.

Gewinnmaximierung war nichts mehr hinzuzufügen.

Einverständnis. Absolution.

Nein.

Deswegen war er nicht hier.

Ewert Grens brauchte nicht Annis Segen. Er musste sie auch nicht um Verzeihung bitten. Deshalb stand er nicht vor Annis Grab, bückte sich und zupfte welkes Laub und vereinzelte Unkrauthalme aus, die ihre Chance nutzten, solange die Blütezeit des Vergissmeinnichts noch in der Ferne lag. Er wollte mit Anni reden – ihr erzählen, dass er glücklich war. Auf eine Art, von der er vergessen hatte, dass es sie gab. Glück, Rausch, all das hielt an, sogar stärker als in dem Moment, als er neben Lena im Bett gelegen und sich gefragt hatte, ob es wirklich geschehen war. Es *war* geschehen. Und er wagte es, glücklich zu sein, das wollte er Anni erzählen. Er fürchtete sich nicht vor dem schwarzen Abgrund, diesmal hatte er ganz einfach keine Lust, sich vor dem zu fürchten, was *nicht* eingetreten war.

Er ging zu der Gießkanne, die an ihrem Haken hing, füllte Wasser hinein, goss die Pflanzen vor dem schlichten weißen Holzkreuz und setzte sich dann auf die Bank, die fast die seine war.

Er brauchte nicht einmal Bengts Einverständnis, Absolution.

Obwohl er Lena geteilt hatte. Es fühlte sich nicht so an, wie Grens befürchtet hatte. Er schämte sich nicht, bereute es nicht, wollte keine einzige Berührung ungeschehen machen. Bengt lag unter einem anderen Kreuz auf dem großen Friedhof – und dort konnte er gerne weiterliegen.

Grens verabscheute Verrat, Lügen.

Sein Freund, der die ganze Zeit ein anderer gewesen war.

Er begriff es nicht, wollte sich nicht damit aussöhnen.

Obschon er eigentlich nie Probleme mit Kriminellen gehabt hatte. Genauer gesagt mit seiner Einstellung zu Kriminellen.

Ein Mensch, der Gewalt ausübte, der stahl, der andere Menschen demütigte, gehörte gejagt und eingesperrt. Wenn derjenige seine Strafe verbüßt hatte und die Folgen seiner Taten voll und ganz verstand – dass sie das Leben eines anderen Menschen unwiderruflich verändert hatten –, erwarb sich derjenige in Ewert Grens' Welt das Recht zurück, ihm vor die Augen zu treten. Mehr war nicht notwendig.

Das andere dagegen. Heuchelei, Doppelmoral. Ein Mensch, der auf dich scheißt, während er sagt, du seist schön.

Polizist.

Menschenhändler.

Polizist *und* Menschenhändler.

Du hast mich getäuscht. Du hast Lena getäuscht.

Ewert Grens hatte nicht viele Freunde, doch so viel wusste er – ein Freund täuscht nie.

Ich vermisse dich, Bengt. Ich hasse dich, Bengt.

Er erhob sich von der Bank und ging die sieben Schritte zurück zu dem weißen Holzkreuz, kniete sich ins Gras und säuberte das Metallschild von dem dunkelgrünen Belag, der sich daran festzukrallen zu schien.

ANNI GRENS.

Ihr Name war jetzt deutlich zu erkennen.

Die einzige Frau, die bisher die Gefühle in ihm ausgelöst hatte, die er augenblicklich spürte.

Er stand auf und säuberte nun seine Hosenknie von hellgrünen Flecken. Das Grab, das er jede Woche besuchte, sah wieder gepflegt aus. Frisch gewässert und gejätet. Sein Anliegen bei Anni war erledigt, für heute.

Er nahm sein Handy erst aus der Tasche, nachdem er auch den Erinnerungshain und ihre gemeinsame Tochter besucht hatte, die nie die Chance bekommen hatte, ihr Leben zu beginnen. Inzwischen brachte er den Mut auf, zu ihr zu gehen, auch wenn er dreißig Jahre gebraucht hatte, um diesen Schritt zu wagen. Er sprach nie mit anderen, wenn er bei Anni oder ihrem kleinen Mädchen war, das recht schön schlief. Als Grens den Friedhof verließ, wählte er die neu eingespeicherte Nummer, und sie meldete sich sofort.

»Mariana, ich …«

»Ich habe versucht, dich zu erreichen, Ewert.«

»Äh … ich war bei zwei … lass es uns Termine nennen. Und … ich konnte nicht ans Telefon gehen.«

»Wir stecken mitten in den Vorbereitungen für drei synchrone Bordellrazzien, und du verschwindest urplötzlich? Das nehme ich dir nicht ab. So was tust du nicht. Ist etwas passiert?«

»Ja. Es ist etwas passiert. Aber nichts, was in Verbindung mit den Razzien steht.«

»Was …«

Mariana Hermansson verstummte. Grens wusste genau, wie sie aussah, während sie an Svens Schreibtisch saß und versuchte, nicht zu fragen, was »Ja. Es ist etwas passiert« im Klartext bedeutete. Und er liebte es. Ihre leicht gerunzelte Stirn und ihren Blick, der sich nicht änderte, egal, ob er brüllte, schwieg oder auf tausend andere Arten signalisierte, dass er keine Lust hatte, darüber zu reden.

Der Blick, der niemals auswich und niemals Angst zeigte.

Er hatte sich danach gesehnt.

»Hinterher, Ewert. Nach dem Zugriff sagst du es mir.«

»Ja, Mariana, dann sage ich es dir. Weil ich es sagen *will*. Dass das Leben wunderschön sein kann.«

Er stieg ins Auto und ließ die weitläufigen Rasenflächen

des Stockholmer Nordfriedhofs hinter sich zurück. Um diese Tageszeit dauerte die Fahrt zum Polizeipräsidium auf Kungsholmen höchstens eine Viertelstunde.

»Um Mitternacht, Mariana. Dann schlagen wir zu.«

»Wie viele Beamte willst du haben?«

»Sechs an jeder Adresse. Zwei gehen rein, vier sind Backup. Du und ich klopfen jeder an eine Tür.«

»Dann weiß ich, was ich vorbereiten muss.«

Sie legte nicht auf. Sie wusste, dass er noch nicht fertig war.

»Du? Mariana?«

»Ja?«

»Der Anführer.«

»Ja?«

»Jetzt schnappen wir ihn.«

LENA NORDWALL SETZTE den Kopfhörer auf und vergewisserte sich, dass keine Stimmen nach außen drangen.

Dieses Gespräch sollte nur *eine* Außenstehende hören.

– Um Mitternacht, Mariana. Dann schlagen wir zu.

Sie drehte die Lautstärke höher.

Ein monotones Rauschen störte, als säße er im Auto und würde jedes Mal, wenn er den Gang wechselte, den Motor hochjagen, voller Ungeduld Gas geben und gleich darauf ruckhaft bremsen. Sie hatte schon neben ihm im Auto gesessen und kannte seinen Fahrstil.

– Sechs an jeder Adresse. Zwei gehen rein, vier sind Backup.

Sie lehnte sich auf dem Bistrostuhl zurück und ließ ihren Blick durch die chaotische, summende Bahnhofshalle schweifen, in der alle aufeinandertrafen und sich trennten, auf dem Sprung nach anderswo. Es funktionierte perfekt. Der Kopfhörer sperrte nicht nur alle anderen aus, er ließ auch niemanden herein. Sie befand sich in einer komplett abgeschotteten, geräuschgedämpften Welt mit vollem Zugriff auf Kriminalkommissar Ewert Grens' Diensthandy und damit auf sämtliche Informationen, die von jener Person mündlich kommuniziert, per SMS oder E-Mail verschickt wurden, die die Polizeiermittlung leitete, an der sie verstärktes Interesse besaß. Und es war so einfach: Sie musste nur das Passwort des Servers eintippen und das Telefon auf aktives Abhören schalten. So hörte sie jedes Wort, das Grens sagte, in dem Moment, in dem er es sagte. Auch dann, wenn das Telefon unbenutzt in seiner Hosentasche steckte. Zudem wusste sie auf wenige Meter genau, wo er sich befand, bekam die exakte Position von seinem GPS übermittelt. Ein paar Mal hatte sie seine Handykamera aktiviert, um Livebilder von dem zu erhalten, was rings um ihn herum geschah, aus der Froschperspektive oder schräg von der Seite oder wie auch immer er sein Handy gerade hielt.

– Du? Mariana?
– Ja?
– Der Anführer.
– Ja?
– Jetzt schnappen wir ihn.

Es war die Sache wert gewesen.

Die vielen Jahre des bedeutungslosen Kontakts – die monatlichen Treffen in einem schäbigen Restaurant in der Nähe des Polizeipräsidiums, die gemeinsame Erinnerung an Bengt, sich über ein Mittagessen hinweg anzusehen und leere Phrasen von sich zu geben. Außer wenn sie sich beiläufig erkundigte, ob es etwas Neues über den Menschenhändlerring gäbe, der ihren Ehemann ermordet hatte, und er entschuldigend erwidert hatte, dass sie leider keine neuen Informationen hätten – ohne zu ahnen, dass dies die einzige Antwort war, die sie hören wollte.

Sogar das besondere Stelldichein bei ihr zu Hause war die Sache wert gewesen.

Weil sie ihn jetzt kannte.

Den genauen Zeitpunkt.

Sie hörte sich das Telefonat zwischen Bengts ehemaligen Kollegen Grens und Hermansson ein zweites Mal an – sie hatte richtig gehört, Mitternacht, und als sie den Kopfhörer absetzte und aufblickte, stand der nächste Termin an ihrem Bistrotisch. Ein hochgewachsener Mann mit spärlichen Koteletten in einem ebenso teuren wie schwarzen Anzug.

Er begrüßte sie, setzte sich.

»Unsere Spenderin.«

Sie öffnete ihre Handtasche, die auf dem freien Stuhl zwischen ihnen stand, und legte eine Mappe auf den Tisch.

Der Organhändler blätterte sie durch.

»Vierundzwanzig?«

»Ja.«

»Blutgruppe Null?«

»Ja.«

»HLA-Typisierung ohne Indikation?«

»Sie wurde von dem Arzt untersucht, den wir schon bei früheren Transaktionen konsultiert haben.«

In der Mappe lag ein Foto.

Lena Nordwall hatte gelernt, dass ein Foto den Preis in die Höhe trieb. Er löste die Büroklammer und begutachtete es. Lange.

Dieses Spiel.

»Ich bewerte diese Spenderin nach wie vor mit hundertzwanzigtausend Kronen.«

»Ich will mehr.«

»Mehr kriegen Sie nicht.«

»Letztes Mal habe ich hundertfünfzig bekommen.«

»Die letzte Spenderin war jünger. Und die Frau sah ansprechender aus – da ist es leichter, den Preis im nächsten Glied der Lieferkette hochzuhandeln. Innere Organe sollten nichts mit dem äußeren Erscheinungsbild zu tun haben. Doch das haben sie. Für die Empfänger in den Kliniken, die derzeit die höchsten Preise bezahlen.«

Jetzt war sie es, die das Foto der noch jungen Frau begutachtete, deren Niere bald zum Verkauf stehen würde, und sie tat so, als würde sie nachdenken.

Dieses Spiel.

»Hundertfünfundvierzigtausend.«

»Hundertfünfundzwanzig.«

»Hundertvierzig.«

»Hundertdreißig.«

»Hundertfünfunddreißig. Siebenundsechzigtausendfünfhundert jetzt, die andere Hälfte bei Lieferung.«

Der Organhändler lächelte und hob den Daumen, ein wenig zu rasch, er ließ das Spiel außer Acht. Oder er war es schlicht überdrüssig.

»Aber ich vermisse eine Unterschrift. Sie fehlt.«

»Die bekommen Sie. Rechtzeitig.«

»Ich habe Ihrem Mitarbeiter die Bedingungen deutlich erklärt.«

»Ich kenne die Bedingungen, und ich habe sie immer erfüllt, oder nicht?«

Er nickte. Das hatte sie.

»Na dann. Vierundzwanzig Stunden Vorlaufzeit vor Ort. Es gibt bereits einen Empfänger.«

»Sie bekommen Niere *und* Unterschrift.«

Sie waren fertig.

Dokumente, Preis, Zeitrahmen.

Sie nahm seinen vorbereiteten Umschlag mit Geldscheinen in unterschiedlichen Werten und unterschiedlichen Währungen entgegen – *war er sich so sicher gewesen, dass der Preis auf hundertfünfunddreißigtausend hinauslaufen würde?* – und verließ den Bistrotisch, eines ihrer zahlreichen Büros, für heute. Sie entfernte sich, blieb aber weiterhin in der Bahnhofshalle, bog nur um die Ecke, zog eine Wartenummer und reihte sich in die Kundenschlange vor der Forex Bank ein, um das

Bargeld auf die Konten zu transferieren, die Bengt vor vielen Jahren eröffnet hatte, und es in das Eigentum fließen zu lassen, das in einem anderen Teil der Welt lag. Falls der Tag kam, an dem sie in aller Eile von hier verschwinden musste.

Es standen noch ein paar Leute vor ihr in der Warteschlange, als sie den Organhändler entdeckte, der auf den Hauptausgang des Bahnhofs zustrebte.

»Sie? Hallo?«

Vor der Drehtür wandte er sich um, und sie winkte ihn heran, trat ein Stück beiseite, als er zurückkam, außer Hörweite lauschender Ohren.

»Eins noch.«

»Ja?«

»Warten in dieser Klinik noch weitere Empfänger auf ein Organ?«

»Es herrscht akuter Mangel an Spendern, nicht an Empfängern. So ist es schon lange. Also ja.«

»Möglicherweise habe ich noch eine Kandidatin.«

»Reden Sie weiter.«

»Im gleichen Alter. Kerngesund. Ich hatte ein Gespräch mit ihr, direkt vor unserem Termin.«

»Ein geplanter Exit?«

»Nein. Aber bei dem Gespräch wurde mir klar, dass es an der Zeit ist und wir die Gelegenheit nutzen können, um maximalen Profit rauszuschlagen. Sie und ich, meine ich.«

Alena Sljusareva.

Die immer weitere Gespräche forderte, obwohl längst alles gesagt war.

Sie hatte einmal die Chance bekommen, ihre Schulden abzuarbeiten. Seit heute Vormittag hatte sie diese Chance verspielt.

»Gut. Kontaktieren Sie mich, sobald die Sache spruchreif ist, Lena. Ich darf Sie doch Lena nennen?«

»Nein, das dürfen Sie nicht. Wir kennen uns nicht.«

Er zuckte mit den Schultern. Nein, sie kannten sich wohl nicht. Trotz jahrelanger Geschäftsbeziehung.

»Melden Sie sich, sobald das nächste Organ zur Verfügung steht. Der Verkäufer bestimmt den Markt – ich löse alles Übrige am selben Tag.«

Der Organhändler mit den sehr spärlichen Koteletten und dem sehr schwarzen Anzug ging durch die Drehtür – und im selben Moment sprangen die roten Ziffern auf der Anzeigetafel über dem Forex-Bankschalter um. Sie war an der Reihe. Lena Nordwall entnahm dem Umschlag so viele Dollarscheine, dass es für das Trinkgeld für ihren speziellen Kontaktmann reichte, schob den Rest über den Tresen und wartete wie üblich, während die Finger ihres Kontaktmanns mittels Tastatur und Computerbildschirm einen Teil des Inneren eines Menschen zu Zahlen in einer virtuellen Welt ummünzte.

Auf dem Rückweg, im Gewühl der Innenstadt, hörte sie Ewert Grens' Handy ab – er telefonierte nicht mehr. Sie aktivierte die Kamera, und als sie das Bild heranzoomte, hatte es den Anschein, als halte er das Handy kopfüber in der Hand, während er von seinem Wagen zu jenem Eingang ging, den sie von ihren Besuchen bei Bengt so gut kannte, zur schweren Eisentür des Polizeipräsidiums an der Bergsgatan.

Der leitende Ermittler kehrte zurück an seinen Arbeitsplatz, um den Zugriff auf drei Stockholmer Wohnungsbordelle vorzubereiten.

Und sie betrat ihn mit ihm.

Von der kleinen Bar auf der zweiten Ebene, wo die Rolltreppe den oberen Ausgang des Hauptbahnhofs erreichte, konnte Alena die unzähligen Menschen und Reisetaschen perfekt überblicken, die alle zugleich, in unterschiedliche Richtungen strebend, in Bewegung zu sein schienen, unterwegs zur nächsten Abfahrt.

Und sie hatte auch den Tisch in der hintersten Ecke des Cafés im Blick.

Neda, Tanya, Estela.

Ein letztes Mal hatte sie Lena Nordwall angefleht, nicht das Leben dreier junger Frauen zu zerstören, andere Lösungen zu überdenken, und war einem Gesicht ohne eine Spur von Menschlichkeit begegnet, das wiederholt von Produktivität und Geschäftsmodell und Gewinnmaximum sprach. Sie hatte aus der Ferne beobachtet, wie der Boss am Tisch sitzen geblieben war und sich mit einem Kopfhörer etwas in seinem Handy anhörte, bevor er ein zweites Treffen abgehalten hatte, mit einem Mann, von dem Alena sicher war, ihn schon gesehen zu haben, sowohl in Stockholm als auch in Vilnius.

Der Organhändler. Der, indem er Lena Nordwall einen Umschlag aushändigte, das besiegelte, was sie zu verhindern versucht hatte – eine Reise zu einem Arzt in Litauen und verstümmelte Körper.

Ein Ende, das zu verändern sie hergekommen war.

Alena ließ ihr Glas unberührt auf dem Bartresen stehen, fuhr mit der Rolltreppe hinunter in die große Wartehalle und verließ den Bahnhof in Richtung Vasagatan und eines Schranks mit einem geheimen Safe.

Mit derselben Furcht, die sie jedes Mal empfand. Eine Panik, die sich in dem Moment legte, in dem sie den Safe öffnete. Ihr Stammkunde war weder aus heiterem Himmel umgezogen, noch hatte er, in einem plötzlichen Anfall von Neugier, den Safe aufgebrochen, um hineinzusehen und ihr Eigentum anderswohin zu schaffen – die Illusion, regelmäßig seine Freundin zu treffen, war zu stark, als dass er sein Versprechen gebrochen hätte.

Sie küsste ihn auf die Wange, ging zu dem Schrank im Schlafzimmer und gab die achtziffrige Zahlenkombination ein.

Die Wahrheit über Bengt und Lena Nordwall.

Sie zog ihr Handy aus der Jackentasche, entnahm den Inhalt des Safes und fotografierte – Beweis für Beweis.

Mit Blitz gerieten die Fotos entweder ein wenig zu hell oder ein wenig zu dunkel, doch für einen ersten Blick auf Kundenlisten, Organtransplantationen, Adressverzeichnisse, Geschäftsbilanzen und die Videokassette mit der Zeugenaussage reichten sie aus. Alena verschloss die Beweise wieder im Safe, sperrte die Schranktür ab, raunte ihrem Stammkunden im Vorbeigehen zu, dass sie sich heute Abend für ihren Besuch erkenntlich zeigen würde, hastete zurück zum Hauptbahnhof und ging zu dem Bahnsteig, an dem der Pendlerzug mit Halt an der Södra Station abfuhr. Dort stieg sie aus und lief zu Fuß zum Söderkrankenhaus. Bei ihrem letzten Besuch hatte sie kein Mitbringsel dabeigehabt. Diesmal kaufte sie in dem kleinen Kiosk am Haupteingang einen Blumenstrauß und eine Schachtel Pralinen, ehe sie mit dem Fahrstuhl in die Station hinauffuhr, auf der ein Polizist, dem sie vertraute, wegen lebensbedrohlicher Schussverletzungen behandelt wurde.

Er lag im selben Zimmer, umgeben von denselben Schläuchen, Drähten und Apparaten. Aber er sah munterer aus. Und erkannte sie auf Anhieb, als sie hereinkam.

»Alena? Du wieder?«

»Störe ich?«

»Es ist schön, dich zu sehen.«

Sven deutete auf den Stuhl, auf dem sie das letzte Mal gesessen hatte, und sie übergab ihm Blumen und Pralinen.

»Danke. Die Blumen passen gut zu dem Strauß, den ich von meinem ältesten Kollegen bekommen habe.«

Er drückte den Strauß, der in einer Vase auf dem Rolltisch steckte, ein wenig zusammen und schuf Platz für einen zweiten. Dann sah er sie an. Schweigend. Sie war diejenige, die hergekommen war, die ein neues Anliegen hatte, nur wenige Stunden nach ihrem ersten Besuch.

»Weißt du, dass du auf derselben Station liegst wie Lydia damals?«

»Dieselbe Station?«

»Sogar im selben Zimmer. Du siehst, Sven, alles hängt mit allem zusammen.«

»Wie bitte?«

»Ein Kreis ist immer rund. Er beginnt und endet am selben Punkt.«

Er musterte sie prüfend. Wie zuletzt. Lange, schweigend.

»Alena, wovon redest du?«

»Ich habe dich angelogen.«

Sie rutschte auf dem Stuhl ein Stück nach vorn, wandte sich ihm komplett zu.

Sie sollten einander ansehen können, ineinander hinein.

»Du liegst hier, weil die Menschenhändlerorganisation, der ich noch immer angehöre, dich angeschossen hat, als du versucht hast, einen neuen Einkauf zu verhindern.«

Sie sah ihn an, in ihn hinein. Sah, dass er überrascht war, erschüttert. Doch am deutlichsten sah sie seine Enttäuschung.

»Ich wäre beinahe … aber ich habe überlebt. Ich habe versucht – *ich habe versucht, ein neues Leben zu beginnen.* Aber du weißt, wie sie arbeiten. Erst Drohungen. Dann Geld. Und als letztes Mittel die Scham. Da habe ich aufgegeben. Als sie die Fotos in meinem Heimatdorf verteilt haben, im Nachbardorf. Als alle Menschen, die mir wichtig sind, es erfahren haben.«

Sie nahm seine Hand, drückte sie. Er erwiderte den Druck.

»Lydias Tod – sie hat mir ermöglicht, weiterzuleben.«

»Ich weiß nicht, ob …«

»Und jetzt brauche ich deine Hilfe, Sven, um es wirklich tun zu können, um wirklich weiterzuleben.«

Sie hielt seine Hand fest. Es fühlte sich nicht falsch an, nicht seltsam. Sie spürte Vertrauen. Geborgenheit. Mut. Fühlte sich für einen Augenblick weniger klein.

»Ich möchte, dass du dir das hier ansiehst.«

Sie platzierte ihr Handy auf seiner Brust, stützte es mit einem Kissen ab, damit es aufrecht stand, und zeigte ihm die Fotos, eines nach dem anderen.

Er tat, worum sie ihn gebeten hatte, er sah die Fotos an.

Zoomte näher heran.

Wendete und drehte die Bilder.

»Und was …?«

»Was sagst du?«

»Dass ich einen … USB-Stick sehe, Exceltabellen, irgendwelche Dokumente und Aufnahmen aus … ist das ein Operationssaal?«

»Du siehst Beweise. Die eine Organisation entlarven, die mit jungen Frauen handelt. Noch immer. Und mit Organen. Dieselbe Organisation wie damals, dieselben Täter wie bei Lydia und mir.«

Er nahm das Handy in die Hand, hielt es dicht vor sein Gesicht, betrachtete die Fotos.

»Beweise, sagst du?«

»Ja.«

»Und wo ...«

»Das sage ich nicht. Noch nicht. Ich weiß noch, wie es damals gelaufen ist. Aber wenn ich sicher bin, dass du weitermachen willst, dass du dieser Sache *wirklich* nachgehen willst, dann hole ich sie. Und übergebe sie dir.«

»Alena, warum sollte ich nicht ...«

»Damals wolltet ihr es nicht.«

»Natürlich wollten wir.«

»Beweise verschwanden. Zeugen verschwanden. Als ihr begriffen hattet, dass der Anführer Polizist war, einer von euch.«

Sven Sundkvist antwortete nicht. Er wusste, dass sie recht hatte.

»Aber dieser Polizist – *hör mir jetzt zu, Sven, hör mir ganz genau zu* – war nicht allein.«

Sie griff wieder nach seiner Hand. Drückte sie. Fester diesmal.

»Es gab zwei Anführer. Sie haben die Organisation gemeinsam geleitet. Ein Mann und eine Frau. Mit dem, was ich dir gerade gezeigt habe, hast du nicht nur Beweise gegen die gesamte Organisation in der Hand, sondern auch alle Beweise gegen eine Menschenhändlerin, die damals ungeschoren davongekommen ist – und die Organisation all die Jahre weitergeführt hat.«

»ALENA … sagtest du zwei Anführer?«

»Ja.«

»Ein Mann … *und* eine Frau?«

»Ja.«

»Und den Mann kennen wir schon? Der Mann, der tot ist?«

»Ja.«

»Und … wenn das so ist … die andere?«

»Du siehst aus, als hättest du Schmerzen, Sven.«

»Die Frau …«

»Möchtest du ein Glas Wasser? Soll ich dir helfen, dich aufzusetzen?«

»Alena – die Frau.«

»Ja?«

»Wer ist sie?«

Lena Nordwall hatte eines der freien Taxis herangewinkt, die in einer stummen Reihe vor dem Hauptbahnhof warteten, sich auf die Rückbank gesetzt und dem Fahrer das Ziel genannt, als sie es sich plötzlich anders überlegte, ausstieg und zu Fuß ging. Um zwei Telefongespräche zu führen, die kein Taxifahrer hören sollte. Das erste mit Erki, der bestätigte, dass die Vorbereitungen wegen der bevorstehenden Zugriffe der Polizei abgeschlossen waren, ebenso wie die Vorbereitungen für die bevorstehende Reise nach Vilnius – mit Ausnahme einer Unterschrift unter einer Einwilligungserklärung zu einer Organspende. Das zweite Gespräch war komplizierter. Das Gespräch mit einem Teenager, der die einzige Familie war, die sie noch hatte, und damit der einzige Mensch, der ihr am Herzen lag und der niemals unbeschützt leben durfte, der niemals dem Risiko ausgesetzt sein durfte, so leben zu müssen wie die Teenager, mit denen sie ihr Geld verdiente – ein Leben, das sie selbst geführt hatte, als sie Bengt begegnet war, der ihr einen Ausweg angeboten hatte. Ihre geliebte Elin, die heute Mittag beim Nachhausekommen mit Ewert zusammengestoßen war. Beide hatten gleichermaßen verlegen ausgesehen. Ihr männlicher Vormittagsgast und ihre sommerferienfreie Tochter. Elin war alt genug, die Antwort zu verstehen, ohne die Frage stellen zu müssen – wie Papas bester Freund und dessen ungekämmtes Haar mit einem ungemachten Bett zusammenhingen.

Der Regen, der am Nachmittag gefallen war, prallte auf stickige Sommerhitze, und Stockholm war feuchtschwül und schweißglänzend, als Lena mit hastigen Schritten den Norra Bantorget überquerte, Upplandsgatan und Observatoriegatan hinunterlief und in die Vegagatan einbog. Bis zum Haus mit der Nummer drei. Dort blieb sie stehen, tippte den Türcode ein und ging hinein.

Parterre. LINDH an der Wohnungstür. Immer ein gewöhnlicher schwedischer Name. Aber nicht zu gewöhnlich. Sie hielt den kleinen Plastikchip vor das Türschloss, das ein Klicken von sich gab, und öffnete. Der chemische Geruch war noch schärfer, als Erki ihn beschrieben hatte. Beißend. Aggressiv. Sie blickte sich um – seit dem Einzug war sie nicht mehr hier gewesen. Diese Wohnung hatten sie bisher am längsten genutzt und im Vorfeld sorgfältig ausgewählt: ein Treppenhaus mit Mietparteien, die nicht mitbekamen, ob ein Dutzend Mal am Tag fremde Männer kamen und gingen. Im zweiten Stock lag eine Zahnarztpraxis, im dritten eine Hautarztpraxis, im fünften eine Krankengymnastikpraxis. Und im Parterre befand sich nur eine weitere Wohnung, direkt gegenüber, die ebenfalls von der Organisation angemietet worden war. STENBERG. Sie stand komplett leer. Kein Nachbar, der etwas sah oder dachte oder unliebsame Fragen stellte.

Lena Nordwall betrat das Beißende, Aggressive, durchquerte es. Ging in die Küche und zu der Frau, die in ein bauschiges Negligé gekleidet Kaffee aus einem blau-gelben Keramikbecher trank. Estela. Das Gesicht, das sie im Hauptbahnhof vor wenigen Minuten dem Organhändler gezeigt hatte, das Foto, das er begutachtet und über den Tisch zurückgeschoben hatte, nicht bereit, einen höheren Preis zu zahlen.

Lena und Estela waren sich ein einziges Mal begegnet. An dem Tag, als Estela installiert und einer Schlussbesichtigung unterzogen worden war. Eine junge Frau, die danach zwischen Wohnungen in Stockholm, Kopenhagen, Helsinki und Oslo hin und her gependelt und dann nicht mehr jung gewesen war. In dieser Wohnung arbeitete sie seit fünf Monaten. Lena Nordwall trat an den Küchentisch und sah sie an. Ja. Sie war vor der Zeit gealtert.

»Erkennst du mich wieder, Estela?«

Wie mit Alena sprach sie Englisch, hier und da versetzt mit ein paar Brocken Schwedisch und Litauisch. Während Estelas Antwort auf sich warten ließ, öffnete die Anführerin der Organisation den Schrank über der Spüle, nahm das größte Glas heraus, goss kaltes Wasser hinein und trank es aus. Schwüle und Schweißglanz hatten noch zugenommen, seit sie das Haus betreten hatte.

»Ja, ich erkenne Sie wieder.«

Lena Nordwall fragte sich, ob sie auf dieselbe Weise gealtert war wie die abgewirtschaftete Frau vor ihr, ob man es sah.

»Wie schön. Dann weißt du, dass wir uns an dem Tag begegnet sind, als du hergekommen bist. Und jetzt habe ich einen Vorschlag, wie heute zu dem Tag werden kann, an dem du von hier fortkommst.«

Estela hatte reglos dagesessen. Bis zu *von hier fortkommst.*

Da war sie zusammengezuckt, hatte den Blick der Besucherin gesucht.

»Wie bitte?«

»Fort.«

»Fort?«

»Ja.«

Sie kamen plötzlich, die Tränen. Zuerst zögernd. Dann heftiger.

»Fort von hier?«

»Wenn wir zwei eine einvernehmlichere Übereinkunft erreichen als du mit Erki.«

Lena setzte sich einem Menschen gegenüber, über den sie verfügte.

Der ihr Eigentum war.

Aus Pijas Zimmer erklang das laute Stöhnen eines Mannes. Noch mehr Tränen stiegen in gerötete Augen, begannen zu fließen. Lena beugte sich vor und trocknete Estelas Wange mit dem Blusenärmel.

»Ich hoffe selbstverständlich, dass du dich hier wohlgefühlt hast, Schätzchen. Bei uns. Das ist für mich das Wichtigste.«

Die Hand blieb auf der Wange, streichelte sie sanft.

»Und ... meine Kontrolleure berichten mir, dass du immer noch sehr gute Arbeit leistest. Aber du ziehst zwielichtige Klientel an. Erwirtschaftest nicht genug, ganz gleich, wie stark wir mit deinem Preis runtergehen. Wenn du dir unser Geschäft als einen Markt vorstellst, ist dein Wert, dein Marktwert, gesunken. Verstehst du? Ich *werde* dich ersetzen. Du *wirst* deine Schulden zurückzahlen. Und jetzt musst du dich entscheiden, wie.«

Lena Nordwall trocknete die andere Wange, noch mehr Tränen, dann nahm sie eine Bürste aus ihrer Handtasche und fuhr damit durch Estelas langes, schönes Haar.

Während der Mann in Pijas Zimmer erneut stöhnte, lauter.

»Hörst du?«

Lena deutete auf die geschlossene Tür.

Eine von ihnen hatte einen Kunden eine von ihnen nicht.

Sie war mit Bürsten fertig, begann zu flechten, band ein rosafarbenes Seidenband zu einer Schleife, die das lange, kastanienbraune Haar zusammenhielt, nahm zwei Schminkspiegel aus ihrer Handtasche und hielt sie so, dass Estela ihren Nacken sehen konnte.

»So trägst du dein Haar doch gerne?«

Estelas gerötete Augen flackerten im Spiegel.

»Du siehst fast noch genauso hübsch aus wie damals, als du zu uns gekommen bist.«

Dann legte die Anführerin der Organisation die Spiegel auf den Küchentisch. Und es war, als folgte der Blick der jungen Frau nach unten, verharrte in ihnen.

»Estela?«

Estela antwortete nicht. Es war keine Frage.

»Wir werden uns heute von dir trennen.«

Dann ging alles sehr schnell.

In der Handtasche lag eine Schere. Groß und rasiermesserscharf.

Eine einzige Bewegung.

Sie schnitt den Zopf ab.

»Es ist wirklich sehr schön.«

Legte den Zopf auf den Küchentisch, streichelte wieder Estelas Wangen.

»Dein langes Haar, auf das du so stolz bist.«

Lena Nordwall löste die Schleife, fegte das dicke Haarbündel auf den Fußboden und hielt Estela das rosafarbene Seidenband hin. Als Estela nicht danach griff, sie konnte nicht, sie zitterte zu sehr, weinte zu sehr, knotete die Anführerin der Organisation es in ihr verbliebenes Haar, sodass es wie ein kleiner Pinselquast von ihrem Kopf abstand.

»Es gibt keinen anderen Weg, Estela.«

Wieder hielt sie die beiden Spiegel so, dass Estela ihren Nacken sehen konnte.

»Du hast Schulden, Estela, und die musst du zurückzahlen. Sonst fordern diejenigen, in deren Schuld du stehst, eine Gegenleistung. Und du erinnerst dich vielleicht, wie es Gitana ergangen ist? Oder Simona? Ja, sogar Lydia, in gewisser Weise. Du zahlst uns deine Schulden zurück, indem du, wie wir es dir vorgeschlagen haben, deine Niere spendest. Der Gegenwert entspricht exakt der Summe, die du uns schuldest. Dann bist du *frei*, Schätzchen. Wirklich frei. Was Gitana und Simona und Lydia nicht geworden sind, weil sie sich quergestellt haben. Weil sie geglaubt haben, sie seien diejenigen, die das Ende bestimmen.«

Estela zitterte immer noch, weinte, griff mit den Händen nach ihren Haaren, wie sie es immer gemacht hatte. Um das zu richten, was nicht mehr da war.

Gäste hatten sie geschlagen, getreten. Sie hatte nichts gespürt.

Aber das hier, das spürte sie.

»Willige in die Spende ein. Dann ist es vorbei. Keine Drohungen, keine Jagd, keine Flucht.«

Lena Nordwall beugte sich ein Stück vor, um den kurzen Haarpinsel auf Estelas Kopf besser umfassen zu können, schnitt ihn ab und ließ auch dieses Büschel auf den Fußboden fallen.

»Danach, Estela gibt es andere Wege.«

»Ich bin es.«

»Ewert? Ich habe eben an dich gedacht.«

»An mich?«

»Daran, wie es dir geht.«

»Sven – diese Woche bin ich derjenige, der fragt, wie es *dir* geht.«

»Gut. Oder … besser. Das Atmen fällt mir leichter. Die Schmerzen sind nicht mehr ganz so stark. Die tiefsten Stiche lassen nach. Ich habe vorhin bei der Visite mit dem Arzt gesprochen, mit dem du auch geredet hast, Ewert – glaub mir, ich habe eure Unterhaltung *gehört*, unter meiner Morphiumglocke –, und er sagt, dass ich wieder völlig gesund werde. Alles spricht dafür.«

»Ich …«

»Ja?«

»Fr…«

»Was?«

»Ich … bin …«

»Ich weiß, Ewert.«

»Froh.«

»Und dass du ein bisschen gerührt bist – das macht mich froh.«

»Gut. Gut, Sven. Dann … ja.«

»Danke.«

»Ich sage Danke. Weil du noch da bist. Ein bisschen länger.«

»Ewert?«

»Ja?«

»Ich wollte dich gerade anrufen. Aus einem anderen Grund.«

»Aha?«

»Einem unschönen.«

»Rede.«

»Die Sache … wegen der wir zu dem Hotel gefahren sind.«

»Ja?«

»Unsere Ermittlung vor einigen Jahren: gegen die Menschenhändler, die Lydia und Alena in ihrer Gewalt hatten, und bei der es zu der Explosion in der Leichenhalle gekommen ist. Und die Ermittlung, die vorgestern begonnen hat: die Zwillinge, das Hotel, die Schüsse auf mich.«

»Ja?«

»Die beiden Ermittlungen gehören zusammen. Weil sie weitermachen.«

»Was gehört zusammen? Wer macht weiter?«

»Ich hatte Besuch. Von der Vergangenheit. Ich weiß jetzt, wer … Aber ich weiß nicht, wie ich es dir sagen soll.«

»Wovon redest du, Sven? Was willst du mir sagen?«

»Wir müssen uns treffen. Unter vier Augen. So schnell wie möglich.«

»Wenn das so ist – wenn du nicht reden willst, rede *ich*. Jetzt. Weil ich ein Anliegen habe. Abgesehen von der Frage, wie es dir geht.«

»Okay?«

»Kinder.«

»Kinder, Ewert?«

»Ungefähr in Jonas' Alter.«

»Ja?«

»Was schenkt man denen?«

»Schenken? Wie meinst du das?«

»Wenn man sie trifft.«

»Treffen? Wann? Haben sie Geburtstag? Machen sie einen Schulabschluss?«

»Nein. Im Alltag. Wenn man zu ihnen nach Hause kommt und ihnen etwas mitbringen möchte.«

»Ewert … ich weiß es nicht.«

»Du weißt es nicht? Du hast doch ein Kind.«

»Ich muss sie kennen, um … Nichts Großes. Das könnte nicht gut ankommen. Einen Film vielleicht?«

»Einen Film?«

»Kinder gucken gerne Filme.«

»Wie Pu der Bär?«

»Ja. Wenn sie fünf Jahre alt sind. Aber du sagtest, sie sind in Jonas' Alter. Über wen reden wir?«

»Ich … Noch nicht. Das nächste Mal.«

»Deine Stimme. *Jetzt* höre ich es. Ich kenne dich so viele Jahre, und ich habe dich … glaube ich … noch nie so gehört. Ewert, hast du … eine Frau kennengelernt?«

»Vielleicht.«

»Oh.«

»*Vielleicht*, habe ich gesagt.«

»Eine Frau, die, wenn ich dich richtig verstehe, Kinder im Teenageralter hat?«

»Mmm.«

»Ist es jemand, den ich kenne? Oder …«

»Mmm.«

»Jemand, der … *du liebe Güte, Ewert* … jemand, der hier war, mit dir, und mich besucht hat?«

»Also …«

»Habe ich recht? Das Kind, von dem du sprichst, und die Frau, von der du sprichst, obwohl du es nicht tust, sind das …?«

»Vergiss es.«

»Du verstehst nicht, Ewert.«

»Vergiss es – ich hätte nichts sagen sollen. Ich rede lieber über dein Anliegen. Über das, was so wichtig ist, dass wir uns treffen müssen.«

»Nur wenn du herkommst.«

»Bevor ich angefangen habe, über Kinder zu schwadronieren, hast du gesagt …«

»Dass ich weiß, wen du jagst.«

»Sven?«

»Es gibt Beweise, Ewert, die wir bekommen können.«

»Du hast behauptet, dass es dir gut geht, dass du *nicht mehr so viele* Medikamente nimmst.«

»Hör mir zu: Ich spreche zu dir. Weder Morphium noch irgendein anderes Barbiturat. Alena Sljusareva. Erinnerst du dich an sie?«

»Ich erinnere mich.«

»Sie war hier.«

»Kein Morphium oder irgendein anderes Barbiturat?«

»Sie *war* hier.«

»Nach so langer Zeit? Und was hat sie gemacht? Gesagt?«

»Ewert, ich möchte, dass du herkommst. Was Alena gesagt hat … ich kann es nicht am Telefon erzählen. Nicht dir.«

»Was zum Teufel, jetzt …«

»Wann?«

»Du …«

»Wann kommst du her?«

»Nach dem Zugriff, Sven. Wenn du morgen früh aufwachst, dann bin ich bei dir.«

Die Schmerzen waren noch da, aber an einen anderen Punkt gewandert. Die tiefsten Stiche zentrierten sich nicht mehr im Unterbauch, in kaputten Därmen und dort, wo die Milz gewesen war. Der Schmerz saß jetzt höher. In der Brust. Im Herzen.

Ewert.

Wenn sein Freund und Kollege, der sich niemals öffnete und niemals die Vergangenheit verließ und niemals auch nur das Wagnis einging, Gefühle zuzulassen, aus Angst davor, dass Gefühle wehtun könnten, wenn dieser Mensch es nach über dreißig Jahren endlich tat, es *riskierte*, dann für eine Frau, die Alena Sljusareva zufolge …

Ewert.

Die Stiche wurden zahlreicher. Heftiger.

Ihre Freundschaft würde der Weitergabe dieser Art Information nicht standhalten.

Weitere Stiche.

Wie Schüsse, abgefeuert in einer Hotellobby und befohlen von Lena Nordwall.

Es gab keine Worte, die erklären konnten, dass die Person, die ein ängstlicher Kriminalkommissar in sein Leben zu lassen wagte, möglicherweise die Täterin war, die sie suchten, die Anführerin einer kriminellen Organisation, die mit Menschen handelte.

DER KOPFHÖRER, DER alle anderen Geräusche aussperrte.

Kennwort.

Passwort.

Sie loggte sich in den Server ein.

– Ich hatte Besuch. Von der Vergangenheit.

Lena Nordwall zuckte zusammen.

Sie hatte auf neue Informationen zu den geplanten Razzien gehofft.

Hiermit hatte sie nicht gerechnet.

Nicht einmal geahnt hatte sie es.

– Ich weiß jetzt, wer … Aber ich weiß nicht, wie ich es dir sagen soll.

Die Vergangenheit?

Was?

Wer?

– Hör mir zu: Ich spreche zu dir. Weder Morphium noch irgendein anderes Barbiturat. Alena Sljusareva. Erinnerst du dich an sie?

Alena?

Es fiel schwer, still zu sitzen, wenn die Wut alles andere verdrängte.

– Ewert, ich möchte, dass du herkommst.

Sie versuchte zu verstehen.

Sven sprach von einem Besuch einer Person, die seit Langem Einblick hatte.

Von Beweisen.

Davon, sie mit Kriminalkommissar Ewert Grens zu teilen.

– Was Alena gesagt hat ... ich kann es nicht am Telefon erzählen.

In diesem Augenblick vertauschten sich Tag und Nacht.

Sie loggte sich aus, nahm den Kopfhörer ab und erledigte als Erstes den Anruf, der vereinbart war.

»Erki hier?«

»Ich höre.«

»Sie hat unterschrieben. Estela findet, die Organspende ist eine ausgezeichnete Lösung.«

Sie hörte, wie ein Stuhl zurückgeschoben wurde, wie Erki aufstand, schon unterwegs.

»Ich wiederhole: Ihr geht um zweiundzwanzig Uhr zu viert an Bord der Fähre. Abfahrt dreiundzwanzig Uhr. Ankunft morgen Mittag.«

»Du willst, dass wir in jeder Wohnung eine Angestellte zurücklassen? Ohne Bewachung?«

»Erki – ich kümmere mich um Inesa, Antea und Pija. Du konzentrierst dich auf die Reise.«

Das kurze Gespräch war beendet. Und mit Erki zu reden hatte keine Abhilfe geschaffen.

Lena Nordwall war immer noch genauso wütend und überrascht, dass Alena Sljusareva, nachdem sie bei ihrer Unterredung im Hauptbahnhof nicht ihren Willen bekommen hatte, schnurstracks zum Söderkrankenhaus spaziert war.

Um alles niederzubrennen.

Alles, was zwei Eheleute in den Jahren aufgebaut hatten,

als Bengt als Sicherheitschef in der schwedischen Botschaft in Vilnius gearbeitet hatte. Das Kontaktnetz, das sie mit zurück in die Heimat genommen hatten, ihre Einkünfte und das Leben, das ihres geworden war.

All das, was sie eigenhändig ausgebaut, weiterentwickelt, für das sie weitergelebt und von dem sie gelebt hatte.

– Nach dem Zugriff, Sven. Wenn du morgen früh aufwachst, dann bin ich bei dir.

Sie stand auf, setzte sich hin. Stand auf, setzte sich hin.

Die erstickende, pechschwarze Wut.

Sie musste sie unter Kontrolle bekommen.

Um die richtige Entscheidung zu treffen.

Ewert Grens' Blick wanderte von der Eingangstür des schmucken Wohnhauses aus dem späten 19. Jahrhundert zu dem Fenster im Parterre, dessen Jalousie halb heruntergelassen war, und von dort zu der Uhr im Armaturenbrett, deren quadratische Leuchtziffern 2-3-3-0 anzeigten.

Vegagatan 3.

Noch genau dreißig Minuten.

Es war ein angenehmes Gefühl, in der Sommerdunkelheit zu sitzen und bloß zu warten. Sanft im Körper, sanft im Gemüt. Früher hatte er diese Stunden geteilt, es immer eilig gehabt, Anni anzurufen, die nicht selbst ans Telefon hatte gehen können, die aber mithilfe eines Pflegers oder einer Pflegerin, die ihr den Hörer ans Ohr hielten, zugehört und auf eine Art geatmet hatte, von der nur er wusste, was sie bedeutete. Heute gab es vielleicht einen anderen Menschen, den er anrufen konnte. Oder war es dafür zu spät? War es albern? Oder aufdringlich? Machte man das heutzutage überhaupt noch, rief man sich gegenseitig an und teilte banale und hässliche Alltäglichkeiten? Er kannte sich in diesen Dingen nicht mehr aus. Wie man sich verhielt. Was man sagte. Die meisten Paare schickten sich wohl kurze Textnachrichten, die eine oder andere E-Mail und Unmengen Essensbilder. Reden taten nicht viele. Oder?

»Hallo.«

Er redete.

Und sie nahm ab – schon nach dem ersten Klingeln.

»Hallo, Ewert.«

»Ich wollte nur … ja, Hallo sagen.«

Er spürte, dass er rot wurde. Wie ein Schuljunge.

»Und gleich … Wir haben darüber geredet. Auf deinem Balkon.«

»Gleich was, Ewert?«

Du.

Und ich.

»Gleich werden wir dem Anführer sehr viel näher kommen.«

»Dem Anführer?«

»Wovon ich dir … Die Schüsse auf Sven. Morgen werden wir der Aufklärung näher sein. Das macht mich ein bisschen glücklich.«

»Das macht mich glücklich, Ewert. Für dich.«

Es gab unterschiedliche Arten von Stille. Er mochte die meisten von ihnen, suchte sie oft und verweilte in ihnen, so lange wie möglich.

»Und … was …«

Aber diese.

Diese Stille ließ ihn klein werden.

»… machst du, Lena?«

»Nicht viel. Ich lasse den Tag ausklingen. Es ist schon spät.«

»Ja, entschuldige. Ich wusste nicht, ob … wie spät …«

»Alles gut. Ich war noch nicht im Bett. Aber ich gehe gleich schlafen. Es ist schön, dass du angerufen hast, Ewert. Schlaf gut, hinterher, wenn du alles erledigt hast.«

Er lächelte mit einem Körper, der ein wenig ruhiger geworden war.

Wie schön es sich anfühlte, mit einem Menschen zu sprechen, der ein normales Leben führte, ein Leben, das alles war, was seins nicht war.

Er schob das Handy in die Innentasche seines Jacketts und kontrollierte, dass das Funkgerät sicher an seiner linken Schulter befestigt war. Wenn er schräg nach links schaute und seine Augen anstrengte, konnte er in einem Wagen auf der anderen Straßenseite zwei Gesichter ausmachen. Zwei junge Polizeibeamte, die als Verstärkung vor Ort waren. Auf der Rückseite des Wohnhauses warteten drei weitere Beamte in einem anderen Wagen.

Grens setzte sein Observierungsritual fort.

Er kontrollierte die Eingangstür: Niemand ging hinein, niemand kam heraus. Ein Hauseingang mit sehr wenig Aktivität und Personenverkehr um diese Tageszeit.

Er kontrollierte das zur Hälfte von einer Jalousie bedeckte Fenster: Dahinter brannte noch Licht. Gestern Abend, als observierende Beamte an derselben Stelle geparkt hatten, war das Licht in der Wohnung kurz vor elf erloschen.

Er kontrollierte die Leuchtziffern der Uhr im Armaturenbrett: 2-3-5-4. Noch sechs Minuten.

– Hermansson?
– Vor Ort.
– Status?
– Es brennt Licht. Kaum jemand betritt oder verlässt das Haus.

Das Polizeiaufgebot war an allen Adressen identisch. Mariana leitete fünf Kollegen im Karlavägen 71, und sechs Beamte warteten voll bewaffnet vor der Östgötagatan 76.

– Es ist jetzt genau 00:00 Uhr. *Zugriff.* An allen Objekten.

Ewert Grens stieg aus dem Wagen, überquerte die Straße, trat vor die verschlossene Eingangstür, tippte den Zugangscode ein, den der Hauseigentümer ihm genannt hatte, hastete an einem an einer Heizung angeketteten Fahrrad und einem in die Ecke gezwängten Kinderwagen vorbei und sprang die Stufen zu den beiden Wohnungen im Halbparterre hinauf, ignorierte die Tür mit dem Schild STENBERG und blieb vor der Tür mit dem Namen LINDH stehen. Einer der beiden jungen Beamten schloss zu ihm auf, während der andere sich über den Hinterhof näherte. Der Kriminalkommissar drückte zunächst die Klingel, hallende Töne, als verberge sich hinter der Wohnungstür ein erwartungsvoller Theatersaal. Er ging in die Hocke, hob die schmale Briefklappe der Tür an und rief. Die Worte *Polizei* und *Aufmachen* sprangen zwischen Flurwänden hin und her.

In dem Moment bemerkte er den Geruch.

Bekannt. Aufdringlich.

Der scharfe Geruch von Chlor.

Und als er seinen Zeigefinger durch den Briefschlitz schob und damit an der Innenseite des Einwurfs entlangfuhr, blieb derselbe Geruch an Fingerspitze und Fingernagel haften.

»Du kannst die Tür öffnen.«

Er blickte seinen Kollegen an, gestikulierte mit dem Arm, stieß dabei gegen die Türklinke.

»Jetzt?«

»Ja.«

»Aber was, wenn …«

»Ich weiß, was uns da drin erwartet.«

Als der junge Polizeibeamte zögerte, hielt Grens die Hand auf.

»Gib her.«

Es war eine alte Tür, also wählte er die alte Methode. Einen Meißel und einen Hammer mit Gummikopf. Keine neumodischen Lärmquellen wie bei Razzien auf Bandenkriminelle. Das hätte zu viel Aufmerksamkeit geweckt, und im Hinblick darauf, was sie in der Wohnung vorfinden würden, wollte er so wenige Nachbarn wie möglich aus dem Nachtschlaf reißen. Er zwängte die Meißelspitze in den Schlitz des Schließmechanismus und schlug mit dem Hammer gegen das Ende des Schafts. Drei Schläge in rascher Abfolge, und das Schloss gab nach. Der Chlorgeruch traf sie mit voller Wucht. Zu zweit und mit vorgehaltenen Waffen drangen sie in die Wohnung ein, sicherten Raum für Raum, obwohl Grens wusste, dass es nicht notwendig war.

Sie hatten das hinterste Zimmer erreicht, sehr wahrscheinlich eine der beiden Arbeitsstätten des Bordells, als er stehen blieb und sich umsah.

Wie ungeheuer leer ein Raum sich anfühlte, wenn alles fort war.

In der ganzen Wohnung – dasselbe Bild.

Keine Menschen.

Keine Möbel.

Keine Spuren.

Und als er Mariana Hermansson anfunkte, brauchte er die Frage nicht zu stellen. Er kannte die Antwort.

– Ewert, die Wohnung ist … *verlassen*. Komplett leer.
– Und es riecht?
– Ja. Scharf. Nach Chlor, glaube ich.
– DNA. Fingerabdrücke, Fasern. Fragmente. Keine Hinweise, die uns weiterbringen könnten. Absolut nichts.

Das letzte Gespräch musste er nicht einmal führen.

Die Beamten, die in die dritte Wohnung eingedrungen waren, hatten die Tür zur selben Wirklichkeit aufgebrochen.

Eine kriminelle Organisation, die mit Menschen handelte – im Ganzen oder in Teilen –, hatte nur wenige Stunden zuvor die Spuren ihrer Existenz ausgewischt.

EWERT GRENS WAR leicht zu erkennen, selbst durch einen Türspion, der die Wirklichkeit verzerrte. Sein massiger Körper, seine Art zu gehen, der Platz, den er stets beanspruchte. Man hörte und spürte, wenn er sich bewegte. Als Lena Nordwall sich näher zu Tür und Guckloch beugte, um besser sehen zu können, entdeckte sie auch den zweiten Polizisten, ebenfalls in Zivil und mindestens genauso groß wie Grens, aber schlank, seine Schritte waren kraftvoll, drahtig.

Ihre Silhouetten waren klar umrissen, als sie die Wohnung mit dem Namensschild LINDH verließen, und noch deutlicher wurden sie, als sie auf dem Weg nach draußen an der Wohnungstür mit dem Namensschild STENBERG vorbeigingen.

An *ihr* vorbeigingen.

Und – weiter hinten im Flur – an drei jungen, zu Tode verängstigten Frauen.

An Inesa, Antea und Pija.

Sie hatte ihnen ausufernd erklärt, dass die schwedische Polizei nach ihnen suchte, und wenn die Beamten drei zur Fahndung ausgeschriebene litauische Staatsbürgerinnen ohne Pass entdeckten, die sich für sexuelle Dienstleistungen bezahlen ließen, jede von ihnen mit einer langen Gefängnisstrafe zu rechnen hätte.

Die Miete für die Wohnung mit dem Namen Stenberg auf der Tür wurde ebenfalls von der Organisation entrichtet. So hatten Bengt und sie ihr Geschäftsmodell einst begründet – und sie hatte das Prinzip beibehalten: stets die Wohnung gegenüber der Gewerbefläche anzumieten, um neugierige Augen zu vermeiden. Stets eine vorbereitete Zuflucht bei der

Hand zu haben, um einem eventuellen Zugriff der Polizei zu entgehen.

Inesa, Antea und Pija waren kontrollierbar, noch mehr Personen auf demselben engen Raum hätten ein zu großes Risiko ausgemacht. Darum war es perfektes Timing, Erki gerade jetzt, wo die Filialen des Betriebs vorübergehend geschlossen waren und Umsatzeinbußen generierten, mit den drei anderen, die repariert oder ausgewechselt werden mussten, nach Vilnius zu schicken. Und in ein, zwei Tagen konnten sie die neuen Wohnungen beziehen, deren Mietverträge ebenfalls auf Namen von Strohmännern liefen, die ins Nichts führten, die sich genau wie Lindh und Stenberg als fiktive Schatten in einem Gewirr aus manipulierten Registern verloren.

Grens und der jüngere Polizist hatten die Eingangstür erreicht. Lena Nordwall beobachtete durch das Guckloch, wie sie das Treppenhaus verließen und im Dunkel der Vegagatan verschwanden.

Die Wohnung im Karlavägen 71 hatte sie heute als Erste ausräumen lassen. Erki hatte die beiden angeheuerten Sicherheitsleute beaufsichtigt, die sämtliches bewegliches Hab und Gut die Dachbodentreppe hinauf- und den Durchgang entlanggeschleppt hatten, auf die Rückseite des Gebäudes, zu dem dort wartenden Umzugswagen, während zwei weitere angeheuerte Helfer jeden Winkel der Wohnung klinisch gereinigt und sämtliche Spuren beseitigt hatten. Als Nächstes war die Östgötagatan 76 geräumt und gesäubert worden. Das Haus besaß zwar keinen Dachboden, dafür aber einen Hinterhof mit Zugang zu einem Gebäude, das auf die Rutger Fuchsgatan hinausging, die Nebenstraße, wo der nächste Umzugswagen stand. Als Letztes hatten sie die Wohnung in dem Haus geräumt, in dem sie sich jetzt gerade befand. Die Möbel hatten bloß über den Treppenabsatz in die Nachbarwohnung transportiert werden müssen. Deshalb konnte sie hier stehen, mit drei jungen Frauen, die kaum zu atmen wagten, und dabei zusehen, wie ein Kriminalkommissar, ohne zu verstehen, wie die Organisation von dem bevorstehenden Zugriff erfahren hatte, die Tür zu einer verlassenen Wohnung aufbrach, in der es nach Schwimmbad roch und die nie mehr von den Personen genutzt werden würde, die er jagte.

»Hallo?«

»Habe ich dich geweckt?«

»Sven? Bist … du das?«

»Entschuldige. Wir reden morgen.«

»Ist etwas … passiert? Wie geht es dir? Soll ich ins Krankenhaus kommen?«

»Anita … ich hätte nicht … Schlaf weiter.«

»Jetzt? Ich bin hellwach. Du fühlst dich doch nicht schlechter?«

»Mach dir keine Sorgen. Mir geht es immer noch gut. Und bald bin ich wieder bei dir zu Hause.«

»Sven?«

»Ja?«

»Was ist los?«

»Versuch, wieder zu schlafen.«

»Ich *weiß*, dass du mir etwas sagen wolltest. Etwas Wichtiges. Sonst hättest du nicht angerufen und mich geweckt. Was verschweigst du mir?«

»Ich habe etwas erfahren.«

»Ja?«

»Und habe keine Ahnung, wie ich damit umgehen soll. Ich kann es nicht erzählen. Vor allem Ewert nicht.«

»Was hast du erfahren?«

»Morgen, Anita. Wenn du hier bist und ich dich ansehen kann. Dann erzähle ich es dir.«

»Bis morgen.«

»Ich liebe dich.«

»Hallo – ich bin's noch mal«

»Ich wusste, dass du noch mal anrufen würdest.«

»Ich kann nicht schlafen.«

»Ich auch nicht.«

»Anita?«

»Ja?«

»Ich sehne mich nach zu Hause. Weg von Krankenhausbett und Krankenhausluft und Krankenhauswänden.«

»Und ich sehne mich nach *dir.*«

»Am schlimmsten ist die Krankenhausstille. Sie gleicht keiner anderen Stille.«

»Sven?«

»Ja?«

»Was hast du erfahren?«

»Zu viel.«

»Erzähl mir, womit du nicht umgehen kannst. Warum du wach liegst und nicht schlafen kannst.«

»Erinnerst du dich an die Völundsgatan?«

»Die Völundsgatan?«

»Eine junge Frau, die mit dreißig Peitschenhieben misshandelt wurde, weil sie sich nicht von einer Menschenhändlerorganisation verkaufen lassen wollte. Der Fall endete damit, dass eine Frau namens Lydia und ein Polizist namens Bengt Nordwall bei einer Explosion ums Leben gekommen sind.«

»Ich erinnere mich.«

»Alles ist zurück.«

»Zurück?«

»Dieselbe Organisation. Sie hat weiterexistiert – die ganze

Zeit. Es könnte sogar sein, dass ich von jemandem aus dieser Organisation angeschossen worden bin.«

»Ich verstehe nicht.«

»Also, es war dieselbe Orga-«

»*Das* habe ich verstanden. Was ich nicht verstehe, ist, warum du nicht weißt, wie du es Ewert erzählen sollst. *Er* leitet die Ermittlung. Er sucht pausenlos nach dem Täter, der dafür verantwortlich ist, dass du im Krankenhaus liegst. Wenn es jemand erfahren muss, dann Ewert. Warum weiß er es nicht? Warum hast *du* es erfahren? Warum sollte –«

»Bengt Nordwall ist gestorben, weil er der Anführer dieser Menschenhändlerorganisation war.«

»Wie bitte?«

»Bengt war unser Kollege und hat gleichzeitig eine Organisation aufgebaut, die junge, litauische Mädchen zu Zwangsprostituierten macht.«

»Sven?«

»Ich weiß, das klingt –«

»Du brauchst Ruhe. Du bist stundenlang operiert worden, weil du fast gestorben wärst. Du bist noch lange nicht gesund. Und das hier ...«

»*Das hier* ist die Wahrheit.«

»Ich mache mir Sorgen um dich.«

»Es ist die Wahrheit, weil Ewert es die ganze Zeit gewusst hat. Weil ich es die ganze Zeit gewusst habe. Ewert hat damals Beweise vernichtet. Ich habe es herausgefunden und ihn zur Rede gestellt, mich aber dazu entschieden, wegzuschauen.«

»Sven, *wenn* das wahr ist ... Warum sollte Ewert, warum solltest du ...«

»Wegen Lena. Das hat er gesagt. Ewert wollte ihr dieses Wissen ersparen. Er meinte, es würde genügen, dass Bengt ... Und ich habe zugestimmt.«

»Wenn das so ist, verstehe ich immer noch nicht, warum du nicht weißt, wie du mit ihm reden sollst.«

»Wegen Lena.«

»Was ist mit ihr?«

»Ewert ist zum ersten Mal seit ... Er ist verliebt.«

»Wie bitte?«

»Er. Und Lena.«

»War sie ... *deshalb*? Hat sie dich deshalb besucht? Mit ihm zusammen?«

»Ja.«

»Aber ... das ist doch wundervoll! Ewert! Ich freue mich so! Sven – ich würde dich am liebsten umarmen! Und Ewert! Wer hätte gedacht, dass er, dass Ewert ...«

»Lena.«

»Ja?«

»Sie *wusste* davon. Weil sie die Organisation *zusammen* mit Bengt geleitet hat. Sie ist die Menschenhändlerin, die junge Frauen verkauft und dafür verantwortlich sein könnte, dass ich hier liege.«

»Sven, ich bitte dich. Die Witwe eines Polizisten, eine staatlich angestellte Betriebswirtin, so jemand soll ...«

»Hilf mir.«

»Du ...«

»Hilf mir, Anita!«

»*Wenn* das wahr ist ...«

»Es ist wahr.«

»*Wenn* das wahr ist, ist mir eure Ermittlung scheißegal.«

»Anita?«

»Es interessiert mich nicht, ob ihr den Fall aufklärt oder nicht. Der Fall geht mich nichts an. Aber *du*, Sven, du gehst mich etwas an. Und dass du es Ewert sagst, ist für eure Freundschaft essenziell. Was, wenn er hinterher erfährt, dass du es gewusst hast? Ein Freund, dem man vertraut, der das

Vertrauen aber nicht erwidert – einem solchen Freund kündigt man die Freundschaft auf.«

»So eine Information kann einen Menschen zerstören.«

»Ewert hat die Entscheidung getroffen, es *dir* zu erzählen. Er, der sich niemals jemandem anvertraut.«

»Es würde ihn vernichten.«

»Du bist der Einzige, dem er so sehr vertraut, dass er … *Du musst es ihm sagen, Sven.*«

Das Krankenhausbett fühlte sich bequemer an, die Krankenhauswände engten weniger ein, und die Krankenhausluft ließ sich leichter atmen. Sogar der Krankenhausstille konnte er nun lauschen. Er empfand es immer als befreiend, seine Gedanken für eine Weile Anita zu überlassen – sie wusste, wer er war und wie es in ihm aussah, weil er sich nie vor ihr verstecken musste.

Er würde es sagen.

Wenn Ewert morgen früh an seinem Bett saß, würden sie einander ansehen und den Weg beschreiten, den Alena Sljusareva aufgezeigt hatte, und besprechen, wie sie am besten vorgingen, um die Beweise zu sichern, zu denen nur sie allein Zugang hatte.

Auf die Gefahr hin, einem Menschen das Herz zu brechen, ihn zugrunde zu richten, den er sehr gernhatte und der zum ersten Mal nach dreißig Jahren emotionaler Leblosigkeit Gefühle aufleben ließ.

Sven schloss die Augen, entspannte sich. Er war so müde. Sogar die blinkenden Apparate und die tropfende Infusion flößten ihm Ruhe ein, während er aus dem Wachzustand heraus und in den Schlaf hineinglitt. Aus einem dünnen Schleier Gegenwärtigkeit hinein in hohle Abwesenheit.

Er träumte.

Von jemandem, der die Tür seines Krankenzimmers öffnete. Von jemandem, der es betrat. Von jemandem, der den Vorhang um sein Bett beiseiteschob. Von jemandem, der an seinem Bett stand.

Er wachte auf.

Es stand wirklich jemand an seinem Bett.

Besuch? Mitten in der Nacht?
Das konnte nicht sein.
»Hallo, Sven. Zeit für die Spritze.«
Dann sah er es, begriff, lächelte.
Eine Krankenschwester. Mehr Schmerzmittel.
Und ließ den Schlaf erneut zu.

Lena Nordwall blieb am Türspion, bis sie ganz sicher war, dass weder Ewert noch einer seiner Kollegen ins Haus zurückkehrten. Teil eins ihres Plans für diese Nacht, um das Fortbestehen der Organisation zu sichern, war aufgegangen. Jetzt musste sie Teil zwei vor dem Morgengrauen in die Tat umsetzen.

Inesa, Pija und Antea für ein paar Stunden ohne Bewachung zurückzulassen stellte kein Problem mehr dar. Sie hatte sie nacheinander durch das Guckloch sehen lassen, während zwei Männer sich mit Gewalt Zutritt zu der Wohnung verschafft hatten, in der sie bis vor wenigen Minuten gelebt hatten, und anschließend hatten sie auf die Straße hinausgespäht, durch einen Spalt in der heruntergelassenen Jalousie, als der Polizeitrupp sich um einen Streifenwagen gruppierte. Nun waren die drei jungen Frauen noch verängstigter und fester denn je davon überzeugt, dass nach ihnen gefahndet wurde und sie, sollten sie festgenommen werden, zu vielen Jahren Gefängnis verurteilt würden.

Sie ging zu Fuß von der Vegagatan an Slussen vorbei durch die Innenstadt, verschaffte sich Zeit, um, allein und in der nächtlichen Dunkelheit, ein weiteres Mal die Aufnahme des Telefongesprächs anzuhören, das alles verändert hatte.

– Alena Sljusareva. Erinnerst du dich an sie?

Um sich zu vergewissern, dass sie richtig gehört hatte.

– Ewert, ich möchte, dass du herkommst. Was Alena gesagt hat … ich kann es nicht am Telefon erzählen. Nicht dir.

Um sich zu vergewissern, dass das, was sie als Nächstes tun würde, ebenfalls richtig war.

– Nach dem Zugriff, Sven. Wenn du morgen früh aufwachst, dann bin ich bei dir.

Als das Söderkrankenhaus in Sicht kam, hatte der Morgendämmerungshimmel seine Schwärze abgelegt, schimmernde Farben verschmolzen ineinander und ergossen sich über einen grauen Gebäudekomplex. Der Haupteingang lag nahezu verlassen da, Kiosk, Café und Blumengeschäft waren noch geschlossen. Sie zog sich auf der öffentlichen Toilette um, sie hatte sich für eine Krankenschwesterntracht entschieden, weil das laut Statistik des Söderkrankenhauses die Berufssparte mit dem höchsten Personalaufkommen war. Im Fahrstuhl kontrollierte sie, dass das Namensschild – SARAH – an Ort und Stelle saß und dass die beiden Stifte in der Brusttasche deutlich zu erkennen waren. Auf Station 55 war es genauso still wie im Rest des Krankenhauses, vereinzelte Stimmen und der Wind, der leicht gegen die Fenster schlug. Sven Sundkvist lag noch im selben Zimmer wie vor zwei Tagen, als sie ihn zusammen mit Ewert besucht hatte, abgeschirmt hinter einem Vorhang.

Sie hatte erst an Kalium gedacht. Herzstillstand. Zum einen, weil Kalium ein körpereigener Mineralstoff war, den der Körper nach dem Tod stark abbaute und der bei einer Obduktion daher leicht übersehen wurde. Und zum anderen, weil es schnell wirkte, solange sie eine ausreichende Menge in den Infusionsbeutel spritzte. Doch dann hatte sie sich dagegen entschieden. *Falls* jemand auf die Idee käme, nachzuforschen, und das gründlich tat, würden sowohl Infusionsbeutel als auch Schlauch verdächtig hohe Kaliumwerte aufweisen. Der litauische Arzt der Organisation hatte eine bessere Lösung gehabt. Pavulon. Ein synthetisches Curare-Derivat. Die sicherste Methode, keine Spuren zu hinterlassen. Das Medikament – das Gift – würde, rektal injiziert, durch die Blutgefäße der Schleimhaut in den Körper gelangen. Ohne den Umweg über die Leber zu nehmen. Ohne abgebaut zu werden.

»Hallo, Sven.«

Er schreckte auf, verwirrt, und sie tätschelte leicht seine Schulter.

»Zeit für die Spritze.«

Dann lächelte er.

Und weil er schon halb auf der Seite lag, ging es schnell.

Sie zog seine Pyjamahose herunter und entleerte den Inhalt der Spritze in seinen Anus – in eines der Blutgefäße der Rektalschleimhaut. Keine Einstiche auf der Haut. Kein Drama. Er würde einfach aufhören zu atmen.

Pavulon lähmte die Muskelfunktion, die Sauerstoffsättigung sank, der Puls schnellte in die Höhe, und am Ende hätte er keinen Sauerstoff mehr im Blut. Doch sein Herz würde noch weiterschlagen. Eine ganze Weile noch. Für sieben, vielleicht acht Minuten. Genug Zeit, um von der Bildfläche zu verschwinden, ehe die Geräte beginnen würden, Alarm zu schlagen, und das echte Krankenhauspersonal herbeieilte – zu spät für Wiederbelebungsmaßnahmen.

Teil 3

So war Stockholm wohl am schönsten: an einem Sommermorgen, wenn ruhiges Wasser die Stadtviertel miteinander verband, die den Versuch unternahmen, in unterschiedliche Richtungen davonzuziehen. Wenn die Amseln die Autos übertönten. Und die Kirchtürme, die allenthalben zwischen den Dächern emporragten, dieselbe Zeit anzeigten. Ewert Grens' Stadt. Er war nie von hier fortgekommen. Im Grunde war er immer der Ansicht gewesen, dass dieses ganze Auf-Reisen-Gehen für jemanden, der nirgendwohin unterwegs war, verflucht schwer auf die Reihe zu kriegen war. Heute wanderte er durch einen solchen Morgen, war fast am Ziel.

Die letzte Anhöhe zum Haupteingang des großen Krankenhauses hinauf und die Gänge entlang in Richtung Fahrstuhl und fünfter Stock.

Auf Station 55 herrschte die Ruhe, die er dort zurückgelassen hatte. Gleichgültig, ob Menschen dahingingen oder genasen, alle Emotionen schienen miteinander verflochten zu sein und dieselbe Wertigkeit zu haben. Die Tür zu Svens Zimmer stand offen. Vorsichtshalber klopfte Grens vor dem Hineingehen an den Türrahmen, er wollte ungern jemanden erschrecken, der womöglich gerade aufgewacht war, oder in eine ärztliche Visite oder Blutentnahme hineinplatzen.

Der Vorhang war nicht wie üblich zugezogen, und an der Stelle, an der das Bett stehen sollte, war eine leere Fläche. Auch der Metallständer mit dem Infusionsbeutel und die piependen Apparate waren nicht mehr da. Als er sich umdrehte, um nachzusehen, ob er sich im Zimmer geirrt hatte, entdeckte er jemanden auf einem Stuhl in der hinteren Ecke. Es war Anita. Und sie weinte.

Sein erster Impuls war, nach Hause zu fahren. Denn das war trotz allem der Ort, wo er wohnte. Schlafen. Das würde er tun. Obwohl es Vormittag war. Er würde einschlafen und in einer anderen Wirklichkeit aufwachen.

Es ging nicht.

Er versuchte es, aber es war wie früher: ein tiefer schwarzer Abgrund, in den er hinabstürzte. Nein, er irrte sich, es war nicht wie früher, es war schlimmer – der Abgrund in seinem Bett war tiefer, kälter.

Schwarz, kalt.

Ein Grab.

Svens Grab.

Dazu war sein Bett geworden.

Er fuhr ins Polizeipräsidium, wo er gelegentlich auch wohnte. Kriminalkommissar Grens wanderte in dem Zimmer auf und ab, das seit vier Jahrzehnten sein Büro bildete, jedoch zu einer Haltestelle des Wartens geworden war, ein Schreibtisch, ein paar Regale und jede Menge Musik aus den Sechzigerjahren. Keine anderen Stimmen, keine anderen Schritte. Er blickte aus dem Fenster. Jenseits des Parks glitzerte die Innenstadt. Andere Fenster mit Menschen, die andere Dinge taten. Das, was nach außen hin wie Geborgenheit wirkte – gemeinsam essen, Hausaufgaben machen, lieben, lachen, ausruhen –, nach innen jedoch zu Machtspielen, Unterdrückung und Schlägen wurde. Kleine Reiche, durch Wohnungswände voneinander getrennt, die Grenze zwischen normal und unnormal.

Das Cordsofa in seinem Rücken. Sogar das machte ihm Angst. Sein Sofa, das stets der Inbegriff von Geborgenheit gewesen war.

Wenn er sich jetzt darauflegte, würde er nie wieder aufstehen können.

So fühlte es sich an.

Er fuhr zum Friedhof. Zu der einzigen Wirklichkeit, in der er je wirklich Ruhe gefunden hatte. Bei Anni. Bei ihrer kleinen Tochter. Er goss die Blumen, zupfte Unkraut aus und säuberte das Namensschild auf dem Kreuz.

Es tat noch immer genauso weh.

Er dachte sogar an seinen Vater. Im Leben war er ihm bloß dreimal begegnet, nach dessen Tod dafür umso häufiger. Die aufgeworfene Erde fiel ihm ein, bevor der Stein aufgestellt worden war. Ein Erdhügel mitten auf dem Grab, geformt wie ein Mensch. So hatte es ausgesehen – als ob ein Mensch oben auf dem Grab läge. Irgendein Friedhofsgärtner hatte die Erde aufgeschüttet, die nach und nach absinken und in den Boden übergehen sollte, in den ein Loch gegraben und ein Sarg hinabgesenkt worden waren. Es war verflucht noch eins sein Vater, der da unten lag! Ohne zu reden, zu sehen, zu hören, zu riechen, zu fühlen. Er war ein Niemand gewesen und sollte darum auch nicht so tun, als ruhe er an der Oberfläche. Der Erdhügel existierte längst nicht mehr. Zeit, Erosion, Wind und Wetter. Es hatte neun Monate gedauert, bis er komplett verschwunden gewesen war, wie eine umgekehrte Schwangerschaft.

Es gab keine Pflanzen mehr zu gießen und kein Unkraut mehr zu jäten.

Er setzte sich auf die Bank vor Annis Grab.

Erst da weinte er.

Als Lena anrief, wurde ihm warm ums Herz, ruhig. Auf der Bank, in einem Winkel des Nordfriedhofs, sprach er es zum ersten Mal laut aus. *Sven ist tot.* Viel mehr brauchte er nicht zu sagen, es war schön, einfach nur ihre Atemzüge zu hören. Als Hugo kurz darauf anrief, wurde ihm genauso warm ums Herz, und er sprach das schrecklichste aller schrecklichen Dinge zum zweiten Mal laut aus. Hugo tröstete ihn, wie Lena, aber auf seine zwölfjährige Weise. Sagte, er wüsste, dass Sven sein bester Freund gewesen sei und dass man nicht viele beste Freund habe. Dann fragte er, ob sie sich wie vereinbart treffen sollten – *falls du lieber allein sein und an Sven denken möchtest, Ewert* –, und Grens antwortete, dass er Hugo jetzt erst recht sehen wollte.

Lena und Hugo.

Haltlos zu fallen war schwieriger, wenn Menschen einen auffingen.

Das gleiche Wetter wie in Stockholm. Dreiundzwanzig Grad, eine von leichten Wolken umringte Sonne und ein Wind, der Fangen spielte. Fast die gleiche Zeit, Mittag, und auch die Möwen klangen gleich, ihre Rufe hallten über das Meer, begleitet vom Murmeln kabbeliger Wellen. Doch in einem Auto zu sitzen, das im Hafen von Klaipėda vom Unterdeck der Fähre fuhr, bedeutete die Begegnung mit einer anderen Welt. Die Reise in eine Vergangenheit, die nicht mehr existierte. Hinein in eine Zukunft, die niemand würde finden können.

Erki fuhr so schnell, wie es die Straße zwischen Klaipėda und Vilnius zuließ, während Neda, Tanya und Estela auf die Landschaft blickten, die so vertraut war. Als er das Seitenfenster herunterkurbelte und wirbelnde Luft hereinließ, umwehten sie die Gerüche, die sie vor langer Zeit als selbstverständlich betrachtet hatten. Wenn er das Autoradio einschaltete, würde jemand in der Sprache singen, in der sie träumten.

Sie waren zu Gast – bei sich selbst.

Kurz nach drei Uhr nachmittags erreichten sie die nördlichen Ausläufer der litauischen Hauptstadt, wo Neda und Tanya aufgewachsen waren. Die jungen Frauen saßen blass und stumm auf der Rückbank, als sie das Dach des Schulgebäudes sahen, in dem sie lesen gelernt hatten, und die Zufahrtsstraße, an deren anderem Ende die Spielplätze der Plattenbausiedlung lagen, und dort drüben, in dem kleinen Park mit den zugewucherten Rasenflächen, führten verschlungene Pfade hin zu einem ersten Kuss. Baltupiai wurde zu Jeruzalė, und ein paar Kilometer später erreichten sie den großen Kreisverkehr zur Vilniaus ligoninė. Hier, am Ufer der Vilnia, stand das feuchte Gebäude, in dem für gewöhnlich der Arzt praktizierte, der seit vielen Jahren sein Gehalt aufbesserte, indem er die künftigen Einnahmequellen der Organisation begutachtete und gefälschte Atteste ausstellte.

Erki stellte das Auto wie üblich auf dem kleinen Parkplatz hinter der Notaufnahme des Krankenhauses ab und führte die jungen Frauen durch den Personaleingang ans Ende der Reise, in die Reserveabteilung im hinteren Bereich des Kellergeschosses. Geldscheine in weißen Umschlägen öffneten jedes Mal die Türen zu Ausstattung, temporärem Personal und dem Privileg, ungestört und ohne Fragen schalten und walten zu können. Nach ihrer Ankunft wurden sie getrennt. Neda und Tanya und Estela wurden in verschiedene Behandlungszimmer geführt.

Ewert Grens war an den Anblick toter Menschen gewöhnt. Er zählte sie sogar. Exakt dreihunderteinundzwanzig leblose Körper in vierzig Jahren als Ermittler, immer in Folge von Gewalt. Die Augen, die ihn jedes Mal zu mustern schienen, die fragten, wer er war, berührten ihn nicht. Der Geruch machte ihm selten etwas aus. Es war ihm egal, ob der Tatort mit Gedärmen übersät war oder ob bei einer Obduktion klebrige Hirnsubstanz und das feuchte Gebilde eines Herzens entnommen und seziert wurden. Nicht einmal existenzielle Fragen, etwa wie viel Lebenszeit ihm selbst noch beschieden war, vermochten die Toten in ihm zu wecken – in der Welt dieses Kriminalkommissars währte das Leben, bis der Tod kam, und dann existierte man nicht mehr. So einfach war das.

Vorausgesetzt, er hatte sie nicht geliebt.

Dann brach alles zusammen.

Wie damals, als er nicht an der Beerdigung seiner Mutter teilgenommen hatte oder an Annis Beerdigung oder an der Bestattung ihrer Tochter, die im Erinnerungshain beigesetzt worden war.

Vorausgesetzt, er hatte ihnen nicht vertraut.

Wie damals, als seine Schwester immer weniger geworden war, als der Lungenkrebs sie von innen auffraß, und als sein einziger Schulfreund im Brunnsviken ertrank und ein paar Tage später aufgedunsen an der Oberfläche trieb.

Sven, wurde ihm bewusst, hatte er geliebt und vertraut.

Deshalb blieb er wohl in dem hässlichen Wartezimmer sitzen und weigerte sich, mit hineinzugehen.

Obwohl Mariana seine Hand nahm.

»Er sieht so gut aus, Ewert. Er trägt seine grauen Lieblingsjeans und das schwarze Hemd mit dem schmalen Kragen.«

Obwohl Erik Wilson seine Schulter drückte.

»Du kannst mit mir zusammen gehen, Ewert. Wenigstens bis zur Schwelle. Verabschiede dich von ihm, sonst wirst du es bereuen.«

Er weigerte sich, bis Mariana ihn umarmte.

»Ich weiß, wie viel Sven dir bedeutet hat. Und wie viel du ihm bedeutet hast. Ich halte dich, bis zum Schluss.«

Sie tat es. Mariana hielt ihn. Und als sie sich dem Raum näherten, in dem die Angehörigen die Version von Sven zu sehen bekamen, die jemand hergerichtet hatte, wurde er ein wenig langsamer, ließ sich zurückfallen, bis er einen halben Schritt hinter Mariana ging. So konnte er, als sie stehen blieb, hinter ihr bleiben, durch die Lücke spähen, die zwischen ihrer Schulter, ihrem Kopf und dem Türrahmen entstand – wie ein Fernsehbild, das die Wirklichkeit weniger real machte, während sie ihn schützte.

Es half nicht.

Er hasste das, was er sah.

Eine weggeworfene Papiertüte. Ein ausgetrunkener Kaffeebecher.

Sven lag einfach nur da, leer, und Grens wusste, dass er diesen Anblick für den Rest seines Lebens mit sich herumtragen würde. Er lief davon, durch den Krankenhauskorridor und in die Arme des geduldigen Arztes, der Sven operiert hatte, der für ihn verantwortlich gewesen war.

»Kommissar Grens?«

»Verzeihung.«

»Wie … geht es Ihnen?«

»Wie eine leere Tüte.«

»Wie bitte?«

»So sieht er aus. Sven.«

Der Arzt legte Grens die Hand auf die Schulter, genau wie bei ihrer ersten Begegnung.

»Es tut mir leid. Aufrichtig.«

Er hielt inne, schien es nicht eilig zu haben. Oder zeigte es zumindest nicht.

»Ich übe diesen Beruf schon lange aus, und mit der Zeit glaubt man, dazuzulernen und Dinge vorhersehen zu können, aber ... Das Einzige, was ich mit Sicherheit weiß, Kommissar Grens, ist, dass sich nichts vorhersehen lässt.«

»Ich glaube, dass ich ... ja, eine Erklärung brauche. Aber ich bekomme keine!«

»Weil wir nicht sagen können, warum oder weshalb. Noch nicht.«

»Versuchen Sie es trotzdem.«

»Sein Herz hat aufgehört zu schlagen. Unerwartet. Plötzlich. Als hätte sein Körper ... aufgegeben.«

»Aufgegeben?«

»Ich habe kein besseres Wort. Ich glaube, ich habe das schon bei unserem ersten Gespräch gesagt. Die Wucht einer Pistolenkugel ist ungeheuerlich, die Belastung der inneren Organe immens. Folgen wie Nekrose oder andere Komplikationen lassen sich nicht vorhersehen.«

Als der Arzt weiterging, auf dem Weg zum nächsten Patienten, zur nächsten Operation oder zum nächsten Angehörigen, in einen Alltag, in dem es genau wie im Alltag des Kriminalkommissars darum ging, mit dem verfluchten Tod zurechtzukommen, begleitete Grens ihn. Nicht um weitere Fragen zu stellen, er hatte nur eine einzige, und die blieb unbeantwortet, sondern um fortzukommen, nach draußen, weit weg von dem Anblick eines Freundes, der nicht mehr da war.

»Kommissar Grens?«

Er drehte sich um. Wer wusste, dass er hier war? Er wusste es ja selbst kaum.

»Hallo.«

Eine Frau im Sprechstundenkittel winkte ihm zu. Winkte ihn heran.

»Hier. Am Empfang.«

Er hätte es fast geschafft. Ein kleines Stück noch, und er wäre draußen an der frischen Luft gewesen, umgeben von Leben, nicht von Tod. Er ging zurück ins Krankenhausfoyer, zu der Ecke, in der ein Empfangstresen stand.

»Ja … Sie sehen aus wie auf dem Foto.«

Die Frau deutete auf ihren Computerbildschirm. Ein Zeitungsartikel, ungefähr ein Jahr alt. Kriminalkommissar Ewert Grens, fotografiert während einer Gerichtsverhandlung in den USA gegen einen weltweit agierenden Pädophilenring.

»Sie hat gesagt, ich soll Sie googeln. Ich habe das aktuellste genommen.«

»›Sie‹? ›Das Aktuellste‹?«

»Eine junge Frau. Vor etwa einer Stunde. Sie war hier und sagte, dass Sie jemanden besuchen und hier vorbeikommen würden, wenn Sie gingen. Und … sie wollte, dass ich Sie erkenne und Ihnen das hier gebe.«

Ein kleiner, brauner Umschlag.

ZU HÄNDEN VON EWERT GRENS.

Blockbuchstaben, mit der Hand geschrieben. Ebenso wie die

beiden Wörter darunter, nachträglich hinzugefügt, wie zur Sicherheit.

POLIZEI WICHTIG.

Er öffnete den Umschlag erst, als er sich auf dem Beifahrersitz des Taxis zurücklehnte – und änderte umgehend seine Fahranweisung. Das Ziel lautete nun nicht mehr Kungsholmen und Polizeipräsidium, sondern Värtahafen und Fährterminal, das Tor zur Ostsee, wo es ein Café gab, in dem es laut und belebt zuging, ein perfekter Ort für jemanden, der viele Zeugen wollte, und in dem Grens erst einmal gewesen war.

Zweimal während der Taxifahrt rief Anita an. Er ging nicht dran. Sie wollte sicher über die Aufbahrung sprechen. Oder darüber, was eigentlich im Hotel vorgefallen war, was er zu verschulden hatte. Er wusste, dass er mit ihr reden musste und dass er ein egoistisches Arschloch war – aber ihm fehlte die Kraft, ausgerechnet mit Anita über Sven zu reden. Und als sie ihm eine SMS schickte und ihn bat, so schnell, wie es ihm möglich war, zurückzurufen, »weil Sven dir etwas sagen wollte«, löschte er ihre Nachricht.

Nicht Sven. Noch nicht.

Die Briefeschreiberin wartete am Värtahahfen am angegebenen Treffpunkt. An einem Tisch unmittelbar am Ausgang, mit Blick auf den rastlosen Strom von Reisenden, die kamen und gingen. Sie *war* es. Alena Sljusarcva. Er erkannte sie sofort wieder, trotz der Jahre, die seither vergangen waren. Sie lächelte ihn nicht an, als er einen Stuhl unter dem Tisch hervorzog und sich ihr gegenübersetzte, und er lächelte sie nicht an.

»Bei unserer ersten Begegnung waren Sie in Begleitung eines Aufsehers und haben mich durch die Luke einer Zellentür angeschaut, obwohl *ich* das Opfer war.«

Ihr Schwedisch hatte sich seit damals verbessert, und als sie ein paar englische Wörter hineinstreute, sprach sie eine unmissverständliche Sprache – ihr Bild von ihm ließ nur eine einzige Deutung zu. Abscheu.

»Ich sollte mich unterlegen fühlen. Da wollten Sie mich haben.«

»Du hast geschrieben, dass du reden willst. Dass Sven es so gewollt hätte. Nur deshalb bin ich hier.«

»Ich war bei ihm. Gestern.«

»Das weiß ich.«

»Und wir haben vereinbart, dass ich heute wiederkomme. Um ihm etwas zu geben, das ich ihm versprochen hatte. Aber als ich in sein Zimmer kam …«

Sie beendete den Satz nicht. Musste es nicht.

»Dann habe ich Sie am Eingang des Krankenhauses gesehen. Sie sind reingegangen, ich raus. Und obwohl Sie … *Sie dreckiges –*«

»›Die Wahrheit‹. Du hast geschrieben, du wärst im Besitz der Wahrheit.«

»Das bin ich.«

»Sven hat es geglaubt. Er hat dir geglaubt. Er hat mich angerufen. Deshalb bin ich heute Morgen …«

Nun war es Grens, der den Satz unvollendet ließ.

Sie sah ihn an.

»Ich mochte Sven.«

Dann wandte sie den Blick zu der großen Fensterfront, zum Meer, das an den Küsten einer Heimat endete, die nie wieder Heimat sein würde.

»Er hat mir den Respekt gezollt, den Sie mir verwehrt haben.«

Sie lachte. Aber sie war nicht froh.

»Wir haben hier gesessen, zwei Tische entfernt. Erinnern Sie sich, Kommissar? Sie haben das Taxi und meine Fahrkarte bezahlt. Sie haben mir Kaffee und Kuchen spendiert und gewartet, bis die Fähre abgelegt hatte. Sie wollten sichergehen, dass die Hauptzeugin des Doppellebens Ihres Kollegen von der Bildfläche verschwindet.«

Und dann – so plötzlich, dass sie es kaum geplant haben konnte.

Ihre Spucke traf seine Stirn und rann langsam seine Schläfe hinab.

»Ich hasse Sie.«

Er ließ sie rinnen.

»Aber ich habe keine Wahl. Ich muss Ihnen das erzählen, was ich Sven erzählt habe. Wenn Sie bereit sind, das zu tun, was er tun wollte.«

Dann griff er nach einer Serviette und wischte sich die Schläfe ab.

»Wovon redest du?«

»Das Richtige.«

»Das Richtige?«

»Das Richtige tun.«

Ihre Spucke teilte sich auf seiner Wange, rann jetzt in mehreren Streifen, und er brauchte eine zweite Serviette, um auch Kinn und Hals abzuwischen.

»Beweise. Sven sagte, du hättest Beweise. Beweise, die die Menschenhändler, die wir heute jagen, mit denen in Verbindung bringen, die wir gejagt haben, als du Teil der Organisation warst.«

»Ich bin immer noch Teil der Organisation.«

»Ich dachte …«

»Darum habe ich Zugang zu den Beweisen.«

Ihre Blicke begegneten sich.

Ihr Abscheu.

Er fragte sich, ob sie ihn ein zweites Mal anspucken würde.

»Und warum solltest du uns – der schwedischen Polizei –

Beweise *gegen* eine Organisation aushändigen, der du selbst angehörst?«

»Das habe ich doch gesagt. Damit ihr das Richtige tut.«

»Was ist dein Motiv?«

»Ich habe kein anderes Motiv.«

»Menschen haben immer mehrere Motive.«

Nein.

Sie würde ihn wohl nicht wieder anspucken.

Eine Geste des Abscheus trat nicht deutlicher zutage, indem man sie wiederholte.

»Wer garantiert mir, dass dieses Treffen keine Falle ist? Dass du Sven nicht nach Jahren aufgesucht hast, um ihn zu hintergehen?«

»*Sie* würde ich für mein Leben gern hintergehen, aber nicht Sven, niemals. Weil Sie recht haben. Ich *habe* ein anderes Motiv.«

Dann erzählte sie.

Von einer jungen Frau, die gezwungen wurde, eine ihrer Nieren zu verkaufen, damit sie freikam. Von einer zweiten jungen Frau, die zwangssterilisiert werden sollte, weil sie schwanger war. Von einer dritten jungen Frau, der Eierstöcke und Eileiter entfernt werden sollten, damit sie produktiv blieb. Sie erzählte von Tanyas Schmerzen, die Lydias Schmerzen gewesen waren, und von ihrer eigenen Trauer, niemals Kinder bekommen zu können, die Nedas Trauer werden würde. Sagte, dass ein Kreis immer rund sei und, wenn er nicht weiter am selben Punkt beginnen und enden solle, von jemandem durchbrochen werden müsse.

Ewert Grens sah sie an, während er zuhörte, und hätte sie ihn gekannt, hätte sie gemerkt, wie sein Gesichtsausdruck sich veränderte, als sie sich dem Gefühl näherte, niemals ihr neugeborenes Kind in den Armen halten zu können. Sie hätte gemerkt, dass ein Kriminalkommissar, der einmal getäuscht hatte, und eine Zwangsprostituierte, die einmal getäuscht worden war, für einen winzigen Moment alles miteinander teilten.

»Die Beweise, die du angeblich hast?«

»Ja?«

»Wo sind sie?«

»An einem sicheren Ort. Fotos. Geschäftsbilanzen. Alles, was Sie brauchen, um das zu tun, was Sie beim letzten Mal nicht getan haben – die Person einsperren, die Menschenleben kauft und verkauft.«

Verblüffung.

Sie musste ihn nicht kennen, um zu sehen und zu verstehen, dass es das war, was sich in seinem Gesicht spiegelte.

»Er … ist tot. Er ist mit Lydia ums Leben gekommen. Ich dachte, das wüsstest du?«

»Ich *weiß*, dass Bengt Nordwall tot ist.«

»Und deshalb –«

»Ich spreche von der Person, die die Organisation gemeinsam mit ihm geleitet hat. Und sie weitergeführt hat, allein.«

Er schwieg. Lange.

»Ich glaube dir nicht.«

»Was glauben Sie nicht?«

»Die Organisation ist mit Bengt gestorben.«

»Er ist gestorben. Die Beweise und Zeugenaussagen, die Sie vernichtet haben, sind gestorben. Aber die Organisation nicht.«

»Wenn das so ist … Wer?«

»Ich muss erst wissen, ob ich Ihnen vertrauen kann.«

»*Wer?*«

»Sie werden es erfahren. Wenn der Zeitpunkt gekommen ist.«

»Zur Hölle …«

Er schlug mit der Hand auf den Tisch, wutentbrannt.

»… was zum Teufel …«

Und als er brüllte, war es, als ob das komplette große Terminal innehielt, als ob alle Menschen, die kamen und gingen, sich dem hintersten Tisch in dem ansonsten totenstillen Café zuwandten.

»… behauptest du da? Raus damit, verflucht, wer …«

»Ich werde es Ihnen sagen. Sobald ich Ihnen vertrauen kann.«

Dann stand sie auf und ging. In die Menschenmenge hinein und zum Terminal hinaus, zu dem Mietwagen, der am Fuß der langen Treppe parkte.

Er lief ihr nicht nach.

Er war ihr einziger Mitwisser.

Wenn diese Beweise tatsächlich existierten, wenn sie ihn zu dem Täter führten, der Sven angeschossen hatte, und gleichzeitig enthüllten, wer Bengt in Wahrheit gewesen war, dann würde er – solange die Beweise im Verborgenen blieben – kein zweites Mal die Entscheidung treffen müssen wegzuschauen.

Denn das war jetzt noch wichtiger.

Er musste Lena vor der Wahrheit beschützen.

Wenn sie sein war, wenn er der Ihre war.

Ewert Grens blieb im Värtahafen, wanderte am Kai entlang, setzte sich nach einer Weile hin und ließ, wie er es als kleiner Junge getan hatte, die Beine über dem Wasser baumeln, über dem Meer, das sich zwischen Inseln kräuselte und in weiter Ferne zum Rest von Europa wurde. Er schloss die Augen, während eine sanfte Brise flüsterte und Hebekräne rot angestrichene Container auf eines von vielen Riesenschiffen luden.

Als sein Telefon klingelte, ging er nicht dran.

Er brauchte das hier.

Kleinere Boote kreuzten und tuckerten ohne Eile vorbei. Grens blickte auf, sah ihnen nach, und als die Passagiere ihm zuwinkten, winkte er zurück.

Er hatte von jeher die Menschen beneidet, denen das Von-hier-nach-da genügte, die Reise als solche. Für ihn waren eine Autofahrt, eine Bootsreise oder ein Flug nur Mittel zum Zweck, ans Ziel zu kommen, ein überflüssiges Übel, das seine Zeit verplemperte.

Sein Telefon klingelte wieder.

Er sah auf das Display. Dieselbe Nummer, vage bekannt. Nach ein paar weiteren Klingelzeichen stand er auf und meldete sich.

»Ewert, ich bin es. Ludvig.«

Ludvig Errfors.

Der Pathologe, der im Institut für Rechtsmedizin schon genauso lange leblose Menschenkörper obduzierte, wie Grens an der Aufklärung ihres Ablebens arbeitete.

»Ja?«

»Mein Beileid. Von ganzem Herzen. Sven … Ich habe ihn

sehr gemocht. Der großherzigste Polizist, der mir je begegnet ist.«

»Wenn man im Värtahafen am Kai sitzt und die Augen schließt und ganz tief in den Bauch hineinatmet und dem Meer und den Vögeln zuhört – dann ist es fast wie immer. Wusstest du das?«

»Ich sollte dich in Ruhe lassen. Mit Sven. Aber deshalb rufe ich an.«

»Ja?«

»Irgendwas … ich weiß nicht. Es ist vielleicht einfacher, wenn … Kannst du herkommen?«

Der Kriminalkommissar fuhr die Engelbrektsgatan und den Umweg über den Odenplan, um Hermansson vor dem Polizeipräsidium abzuholen. Das hätte er nicht tun sollen. Die zögerliche Ruhe, die sich am Kai und am Wasser eingefunden hatte, wurde fortgeschwemmt von zweispurigen Fahrbahnarbeiten und verstopften Straßen infolge eines Auffahrunfalls in der Döbelnsgatan. Im Auto sagten sie nicht viel, es genügte, nebeneinanderzusitzen, um zu spüren, dass auf einem dritten Platz jemand fehlte. Auf der Treppe des Instituts für Rechtsmedizin blieben sie beide im gleichen Moment stehen, ohne es vorher vereinbart zu haben, als wäre das Maß an Tod für einen Tag in genau diesem Augenblick überschritten. Mariana legte den Arm um ihn, gab ihm die Kraft für die letzten Stufen.

Um keine empfindsamen Gerätschaften zu stören, schalteten sie ihre Handys aus, dann gingen sie zu Errfors hinein, der sich im Obduktionssaal über eine Leiche beugte, eine ältere Frau, wie es schien, umgeben von hartem Licht und glänzendem Metall. Es roch nach diversen Stadien von Obduktion, und selbst zwei Amateuraugenpaare erkannten Leichenflecke und Leichenstarre. Der Rechtsmediziner bedeckte den aufgeschnittenen Körper mit einem dünnen grünen Tuch, wie eine Plane über einem Stapel zersägter Bretter, wusch sich Hände und Unterarme und führte sie in sein Büro.

»Ich möchte eure Trauer nicht noch größer machen, als sie ohnehin schon ist.«

In einer Zimmerecke stand eine Kaffeemaschine, und Ludvig Errfors goss ohne jede Eile drei Becher ein, als benötigte er Zeit, die richtigen Worte zu finden.

»Der Tod ist mein Beruf. Ich sehe ihn tagtäglich. Jeder Handgriff, den ich mache, setzt Menschen voraus, die aufgehört haben zu atmen – doch das bedeutet nicht, dass mir das Leben einerlei ist. Im Gegenteil. Ich liebe das Leben. Ich kann um einen Menschen, den ich seziere, trauern, obwohl wir einander zu Lebzeiten nie begegnet sind. Und wenn jemand wie Sven … Ich weiß, wie ihr euch fühlt. In jeder Hinsicht.«

Errfors hatte vergessen, seine Plastikschürze abzunehmen, die ihm locker vor Brust und Bauch baumelte, jetzt knüllte er sie zusammen, stopfte sie zu anderen Plastikschürzen in einen Mülleimer und wusch sich die Hände.

»Und ich habe nichts, worauf ich meine Vermutung stützen könnte. Abgesehen davon, dass es sich falsch *anfühlt*. Auf eine Art, die mir keine Ruhe lässt.«

»Errfors?«

»Ja?«

»Wir sind hier. Rede.«

Der Rechtsmediziner, dessen Rat Grens jedes Mal einholte, wenn eine Ermittlung exakte Expertise erforderte, wies mit dem Kopf in Richtung des Obduktionssaals, in dem er sich so sicher fühlte.

»Svens Autopsie ist schon anberaumt. Aber sein Leichnam wird nicht in die Rechtsmedizin gebracht, weil sein Tod nicht als mutmaßliches Verbrechen eingestuft wird. Abgesehen von dem Straftatbestand, in dem ihr bereits ermittelt – die Schüsse auf ihn.«

»Und?«

»Er kommt also nicht zu mir, weil man annimmt, sein Tod sei eine verspätete Folge der Verletzungen, deretwegen er behandelt wurde. Er wird von einem Pathologen obduziert, der lediglich eine Standardautopsie vornimmt.«

Ewert Grens konnte sich nicht daran erinnern, den Rechtsmediziner jemals verunsichert oder zögernd erlebt zu haben. Doch die Augen, die den Blick ihres Gegenübers normalerweise fest und selbstsicher erwiderten, wichen aus, suchten Halt. Vielleicht lag es schlicht und einfach daran, dass einer Obduktion für gewöhnlich die Mutmaßungen ermittelnder Polizeibeamter vorausgingen, Vorgaben der Polizeibehörde, die die Arbeit der Rechtsmediziner leiteten – diesmal war es umgekehrt: Diesmal rief der Obduzent die Ermittler zu sich, ging voraus.

»Ich habe Svens Rekonvaleszenz verfolgt. Ich habe täglich mit dem verantwortlichen Arzt gesprochen, von Kollege zu Kollege. Der Mann ist einer der Besten seines Fachs. Wie ihr war ich unendlich froh, als Svens Zustand sich besserte, und war entsetzt, von seinem plötzlichen Rückfall zu hören. Und sosehr ich auch versuche, dieses Gefühl aus meinem Kopf zu verscheuchen – irgendetwas stimmt nicht.«

Mariana Hermansson hatte ebenso wie Grens schweigend abgewartet, seit sie Errfors Büro betreten hatten. Nun begann sie, die Ursache seines Unbehagens zu ahnen.

»Stimmt … nicht? Wie meinst du das?«

»Svens allgemeine körperliche Verfassung, sein Alter. Das Ausmaß der Verletzungen. Die Operation – falsch, die Operation*en*. Sämtliche Testergebnisse. Die Auswertungen der medizinischen Apparate. Er macht stündlich Fortschritte, sein Zustand bessert sich von lebensbedrohlich zu kritisch, von kritisch zu stabil, von stabil zu … *irgendetwas stimmt nicht.*«

Mariana Hermansson und Ewert Grens sahen sich nicht an.

Sie brauchten es nicht.

»Du sagst also, Errfors, dass …«

»Ich sage gar nichts. Weil ich weder alles gelesen noch gesehen noch gehört habe, und deshalb nichts sagen *kann.* Aber mein Vorschlag wäre – und das ist der Grund, warum ich euch gebeten habe, herzukommen –, dass ihr unauffällig in Erfahrung bringt, wer Svens Autopsie durchführt und wo. Ihr nehmt mit dem betreffenden Kollegen oder der betreffenden Kollegin Kontakt auf und überzeugt ihn oder sie, über das Standardverfahren hinauszugehen: die toxikologischen Proben zu nehmen, die für gewöhnlich nur in der Rechtsmedizin bei Verdacht auf Fremdverschulden genommen werden. Und sobald diese Proben entnommen wurden, holt ihr sie genauso unauffällig ab, übergebt sie mir zur weiteren Analyse – und hofft, dass ich so falschliege, wie man nur falschliegen kann.«

Es hatte sich als kluge Entscheidung erwiesen, den silberhaarigen Verwaltungsfachangestellten im Tausch für Aufnahmen nicht öffentlich zugänglicher Überwachungskameras mit Gratisbesuchen bei Tanya zu entlohnen. Der einzigen Frau, an der selbst er keinen Makel fand. Im Gegenzug dafür, dass sie ihm allwöchentlich den letzten Montagabendtermin reservierten, hatte er sie im Lauf ein und derselben Woche nicht nur darüber informiert, welche Überwachungskameras die Stadt für das Hotel in der Nybrogatan genehmigt hatte, er hatte ihnen obendrein den Zugriff auf die Aufzeichnungen weiterer Überwachungskameras aus den letzten vierundzwanzig Stunden ermöglicht.

Die soeben zwei Treffer geliefert hatten.

Die erste Kamera befand sich am Haupteingang des Söderkrankenhauses: In Jeans und eine dünne Jacke gekleidet betritt Alena Sljusareva um 07:31 Uhr in der Frühe die verschlafene Krankenhauslobby und kommt um 07:53 Uhr wieder heraus. Die zweite Kamera befand sich im Fährterminal des Värtahafens: Um 12:23 Uhr betritt Alena Sljusareva das Terminal und setzt sich an einen Tisch eines Cafés mit viel Publikumsverkehr, das sie um 13:14 Uhr überstürzt verlässt.

Als Lena Nordwall die Filmsequenzen abermals vor- und zurückspulte, wurden diese beiden Treffer entscheidend.

Wenige Minuten bevor Alena das Krankenhaus durch den Haupteingang verlässt, *geht Ewert Grens hinein*. Es konnte natürlich purer Zufall sein. Eine litauische Frau, zu Besuch in Stockholm, nimmt ungefähr zu dem Zeitpunkt einen Termin im Krankenhaus wahr, in dem ein Kriminalkommissar seinen verwundeten Kollegen besucht. Aber Zufälle gibt es nicht, sie haben immer eine Ursache. Und als dieselbe litauische Frau einige Stunden später in einem Fährterminal allein an einem Bistrotisch sitzt, *nimmt derselbe Kriminalkommissar gegenüber von ihr Platz.*

Lena Nordwall schrie niemals. Es änderte nichts.

Sie tat es auch diesmal nicht, obwohl die Bilder auf dem Computerbildschirm ihr ins Gesicht schrien, in aller Deutlichkeit.

Svens warnendes Beispiel hatte Alenas Bestrebungen, alles zunichtezumachen, keinen Abbruch getan.

Der Sicherheitsfirma, die sie auf Alena angesetzt hatte, war es nicht gelungen, sie ausfindig zu machen. Sie lief frei herum und war dabei, einen neuen Kontakt zu knüpfen.

Mit dem leitenden Ermittler des Falls.

Mit Ewert.

»Du verfluchte …«

Mit Lena Nordwalls *eigenem* Kontakt.

»… kleine …«

Jetzt schrie sie doch.

»… Verräterin!«

Dann atmete sie, langsam.

Hin zu Ruhe, Kontrolle.

Sie atmete langsam und schloss die Überwachungsfotos auf dem Computerbildschirm, sie hatten ihre Geschichte gezeigt – jetzt wollte sie die Geschichte auch hören können.

Atmete langsam und loggte sich mit Kenn- und Passwort in den Server ein, um auf Ewert Grens' Handy zuzugreifen.

Atmete langsam und bewegte den Cursor der Zeitleiste zurück auf 12:53 Uhr, zu dem Moment, an dem Alena sich über den Bistrotisch beugte, um mit dem Kriminalkommissar zu sprechen.

– Ich habe keine Wahl. Ich muss Ihnen das erzählen, was ich Sven erzählt habe. Wenn Sie bereit sind, das zu tun, was er tun wollte.
– Wovon redest du?
– Das Richtige.

Dann erhielt sie die Bestätigung.
Auch in Worten.

– Wenn das so ist … Wer?
– Ich muss erst wissen, ob ich Ihnen vertrauen kann.
– *Wer?*
– Sie werden es erfahren. Wenn der Zeitpunkt gekommen ist.

Eine zerrissene Kette fügte sich zu einer neuen zusammen.
Das Verbindungsglied zwischen Alena und Sven wurde zum Verbindungsglied zwischen Alena und Ewert.
Deshalb loggte Lena Nordwall sich umgehend aus dem Server aus, klappte den Laptop zu und erledigte zwei Anrufe. Der erste ging ins Restaurant Riche, um einen der schönen Fenstertische mit Blick auf die Birger Jarlsgatan zu reservieren. Der zweite ging an Ewert Grens, der nicht zu sprechen war, den aber einer seiner Kollegen im Polizeipräsidium zu benachrichtigen versprach.
Dann ging sie ins Badezimmer, legte das Parfüm auf, das er zu mögen schien, und nahm das rote Kleid, das sie beim letzten Mal getragen hatte, aus dem Kleiderschrank.
Auch eine neue Kette musste manchmal reißen.

»DANKE.«

»Wofür?«

»Dafür, dass du hier neben mir gehst, heute Abend.«

Als sie vom Sveavägen in die Kungsgatan eingebogen waren, hatte sie sich bei ihm untergehakt, und es war ein wunderbares Gefühl. So als hielte ihn jemand fest. Als wäre sein Fall gestoppt. In Höhe des Kungstornet strich sie ihm über die Wange, ihre Hand war sanft, und er nahm schwach ihren Duft wahr. Sogar seine Schritte waren leichter, dabei schleppte er stets das ganze Gewicht des Lebens mit sich herum. Sie trug ihn, und als er verstohlen auf den Gehweg blickte, gingen sie fast im Takt.

»Ich habe wirklich versucht, zur Ruhe zu kommen, an Sven zu denken, wie er im Leben war. Aber ich konnte nicht auf meinem Cordsofa liegen, nicht im Polizeipräsidium sein. Ich war eine Weile auf dem Friedhof, und da bin ich ein wenig zur Ruhe gekommen, aber nur da. Sobald ich den Friedhof verlassen hatte, war die Ruhe weg. Und nach Hause – das ist der letzte Ort, an den ich mich jetzt wagen würde. Und dann rufst du an, Lena, und weißt, wie es ist.«

Sie strich ihm wieder über die Wange, und er wollte stehen bleiben, genau so, seinen Kopf an die Hand lehnen, die ihn kannte. Er hatte vergessen, dass Hände das taten, führten, ohne zu zerren, hielten, ohne im Weg zu sein.

Er dachte an Sven, der als angekleidete Hülle vor ihm gelegen und mit leerem Blick an die Decke gestarrt hatte und der nicht mehr da war. Und er dachte an Alena Sljusareva, die auch nicht mehr da gewesen, jetzt aber zurückgekehrt war – Frauen, die im Sexgewerbe arbeiteten, wurden häufig zu Expertinnen im Verschwinden, um unversehens wieder aufzutauchen. Er hätte Mariana Hermansson von seiner Begegnung mit Sljusareva erzählen und den Fahndungskapazitäten der Polizei alles abverlangen müssen, um sie zu finden: Streifenwagen, Überwachungskameras und die üblichen Informanten. Doch mit der Hand, die eben seine Wange berührt hatte, und mit dem Arm, der so unbeirrbar auf seiner Brust ruhte, hatte er die richtige Entscheidung getroffen: zu warten, bis Sljusareva erneut auftauchen würde.

Am Stureplan bogen sie rechts ab, in die Birger Jarlsgatan. Der laue Abend lockte, und sie waren umgeben von jungen und gut gekleideten Menschen, die in den Sommer hinausschwärmten. Er lachte. Ewert Grens, der so lange allein gewesen war, war es nicht mehr. Er ging gleichfalls hier entlang, noch dazu im Takt, und hielt jemanden am Arm.

Er konnte sich nicht daran erinnern, wann er zuletzt in einem schicken Restaurant gewesen war, und der Fenstertisch, den Lena im Riche reserviert hatte, bot eine fantastische Aussicht auf die Straße und zugleich freien Blick auf die Bar und die eleganten Menschen, die dort saßen. Er ließ sie bestellen und hatte keine Ahnung, was er eigentlich aß – wartete bloß auf das nächste Mal, dass sie ihre Hand auf seine legen würde.

Während des Hauptgangs rief sie ihre Tochter an. Mit Videofunktion und Lautsprecher. Grens fühlte sich unbehaglich, und er genierte sich, als er die Hand hob und Elin in dem kleinen Quadrat zuwinkte, Elin, die groß geworden war und höflich fragte, wie er sich nach dem Tod seines Kollegen fühle. Nachdem Lena den Videoanruf beendet und Elins Bild weggeklickt hatte, nahm sie einen Umschlag aus ihrer Handtasche und aus dem Umschlag ein Schriftstück, das er kannte – teils eine Einverständniserklärung, teils ein juristisches Dokument. Taufpate. Er war Elins Taufpate. Mit einer gesonderten schriftlichen Vereinbarung, die festlegte, dass er, Ewert Grens, im Fall des Ablebens beider Elternteile die Vormundschaft übernehmen und sich um Elin kümmern würde. Sätze, die man schrieb, ohne groß darüber nachzudenken, was sie bedeuteten, denn schließlich würde niemand sterben, niemals. Dennoch reagierte er gerührt. Er war stärker in ein Miteinander eingebunden gewesen, als es ihm bewusst gewesen war. *War* es noch immer. Und das Dokument, das er in den Händen hielt, war der größte Schritt in Richtung Verantwortung für ein Kind, der ihm vergönnt gewesen war.

Lena sah ihm seine Freude an. Er errötete leicht, obwohl er wusste, dass sie womöglich genau das hatte erreichen wollen – er sollte mehr an die Lebenden denken, die eine Zukunft besaßen, als an die Toten, die leere Hüllen waren und bald in der Erde ruhen würden.

Lena hatte gerade Dessert für sie bestellt, und er hatte ihr die Dokumente zurückgegeben und genoss das wundervolle Gefühl, ihre Hand auf seiner zu spüren, als drei junge Frauen lachend und schwankend aus der Bar in den Restaurantbereich herüberkamen. Schön und laut, alle Blicke auf sich ziehend. Grens verstand nie so recht, wie es eigentlich zugegangen war. Aber mit einem Mal saßen zwei der Frauen auf seinem Schoß. Ein paar schnelle Schritte, und schon hockten sie zwischen Tischkante und Restaurantgast, während die Dritte die Aktion mit einem pinkfarbenen Handy fotografierte. Eine Wette. Wer traut sich, dem alten Sack dahinten auf den Schoß zu klettern? Und genauso schnell, wie sie aufgetaucht waren, waren sie auch wieder verschwunden. Als die übrigen Restaurantgäste herzlich lachten, auf dieselbe sprudelnde Art, wie die drei Freundinnen gelacht hatten, lief Grens noch röter an.

»Lena … es tut mir leid. Das …«

»Du musst dich nicht entschuldigen.«

»Doch. Das ist mir unangenehm. Vor allem, weil ich mit dir hier bin.«

»Es war ihre Idee, Ewert. Die Mädchen haben sich auf deine Kosten amüsiert. Nicht umgekehrt.«

Lena begann gleichfalls zu lachen, wie die anderen. Und nachdem er sich umgesehen hatte, ansteckende Fröhlichkeit entdeckt hatte, lächelte auch Ewert Grens, ein wenig.

Auf dem Rückweg, umgeben von einem noch immer lauen Sommerabend, bedankte er sich wieder, und sie antwortete wieder, dass er sich nicht bedanken müsse. Dann schwiegen sie. Bis Lena ihn anschaute und sagte, wenn der Kriminalkommissar sich nicht nach Hause wagen würde und nicht im Polizeipräsidium schlafen könnte, und wenn es außerdem zu spät und zu dunkel sei, um über einen Friedhof zu wandern, um ein wenig Ruhe zu finden – ob der Kriminalkommissar es sich in diesem Fall vielleicht vorstellen könnte, sie nach Hause zu begleiten?

Er dankte ihr – wieder.

Und bei Lena fand er tatsächlich etwas, das Ruhe ähnelte. Elin war bei einer Freundin, und wie neulich schenkte Lena ihnen eine bernsteinfarbene Flüssigkeit ein, vermutlich dasselbe Getränk. Sie nippten an ihren Gläsern und unterhielten sich draußen auf dem Balkon, und es fühlte sich genauso leicht und lebendig an, wie es sich angefühlt hatte, Arm in Arm zu gehen. Als sie seine Hand ergriff und ihn ins Schlafzimmer führte, wurde er nicht einmal nervös. Wenn ein Tag damit begann, einen Freund zu verlieren, der Teil der eigenen Seele geworden war, fügten sich die Dinge womöglich so, dass jemand anders nachrückte, um ein neuer Teil zu werden. Lena war einmalig schön und sanfter als alles, was er bisher gekannt hatte. Sie gaben einander Halt, hatten einander gern, vertrauten einander. Er schwebte langsam fort, verlor den

Kontakt zu sich selbst und seinem Körper, und alles wurde verschwommen, schläfrig, wie es wird, wenn man loslässt und den Mut aufbringt, auszuruhen und die Augen zu schließen.

Du und ich.

Vertraumir.

Sie blieb im Bett liegen und beobachtete ihn, um sicher zu sein, dass er schlief, dass das Schlafmittel, das sie in teuren Wein gemengt hatte, wirkte. Dem litauischen Arzt zufolge, der ihr das Pulver gegeben hatte – ein Präparat, das sie noch nie benutzt hatte –, genügte ein herkömmlicher Haushaltsgegenstand, um den Rest zu erledigen. Sie streifte ein Paar Gummihandschuhe über, nahm einen Spülschwamm aus seiner Plastikverpackung und rieb mit der rauen Scheuerseite Hautzellen von Ewert Grens' Oberarm. Einmal zuckte er zusammen, ein andermal murmelte er etwas Unverständliches und rückte ein wenig zur Seite, davon abgesehen verlief die Prozedur so unkompliziert, wie der Arzt es versprochen hatte. Lena Nordwall fuhr mit dem Schwamm so lange über den Oberarm des Kriminalkommissars, bis sie annahm, dass genügend Hautzellen daran hafteten, dann schob sie den Schwamm zurück in die Verpackung, versteckte ihn in ihrer Nachttischschublade und drehte sich auf die andere Seite, um zu schlafen, der Tagesanbruch war noch einige Stunden entfernt.

INNEN.

Im Kopf. In der Brust.

Dort drängten sich Müdigkeit und Schmerz und Angst.

Und zugleich – außen.

Ewert Grens war eine dünne Hülle seiner selbst, dem eigenen Körper übergestreift.

Er versuchte aufzustehen. Fiel aufs Bett zurück. Er sah sie an, sie schlief tief, gleichmäßige Atemzüge, er wollte ihr das Haar aus den Augen streichen und ihre Stirn küssen, an der Stelle, wo Lena sie ein klein wenig krauszog, wusste jedoch nicht, ob ihr das gefallen würde, vielleicht war das eines dieser Dinge, die man nicht tat.

Er machte einen neuen Versuch. Die rechte Hand um den Holzrahmen des Bettes, die linke Hand in die schaukelnde Matratze gestemmt. Er saß aufrecht. Mit dieser seltsamen Müdigkeit. Kopfschmerzen. Sein Hals fühlte sich trocken und rau an. Beim ersten Schritt geriet er ins Schwanken, gewann mithilfe eines Regals das Gleichgewicht zurück, ein zweiter Schritt, und das Körpergewicht prallte gegen den Griff des Kleiderschranks. Er blickte aus ihrem Schlafzimmerfenster, draußen herrschte noch Sommerdunkel, halb drei, schätzte er. Im Flur bündelte sich das Licht der Straßenlaternen zu einem durchscheinenden Tunnel, und in der Küche.

Grens vermochte nicht zu sagen, ob er jemals so durstig gewesen war. Das erste Glas Wasser stürzte er hinunter, und es rumorte in Kehle und Bauch, das zweite verursachte ein Ziehen im Gesicht, ungefähr da, wo die Schläfen in die Wangen übergehen.

Er war in ihr vorhanden gewesen, in ihr zur Ruhe gekommen. Sie war in ihm vorhanden gewesen, in ihm zur Ruhe gekommen.

Und dann.

Dann war er eingeschlafen.

Das dritte Glas Wasser war das beste. Eine lautlose Welle durch alles hindurch, was in der Quere war.

»Hallo.«

Er fuhr herum. Elin. Lächelnd.

»Hallo.«

Sein Haar war genauso zerzaust wie neulich. Obendrein trug er nur Boxershorts. Er sah zu Boden, verlegen.

»Es ist okay.«

Er hörte, wie sie den Kühlschrank aufmachte, etwas herausnahm.

»Dass du hier bist. Ich weiß, was los ist.«

Sie stupste ihn mit einer Saftpackung an.

»Du? Ewert? Wir sind cool.«

Er wartete, bis Elin ausgetrunken und die Packung in den Mülleimer gestopft hatte. Sie sahen sich einen Augenblick lang an, lächelten verkrampft, dann war er wieder allein. Cool. Er war cool. Das war er noch nie gewesen. Er blieb stehen, verlor sich im Licht der Straßenlaternen, das auf dem Küchentisch verweilte. Und dachte an Kinder. Daran, jeden Tag ein Kind um sich zu haben. Wie Sven Jonas um sich gehabt hatte, das Kind, nach dem Anita und er sich so lange gesehnt hatten. Wie Piet Hugo und Rasmus und die kleine Luiza um sich hatte.

Ein anderes Leben.

Das nie das seine gewesen war.

Er schloss die Küchentür und sank auf den Hocker vor der Spüle. Sein Kopf war ein bisschen weniger getrübt, und wo er ohnehin wach war … Er wählte ihre Nummer.

»Mariana?«

Ewert Grens tat das, was seiner Gewohnheit entsprach, er rief in dem Moment an, in dem er reden wollte, ohne sich darum zu scheren, ob andere es wollten.

»Ja …«

»Hast du geschlafen?«

»Es ist … Viertel vor drei. Was glaubst du, Ewert?«

»Ich glaube, du bist jetzt wach. Und das ist gut – weil wir Schlussfolgerungen ziehen müssen.«

Sie stand auf, das konnte er hören, ebenso dass sie barfuß über den Fußboden lief.

»Also gut, ich sitze jetzt am Küchentisch, zieh deine Schlussfolgerungen.«

»Die Fallakte, Mariana? Hast du sie wie früher … wie zu unserer Zeit … mit nach Hause genommen?«

»Sie liegt hier. Auf meiner Mikrowelle.«

»Genau wie früher. Ich bin stolz auf dich.«

»Zieh deine Schlussfolgerungen.«

Er brauchte vielleicht ein viertes Glas Wasser. Damit das Gefühl, das Kopfschmerz war, vollends verschwand.

»Ewert? Ich gehe wieder ins Bett.«

»Also … Sven.«

»Ja?«

»Ich habe mit der Pathologin gesprochen, die die Autopsie vornimmt. Sie kennt Errfors gut und hat verstanden, worauf ich hinauswollte. Und … sie obduziert ihn morgen früh.«

»Gut.«

»Mmm.«

»Und? War das alles?«

»Ja.«

»Das hättest du mir morgen sagen können. Im Präsidium. Während der Arbeitszeit. Wenn wir nicht schlafen.«

Ja. Er goss ein Glas Wasser voll, leerte es.

»Ich weiß nicht, Mariana … Es fühlt sich seltsam an.«

»Ja.«

»Gestern hat er noch mit mir gesprochen, und morgen soll er obduziert werden.«

»Ich bringe es auch nicht fertig, daran zu denken.«

»Und genauso seltsam ist, dass wir Proben analysieren lassen, die über das Standardverfahren hinausgehen.«

Jetzt war sie es, die verstummte. Mariana Hermansson, die so klug war. Sehr viel klüger, als er es jemals sein würde.

»Wie du vermutet hast, Ewert, habe ich ein bisschen in der Fallakte geblättert, bevor ich ins Bett gegangen bin. Oder – ich bin sie noch einmal durchgegangen, komplett. Jede Zeile. Vor dem Hintergrund dessen, was Errfors mit uns besprochen hat. Und ich finde nichts, was seine Vermutungen unterstützt. Absolut nichts.«

An der Wand über dem Herd hing eine Küchenuhr. Grens hörte sie erst jetzt. Ein Ticken, das, hatte man es einmal wahrgenommen, sich nicht mehr aus dem Kopf verscheuchen ließ.

Fünf vor drei.

»Mariana – begleitest du mich morgen?«

»Ich begleite dich.«

»Das Pathologische Institut ist inzwischen in den neuen Gebäuden untergebracht. Ganz unten, so weit weg wie möglich.«

»Ich werde auf dich warten. Und ich werde mit dir hineingehen. Versprochen. Okay?«

»Danke.«

»Gute Nacht, Ewert.«

Grens schickte sich an, das Telefon auszuschalten, als er sah, dass er mehrere SMS bekommen hatte. Er bekam doch nie … Fünf Stück. Im Lauf des Abends und der Nacht. Alle von Anita – wieder. Irgendetwas mit Sven. Anita vermisste ihn noch schmerzlicher, als Grens ihn vermisste, eine liebende Ehefrau, die Antworten suchte, die ahnte, vielleicht sogar wusste, dass es seine Schuld war. Deshalb tat Ewert Grens dasselbe wie zuletzt und löschte die Nachrichten. Er brachte es nicht fertig, auf diese Weise über seinen Freund zu sprechen, noch nicht.

Lena schlief noch immer, als er ins Schlafzimmer zurückkehrte.

Die Atemzüge genauso gleichmäßig, das Gesicht ihm zugewandt.

Vorsichtig, um sie nicht zu wecken, legte er sich neben sie, deckte sich zu. Und dann – brachte er den Mut auf. Auch wenn er noch immer unsicher war, ob man es tat.

Er streckte behutsam die Hand aus, strich ihr das Haar aus der Stirn und küsste sie.

Jeder Obduktionssaal, den er in Begleitung von Sven betreten hatte, hatte gleich gerochen, hatte sie mit identischer Beleuchtung verfolgt.

Mit gemeinsamer Stille empfangen.

Als würde die Person auf der Bahre ein zweites Mal sterben, sowie sie den Raum betraten und sie betrachteten.

Nun war Sven derjenige, der dort lag. Betrachtet wurde.

Sven, der immer so große Angst davor gehabt hatte, sich in Gegenwart der Toten aufzuhalten. Der Grens oft gebeten hatte, stattdessen Zeugenaussagen aufnehmen oder Anrufe erledigen zu können, oder was auch immer Distanz zu dem unbelebten Körper schuf. Sie hatten einander gekannt, aufeinander achtgegeben.

Ewert Grens brachte den Mut auf, den letzten Schritt zu machen, stand neben Svens Schulter, griff nach Marianas Hand, während sie zuhörten.

»Ich kann keine Todesursache feststellen.«

Die Pathologin, die sie aus dem Schlitz zwischen einer transparenten Kopfbedeckung und einem breiten Mundschutz anblickte, hatte freundliche Augen und eine Stimme, der die Aufmerksamkeit ihres Umfelds zuteilwurde, ohne dass sie sie erheben musste. »Das Herz zeigt keine Infarkte, keine Embolie. Die Lungen weisen keine Degeneration auf. Ebenso wenig wie die anderen Organe.«

Sie legte Sven eine plastikbehandschuhte Hand auf die Schulter. Wie um ihn zu beruhigen.

»Und wenn Sie – zwei ermittelnde Polizisten – jetzt nicht hier stehen würden, hätte ich vermutlich das Gefühl, dass noch etwas … ja, ungeklärt ist. Das kommt hin und wieder vor, wenn eine Standardautopsie angeordnet wurde und ich keine Antwort finde, warum ein Mensch, der in Anbetracht seiner körperlichen Konstitution nicht notwendigerweise hätte sterben müssen, gestorben ist. Dann entnehme ich unaufgefordert weitere Proben, Blutproben, Gewebeproben und dergleichen. Für den Fall, dass eines Tages jemand anklopft und Fragen stellt.«

Die Plastikhandschuhhand ruhte unverändert auf Svens Schulter. Die Pathologin, deren Beruf der Tod war, verstand womöglich, wie sehr er sich gefürchtet hätte.

»Wenn Sie gehen … auf dem Metallwagen an der Tür steht eine kleine Kühltasche. Könnten Sie die bitte mitnehmen und Errfors geben? So ersparen wir uns überflüssige Formalitäten und Protokollschreiberei – sofern sich keine Auffälligkeiten ergeben, ist Ihr Kollege infolge seiner Schussverletzungen gestorben. Denn ich nehme an, dass die Schlagzeilen über einen erschossenen Polizisten momentan genug Aufsehen erregen?«

Grens hatte während des gesamten kurzen Besuchs im kalten Licht Marianas Hand gehalten. Genau wie im Krankenhaus. Mit ihr war es wie mit Sven, er kannte sie, sie gaben auch aufeinander acht. Als sie die Pathologie verließen, war ihre Stille ebenso gemeinsam und selbstverständlich wie die der Obduktionssäle. Erst im Auto, auf Höhe Ringvägen Ecke Hornsgatan, brachte Mariana die Kraft auf zu reden.

»Es war Sven, und gleichzeitig war er es nicht.«

»Zersägte Bretter unter einer Plane.«

»Wie bitte?«

»Oder ein zerlegtes Ikea-Möbel ohne Aufbauanleitung. Zwei Bilder, die ich nicht aus dem Kopf kriege.«

Auf der Langholmsgatan, kurz vor der Västerbron, unternahm Mariana abermals den Versuch, ein Gespräch zu beginnen.

»Ich habe die Hauseigentümer in der Vegagatan, im Karlavägen und in der Östgötagatan vernommen. Alle sagen dasselbe. Behaupten, keine Ahnung davon gehabt zu haben, dass eine ihrer Wohnungen als Bordell genutzt wurde. Solange die Miete pünktlich bezahlt wird und sich weder Mieter noch Nachbarn über Lärm oder tropfende Wasserhähne beschweren, kann zwischen einem persönlichen Kontakt viel Zeit vergehen – Mieter, die seit Jahren im Haus wohnen, die man aber seit der Vertragsunterzeichnung nicht mehr gesehen hat.«

Auf dem Scheitelpunkt der Brücke fuhr Grens langsamer und blickte über das Wasser geradewegs in das Herz von Stockholm.

»Hörst du zu, Ewert?«

Vielleicht genau hier, an Vormittagen wie diesem, die schönste Aussicht auf der Welt.

»Eines Tages werden du und ich ebenfalls dort enden, Mariana. In einem Obduktionssaal.«

Am Fridhemsplan herrschte ein heilloses Durcheinander aus Baustellen, Ampeln und Menschen, die einen Bus gegen eine U-Bahn oder eine U-Bahn gegen einen Bus tauschten. Binnen Minuten waren sie aus einem Nichts in ein Alles befördert worden.

»Und wenn die Zeit nicht komplett aus dem Takt springt, werde ich wohl sehr lange vor dir einen Platz auf einer dieser Bahren beanspruchen. Unter diesen verfluchten Lampen, in dieser gottverdammten Stille. Kümmerst du dich um mich, wenn es so weit ist?«

Grens parkte in der Kungsholmsgatan, und sie trennten sich an der Treppe vor dem Polizeipräsidium. Mariana wollte ins Rathaus, zu einem vorbestellten Dokumentenstapel, der womöglich einen anderen Fall löste, er selbst wollte ins Präsidium und in die Mordkommission.

Im ersten Moment sah er ihn nicht.

Ein kleiner Junge, zusammengekauert auf einem der Stühle am Empfang, zwischen anderen Wartenden, die Anzeige erstatten wollten oder aufs Präsidium bestellt worden waren oder einfach nur dort saßen als Unterstützung für einen Angehörigen, der in Kürze wieder erscheinen würde.

»Sind Sie Kommissar Grens?«

Der fremde Junge stand auf und kam auf ihn zu.

»Sie hinken. Und Sie sind alt, Sie haben kaum noch Haare. Sie ähneln dem alten Mann auf dem Foto.«

Der Junge hielt etwas in der Hand. Ein Blatt Papier. Ein weiteres Zeitungsfoto von Ewert Grens aus dem Internet, aber aus einer anderen Zeitung als das im Söderkrankenhaus.

»Ja – ich bin Kommissar Grens.«

»Dann. Hier. Nehmen Sie das. Darauf steht, wo und wann. Okay?«

Auf der Rückseite stand etwas geschrieben.

Und noch bevor der Junge durch die Glastür hinaus auf die Straße gelaufen war, hatte Grens den Text gelesen.

Blockbuchstaben wie beim letzten Mal.

Alena Sljusareva wollte sich mit ihm treffen. Wieder. Diesmal im Hauptbahnhof.

Ein neuer Ort mit zahlreichen Ausgängen, inmitten einer beobachtenden, summenden, schützenden Menschenmenge.

Sie hatte sich schlafend gestellt, während er neben ihr im Bett lag und sie betrachtete. Während er aufstand, duschte, sich anzog, Kaffee trank. Sie behielt die Augen zu, bis sie ganz sicher war, dass die Wohnungstür hinter ihm ins Schloss gefallen war und der Widerhall von Ewert Grens' Schritten im Treppenhaus verklang.

Er oder ich.

Sie drehte sich auf die Seite und zog die Nachttischschublade auf. Der Spülschwamm wartete dort, in Plastik verpackt. Sie brauchte nicht lange, um sich fertig zu machen, den Rest Kaffee zu trinken und zu Fuß in die Linnégatan zu gehen. Zu dem Bordell, das von drei rumänischen Brüdern betrieben wurde, die nicht hören wollten, die ihre Dienste zu Schleuderpreisen verramschten und das Preisgefüge für alle anderen zerstörten. Es war der Älteste der drei, der zur Tür kam und ihr stolz sieben Zimmer vorführte, die ab der kommenden Stunde bis Mitternacht durchgängig ausgebucht waren. Nachdem er ihr voraus in ein enges Büro gegangen war und sie gebeten hatte, auf einem roten Ledersofa Platz zu nehmen, das sie irgendwie zwischen einen staubigen Schreibtisch und ein Bücherregal gezwängt bekommen hatten, das von allem anderen als Büchern überquoll, musterte er sie von oben bis unten mit einem derart geringschätzigen Grinsen, dass sie ihm am liebsten jeden gebleachten Zahn einzeln ausgeschlagen hätte.

»Also Lena – deine Geschäfte laufen nicht gut?«

Er goss etwas aus einer Flasche mit unleserlichem Etikett in ein Glas und hielt es ihr hin. Die Flüssigkeit roch billig und nach Birne. Sie nahm das Glas, stellte es zur Seite.

»Meine Geschäfte laufen so gut wie eh und je.«

»Und trotzdem willst du plötzlich mit uns zusammenarbeiten? Mit uns – den verfluchten Rumänen? Jetzt? Nachdem ich dich jahrelang eingeladen und irgendwann beschlossen habe, es nicht mehr zu tun?«

»Ich habe die Option womöglich falsch beurteilt.«

Er konnte sich nicht beherrschen, jetzt lachte er sogar, ein Laut, der nach innen ging, während das äußerliche Grinsen hässlicher denn je wurde.

»Sitzt du etwa vor mir, Lena, und ... bittest mich?«

»Ich unterbreite dir einen Vorschlag.«

»Lena! Lena! Als du angerufen und mich um ein Treffen gebeten hast und ... Das setzt meinem Tag die Krone auf!«

Er goss sich selbst ein Glas ein und leerte es in einem Zug – und sie war überrascht, dass es noch immer ein Kinderspiel war, Menschen genau dahin zu bekommen, wo sie sie haben wollte.

»Das ist wirklich die absolute Krönung! Dich vor mir sitzen zu sehen, wie du deinen schönen Nacken beugst und mich bittest. Mich!«

Es war kein Unterschied.

Ein Grinsen von einem Bordellbetreiber, der meinte, sich auf ihre Kosten verbal einen runterzuholen.

»Du hast recht. Ich bitte dich.«

Etwa so, wie einen Kriminalkommissar dicht herankommen zu lassen.

»Also, Arian, was sagst du? Lass uns den Gedanken durchspielen. Gemeinsam. Wie es aussehen könnte, wenn wir fusionieren. Uns vergrößern. Den Markt übernehmen. Du mit deinen rumänischen Angestellten, die ihr Gewerbe verstehen, und ich mit meinen schönen baltischen Angestellten, die ihr Gewerbe verstehen. Ich habe Zeit – passt es dir jetzt?«

Genau da, wo sie sie haben wollte.

Denn als sie das Bordell fünfundvierzig Minuten später verließ, mit einem Versprechen über fortzusetzende Verhandlungen, das genauso falsch war wie das wiederholte Kompliment über sein exzellent geführtes Gewerbe, hatte sie die zwei Vorhaben ausgeführt, die der wahre Grund ihres Kommens gewesen waren. Vorhaben Nummer eins: Die Platzierung von Ewert Grens' DNA, die an einem gewöhnlichen Haushaltsschwamm haftete, hatte sie in Verbindung mit einem Toilettenbesuch abgehakt. Als sie an Zimmern mit Betten vorbeigegangen war, hatte sie genug Zeit gehabt, knisternde Papierlaken anzuheben und die Hautzellen eines Kriminalkommissars auf zwei verschiedenen Matratzen zu verteilen. Die Umsetzung von Vorhaben Nummer zwei war komplizierter gewesen. Riskanter. Doch als Arian hinaus in den Flur gegangen war, um das Paket ohne Inhalt entgegenzunehmen, dessen Zustellung sie während ihres Besuchs arrangiert hatte, hatte sie die Zeitspanne bekommen, die sie benötigte, um die Kundenliste zu kopieren, die er an seinem Computer mit ihr durchgegangen war, und sie an ihre E-Mail-Adresse zu schicken.

Sie kehrte auf dem gleichen Weg nach Hause zurück, den sie gekommen war, und in der heimischen Küche war es ein Leichtes, die Kundenliste auf ihrem Laptop zu öffnen und um eine zusätzliche Zeile mit dem Namen Ewert Grens zu ergänzen. Lena Nordwall speicherte die frisierte Liste auf einem USB-Stick ab und schob ihn in einen wattierten Umschlag – zu einem Zettel mit der Adresse eines Bordells mit sieben Zimmern in der Linnégatan 33 und zu einigen kürzlich aufgenommenen Fotos in akzeptabler Vergrößerung. Zwei junge Frauen, Inesa und Antea, die Champagnergläser mit perlendem Schaumwein in den Händen halten und in einem teuren Restaurant auf Ewert Grens' Schoß sitzen, in dem Moment, als eine dritte Frau, Pija, ihr Handy zückt und den Auslöser der Kamera drückt.

Ein letzter Spaziergang, und sie wäre fertig.

Sie setzte eine der Perücken auf, die sie schon bei anderen Gelegenheiten verwendet hatte, dazu eine große Brille. Dann erforderte es nur noch einen Nummernzettel, eine halbe Stunde Wartezeit zwischen einem Dutzend Bürgerinnen und Bürgern und einen diensthabenden Beamten hinter einer Glasscheibe in dem großen Polizeirevier, der ihren Hinweis entgegennahm und an die zuständige Stelle weiterleitete.

An das DIE, wie es auf dem Umschlag stand. An das Dezernat für interne Ermittlungen.

Die Innenbehörde, die mit einem eigens beauftragten Staatsanwalt gegen einen Kriminalkommissar ermitteln würde, der im Verdacht stand, eine Straftat begangen zu haben.

Die Kette, die zerreißen musste.

Ewert Grens hatte fast eine halbe Stunde auf der oberen Ebene des Hauptbahnhofs gewartet, als Alena Sljusareva die Rolltreppe hochgefahren kam und wie im Värtahafen gegenüber von ihm Platz nahm. Um den Tisch in der gut besuchten Bar nicht zu verlieren, hatte er zwei Flaschen Mineralwasser bestellt und wies nun mit dem Kopf auf die unangetastete. Sie bedankte sich, schenkte sich ein und trank zwei volle Gläser, bevor sie zu reden begann.

»Ich wollte sichergehen. Dass Sie kommen. *Allein.*«

Er antwortete nicht. Die Initiative war von ihr ausgegangen.

»Ich habe Angst. Ich weiß, dass sie nach mir suchen. Dass ich nicht viel Zeit habe. Ich kenne Leute, und Stockholm ist eine große Stadt, aber nicht groß genug, wenn sie weitaus mehr Leute kennen.«

»Sie?«

»Die Leute, derentwegen wir uns hier treffen.«

Sie blickte sich um. Hielt Ausschau.

Sie hatte wirklich Angst.

Und der Ort war perfekt gewählt – von hier aus überblickte man die gesamte Bahnhofshalle und mehrere mögliche Fluchtwege.

»Nur damit ich Bescheid weiß – hast du vor, mich wieder anzuspucken?«

Sie sah auf den Tisch, schüttelte den Kopf.

»Nein.«

»Warum sitzen wir dann hier?«

»Damit Sie das tun, was Sie damals nicht getan haben – den Anführer der Organisation schnappen. Um meinetwillen.

Um Lydias willen. Um Tanyas und Nedas und Estelas willen. Damit … diese Schweine nicht noch mehr Menschenleben verkaufen.«

Sie sah ihn an. Sie würde nicht spucken.

»Sven ist tot. Lydia ist tot. Sie und ich sind die Einzigen, die es wissen.«

»Was wissen wir, Alena?«

»Dass es Beweise gibt.«

»Dass es Beweise gegeben *hat.*«

»Dass es Beweise gibt.«

Ewert Grens hatte es schon beim letzten Treffen geahnt.

Jetzt hatte er Gewissheit.

Sie wusste etwas, das er wissen sollte.

»Ich weiß, wer du bist. Wer Lydia war. Aber Tanya? Und Neda? Und wie war der andere Name … Estela? Du hast beim letzten Mal von ihnen erzählt – aber ich kenne sie nicht. Weiß nichts von ihnen. Existieren sie überhaupt?«

Sie sah aus dem Augenwinkel zu der großen Anschlagtafel in der unteren Ebene der Wartehalle, die Ankunfts- und Abfahrtzeiten anzeigte und in deren oberer Ecke eine Uhr tickte.

Es entging ihm nicht.

»Alena – willst du irgendwohin?«

»Ja.«

»Nicht, wenn du meine Hilfe willst.«

»Sie bekommen Hilfe von *mir.*«

»Überzeug mich, warum mich das, was du sagst, kümmern sollte.«

Sie zögerte. Lange. Dann war es, als ob sie Anlauf nähme. Sie begann, der tickenden Uhr zum Trotz, mehr zu erzählen. Setzte ihre Erzählung vom Fährterminal fort.

Von drei jungen Frauen, verbucht als Einnahmeposten in einer Geschäftsbilanz.

Die sich in diesem Augenblick in einem litauischen Krankenhaus befanden, um ihren Wert zu behalten.

Die, sobald sie nicht mehr als Ganzes verkauft werden konnten, in Einzelteilen verkauft und durch noch jüngere Frauen ersetzt werden würden, damit die Bilanz dieselbe blieb.

Von einer langen Reise, die von Tanya und Neda und Estela handelte, aber zugleich von ihr selbst und vielen, vielen Weiteren.

»Wenn das so ist.«

Er sah sie an. Mit Augen, die womöglich überzeugt waren.

»Was ist mit den Beweisen, von denen du redest?«

»Wann kommt Ihre Post?«

»Wie bitte?«

»Zu Hause. Wo Sie wohnen.«

»Was meinst du?«

Sie ließ ihren Blick nervös umherschweifen, durch die obere Ebene und die ebenerdige große Wartehalle.

Und stand auf.

»Ich muss jetzt gehen.«

»Wir sind noch nicht fertig.«

»Es ist gefährlich.«

Dann hastete sie davon. Wie beim letzten Mal. Von ihrem Platz am Tisch aus dem Bahnhofsgebäude hinaus, zwischen Bussen und Autos am Klarabergsviadukt hindurch, hinein ins Gedränge der Innenstadt.

Es kam nicht oft vor, dass Erik Wilson die Treppe zum Dezernat hinaufstieg, das seines unabhängigen Status wegen ein gutes Stück von den übrigen Abteilungen des Polizeipräsidiums entfernt lag, abgesondert von den Kollegen, und das direkt der Regierung unterstellt war. Aus dem einfachen Grund, weil in den vergangenen Jahren kein Fall aufgetreten war, in dem gegen Mitarbeiter der Mordkommission, für die er verantwortlich war, eine interne Ermittlung wegen Straftatverdachts eingeleitet worden wäre. Und dass er nun genau deshalb an die Tür des DIE klopfte, tat ihm in der Seele weh. Ewert Grens. Der Polizist, mit dem er so heftige Kämpfe ausgefochten hatte wie mit keinem anderen Kollegen, den er aber respektierte wie keinen Zweiten, den er verabscheut hatte, aber zu achten gelernt hatte. Ein Mann öffnete ihm die Tür – der eigens beauftragte Staatsanwalt, wie Erik vermutete – und bat ihn herein. Wilson begrüßte die übrigen Anwesenden im Sitzungsraum, dann nahm er Platz, um Fotos von zwei jungen Frauen auf dem Schoß eines älteren Mannes zu betrachten, die auf dem Tisch neben einer Mappe mit der Aufschrift »Kundenlisten« lagen. Material, das dem Staatsanwalt zufolge später, nach Abschluss einer Razzia in einem Wohnungsbordell im Stockholmer Stadtteil Östermalm, um den Bericht der Spurensicherung ergänzt werden würde.

Eine Krankenschwester, die mit Klaipėda-Dialekt sprach, hatte ihr beim Waschen geholfen, ihr am linken Arm Blut abgenommen und gefragt, ob sie ihr etwas gegen die Schmerzen geben sollte, während sie wartete.

Warten.

Das war es, was Tanya tat.

Wie Neda im Bett neben ihr und wie Estela im Zimmer nebenan. Estela hatte sie ein paar Mal besucht. Sie konnte sich leichter fortbewegen. Sie war hier, um einen Teil von sich abzugeben, nicht um von Schmerzen kuriert zu werden. Ein leises Klopfen an der Tür, lautlose nackte Füße, so hatten sie zusammengesessen und sich an den Händen gehalten, bis das, was in Tanyas Unterleib pulsierte, ein ganz klein wenig nachgelassen hatte.

Sie hatten Mühe gehabt, ein Gesprächsthema zu finden, sie kannten einander und auch wieder nicht. Jede von ihnen vermied es, die Vergangenheit zu berühren, die ein völlig anderes Leben dreier völlig anderer Menschen war. Sie verstanden auch nicht, wie man über eine Gegenwart sprechen sollte, der keine von ihnen angehörte. Auch Zukunftsgedanken gewährten sie keinen Raum, denn das war die einzige Art und Weise, das hier auszuhalten. Und darum waren keine Worte übrig.

Doch das machte nichts. Die Augenblicke genügten.

Wenn sie gemeinsam schwiegen und mehr als eine waren.

Tanya lag auf dem Rücken unter einem dünnen Laken. So lag sie schon eine ganze Weile, den Blick starr auf die Lampe an der Decke gerichtet, die immer zweimal laut knackte, bevor sie zu flackern begann. Aber wenn sie sich ein kleines bisschen drehte, wenn sie sich wie vorhin auf die rechte Seite drehte und die Beine anzog, würde der Schmerz ein klein wenig abklingen und das Warten sich verkürzen. Bis der Moment kam, das Krankenhaus zu verlassen, in entgegengesetzter Richtung durch Jeruzalė und Baltupiai zu fahren und einen Blick auf die Vergangenheit zu erhaschen, von der sie wusste, dass sie existiert hatte, und sich vielleicht daran zu erinnern, wer sie gewesen war.

Ein Kühlschrank, der so gut wie leer war. Eine Vorratskammer mit vier Dosen Stücktomaten, einer angebrochenen Packung Spaghetti und ein paar Scheiben Knäckebrot.

Ewert Grens konnte sich nicht daran erinnern, wann er das letzte Mal zu Hause gegessen, geschweige denn Lebensmittel eingekauft hatte. Der Snackautomat auf dem Flur der Mordkommission und das Café in der Bergsgatan gegenüber dem Präsidium boten alles, was er für ein Frühstück, ein Mittag- oder Abendessen am Schreibtisch brauchte. Doch nun stand er in seiner eigenen Küche und fand mit Müh und Not Pulver für eine Tasse Kaffee sowie ein paar dürftige Scheiben trockenes Brot mit Butter und Käse, dessen Haltbarkeitsdatum fast noch durchging.

Wann kommt Ihre Post? Zu Hause. Wo Sie wohnen.

Danach war Alena Sljusareva wieder verschwunden. Sie wusste, dass er sie nicht zum Bleiben zwingen, sie nicht ohne begründeten Verdacht verhaften konnte. Sie bestimmte, ob und wann sie ihm ihre Informationen zuspielte. Ihr Gesicht – sie hatte Angst gehabt. Nicht vor ihm, nicht mehr, aber vor Leuten, die sie suchten.

Wann wurde die Post zugestellt? Er hatte keine Ahnung. Wohl eher spät? Aus frühem Vormittag war später Nachmittag geworden. Wenn sie überhaupt kam.

Er lief auf und ab, durch die vielen Zimmer seiner Wohnung, in denen er sich selten aufhielt. Es half nicht. Die Rastlosigkeit lief neben ihm her. Er stand lange draußen auf dem Balkon und blickte auf Stockholm. Dort unten waren sie alle. Alena, die sich versteckte, Lena, die dieses warme Gefühl in ihm auslöste, und Mariana, die seine Hand gehalten hatte, als sie einen aufgeschnittenen Sven betrachtet hatten.

Deshalb hörte er sein Handy nicht. Doch als das Rauschen des Straßenverkehrs und das Gezwitscher der Vögel nach fünf verpassten Anrufen für einen Augenblick gleichzeitig verstummten, ergriff der schrille Klingelton die Gelegenheit, sich Gehör zu verschaffen.

»Ewert? Wo bist du?«

Erik Wilson. Sein Chef.

»Ein paar Fußminuten vom Präsidium entfernt.«

»Gut. Ich möchte, dass du herkommst.«

»In zwei Stunden.«

»Sofort, Ewert.«

»Ich warte auf etwas. Auf etwas, das entscheidend sein könnte für die Ermittlung gegen die Menschenhändler, die auf Sven geschossen haben. Die Sven *erschossen* haben.«

»Hörst du nicht, was ich sage, verflucht?! Sofort!«

Diese Stimme.

Wut. Angst. Und etwas, das er nicht benennen konnte.

»Ich befehle es dir!«

»Und ich komme. Wenn ich das entgegengenommen habe, was wir brauchen.«

Er konnte sich nicht erinnern, seinen Chef jemals so erlebt zu haben.

»Wenn du nicht *auf der Stelle* ins Präsidium kommst, Ewert, lasse ich dich von zwei Kollegen herbringen!«

Es ergab keinen Sinn.

Sie hatten sich zusammengerauft, ihre Differenzen beigelegt.

Wann immer Ewert Grens sagte, dass es dem Ergebnis seiner Ermittlungsarbeit zugutekam, wenn er die Vorgehensweise bestimmen durfte, ließ Erik Wilson ihm in der Regel freie Hand.

»In zwanzig Minuten, Ewert, sitzt du in meinem Büro.«
»Worum geht es?«
»Bis gleich.«
Dann begriff der Kriminalkommissar, was es war.
Arroganz.
Mehr noch: Verachtung.
Das hatte in Erik Wilsons Stimme gelegen, Verachtung, die, als sie mit Wut und Angst verschmolz, einen feindseligen Klang annahm, den er noch nie gehört hatte.

»Ich dachte, wir kennen einander.«

»Wir kennen einander.«

»Nein. *Diesen* Ewert Grens kenne ich nicht.«

Arroganz, Verachtung, Wut und Angst waren zu Abscheu geworden.

»Ich will ihn auch weder kennen noch als Kollegen haben.«

Erik Wilson ließ zwei vergrößerte Fotos auf seinen Schreibtisch fallen, als könnte er sie nicht in der Hand halten, angewidert.

»Hörst du nicht zu, Erik? Ich habe ein Restaurant besucht. Als aus heiterem Himmel zwei Frauen auf meinen Schoß geklettert sind. Eine dritte hat die Aktion fotografiert. Und genauso schnell waren sie wieder weg. Eine Wette. Meine Begleitung kann das bezeugen.«

»Eine Wette?«

»Was weiß ich. Irgendwas in der Art. Hast du eine bessere Erklärung?«

»Ich habe dich hierher zitiert, Ewert, damit *du* dich erklärst.«

»Und das habe ich soeben getan.«

»Und wie erklärst du das hier?«

Erik Wilson ließ einen neuen Papierstapel auf seinen Schreibtisch fallen.

Gleichermaßen angewidert.

Ewert Grens zögerte, dann nahm er die Seiten in die Hand, weil es allem Anschein nach von ihm erwartet wurde, und las die ersten Zeilen eines Dokuments, das aussah wie eine Mitgliederliste oder die Personalliste einer Firma.

»Was soll ich hier sehen?«

»Zeile 109. Seite drei, ganz oben.«

Der Kriminalkommissar blätterte zu Seite drei, begann zu lesen, hielt nach der vierten Zeile inne.

»Was … ist das hier?«

»Die Kundenliste eines inzwischen gesprengten Wohnungsbordells.«

Grens blickte auf das Blatt. Auf seinen eigenen Namen.

»Ich verstehe überhaupt nichts.«

»Da geht es dir wie mir, als ich ins DIE gerufen wurde. Ich habe die Kundenliste und die Fotos nicht verstanden. Und das hier verstehe ich genauso wenig!«

Diesmal ließ der Chef der Mordkommission das Blatt Papier nicht auf seinen Schreibtisch fallen.

Er warf es.

Ewert Grens starrte es an, ließ es liegen, stand auf, trat ans Fenster. Wilsons deutlich geräumigeres Vorgesetztenbüro bot eine wesentlich bessere Aussicht. Von hier aus hatte man die Kollegen und Kolleginnen, die über den Innenhof liefen, eher von der Seite im Blick, und die beiden Bäume, die im Frühjahr und Sommer große Vogelnester in ihren dicht belaubten Kronen verbargen, waren aus einem anderen Winkel zu sehen.

»Sag mir, was es ist, damit ich den Dreck nicht lesen muss.«

»Ein kleiner Teil des vorläufigen Berichts der Spurensicherung.«

»Was für ein gottverdammter Bericht?«

»Eine Auswertung, die auf Anordnung des DIE höchste Priorität hatte. Auf den Hinweis hin, dass insbesondere die Betten in den Zimmern untersucht werden sollten, die auf der Grundrissskizze des ausgehobenen Wohnungsbordells in der Linnégatan 33 die Bezeichnung 4 und 5 tragen. Weil du am liebsten die Frauen in ebendiesen beiden Zimmern aufsuchst. Die kriminaltechnische Auswertung hat ergeben, dass auf den Matratzen DNA gesichert wurde, die mit dem DNA-Profil übereinstimmt, das von dir in der Eliminierungsdatenbank der Polizeibehörde gespeichert ist.«

»Wovon zum Teufel redest du?«

»Ich rede von Fotos, auf denen du, Ewert, in sehr engem Körperkontakt mit sehr jungen Frauen zu sehen bist. Von einem Kundenverzeichnis, in dem du, Ewert, als Freier aufgeführt bist. Und von technischen Beweisen, die dich, Ewert, mit diesem Bordell in Verbindung bringen.«

Ewert Grens pflegte für gewöhnlich zu brüllen, zu poltern, zu drohen, wenn er sich bedrängt fühlte.

Und, wenn das nicht ausreichte, noch lauter zu brüllen und zu poltern und zu drohen.

»Und, Ewert, ich rede selbstverständlich davon, dass das DIE für die Dauer des internen Ermittlungsverfahrens gegen dich deine Suspendierung empfiehlt.«

Diesmal stand er stumm da und blickte aus dem Bürofenster seines Chefs auf den Innenhof des Polizeipräsidiums.

»Ewert – verstehst du, was ich sage?«

Ohne zu antworten. Oder sich umzudrehen.

Erik Wilson stand auf und ging auf den Rücken zu, der ihm so vertraut war, weil er, so lange Wilson zurückdenken konnte, zum Flur der Mordkommission gehörte.

»Hallo, Ewert? Hörst du mich? Verstehst du mich? Antworte mir.«

»Ich habe dir die Antwort schon gegeben. *Wir kennen einander.*«

»Und ich habe geantwortet …«

»Wilson – irgendjemand will mir was anhängen.«

»Dir … was anhängen?«

»Ja.«

»Ist das deine Erklärung?«

»Ja.«

»Und warum sollte dir jemand etwas anhängen wollen?«

»Es gibt viele Leute da draußen, die mich nicht sonderlich gut leiden können.«

»Du lügst schlechter als die Klientel, gegen die wir ermitteln und die uns im Vernehmungsraum gegenübersitzt.«

Dann drehte er sich um.

Ein Ewert Grens, den Wilson nicht wiedererkannte, den er noch nie gesehen hatte.

Ein Kriminalkommissar, der – obwohl er unter Druck stand – weder tobte noch auf Angriff schaltete.

Ruhig.

Das war er.

Sonderbar ruhig.

»Wilson, hör zu: Ich habe nie einen Fuß in die Linnégatan 33 gesetzt. Nie auch nur mit dem Gedanken gespielt, mir Sex zu erkaufen. Ich habe ein Restaurant besucht, und diese beiden Frauen haben zwei Sekunden lang auf meinem Schoß gesessen, weil sie die Situation arrangiert hatten. Die Fotos entsprechen in gewisser Weise der Wahrheit, aber alles andere … Du weißt, wer ich bin, Wilson. Du weißt, dass das, was du eben gesagt hast, *nicht stimmt*, weil wir einander kennen. Und das ist auch der Grund, warum du jetzt hier stehst und nicht du selbst bist, Verachtung und Abscheu empfindest und Angst hast. Weil es dir nicht einleuchtet. Weil ich dir nicht einleuchte.«

Und vielleicht war es ebendiese unerwartete Ruhe – die Erik Wilson des Öfteren bei Menschen erlebte, die nichts mehr zu verlieren hatten, deren Situation durch nichts mehr zu verschlimmern war –, die bewirkte, dass Grens' Chef die Fotos und die Dokumente nach einer Weile in die Hand nahm und sich auf der Kante seines Schreibtisches niederließ, während seine Wut – oder Angst – langsam von ihm abfiel.

»Wir kennen einander, Ewert.«

»Das sage ich schon die ganze Zeit.«

»Du wirst nicht bedroht?«

»Nein.«

»Nicht erpresst?«

»Nein.«

»Wie erklärst du dann, dass dein Name auf einer Liste mit Namen von Bordellkunden steht und du nachweislich auf zwei Matratzen dieses Bordells gelegen hast?«

»Ich *kann* es nicht erklären. Weil ich nie in diesem Bordell gewesen bin. Und weder bedroht noch erpresst werde noch mich wissentlich in einer Lage befinde, bei der jemand einen Nutzen davon haben könnte, mir etwas anzuhängen. Ich bin traurig. Das bin ich. Unendlich traurig, weil mein bester Freund tot ist. Nichts anderes. Das ist das Einzige, woran ich momentan denken, was ich empfinden kann.«

Erik Wilson begegnete dem Blick des ältesten Mitarbeiters der Stockholmer Mordkommission.

Traurig. Das stimmte.

»Was würdest du tun, wenn du die Fotos, die Kundenliste und das DNA-Material in deiner Eigenschaft als Ermittler zu sehen bekämst?«

»Es würde mir genügen. Ich würde dieses Schwein einbuchten.«

»Aber mir sollte es nicht genügen, denkst du?«

»Ich denke gar nichts. Ich sage nur, wie es ist.«

Wieder dieser Blick. In dem mehr lag.

Aufrichtigkeit.

Davon war Wilson überzeugt. Oder *wollte* es zumindest sein.

»Ich glaube dir, Ewert.«

»Danke.«

»Ich weiß nicht, warum. Ich habe selten eine eindeutigere Beweislage gesehen, aber ich glaube dir.«

»Danke. Noch mal.«

»Aber das DIE glaubt dir nicht. Nicht die internen Ermittler und vor allem nicht der Staatsanwalt.«

»Und das bedeutet?«

»Ich muss dich bitten, nach Hause zu gehen. Du bist mit sofortiger Wirkung suspendiert. Solange die interne Ermittlung gegen dich läuft, hältst du dich von Arbeit und Arbeitsplatz fern.«

»Was zum Teufel ist das hier?«

Ewert Grens hatte einige wenige persönliche Gegenstände zusammengepackt und gerade sein Büro verlassen wollen, Mantel und Aktentasche in der Hand, als ihn Schwindel und Kraftlosigkeit erfassten, sodass er stattdessen auf dem Cordsofa lag, das inzwischen sämtliche Streifen eingebüßt hatte.

»Ewert!«

Als Mariana Hermansson über die Schwelle stürmte.

Und wenn Wilsons Wut sich in Verachtung und Abscheu geäußert hatte, äußerte sich Marianas Wut in Verzweiflung und Erschütterung.

»Sieh mich an, verflucht noch mal!«

Er tat es.

Sie hatte Tränen in den Augen.

Das hatte er bei ihr noch nie gesehen.

»Ist das wahr?«

Sie hielt zwei Blätter hoch, fuchtelte mit ihnen herum, bebte.

»Steh von diesem gottverdammten Sofa auf und rede mit mir!«

Er blieb liegen. Schwieg. Zog die Füße an, um ihr Platz zu machen, als sie neben ihm aufs Sofa sank.

»Deine Freundschaft, Ewert, zu Piet Hoffmanns ältestem Sohn? Zu Bengt Nordwalls Witwe. Deine … Veränderung. War das nur gespielt? Gab es sie gar nicht? Oder hast du dich *von Grund auf* gewandelt?«

Er wartete. Gab ihr Zeit.

»Mariana?«

Sie reagierte oft wie er. Griff an, bis sie fertig war.

»Was hältst du da in der Hand?«

Sie gab ihm die Blätter. Zwei Ausdrucke aus dem Internet. Bei dem einen handelte es sich um einen Abendzeitungsartikel aus der Rubrik »Aktuelles«. Mit unlängst aufgenommenen Fotos einer Polizeirazzia in einem Wohnungsbordell in der Stockholmer Innenstadt. Er wurde nicht namentlich genannt, aber die Schlagzeile *65-jähriger Kriminalkommissar der Stockholmer Mordkommission in Verdacht, Dienste von Prostituierten in Anspruch zu nehmen*, nannte ihn doch. Der zweite Ausdruck stammte von einer dieser Plattformen, die als soziale Medien bezeichnet wurden und für die er nicht genügend Freunde hatte, um sich dort als Mitglied zu registrieren. Hier wurde der Kommissar, der Dienste von Prostituierten in Anspruch nahm, namentlich genannt, inklusive Passfoto, Telefonnummer, Adresse und einem eingekreisten Gesicht auf einem Foto, auf dem er mit zwei jungen Frauen auf dem Schoß Champagner trank.

»Ich verstehe nicht, wie diese Geschichte schon im Internet kursieren kann. Wie konnte das so schnell an die Öffentlichkeit gelangen?«

»Ist das deine Antwort?!«

»Was zum Teufel glaubst du, Mariana?«

»Ich will eine verfluchte Antwort!«

»Glaubst du, ich kaufe junge Frauen?«

»Antworte mir, verflucht noch mal! Ist das wahr?«

»Wenn du diese Frage wirklich stellen musst, kannst du gehen.«

Sie schwieg.

»Nein, Mariana.«

So wie er eben geschwiegen hatte.

»Es ist nicht wahr, kein einziges Wort davon.«

Womöglich rutschte sie ein Stückchen näher an ihn heran.

»Wenn das so ist, Ewert …«

»Wenn das so ist? Willst du es noch mal hören? *Es ist nicht ...*«

»Wenn das so ist, dann will dir jemand etwas anhängen. Warum? Wer? *Wer*, Ewert? Was will dieser Jemand erreichen? Wie können Wohnungen, in denen wir einen Zugriff planen, plötzlich leer sein? Irgendjemand hat hier die Oberhand – und das sind nicht wir. Dein Name steht auf einer Liste mit Freiern, deine DNA wird auf Bordellmatratzen sichergestellt – irgendjemand gibt sich verdammt große Mühe.«

Grens hatte die Ausdrucke krampfhaft in der Hand gehalten, jetzt legte er sie vor sich auf den Couchtisch, las ein zweites Mal die Texte, die alles verändern könnten.

»An dieser Geschichte ist kein wahres Wort. Aber ich habe es immer befürchtet. Seit ... ja, seit meinem ersten Arbeitstag. Sven und ich haben darüber gesprochen. Er hat dasselbe befürchtet. Dass man eines Tages beschuldigt wird, obwohl man unschuldig ist. Eine Verleumdung, die man nie wieder loswird.«

Er sah sie an.

»Wenn eine einzige Sekunde Unwahrheit genauso lange währt und genauso schwer wiegt wie ein ganzes Leben.«

Flehte.

Dass auch sie ihm glaubte.

»Verstehst du?«

Auch Ewert Grens' zweiter Anlauf, sein Büro mit Mantel und Aktentasche zu verlassen, scheiterte. Das Schwindelgefühl war weg. Mariana auch. Diesmal klingelte sein Telefon. Ein Gespräch, auf das er gewartet hatte und das er bevorzugt hinter geschlossener Tür führte.

»Errfors?«

»Ja. Bist du allein, Ewert?«

»Rede.«

»Ich habe Svens Testergebnisse. Blut-, Gewebeproben und einige andere toxikologische Proben, die bei einer Autopsie normalerweise nicht entnommen werden, wenn kein Verdacht auf Fremdeinwirkung vorliegt. Und die darum in diesem Fall nie überprüft worden wären.«

»Ja?«

Mittlerweile war es früher Abend geworden. Das Polizeipräsidium, in dem zunehmend die Ansicht herrschte, dass die Arbeitszeiten berufsmäßiger Krimineller den Arbeitszeiten anderer Berufssparten glichen, war so gut wie ausgestorben, trotzdem reduzierte Grens vorsichtshalber die Gesprächslautstärke. Errfors' Stimme besaß bisweilen eine grelle Tonhöhe.

»Pavulon.«

»Was?«

»In Svens Blut. In hoher Konzentration.«

»Ich verstehe nicht.«

Auch Ludvig Errfors' Atemzüge waren ein wenig grell, sie drangen durch die Elektronik des Telefons in Ewert Grens' Kopf hinein und blieben dort. Vielleicht bemerkte er deshalb das Zögern des Rechtsmediziners.

»Pavulon, Ewert … ist ein synthetisches Curare-Derivat. Wenn du jemanden vergiften willst, dann wäre … Während meiner Ausbildung, bei meinen ersten praktischen Übungen in der Pathologie, habe ich manchmal spaßeshalber darüber nachgedacht.«

»Worüber hast du nachgedacht?«

»Jetzt klinge ich wie ein Psychopath, aber …«

»Nach diesem Scheißtag klingt in meinen Ohren rein gar nichts mehr psychopathisch.«

»Ich habe darüber nachgedacht, wie man einen Menschen tötet, ohne dass die Tat bei einer Obduktion entdeckt wird.«

Der Rechtsmediziner stockte. Als würden Worte und Sätze ihm entgleiten.

»Wenn man nicht will, dass eine Injektion auf der Haut Spuren hinterlässt, Ewert, setzt man sie an einer anderen Körperstelle.«

»Ich verstehe kein Wort.«

»Es ist so: Das Pavulon hätte theoretisch bei der Operation in Svens Körper gelangen können. Pavulon wird in der Anästhesie als neuromuskulärer Blocker eingesetzt. Aber die hohe Konzentration, die in seinem Blut nachweisbar ist, wurde eindeutig später zugeführt.«

»Weiter?«

»Die Rektalschleimhaut.«

»Was ist damit?«

»Stell dir vor, du trinkst ein Light Bier rektal – der Rausch ist angenehm und tritt sofort ein. Das ist der Grund, warum man Kindern bei hohem Fieber Zäpfchen gibt. Der Alkohol oder das Medikament soll rasch und in unverminderter Konzentration über die Blutgefäße in den Körper gelangen, ohne dass der Wirkstoff in der Leber abgebaut wird. Bei Giften funktioniert es genauso. Und der Enddarm – diese Körperregion wird bei Autopsien selten untersucht, solange kein Verdacht auf Fremdeinwirkung vorliegt.«

»Rektal? Also …«

»Ja.«

Ewert Grens lehnte sich ins Sofapolster zurück. Es war vertraut und vermittelte Geborgenheit. Wenn alles andere unvertraut geworden war.

»Errfors?«

»Ja?«

»Was sagst du da?«

»Ich sage, dass dieses Medikament, dieses Gift, sämtliche Muskelfunktionen lähmt. Dass Sven noch gelebt hat, ohne atmen zu können. Dass es das perfekte Verbrechen hätte sein können.«

Sie horchten auf ihr gegenseitiges Schweigen.

Bis Errfors fortfuhr.

»Ich sage, dass Sven ermordet wurde.«

Ewert Grens kriegt die Zeit nicht zu fassen.

Mal läuft sie vorwärts, mal rückwärts.

Allerdings nur für Sven, der den Flur der Mordkommission hinuntergeht, sein Büro betritt und sich mit seiner üblichen Gründlichkeit in ein Vernehmungsprotokoll vertieft. Gleichzeitig steht er in einer Hotellobby und wartet auf einen Fahrstuhl. Als der Fahrstuhl klingelt und die Türen aufgehen, ist Sven zurück im Präsidium, doch diesmal steht er am Kaffeeautomaten. Und während der Plastikbecher vollläuft, liegt er reglos auf einer Bahre und sieht aus wie ein Stapel zersägter Bretter.

Nach dem Gespräch mit dem Rechtsmediziner legte Grens sich auf sein Sofa und blieb dort. Schwindel. Allerdings ein anderer als der, der ihn zuvor ergriffen hatte, der von innen kam und von all den Jahren handelte, um die er sich nicht gekümmert hatte. Dieser neue Schwindel kam von außen. Und handelte davon, morgens von jemandem Abschied zu nehmen und abends dem Tod zu begegnen.

Ermordet.

Eine andere Deutung gab es nicht.

Der Kriminalkommissar blieb liegen, bis er sicher war, dass das Zimmer und die Welt ein kleines bisschen weniger schwankten. Er versuchte aufzustehen, das Gleichgewicht zu finden, machte fünf Schritte bis zur Tür, wo er sich mit beiden Händen am Türrahmen festhielt. Er musste nach Hause. Aber nicht, weil das Dezernat für interne Ermittlungen es anordnete. Er musste nach Hause, um das fortzusetzen, was er getan hatte, als man ihn herbeordert hatte, um ihn rauszubeordern. Er musste auf einen Brief warten. Wenn er sie richtig verstanden hatte, wenn Alena Sljusareva den Hinweis, wo er das finden würde, was sie gesammelt und irgendwo versteckt hatte, in die Post gegeben hatte, war es jetzt noch wichtiger, die Dokumente zu bekommen, die zeigten, die bewiesen, wer diese Organisation leitete.

Wer möglicherweise Menschen durch Gift ermordete.

Das Taxi wartete auf der Kungsholmsgatan, und zu Hause im Sveavägen nahm er den Aufzug, den er für gewöhnlich mied. Da sah er es. Das Foto. Von sich. In zweifacher Ausführung an den länglichen Spiegel geklebt. Neben einem Ausdruck aus einer anderen Onlinezeitung. Mit einer neuen Schlagzeile: DER HURENKOMMISSAR. Und einem neuen Foto von ihm mit den beiden Frauen auf dem Schoß, das Motiv näher herangezoomt. Er begann zu zittern, und seine Füße wurden taub, während dieser vermaledeite Aufzug seine Wände zusammenrücken ließ. Grens riss die Kopien ab, zerknüllte sie und warf sie im Treppenhaus in den Müllschacht. Dann schloss er seine Wohnungstür auf, und da lag er. Auf dem Flurteppich. Ein Stapel Post. Rechnungen vom Stromanbieter und der Gebührenzentrale. Werbung von IKEA und zwei Kreditinstituten, die wollten, dass er bei ihnen Geld lieh. Und ganz unten – ein von Hand beschrifteter brauner Umschlag. Blockbuchstaben wie beim letzten Mal.

ZU HÄNDEN VON EWERT GRENS.

Mit dem gleichen Zusatz.

POLIZEI. WICHTIG.

In Schuhen und Mantel ging er den Flur entlang in die Küche. Die Plastikhandschuhe lagen in der Schublade zwischen Spülbürsten und Geschirrtüchern. Er streifte ein Paar über, kehrte zum Poststapel und dem braunen Umschlag zurück und schlitzte die zugeklebte Lasche mit der Spitze seines Haustürschlüssels auf.

Nichts.

Kein Brief, keine zusammengefaltete Nachricht.

Ewert Grens sank auf den Fußboden, lehnte sich kraftlos an die Wohnungstür und versuchte, diesen Höllentag zu verstehen, der kein Ende nahm.

Razzien in drei leeren Wohnungen. Sven tot. Wegen Sexkauf vom Dienst suspendiert. Sven ermordet. Von den Nachbarn diffamiert. Und ein letzter Hinweis, verschwunden aus einem Umschlag, der genauso leer war, wie er sich fühlte.

Es war wie vorhin. Schwindel überfiel ihn. Er kriegte die Zeit nicht zu fassen.

Grens blieb so lange an die Tür gelehnt sitzen, wie er sich aufrecht halten konnte. Dann sackte er zur Seite weg, auf den harten Fußboden, während sich alles drehte.

Darum sah er es.

Sah *hinein*.

In den Umschlag, der geöffnet vor seinem Gesicht lag.

Der Umschlag war nicht leer. Ganz unten, ganz hinten, schien ein sehr kleiner und sehr dünner Zettel zu liegen.

Grens mühte sich mit den Plastikhandschuhen ab. Aber er hatte recht. Eine Quittung. Jedenfalls sah es so aus. Der Text war verschmiert und schwer zu entziffern.

Unter Verrenkungen pfriemelte er seine Lesebrille aus der Innentasche seines Jacketts.

Vasagatan 22.

So lautete die erste Zeile, mit Bleistift geschrieben.

Dann folgten ein Name.

Jansen.

Und acht Ziffern.

35960963.

Das war alles.

Lena Nordwall sass draußen auf dem Balkon und horchte auf die Geräusche der Großstadt.

Warm und kühl zugleich, sie schloss die Augen, genoss den Wind.

Es war sonderbar gewesen, die Entwicklung der Geschehnisse im Minutentakt in Internetforen und auf Newsseiten mitzuverfolgen. Sie war mit einem Polizisten verheiratet gewesen und kannte den Ablauf, wenn das Dezernat für interne Ermittlungen einer Anzeige gegen einen Kriminalkommissar nachging. Außerdem besaß sie genügend Kenntnisse, um die sozialen Medien und die Online-Redaktionen der großen Tageszeitungen für ihre eigenen Zwecke auszunutzen. Aber es war schneller gegangen, als sie erwartet hatte. Mit einem Schlag. Die rumänische Konkurrenz, die den Markt mit Schleuderpreisen aushöhlte, saß in U-Haft und war aus dem Weg, *und* der Kriminalkommissar, der zu nah gekommen war und gestoppt werden musste, war vom Dienst suspendiert.

Der Wind frischte auf. Zunächst rückte sie ihren Stuhl und den kleinen Tisch nur etwas dichter an die Wand, doch als Regen einsetzte und gegen Balkontür und Balkonfenster prasselte, ging sie hinein. Elin kam erst in einer halben Stunde nach Hause. Zeit genug, um sich am Küchentisch an den Laptop zu setzen, sich in den Server einzuloggen und die Telefonate abzuspielen, die an Ewert Grens' für lange Zeit letztem Arbeitstag aufgezeichnet worden waren. Nachdem sie sich durch einige belanglose Alltagsgespräche gespult hatte, stieß sie auf die erste interessante Unterhaltung. Eine laute und hektische Umgebung beeinträchtigte die Tonqualität, doch schon nach wenigen Sätzen begriff sie, dass sich wieder alles veränderte.

– Sie und ich sind die Einzigen, die es wissen.
– Was wissen wir, Alena?
– Dass es Beweise gibt.

Grens und Alena hatten sich ein zweites Mal getroffen. Und als Lena Nordwall auf die Geräusche in den Gesprächspausen achtete, auf die laute Umgebung und das Stimmengewirr, die ihre Sätze miteinander verbanden, klang es wie der Hauptbahnhof. Der Ort, an dem sie selbst ihre Treffen abhielt.

– Was ist mit den Beweisen, von denen du redest?
– Wann kommt Ihre Post?

Lena Nordwall sah auf die Uhr. Die Post. Er hatte sie schon bekommen. Sie spulte vor. Übersprang zwei Diskussionen zwischen Ewert und seinem Chef, der seine Suspendierung bestätigte, übersprang bedeutungslose Begegnungen mit einem Cafébetreiber und einem Taxifahrer.

Sprang zu einem Telefonat und zum Zeitpunkt, als der Nachmittag zum Abend wurde.

– Pavulon.
– Was?
– In Svens Blut. In hoher Konzentration.

Ewert Grens.

Und ein Rechtsmediziner.

Und ein Wortwechsel, der niemals hätte stattfinden dürfen.

– Was sagst du da?
– Dass es das perfekte Verbrechen hätte sein können. Ich sage, dass Sven ermordet wurde.

Lena Nordwall blieb reglos vor dem Computerbildschirm sitzen, dachte erst an Sven Sundkvist, dann an Ewert Grens und ihre Hoffnung, es würde genügen, seine Suspendierung zu erwirken.

Jetzt hatte sie Gewissheit. Es genügte nicht.

Er konnte jeden Moment die Beweise in die Finger kriegen, von denen Alena sprach.

Er konnte jeden Moment beginnen, in dem Mord zu ermitteln, von dem der Rechtsmediziner sprach.

Er musste gestoppt werden.

Sie musste deutlich mehr tun, und zwar schnell.

Der Gedanke kam ihm erst, als sein Blick auf die Drehtür der großen Wartehalle fiel.

Der Hauptbahnhof.

Das Gebäude Vasagatan 22 lag direkt gegenüber auf der anderen Straßenseite.

Herrgott.

Er nestelte den zerknitterten Zettel aus der Hosentasche. Ausgerechnet jetzt, wo er seinen besten Freund verloren hatte und er selbst in den Augen seines Arbeitgebers und der Öffentlichkeit vom Polizisten zum Täter geworden war? Der Hauptbahnhof? Schließfach 21? Er schaute auf den Zettel. Auf acht Ziffern. War das möglich? Hatte Alena Sljusareva das, was sie ihm nun zeigen wollte, die ganze Zeit hier versteckt – auf der anderen Straßenseite?

Ewert Grens blieb auf dem Bürgersteig vor dem Hauseingang stehen.

Vielleicht, um den Gedanken zu fassen zu bekommen. Um die vielen Menschen zu betrachten, die in der Stockholmer Innenstadt unterwegs waren, ein jeder mit seinen eigenen Geheimnissen.

Er ging hinein.

Der oberste Stock und ein Fahrstuhl, der seinen Magen Salti schlagen ließ.

Der Mann namens Jansen war zwischen fünfundvierzig und fünfzig Jahre alt und – Grens brauchte nicht zu raten – ein ehemaliger Kunde. Oder nach wie vor ein Kunde. Irgendwas lag in seinem Blick. Als wäre er schuldig. Obwohl der Besucher, der vor ihm stand, nicht gekommen war, um ihn zu beschuldigen.

Der Wohnungseigentümer führte ihn durch teuer möblierte Räume in ein Schlafzimmer und zu einem Schrank in der hinteren Ecke, vor dem er ihn allein ließ.

Ein Safe.

Stumm und schützend und verschlossen.

Ewert Grens ließ den Gedanken erneut zu.

Hatte die Lösung die ganze Zeit hier auf ihn gewartet? In unmittelbarer Nähe?

Im Laufe der Jahre, wenn er aus irgendeinem Grund am Bahnhof gewesen war, war er von Zeit zu Zeit an den Schließfächern vorbeigegangen, hatte einen Blick auf das Fach mit der Nummer 21 geworfen und für einen kurzen Augenblick abermals die Tage durchlebt, die so viele Leben verändert hatten.

War es so simpel?

Oder war es eine Falle?

Was, wenn er den Code eintippte und eine Bombe explodierte? Wenn jemand ihn beobachtete, bereit, seine Deckung in dem Moment zu verlassen, in dem die Tür des Safes aufging? Oder wenn seine Kollegen die Wohnung im Zuge eines bevorstehenden Zugriffs observierten? Alena Sljusareva hasste ihn, sie hatte es ausdrücklich gesagt, und er hatte kein Problem, den Grund dafür zu verstehen. In einer Welt voll Vergeltung – war dies ihre?

Er tippte den Code ein.

Nach der achten Ziffer erklang ein deutliches metallisches Klicken.

Er zog die Tür auf.

Das Erste, was er sah – und was er auch als Erstes sehen sollte, weil es zuvorderst unter einem Blatt Papier lag, mit einem Pfeil, der darauf wies –, war eine alte Videokassette. *Herrgott.* Er wusste genau, was es damit auf sich hatte. Es war eine Kopie der Videokassette, die er eigenhändig vernichtet hatte, um eine Polizeiermittlung zu sabotieren und Bengt Nordwalls Andenken zu retten – eine Kopie der Videokassette, von der er geglaubt hatte, es wäre die einzige.

Hastig blickte er sich um. Stand der Wohnungseigentümer in einem verborgenen Winkel und beobachtete ihn? Er glaubte es nicht. Falls doch, würden seine neugierigen Augen einen Mann im fortgeschrittenen Alter sehen, der sich an einer Schrankwand festhielt, wie er sich einige Stunden zuvor an einem Türrahmen festgehalten hatte, als aus einem unerklärlichen, plötzlichen Tod ein mutmaßlicher Mord geworden war.

Diese Videokassette.

Alena Sljusareva und Lydia Grajaukas hatten sie *Die Wahrheit* genannt. Eine Wahrheit, die also in zweifacher Ausführung existiert hatte – im Gebäude gegenüber.

Rasch nahm Grens die Dokumente und USB-Sticks an sich, die weiter hinten im Safe lagen, und schob sie in seine Aktentasche. Diese Dinge würde er sich später ansehen, zu Hause. Zuerst musste er sich, wie auch bei seinen früheren Suspendierungen, heimlich ins Präsidium schleichen. Damals zwischen Abenddämmerung und Morgengrauen, jede lange Nacht. Diesmal genügte ein Besuch. In einem fensterlosen Kellerraum.

Er entschied sich für den Eingang an der Polhemsgatan. In diesem Teil des Polizeiviertels wussten nur wenige von seiner erneuten Suspendierung. Er konnte sich zwischen den verschiedenen Abteilungen bewegen, ohne groß Gefahr zu laufen, seinen engsten Kollegen zu begegnen, die das Präsidium für gewöhnlich von der Bergsgatan oder der Kungsholmsgatan aus betraten. Und weil er mit dem Fahrstuhl nach unten und nicht nach oben in die Mordkommission fahren würde, schätzte er das Risiko einer Entdeckung auch dort gering ein. Die graue Stahltür, die den Kellerflur vom großen Archiv der Polizeibehörde trennte, stellte auch keine nennenswerte Gefahrenquelle für unvorhergesehene Begegnungen dar – um diese Uhrzeit atmeten die Kollegen lieber frische Luft mit ihren Familien als den Staub seit Langem vergessener Ermittlungen.

Grens zog die Stahltür auf, lauschte.

Keine Schritte.

Er bewegte sich an identischen Regalreihen entlang, die vollgestopft waren mit Ordnern, Kladden und Pappkartons, bis ans hintere Ende des Archivs, in einen noch weniger sauerstoffhaltigen Bereich, wo technische Relikte aus nahezu allen Epochen einander Gesellschaft leisteten. Wie ein Museum über den Fortschritt von Kamera-Technologie und Aufnahmekunst. Dort stand er nun – und begriff, dass er keinen Schimmer gehabt hatte, wie viele verschiedene Videoformate erfunden worden waren. Es waren immer Sven oder Mariana gewesen, seine engsten Mitarbeiter, die sich um altes Filmmaterial gekümmert hatten, wenn eine Ermittlung eine Reise in die Vergangenheit erforderlich gemacht hatte. Diese Angelegenheit aber ging niemanden etwas an. Dies war keine Polizeiermittlung, in der er herumstocherte. Er war nur ein neugieriger Kriminalkommissar, der zufällig herumwanderte und versuchte, eine rechteckige Videokassette in Apparate verschiedenster Größe zu zwängen. Und plötzlich passte sie. In ein weißes, unansehnliches Gerät, das ihn an eine Mikrowelle erinnerte.

Ewert Grens war nicht bewusst gewesen, dass er zitterte, bis er die Playtaste suchte und es ihm nach etlichen missglückten Versuchen gelang, sie zu drücken. Das Bild flackerte auf einem Bildschirm an der Wand und wurde, wie er es in Erinnerung hatte, von einem bläulichen Licht dominiert.

Denn es war tatsächlich das Bild, das er gesehen und vernichtet hatte, um es niemals wieder zu sehen.

Die beiden Frauen saßen in einer Küche, Sonne fiel in den Raum, und die Aufnahmequalität war alles andere als berauschend. Alena und Lydia. In der Wohnung, in der sie als Zwangsprostituierte gelebt hatten.

Sie sehen nervös aus, wie Menschen es tun, die nicht daran gewöhnt sind, in das Auge zu blicken, das das einfängt, was über den Augenblick hinaus bewahrt wird.

Lydia spricht als Erste.

– Это мой повод. Моя нстория такая.

Zwei Sätze hintereinander.

Sie dreht sich zu Alena, die auf Schwedisch fortfährt.

– Dies ist mein Anliegen. Dies ist meine Geschichte.

Lydia spricht weiter, sieht ihre Freundin an, zwei weitere Sätze.

– Надеюсь что когда ты слышишь это того о ком идет речь уже нет. Что он чувствовал мой стыд.

Alena wendet sich zur Kamera, übersetzt.

– Wenn Sie das hier hören, hoffe ich, dass der Mann, von dem ich erzählen werde, nicht mehr lebt. Dass er meine Schande empfunden hat.

Es tat genauso verflucht weh wie damals. Grens wusste, dass Alena und Lydia im Verlauf ihrer Geschichte auf diesen Mann zurückkommen und ihm den Namen Bengt Nordwall geben würden. Und er wusste, dass er damals genau in diesem Moment, in dieser Sekunde, beschlossen hatte, dafür zu sorgen, dass Lena es niemals erfahren würde.

Er nahm die Videokassette aus dem Apparat, achtete darauf, alle Geräte auszuschalten, und schlich vorsichtig zurück, lange Korridore entlang. Zurück nach Hause – dem Ort, an dem er sich für die Dauer der internen Ermittlung des DIE hauptsächlich aufhalten sollte.

Vor dem Polizeipräsidium hatte Nieselregen eingesetzt.

Grens vergewisserte sich, dass die Aktentasche sorgfältig geschlossen war und Dokumente und USB-Sticks schützte, die ihn vielleicht weiterbrachten. Alena Sljusareva hatte die Wahrheit gesagt, als sie behauptete, dass ihre und Lydias Wahrheit noch existierte. Also war es möglicherweise auch die Wahrheit gewesen, als sie sagte, dass die deutlich jüngeren Fotos und Dokumente, die er jetzt bei sich trug, die Person enttarnten, die gemeinsam mit Bengt Menschenleben gekauft und verkauft hatte – und die die Organisation nach wie vor leitete.

Als Lena Nordwall die Sicherheitsfirma beauftragte, deren Dienste sie gelegentlich in Anspruch nahm, lautete ihre Anweisung *kein Lärm, keine Schmiererei, keine Verwüstung, keine Gewalt, keine Blutspuren – kurz gesagt: keine unnötigen Schmerzen und kein Tatort.* Außerdem betonte sie, dass die Zielperson unter allen Umständen weggeschafft werden müsse, ohne dass Nachbarn aufmerksam würden und Verdacht schöpften. Die Aktion müsse lautlos vonstattengehen, und da es sich bei der Zielperson um einen Polizisten handele, sei es von Vorteil, Waffen eines Fabrikats zu verwenden, das ihm nicht vertraut war. Nur als sie Ewert Grens' körperliche Konstitution beschreiben sollte, zögerte sie kurz. Natürlich kannte sie seine Größe, sein Gewicht, und sie wusste von Beeinträchtigungen wie seinem linken Hinkebein oder seinen chronischen Nackenschmerzen, doch trotz dieser äußerlichen Alterserscheinungen konnte sie nicht einschätzen, wie es in einer akuten Krisensituation um seine Muskelkraft und Bewegungsfähigkeit bestellt sein würde. Aus diesem Grund schlug sie ein aus mindestens drei Personen bestehendes Überfallkommando vor und versicherte, selbstverständlich sämtliche Zusatzkosten zu begleichen.

Das Einzige, was Ewert Grens dachte, als er zum zweiten Mal an diesem Tag auf den Fußboden seiner Wohnung sank, war, dass es keine parallelen Leben gibt.

Keine zweite Chance.

Es war unwichtig, ob ein Kriminalkommissar es Jahre zuvor hätte unterlassen können, Beweise zu vernichten. Denn das hatte er *nicht* getan, er hatte die Ermittlung sabotiert und war selbst ein Teil der Lüge und Schuld geworden. Nicht einmal die Frage, ob Alena Sljusareva heute frei wäre und ein gänzlich anderes Leben führen würde, wenn er damals anders gehandelt hätte, war von Belang.

Ewert Grens kauerte sich auf dem Fußboden zusammen.

Aufstehen war unmöglich, wenn der Körper ihn zu Fall bringen wollte.

Zu Hause in seinem Lesesessel hatte er die Durchsicht des Safeinhalts damit begonnen, seinen Zeigefinger an einer tabellarischen Geschäftsbilanz entlanglaufen zu lassen. Ein sorgfältig geführtes Excel-Dokument, das verkaufte Waren auflistete sowie die Höhe des Gewinnanteils, der zwischen drei Personen gesplittet wurde: zwischen jemandem, der als »Ursprungseigentümer« bezeichnet wurde, jemandem namens »Erki« und jemandem mit dem Kürzel »LN«. Bei den Waren handelte es sich nicht etwa um Autos oder Zahnpasta oder Kartoffeln, sondern um junge Frauen – dem Dokument zufolge Neda, Pija, Estela, Antea, Tanya, Inesa –, die Tag für Tag eine neue Spalte füllten, in der die Anzahl ihrer Kunden addiert wurde. Oder ihrer Gäste, so stand es da. Nie weniger als vier, oft sechs oder sieben. Von den zuletzt erwirtschafteten Gesamteinkünften fielen fünf Prozent an den

Ursprungseigentümer, fünfzehn an Erki, und die übrigen achtzig Prozent erhielt LN.

Alena Sljusarevas Informationen stimmten.

Der Name Erki war Grens von den Abhörmaßnahmen des neunten Stocks geläufig, was ihm jedoch vor allem vertraut war, war die Methode. Eine etwas veraltete Form, eine Menschenhändlerorganisation zu betreiben, wenig Bewegungsfreiheit, und die jungen Frauen, die verkauft wurden, bekamen nur ein Minimum der Einnahmen. Weitere Spalten zeigten, wie sich ihre Schulden bei der Organisation erhöhten, verringerten und erneut erhöhten. Am eindeutigsten war das Dokument, aus dem hervorging, dass das Buchungsprozedere auf traditionelle Art am Telefon erfolgte, nicht wie heutzutage üblich über das Internet, ohne menschlichen Kontakt. Insgesamt sprach alles dafür, dass die Organisation seit Langem existierte – dass es möglicherweise sogar die Menschenhändler waren, die er schon einmal verfolgt hatte.

Ein Dokument, in dem sämtliche Adressen aufgelistet waren, an denen die Organisation im Lauf der Jahre Bordelle betrieben hatte, fügte sich zu einem beeindruckenden Stadtplan von Stockholms Luxusvierteln zusammen; die drei Einsatzorte ihres gescheiterten Zugriffs waren die letzten aufgeführten Adressen.

Die Kundenlisten wuchsen Seite um Seite zu einem Querschnitt von Männern aus allen Alters- und Gesellschaftsklassen, und, im Unterschied zu der Liste, auf der sein Name hinzugefügt worden war, wirkten sie authentisch.

Die nächsten Beweisstücke erwiesen sich als noch teuflischer. Fotos, heimlich aufgenommen in einem Operationssaal, und Kopien ärztlicher Gutachten. Zum ersten Mal sah der Kriminalkommissar mit eigenen Augen, wovon er bisher nur hatte munkeln hören, Gerüchte, denen er jedoch keinen rechten Glauben geschenkt hatte – von Frauen, die gezwungen wurden, mit Körperteilen als Zahlungsmittel ihre Freiheit zu erkaufen.

Doch erst, nachdem er den Lesesessel gegen den Computer eingetauscht hatte, sackte er auf den Fußboden, um nie wieder denken, reden, Menschen begegnen zu müssen. Um nicht mehr existieren zu müssen.

Als er die USB-Sticks öffnete, die in Alena Sljusarevas Safe gelegen hatten.

Und Filmsequenzen von Überwachungskameras abspielte.

Anders als in den Aufnahmen der Überwachungskameras, die die Polizei von Hotels und Straßen ausfindig gemacht hatte, waren in diesen Aufnahmen nicht nur Arme und Rückenpartien zu sehen, sondern auch Gesichter. Er hatte keine Ahnung, wie Alena Sljusareva im Lauf der Jahre in den Besitz dieser Aufnahmen gekommen war, aber er sah deutlich erkennbare Menschen.

In einer Aufnahme des Hauseingangs im Karlavägen 71 war der Zuhälter namens Erki eindeutig zu identifizieren – dieselbe hohe Stirn und derselbe Anzug, in dem er durch die Hotellobby stolziert war, um Menschen zu kaufen –, während die Frau neben ihm – ihrer Gestik nach zu urteilen war sie diejenige, die das Sagen hatte – keine Sekunde in die Kamera blickte. In einem Video, das die beiden einige Jahre früher bei einem Treffen in einem Café zeigte, waren jedoch beide zu erkennen. Ein dritter Teilnehmer, ein Schwerverbrecher aus Montenegro, der inzwischen in einem schwedischen Hochsicherheitsgefängnis eine lange Haftstrafe verbüßte, nahm gleich zu Anfang einen Umschlag entgegen und verließ den Tisch, während Erki und die Frau sitzen blieben und sich unterhielten, Erki im schwarzen Anzug auf dem Stuhl links im Bild, die Frau rechts mit der gleichen Gestik wie im Karlavägen.

Eine Gestik, die Ewert Grens vertraut war und die er so sehr mochte, die ihn glücklich machte.

Und deshalb verstand er rein gar nichts.

Warum saß *sie* da?

Mit einem bekannten Kriminellen aus Südeuropa und einem Zuhälter aus dem Baltikum?

Sogar als er den Cursor der Zeitleiste verschob und die Sequenz erneut abspielte, flößte ihm der Anblick eines Menschen, vor dem er den Mut aufgebracht hatte, vollkommen nackt zu sein, Wärme und Ruhe ein.

Er studierte die Sequenz ein drittes Mal, ein viertes, versuchte zu verstehen, wonach er suchen sollte, was Alena Sljusareva ihm zeigen wollte.

Nicht einmal, als er zu Boden sackte, hatte er es verstanden.

Es war, als wäre sein Körper seiner Seele voraus.

Als wüsste sein Körper bereits, dass er sogleich begreifen würde, wer die Person hinter dem Kürzel LN, die achtzig Prozent der Einkünfte einer Menschenhändlerorganisation einstrich, war.

»Was machst du?«

»Hugo? Bist … du das?«

»Du klingst komisch.«

»Ich liege auf dem Fußboden. Ich ruhe mich ein wenig aus.«

»Schon? Ewert – es ist noch nicht mal neun.«

»Ich stehe gleich auf.«

Falls sein Körper gewusst hatte, dass er stürzen würde, bevor er selbst es wusste, schien auch dieser fabelhafte Junge gespürt zu haben, dass seine Stimme genau in diesem Moment am dringendsten gebraucht wurde. Während Ewert Grens einen inneren Schmerz empfand, nur vergleichbar mit dem Schmerz, als Anni für immer von ihm gegangen war.

»Ich wollte anrufen und … Du hast es doch nicht vergessen? Morgen?«

»Dass wir beide verabredet sind, ist das Einzige, was ich niemals vergesse. Verstehst du, Hugo? *Ab sofort* bist du der Wichtigste von allen.«

Der Kriminalkommissar rappelte sich vom Boden auf.

Irgendwie gelang es ihm, auf den Beinen zu bleiben, obwohl sie fast ebenso stark zitterten wie sein Inneres.

Er duschte eiskalt, rief Errfors an, schlüpfte in Jacke und Schuhe, ging ins Treppenhaus hinaus, schloss die Wohnungstür ab.

Er schaffte es sogar, einen Fuß vor den anderen zu setzen, und war bis zum Odenplan gekommen, als sein Telefon erneut klingelte.

»Du dreckiges Nuttenschwein.«

Eine fremde Nummer.

»Ich ficke dich in den Arsch und gebe dir dafür ein paar Hunderter.«

Eine schreiende Männerstimme.

»Du willst doch bestimmt auch wissen, wie schön das ist?«

Dann legte der Anrufer auf. Aber es löste kein Gefühl aus, es spielte absolut keine Rolle mehr, ob seine Nachbarn oder die Öffentlichkeit oder seine Kollegen im Dezernat für interne Ermittlungen glaubten, er würde in Bordellen Frauen kaufen.

Nach dem, was er eben gesehen hatte, konnte es nicht mehr schlimmer werden.

Ursprünglich hatte er einen der halb vollen Busse nehmen wollen, die an ihm vorbeifuhren, doch er beschloss, seinen Spaziergang fortzusetzen. Vom Odenplan bis zum Institut für Rechtsmedizin in Solna war es nicht übermäßig weit, und gleichmäßige Schritte in sommerhellem Abenddunkel waren der beste Weg, das Herz zu einem Rhythmus zu überlisten. Ludvig Errfors empfing ihn in Straßenkleidung und führte ihn an Obduktionssaal und Archiv vorbei in ein kleines Büro, in dem Grens noch nie gewesen war.

»Ich hatte den Eindruck, dass dir Abgeschiedenheit lieber ist. Keine neugierigen Augen.«

»Danke. Und danke, dass du extra hergekommen bist. Ich weiß, dass mein Anruf spät kam und du mit diesem Treffen ein Risiko eingehst. Immerhin bin ich suspendiert.«

»Du klangst so … Ich dachte, ich hätte alle Versionen von Ewert Grens gehört.«

Der Kriminalkommissar brauchte eine gute halbe Stunde, um hinter geschlossener Tür zu erklären, warum sie dort saßen. Um Bilder von zwei verschiedenen Nierentransplantationen zu zeigen, um Gutachten durchzugehen, die ein litauischer Arzt ausgestellt hatte, und um zu erläutern, wie die Zahlen einer Geschäftsbilanz die These eines seit

Jahren andauernden illegalen Organhandels untermauerten. Der erfahrene Rechtsmediziner, der mit jeder nur möglichen Methode der Menschen, ihre Nächsten zu zerstören, zu verletzen und zu töten, bestens vertraut war, pflegte für gewöhnlich neutral, nahezu kalt, auf jedwede Art von Ermittlung zu reagieren. Doch diesmal nicht.

»Nierentransplantationen von Lebendspendern haben sehr viel höhere Aussichten auf Erfolg als Transplantationen von verstorbenen Spendern.«

Errfors war sichtlich betroffen, zornig.

»Und die Nieren junger Frauen sind sehr viel mehr wert als deine oder meine. Gesundheit und Alter bestimmen den Preis, und angesichts der immer besseren Transplantationstechniken herrscht akuter Organmangel. Verstehst du? Unsere Körper sind mehr denn je eine Währung auf einem Schwarzmarkt, der existiert, weil Käufer und Verkäufer existieren. Das Einzige, was du tun musst, um steinreich zu werden, ist, die lange Warteschlange nierenkranker und verzweifelter Patienten und Patientinnen vor einem riesigen Hügel aus jungen und frischen Nieren von den Ärmsten der Armen aufzureihen. Oder von den Schutzbedürftigsten der Schutzbedürftigen – wie die Frauen in dem Fall, in dem du ermittelst. Es ist kein großes Geheimnis, dass Sexhandel und Organhandel zum Teil von denselben kriminellen Netzwerken kontrolliert werden.«

Errfors ging hinaus und kehrte kurz darauf mit einem Metalltablett zurück, auf dem neben einem scharfen Skalpell ein bräunlicher, länglicher und gummiartiger Körperteil lag, den Grens auf etwa fünfzehn Zentimeter Länge und hundert bis zweihundert Gramm Gewicht schätzte.

»Eine alte, ausgediente und daher in diesem Zusammenhang wertlose Niere, die ich mir noch nicht genauer angesehen habe.«

Errfors band sich eine Plastikschürze um und stellte das Tablett auf den Schreibtisch, erwartete, dass Grens sich ihm zuwandte.

»Es ist schwierig zu erklären, Ewert, aber die Arbeit in der Pathologie … bedeutet mir etwas. Ich bin nicht verrückt, es turnt mich nicht an, Leichen aufzuschneiden. Ich *wertschätze* sie. Aber nicht ihren Geldwert. Ich umsorge Menschen und bereite ihnen einen würdigen Abschluss. Der illegale Organhandel, wegen dem du hier bist, ist das genaue Gegenteil von dem, was ich tue.«

Der Rechtsmediziner nahm das Skalpell in die eine Hand und das gummiartige Gebilde in die andere, setzte an beiden Längsseiten der Niere einen geraden Schnitt und teilte das Organ in zwei gleiche Hälften.

Es war erstaunlich hohl, wie ein kleiner ovaler Raum.

»Es ist nicht verboten, ins Ausland zu reisen und die eigenen Eingeweide in einer Klinik austauschen zu lassen, die nicht danach fragt, auf welchem Weg die Spenderorgane dorthin gelangt sind. Und solange der Spender auf einem Stück Papier seine Einwilligung erteilt hat, gleichgültig ob er oder sie eine Wahl hatte, ist es ebenso wenig verboten, mit Teilen von Menschen zu handeln. Es ist der *ganze* Mensch, der nicht gekauft oder verkauft werden darf. In solchen Fällen ermittelt ihr. Aber es gibt kein Gesetz, das partiellen Menschenhandel verbietet.«

Errfors hielt die Niere hoch, die bis heute in einem Menschen gesessen hatte. Grens schoss durch den Kopf, wie seltsam es war, dass er zwei ebensolche Organe besaß und sich nie Gedanken über ihr Aussehen gemacht hatte. Ebenso wenig wie er einen Gedanken an seine Leber, seine Lungen oder sein Herz verschwendet hatte. Der Körper musste nur funktionieren. Erst, wenn ein Teil von ihm es nicht mehr tat, wurde es interessant.

»Wir können nichts dagegen tun. Wo Geld existiert, existiert ein Schwarzmarkt. Und wir sprechen von gigantischen Summen. Organhändler, Agenten, Makler oder wie auch immer diese Leute sich bezeichnen, sind stets auf der Suche nach mehreren Eingeweiden. Für eine neue Niere, die der Klinik für zweihunderttausend Kronen verkauft wird, bezahlt der Patient sechshunderttausend.«

Als der Rechtsmediziner mit seiner Präsentation des inhaltslosen Organs und mit seiner Seziererei am Ende war, konnte der Kriminalkommissar endlich den Blick abwenden, ohne unhöflich zu sein. Es roch, und der Geruch war ihm unangenehm.

»Ich habe Beweise, die einen Großteil der Machenschaften dieser Menschenhändler belegen, aber ich will mehr, Errfors. Angenommen, ich will herausfinden, wo eine ganz bestimmte Niere gelandet ist und über welches Krankenhaus und über welchen Arzt sie an ihren Bestimmungsort gelangt ist – wie mache ich das?«

»Wie du das machst? Du kommst morgen Nachmittag wieder her. Bis dahin habe ich einen Weg aufgetan, der jetzt noch nicht existiert.«

Ein letzter Blick auf zwei Hälften eines ausgedienten Organs.

Grens erschauderte unwillkürlich.

Etwa so musste seine eigene Niere aussehen, derselbe Zustand und genauso wertlos.

Und als er die Tür des Instituts für Rechtsmedizin aufstieß und wieder frische Abendluft atmete, versuchte er, wenigstens für einen kurzen Moment nicht an die Bilder einer Menschenhändlerin zu denken und daran, wie es möglich war, dass er sich noch immer auf den Beinen hielt.

ALENA FÜRCHTETE SICH davor, mit Schiffen zu fahren. Diese Angst hatte nichts mit ihrer ersten Überfahrt nach Schweden zu tun, als sie und Lydia in einer Kajüte eingesperrt und von einem schwedischen Polizisten namens Bengt Nordwall vergewaltigt und misshandelt worden waren. Die Furcht vor dem Meer hatte sich viel früher eingestellt, oder, eigentlich hatte sie sich gar nicht eingestellt – sie hatte sie von vornherein in sich getragen. Albträume, in der finsteren Meerestiefe zu versinken und mit jedem Armschlag nach oben weiter nach unten gezogen zu werden.

Doch obwohl die große Fähre sicher im Hafen von Klaipėda eingelaufen war und vor Anker lag, stand der gefährlichste Teil der Reise noch bevor. Der Landgang. Sie rückte die blonde Perücke zurecht, kontrollierte den Sitz der blauen Kontaktlinsen und justierte die Bauchattrappe, die sie zwanzig Kilo schwerer aussehen ließ. Sie hatte keine Ahnung, wo *sie* waren. Aber sie wusste, dass sie sie verfolgten und über ein Netzwerk verfügten, dessen Arme überallhin reichten, dass es nur eine Frage der Zeit war, die ihr davonlief.

Alena wartete am Ausgang der Fähre, bis ihr Blick auf einen unbegleiteten älteren Herrn fiel.

Sie hastete auf ihn zu, schob ihren Arm unter seinen und erbot sich, ihm von Bord zu helfen. Er strahlte und straffte unwillkürlich seinen gebeugten Rücken, es war lange her, dass er eine Frau an seiner Seite gehabt hatte, und als er sich für ihre Hilfe bedankte, flüsterte sie ihm zu, dass im Gegenteil er es sei, der ihr geholfen habe.

Wenn sie einen Leihwagen mietete, würde sie ihren Ausweis vorzeigen müssen, Spuren hinterlassen, und eine Busfahrt erforderte Zeit, die sie nicht verlieren durfte. Die Taxifahrt von Klaipėda nach Vilnius verschlang fast ihre gesamten Geldmittel, war aber sicherer und sparte Stunden und Minuten, die den Unterschied ausmachen konnten zwischen Scheitern und dem Hauch einer Chance auf Erfolg. Sie bezahlte im Voraus bar und bat den Taxifahrer, so schnell zu fahren, wie die Straßen es zuließen. Obwohl sie inzwischen in der litauischen Hauptstadt lebte, kam sie nur selten in die nördlichen Randbezirke. Sie war nicht mehr hier gewesen, seit sie Neda und Tanya akquiriert hatte. Zwei verlorene Mädchen, die gemeinsam zur Schule gegangen waren und, genau wie einst Alena, die Sehnsucht nach einem neuen Leben geteilt hatten. Schon in Baltupiai verspürte sie einen unangenehmen Druck in der Magengegend, und in Jeruzalė steigerte sich die Angst zu Übelkeit, die sie zwang, den Fahrer zu bitten anzuhalten, weil sie sich übergeben musste. Der Anblick der Vilniaus ligoninė in der Ferne löste dieselbe Furcht in ihr aus wie eine Schiffsreise – das Gefühl, in eine finstere Tiefe hinabzusinken.

Vor zwei Tagen erst hatte sie ein Krankenhaus betreten, um einen schwedischen Mann zu besuchen, dem sie zu vertrauen gelernt hatte. Jetzt war dieser Mann tot und sie selbst auf der Flucht. Das Krankenhaus, das sie heute betreten würde, lag in einer anderen Stadt, in einem anderen Land. Sie wusste, dass der Arzt der Organisation die inoffiziellen Eingriffe für den Boss seit einigen Jahren im Kellergeschoss des Krankenhauses vornahm, in einem Bereich, der normalerweise nicht genutzt wurde. Aber sie hatte keine Wahl. Als Erstes musste sie jenen Ort aufsuchen, von dem das Würgen und ihre Panik herrührten. Krampfhaft umklammerte sie die Plastiktüte, die einen Schraubenschlüssel, ein Stabfeuerzeug, Schnur und eine Rolle Klebeband enthielt, ging Korridore entlang und fuhr mit Aufzügen, in denen es genauso roch wie damals.

Und die Station im fünften Stock, wo unter Zwang ihr Kind abgetrieben worden war und man ihr zugleich die Fähigkeit genommen hatte, neues Leben zu gebären, war genauso still wie an dem Tag, als sie gelernt hatte, wie Verzweiflung klang.

Nedas Fötus war jetzt fünfzehn Wochen alt. Ein Mensch, nur ein viel kleinerer. Etwa so groß wie der, der sich in dem Glasbehälter befand, mit dem eine Krankenschwester ihr in diesem Moment entgegenkam und den sie in einen Gitterkorb zu anderen Glasbehältern stellte.

Alena wartete, bis sie alleine war, dann trat sie an den Korb heran und wagte, das anzusehen, was als biologischer Risikoabfall entsorgt wurde, ihre Hand über die Behälter mit abgetriebenen Leben streichen zu lassen. Woran sie sich erinnerte, war absurd. Das mit Gummi ummantelte Röhrchen und der Fötus, der als eine einzige blutige Masse aus ihr abgesaugt worden war. Fortoperierter Müll, der in die Verbrennungsanlage wanderte. Alena erschauderte. Sie nahm einen der Glasbehälter in die Hand, ließ die blutige Masse vor- und zurückschwappen, und als der Fötus durch den Flaschenhals glitt und sie anstarrte, klammerte sie sich mit aller Kraft an den Gitterkorb.

Lydia war zur selben Zeit wegen einer Eierstockentzündung operiert worden und hatte auf der gegenüberliegenden Station gelegen.

Sie waren in einem Abwasch verstümmelt worden, um für immer kinderlos zu bleiben. Alena erkannte Lydias damaligen Schmerz in Tanyas heutigem Schmerz wieder, ein Schmerz, der langsam in den Wunsch überging, jeden Tag ein Stückchen mehr zu sterben.

Während der Taxifahrt waren ihr Zweifel gekommen.

Jetzt zweifelte sie nicht mehr.

Sie wusste ganz genau, warum sie hier war, sie war bereit, alles zu riskieren.

Ihren Informationen zufolge gingen der Arzt der Organisation und seine temporären Mitarbeiter durch den Eingang der Notaufnahme in die Reservestation. Alena stahl in einem Schwesternzimmer einen weißen Kittel und aus einer Wäschekammer einen Stapel frischer Laken und Handtücher und stopfte alles zusammen mit der Plastiktüte in einen Putzwagen, um aus der entgegengesetzten Richtung in das Kellergeschoss und zu den Krankenzimmern der drei jungen Frauen zu gelangen. Schon als sie auf den Fahrstuhl wartete, kam die Panik. Die Blicke einer vorbeigehenden Gruppe Krankenhausmitarbeiter musterten sie ein wenig zu lange, ein wenig zu eingehend, und mit pochendem Herzen und zur Seite gedrehtem Kopf gab sie vor, den Fußboden zu wischen und die Leisten abzustauben, während die Schritte der Gruppe allmählich verklangen. Und als sie sechs Stockwerke tiefer endlich in dem dunklen Kellergewölbe aus dem Fahrstuhl stieg, schwand ihr Mut, den sie zusammengekratzt hatte, in dem Moment, in dem sie Lena Nordwall vor sich stehen sah.

Es war nicht Lena Nordwall. Die Frau sah ihr nicht einmal ähnlich.

Doch Alena begriff, wie groß ihre Angst in Wahrheit war.

Ein Hinterrad des Putzwagens eierte, und das leise Quietschen schwoll zwischen den farblosen Betonwänden immer stärker an. Der monotone Kellergang wurde von Durchgangstüren mit Sichtfenstern unterteilt, die das Auge vorwärtslotsten. Kurz bevor der Gang eine 90-Grad-Biegung beschrieb – ohne Einsichtmöglichkeit, ob sich jemand am anderen Ende der Station aufhielt –, blieb sie stehen.

Sie griff nach der Plastiktüte, nahm Schraubenschlüssel, Stabfeuerzeug, Schnur und Klebebandrolle heraus und inspizierte die Gasleitung, die an der Wand entlang verlief, prüfte, welcher Spalt zwischen zwei Rohren geeignet war.

Es durfte nur ein paar Minuten dauern, nicht länger.

Sie fixierte das Stabfeuerzeug mit dem Klebeband an der Gasleitung, achtete darauf, dass das Zündungsröhrchen, aus dem die Flamme schlagen sollte, genau auf den Spalt gerichtet war, wickelte das eine Ende der Schnur um den Hebel der nächstgelegenen Durchgangstür, das andere um den Trigger-Schalter des Stabfeuerzeugs und stabilisierte die Konstruktion mit mehreren Schichten Klebeband. Als Letztes löste sie mit dem Schraubenschlüssel so viele Muttern zwischen den zwei Rohrenden, wie nötig waren.

Damit Gas austrat. Gerade so viel, wie sie brauchte.

Alena schloss die Augen, ließ die Schultern nach unten sinken, zwang ihre Angst durch Hals und Brust hinunter in den Magen. Dann lief sie weiter, umklammerte den Griff des Putzwagens mit beiden Händen, damit ihr Körper aufhörte zu zittern, und ging um die Biegung des Korridors.

Sie passierte einen Lagerraum, eine Werkstatt, eine Leichenhalle.

Auch in die letzte Durchgangstür war ein großes Fenster eingelassen.

Deshalb konnte sie sie sehen. Deshalb konnten die beiden Männer sie sehen.

Zwei Wachen auf dem Flur der Reservestation.

Dem Mann, der ihr am nächsten stand, war sie noch nie begegnet. Jung, groß, bullig. Buzzcut und ein Tattoo, das sich wie ein rostiger Stacheldrahtstrang um seinen Hals wand. Ein schwarzes T-Shirt, das schlaff herunterschlabberte, eine schmuddelige Trainingshose, die sich festzuklammern schien. Der andere Mann war das genaue Gegenteil. Klein, schmächtig. Zurückgehender Haaransatz, spärlicher Oberlippenbart. Blasse Haut in einem dunklen Anzug, der teuer wirken sollte.

Und diesem Mann *war* sie schon begegnet. Oft genug, damit er sie möglicherweise wiedererkennen würde.

Erki.

Ihre schweißnassen Hände rutschten fast vom Griff des Putzwagens.

Sie öffnete die Tür und ging geradewegs auf die beiden Männer zu.

Sie kam nicht weit.

»Stehen bleiben.«

Langsame Atemzüge. Vorsichtige Bewegungen.

»Wer bist du? Was willst du hier?«

Sie sahen sie an. Sahen durch sie hindurch.

Sahen ihr Herz gegen den weißen Kittel hämmern.

»Ich muss …«

Denn das mussten sie doch wahrnehmen?

»… sauber machen. Die Bettwäsche wechseln.«

Und ihr Herzklopfen, das wie Hammerschläge zwischen den Betonwänden widerhallte.

Das mussten sie doch hören? Laut und deutlich?

»Sauber machen? Jetzt?«

»Jeden Tag.«

Sie nahm saubere Laken und saubere Handtücher vom Wagen, versuchte, den prüfenden Blicken auszuweichen.

»Krankenhaus. Hygiene. Es gibt einen festen Putzplan. Sie haben vielleicht …«

»Mach schon.«

Der Bullige nickte kaum merklich.

»Tu, was immer du tun musst. Und dann verschwinde.«

Am wichtigsten war Estela.

Sie stand schon auf dem OP-Plan. Irgendwo da draußen wartete ein Empfänger oder eine Empfängerin auf ihre junge und frische Niere.

Alena öffnete und schloss die Tür zu Estelas Zimmer, und in dem Moment, als Estela erkannte, wer die Besucherin unter der Maskerade in Wirklichkeit war, drauf und dran, ihrer

Verblüffung lautstark Ausdruck zu verleihen, presste Alena den Zeigefinger hart auf ihre Lippen, und sie umarmten einander. Alena hielt Estela fest umschlungen, während Estela weinte, und Estela hielt Alena fest umschlungen, während Alena weinte. Estelas Tränen flossen weiter, als sie flüsternd zu erklären versuchte, dass sie es nicht ertrug. Sie ertrug es nicht, dass jemand ihren Körper aufschnitt und ihre Niere entnahm. Aber genauso wenig ertrug sie es, Schulden zu haben. Unfrei zu sein.

»Verstehst du, Alena?«

»Ich verstehe. Und ich verstehe nicht.«

»Ich will fliehen – aber nicht permanent auf der Flucht sein.«

»Es geht um deinen Körper, Estela. Um das, was du bist.«

»Nein, es geht darum, irgendwann einmal anderswo zu leben, ein anderes Leben zu führen.«

Alena wechselte Bettwäsche aus, Handtücher, sprach wie Estela im Flüsterton.

»Und ich werde dir dabei helfen. Ich habe einen Plan. Ich weiß genau, wie ich vorgehen muss.«

»Du kannst mir vielleicht helfen, von hier wegzukommen. Aber du kannst mir nicht dabei helfen, dass ich nicht bei jedem Schritt über die Schulter sehen muss, mich nicht verstecken muss, nicht in ständiger Angst leben muss.«

»Du darfst nicht aufgeben. Hörst du? *Du darfst niemals aufgeben, Estela.*«

»Du hast aufgegeben, Alena – und musstest zurückkehren. Lydia hat aufgegeben – und den Tod gewählt. Dazu fehlt mir die Kraft. Ich habe nicht die Kraft zurückzukehren. Und ich habe nicht die Kraft zu sterben.«

Alena blieb länger bei Estela, als ihr lieb war. Es half nicht. Estela war nicht mehr vorhanden. Sie hatten sie zermürbt, jeden Tag ein bisschen mehr, hatten sie ausgehöhlt, bis es nur noch eine Niere zu holen gab.

Als Estela nach einer langen Stille hinzufügte, sie habe eingewilligt, ihnen nächstes Jahr auch ein Stück ihrer Leber zu überlassen, um für ihr neues Leben ein Startkapital zu bekommen, und, ohne Alena in die Augen zu sehen, versicherte, ein entferntes Stück Leber wachse in nur wenigen Monaten wieder nach, blieb nichts mehr zu sagen.

Estela hatte aufgegeben. Sie umarmten einander, bis Alena wieder hinaus auf den Korridor trat, um die Tür des nächsten Zimmers zu öffnen.

In dem Neda und Tanya lagen.

Alena wanderte in die gleiche Verblüffung hinein wie bei Estela, in Rufe, die erstickt werden mussten.

Es war unerträglich, Tanyas Qualen zu sehen.

Alena und Neda hielten ihre Hände, wie sonst Estela und Neda, ohne dass es zu helfen schien. Doch als Alena erzählte, warum sie gekommen war, hörten beide zu.

»Du hast einmal gesagt, du würdest dich daran erinnern, wer du warst, Tanya.«

Tanya hörte wirklich zu – einen kurzen Moment lang funkelte Leben in ihren Augen.

»Du bist immer noch da, Tanya. Und du bist auch noch da, Neda. Ich kann euch dabei helfen, dass *ihr euch* findet. Wenn ihr flieht. Wenn wir zusammen von hier fliehen. Wenn ihr den Mut habt, mir zu vertrauen.«

Sie streichelte Tanyas feuchte Stirn, Nedas zarte Wangen.

»Wenn ihr euch erinnern wollt, wer ihr gewesen seid.«

Jedes Mal, wenn Ewert Grens zusammen mit Hugo gesehen wurde, war er unendlich stolz. Ob sie den Sveavägen entlangwanderten oder im Hallenbad des Polizeipräsidiums schwammen oder in einem dieser unbegreiflichen Fahrgeschäfte im Vergnügungspark Gröna Lund aus großer Höhe mit dem Kopf voran dem Asphalt entgegensausten. Es war, als wäre er mit seinem Enkel unterwegs. Oder zumindest stellte er sich vor, dass es das war, was die Leute dachten, wenn sie ihm lächelnd zunickten.

Heute Vormittag wich ihre Verabredung vom Üblichen ab – kein Polizeipräsidium, und damit weder Hallenbad noch Schießstand. Als Grens verlegen erklärte, dass er suspendiert worden sei und sie deswegen am späten Nachmittag zurückkommen müssten, um den versprochenen Besuch bei den Fingerabdruckexperten in die Tat umzusetzen, weil Leute glaubten, er hätte etwas getan, was er nicht getan hatte, erwies sich dies als genauso einfach wie alles, wenn sie zusammen waren. Ich weiß, hatte der nachdenkliche Junge gesagt. Was weißt du, Hugo? Ich weiß, dass das, was in den Zeitungen steht, nicht wahr ist, wenn du sagst, dass es nicht wahr ist, Ewert.

Und damit war das Thema erledigt.

Und als sie ein wenig später in der Konditorei Ritorno in der Odengatan saßen – wie Grens aß Hugo am liebsten Zimtschnecken –, war es Zeit für eine der vielen ernsten Fragen, die Hugo beschäftigten.

»Du? Ewert?«

Der stets die ganze Welt auf seinen Schultern trug.

»Ich habe eine Frage.«

Der Kriminalkommissar wappnete sich für Diskussionen über Krieg und Armut und Pandemien und darüber, warum Kinder in Kolumbien – wo Familie Hoffmann während Piet Hoffmanns Flucht gelebt hatte – häufig von Leibwächtern begleitet werden mussten, Kinder in Schweden hingegen nicht.

»Was fragst du dich, Hugo?«

»Warum du so traurig bist?«

»Ich bin nicht …«

»Nicht nur wegen Sven. Es ist etwas Neues, etwas anderes.«

Auch diesmal hatte Ewert Grens keine Ahnung gehabt, dass es sichtbar war. Spürbar.

»Ich … möchte nicht darüber reden.«

»Wir reden über alles.«

»Darüber nicht.«

»Mit wem willst du dann darüber reden?«

Grens verging der Appetit. Die Zimtschnecke schmeckte nicht wie sonst. Und dabei hatte er vor Hugo damit geprahlt, dass er hier schon Zimtschnecken gegessen hatte, als Anni und er jung gewesen waren, und sie jedes Mal hervorragend geschmeckt hätten.

»Ewert? Du willst immer, dass ich alles erzähle. Dann musst *du* genauso alles erzählen.«

Der ganze Ernst der Welt lastete nicht nur auf den Schultern des schmächtigen Jungen.

Er lag auch in Hugos Augen.

Ein Blick, dem man nicht ausweichen konnte.

»Erinnerst du dich an … meinen schicken Anzug?«

»Ja, du wolltest dich mit jemand Wichtigem treffen.«

»Mit jemandem, der fast ebenso wichtig war, wie Anni es einmal gewesen ist. Fast ebenso wichtig wie du, Hugo.«

»Und?«

»Diese Person ist nicht mehr wichtig.«

»Und deswegen bist du traurig?«

»*Mehr* als traurig. Wütend. Enttäuscht. Wie, wenn man seine Möbel zertrümmern will. Das habe ich sogar gemacht. Vor unserer Verabredung habe ich die Stehlampe im Wohnzimmer an die Wand geworfen.«

»Und warum …«

»Mehr erzähle ich nicht.«

»Doch.«

»Nein.«

»Doch.«

»Sie war nicht der Mensch, der sie behauptet hat zu sein. Wenn man ein anderer ist, ist man nicht man selbst. Und es gibt nichts Schlimmeres, Hugo, als sich hintergangen zu fühlen.«

Hugo hatte seine Zimtschnecke aufgegessen. Jetzt zeigte er auf die, die halb und zerbröselt auf Grens' Teller lag, und der Kriminalkommissar schob sie auf den Teller seines jungen Freundes. Wenigstens einem von ihnen schmeckte es.

»Und was willst du jetzt machen?«

»Wie meinst du das?«

»Wegen der Frau, die nicht sie selbst war, sondern jemand anders.«

»Ich weiß es nicht. Noch nicht. Vielleicht sehe ich deshalb so traurig aus. Weil ich eine Entscheidung treffen muss – und weil es nicht zu einem guten Ende führen wird, egal, was ich tue.«

Sie trafen sich nicht oft bei Grens zu Hause. Aber mit vollem Zimtschnecken-Bauch und ohne Präsidium bildete seine leere Wohnung heute ihre Endstation.

Und genau wie in den Monaten, als Familie Hoffmann ein neues Haus gebaut hatte, nachdem ihr altes durch eine Bombenexplosion zerstört worden war, und Grens mit einem Mal fünf Mitbewohner bekommen hatte, die die vielen Zimmer seiner Wohnung mit Stimmen und Leben erfüllten, fand er sich jetzt mit Hugo am Küchentisch zu einer ausgeklügelten Partie Bluff wieder. Und genau wie damals spielte es keine Rolle, wie sorgfältig ein versierter Vernehmungsleiter Körpersprache, Blicke und Mimik seines Gegenübers studierte. Alles wäre wesentlich einfacher gewesen, wenn die Klientel, die er normalerweise zu überführen versuchte – Drogenbosse und Mörder –, auf der anderen Seite gesessen hätte. Der Zwölfjährige bluffte so gewieft, dass Ewert Grens schon bald den halben Kartensatz in den Händen hielt, während sein listiger Gegner keine einzige mehr hatte und diese Runde genauso haushoch gewann wie alle vorherigen Partien.

Es war ein schöner Vormittag gewesen.

Sie waren kein zwölfjähriger Junge und ein alter Mann. Sie waren zwei Menschen.

Und als es Zeit für Hugo wurde, auf seine Ich-umarme-dich-gerne-aber-nur-wenn-mich-niemand-sieht-Art *Tschüss und wir sehen uns heute Nachmittag* zu sagen, schien für einen Moment lang alles gut zu sein. Als wären alle Menschen im Umfeld eines verunsicherten Kriminalkommissars immer noch sie selbst.

Aber dem war nicht so – und Hugos hartnäckige Fragen hatten eine Entscheidung herbeigezwungen.

Suspendierung hin oder her, es war an der Zeit, die Mordkommission zusammenzutrommeln und Beweise zu präsentieren.

Er würde einen der schlimmsten Menschenhändler Stockholms festnehmen und in Untersuchungshaft bringen.

Ewert Grens ertappte sich dabei, laut vor sich hin zu pfeifen. Trotz der letzten Tage, die die schwärzesten waren, die er jemals erlebt, durchlebt hatte.

Sven. Sein einziger richtiger Freund.

Lena. Eine von zwei Frauen, bei denen er den Mut aufgebracht hatte, ihnen nahe zu sein.

Und mitten in all dem wanderte er in einer tristen Wohnung umher und pfiff, weil ein kluger Junge zu einem älteren Mann durchgedrungen war, der vor langer Zeit selbst ein Junge gewesen war, und ihm, der sich nicht zurechtfand, gezeigt hatte, wie er Stückchen für Stückchen zu dem zurückfinden konnte, was er tief in seinem Inneren vergraben hatte.

Ewert Grens hoffte, dass sein zwölfjähriger Freund niemals ganz dahinterkommen würde, wie viel er ihm in Wahrheit bedeutete. Es war nicht fair, einem jungen Menschen eine derartige Verantwortung aufzubürden. Der Kriminalkommissar lächelte und pfiff noch lauter, weshalb er fast die Türklingel überhört hätte.

An seiner Tür klingelte nie jemand.

Und wenn es doch einmal jemand tat, war es eine Nachbarin, die über die Waschküche reden wollte, oder ein Verkäufer, der über irgendwas reden wollte, was er nicht benötigte.

Es klingelte wieder.

Nicht einmal Nachbarinnen oder Verkäufer waren so hartnäckig. Und mit Hugo war er erst am späten Nachmittag wieder verabredet. Grens sah auf die Uhr. Hugo war vor einer halben Stunde gegangen. Ungefähr so lange brauchte man, um zur U-Bahn-Station am Odenplan zu laufen, in den nächsten Zug zu steigen und in Slussen zu merken, dass man etwas *Wichtiges* vergessen hatte – Hugo vergaß grundsätzlich etwas *Wichtiges* –, und umzukehren, um es zu holen. Grens blickte sich um. Sie hatten in der Küche und im Wohnzimmer gesessen und eine Weile am Fenster in der Bibliothek gestanden. Und Hugo war auf der Gästetoilette gewesen. Während der Kriminalkommissar von Zimmer zu Zimmer ging und suchte, ohne etwas zu finden, das einem sehr jungen Mann gehören könnte, schellte die Türklingel zwei weitere Male. Sein vergesslicher Gast hatte es offensichtlich eilig, und Grens eilte dem Läuten lächelnd entgegen.

Grens öffnete die Wohnungstür und wollte Hugo gerade begrüßen, als er nur noch Zeit hatte zu denken, dass einer der drei Männer, die da vor ihm standen, einen Gegenstand in der Hand hielt, den er noch nie gesehen hatte und der ihn an eine Taschenlampe erinnerte. Das Licht, das ihm entgegenschoss, war blendend weiß und beschrieb einen hübschen Bogen. Das Geräusch ähnelte einem Zischen, wie wenn jemand um Ruhe bittet. Wie mehrere Pistolenschüsse in die Brust. Dann setzte alles aus. Er kippte vornüber, und noch ehe sein Kopf auf die Steinfliesen des Treppenhauses schlug, wurde die Welt um ihn herum schwarz.

Ein Leben lang wartet man darauf zu sterben.

Und dann geht es so schnell.

Teil 4

Es FÜHLTE SICH nicht mehr komisch an, die Treppe von der Kungholmsgatan hinunterzugehen und die Rezeption des Polizeipräsidiums zu betreten. Oder doch, da war dieses Lachen in seinem Bauch und in seiner Brust und sogar in seinem Kopf, aber nur das. Nichts Gefährliches. Nichts, was ihn nervös machte. Er hatte es so oft getan. Es war ganz normal. Hier kommt Hugo Hoffmann, und da kommen drei uniformierte Polizisten mit geladenen Pistolen in ihren Hüftholstern. Hier kommt Hugo Hoffmann, und da kommen zwei schnüffelnde Polizeihunde mit scharfen Zähnen und schwarzen Augen.

Er setzte sich auf einen der Stühle, die längs der weißen Wand standen, ohne eine Wartenummer zu ziehen, die anzeigte, wann er zu der Luke in der Glasscheibe gehen durfte. Ewert holte ihn immer hier ab, und dann nahmen sie den Spezialeingang, der mit einer Plastikkarte geöffnet wurde, die nur Angestellte des Präsidiums besaßen. Doch heute Nachmittag sollte er alleine ins Präsidium gehen. Ewert würde kommen, den Fingerabdruckexperten in der Forensischen Abteilung anrufen, ihm sagen, dass sie da seien, aber danach draußen auf ihn warten, bis er alles über Fingerabdrücke wusste. So würden sie es von nun an für eine Weile handhaben müssen.

Aber Ewert kam nicht. Ewert, der immer pünktlich war.

Und der erst vor wenigen Stunden gesagt hatte, dass er wie immer hier stehen würde.

Hugo zählte bis sechzig. Zehnmal. Und noch mal zehnmal.

Dann zog er doch eine Wartenummer, und als die Empfangsdame ihm zuwinkte, trat er an den Tresen.

»Ich suche Ewert Grens, *Kriminalkommissar* Ewert Grens.«

»Ja?«
»Wir wollten uns hier treffen.«
»Um wie viel Uhr?«
»Schon vor einer halben Stunde.«
»Das klingt nicht … Worum geht es?«
»Wir wollten uns einfach nur treffen.«
Die Empfangsdame suchte etwas auf ihrem Computerbildschirm. Es dauerte nicht lange.
»Er … wird für eine ganze Weile nicht im Haus sein.«
»Das weiß ich. Aber wir wollten uns hier treffen. Vor dem Präsidium. Und dann sollte ich in die Abteilung für Fingerabdrücke gehen.«
Jetzt rief die Empfangsdame irgendwo an. Auch das dauerte nicht lange.
Dann lächelte sie zum ersten Mal.
»Heißt du Hugo?«
»Ja.«
»Dann hat alles seine Richtigkeit. Kommissar Grens hat bei den Forensikern einen Besuch für dich arrangiert. Wenn du noch bei mir bleibst, bis ich in seinem Büro angerufen habe, obwohl er ja suspendiert … nicht im Haus sein dürfte …«
Sie wählte eine Nummer.
Und eine zweite.
Und eine dritte.
»Es tut mir leid – ich erreiche ihn weder im Büro noch am Handy. Auch sein Chef hat ihn nicht gesehen.«
»Irgendwas stimmt nicht.«
»Er verspätet sich bestimmt nur ein wenig.«
»Ewert verspätet sich nie.«
Die Empfangsdame sah ihn an, leicht gestresst. Auf den Stühlen längs der weißen Wand saßen noch mehr Besucher, die Nummern gezogen hatten und darauf warteten, an die Reihe zu kommen.

Hugo war das schnuppe.
Sie waren noch nicht fertig.
»Mariana Hermansson.«
»Ja?«
»Sie arbeitet mit Ewert zusammen. Wir haben uns schon mal getroffen. Sie weiß bestimmt, wo er ist.«
»Ach so?«
»Können Sie sie anrufen?«
Ein paar Anrufe später trat Hugo in Begleitung eines diensthabenden Beamten durch die Tür zum Flur der Mordkommission. Hugo bedankte sich für die Hilfe und begann zu rennen. Nicht zu Marianas Büro, sondern zu einem Büro mit einem viel zu weichen Cordsofa.
Ewert lag nicht darauf.
Saß nicht auf seinem Schreibtischstuhl.
Stand nicht am Fenster und blickte auf die anderen Polizeigebäude.
Der Kassettenrekorder war ausgeschaltet und jede Kassette ordentlich in ihre Plastikhülle geschoben. Keine Krümel auf dem Schreibtisch oder dem wackligen Couchtisch. Keine benutzten Kaffeebecher auf dem Safe oder in einem der Regale. Sogar der Papierkorb war komplett leer.
Ewert Grens hatte heute Morgen und heute Nacht weder in seinem Büro gelegen noch gesessen, noch war er rastlos auf und ab gewandert.
»Hallo, Hugo.«
Er schnellte herum.
Mariana Hermansson war genauso gut im Anschleichen wie er.
»Hallo … Ewert … er ist nicht hier. Wissen Sie, wo …«
»Er darf nicht hier sein. Für eine Weile. Wahrscheinlich ist er zu Hause. Wo er sein *soll*.«
Hugo setzte sich auf das Cordsofa und erklärte aufs Neue,

diesmal Mariana, dass Ewert versprochen hatte, sich mit ihm zu treffen. Vor dem Präsidium. Und dass Ewert immer an den Stellen stand, an denen er versprochen hatte zu stehen. Und dass er kein gutes Gefühl habe.

Mariana setzte sich neben Hugo, erinnerte sich daran, wie schwierig es war, zwölf Jahre alt und gleichzeitig groß und klein zu sein.

»Ich bin so froh, dass ihr zwei euch gefunden habt. Dass Ewert einen so fabelhaften Freund hat.«

Sie nahm seine Hand und drückte sie.

»Aber die Sache mit Sven, das hat … Ewert geht es nicht gut.«

»Ich weiß, wie traurig Ewert wegen Sven ist. Dass er und Sven beste Freunde waren, und beste Freunde hat man nicht viele. Aber als wir heute Vormittag miteinander geredet haben, war er nicht wegen Sven traurig – er war irgendwie komisch.«

»Wie meinst du das?«

»Ich weiß nicht genau. Er klang … seltsam.«

Mariana drückte seine Hand fester.

»Ich hätte auch gerne einen Freund wie dich, Hugo. Einen Freund, der sich Gedanken macht. Aber wenn man so traurig ist wie Ewert jetzt gerade, dann bringt man schon mal Dinge durcheinander. Vergisst sogar das Allerwichtigste. Ich glaube, wenn du zu ihm nach Hause fährst, dann sitzt er an seinem Küchentisch und trinkt starken schwarzen Kaffee ohne Milch. Du weißt, wo er wohnt?«

Der 61er Bus brauchte zwanzig Minuten bis zur Haltestelle Stadtbibliothek, die Ewerts Haus am nächsten lag. Der Code für die Eingangstür war geändert worden, seit sie bei Ewert gewohnt hatten, aber Ewert hatte ihnen auch den Code verraten, den die Postzusteller benutzten, und der wurde so gut wie nie geändert.

In diesen Dingen kannte Ewert sich aus.

Hugo nahm die Treppe, genau wie Ewert es immer machte, denn der Fahrstuhl quietschte und ruckelte, und manchmal hatte man das Gefühl, dass im nächsten Augenblick die Drahtseile reißen und das ganze Gefährt in die Tiefe hinabstürzen würde, und die Gittertür machte auch keinen guten Eindruck.

Er drückte auf Ewerts Klingel. Klingelte noch mal – und klopfte gleichzeitig an die Tür. Er klingelte wieder – und rief durch die Briefklappe. Wenn Ewert zu Hause war, schlief er vielleicht. Sein Schlafzimmer lag am hinteren Ende der Wohnung, und vielleicht hörte er die Türklingel nicht. Hugo zog sein Handy aus der Hosentasche und tat das, was die Empfangsdame im Polizeipräsidium getan hatte, er rief Ewert an, allerdings auf der privaten Festnetznummer. Er hörte, dass es in der Wohnung klingelte, aber niemand nahm ab.

»Suchst du jemanden?«

Ewerts Nachbarin, die zwei Türen weiter wohnte. Sie war ungefähr so alt wie Ewert, aber fitter und weniger steif im Nacken.

»Ja. Ich heiße Hugo. Und ich möchte zu Ewert.«

»Ihr kennt euch?«

»Er ist mein bester Freund.«

Sie lächelte. Breit.

»Ich wusste nicht, dass Grens … Ich habe ihn heute noch nicht gesehen. Und für gewöhnlich höre ich es, wenn er aus dem Haus geht. Das Geräusch, wenn er seine Tür abschließt, wandert durch die Wände. Aber es waren vorhin Männer bei ihm.«

»Heute? Aber ich bin …«

»Ich glaube, er hat eine dieser Organisationen kommen lassen, wie heißen die noch gleich? Wenn man Sachen verschenkt und die Leute sie gegen Abholung umsonst bekommen? Rotes Kreuz? Oder vielleicht war es die Müllabfuhr. Jedenfalls trugen sie Overalls, und als sie an meinem Guckloch in der Tür vorbeikamen, hatten sie eine große Mülltonne dabei, die sie in den Aufzug gerollt haben. Sie passte gerade so hinein.«

»Aber Ewert haben Sie nicht gesehen?«

»Nein, heute nicht.«

Hugo hockte sich auf die Treppe zwischen Ewerts Tür und dem Fahrstuhl. Und wartete. Für den Fall, dass Ewert Besorgungen machte. Oder etwas anderes erledigte. Oder auf den Dachboden hinaufgegangen war. Oder sein Auto umparkte.

Es nützte nichts.

Ewert war nicht im Präsidium und nicht zu Hause. Und keiner hatte ihn gesehen. Er ging nicht ans Telefon. Und er hatte nicht versucht, ihn, Hugo, zu erreichen und zu erklären, warum er nicht gekommen war.

Ewert hatte es versprochen. Also stimmte irgendwas nicht.

Das Lachen in seinem Bauch und in seiner Brust und in seinem Kopf war verstummt.

Unruhe. Angst.

Das fühlte er.

Er konnte nicht einschlafen. Er schwitzte. Sein Herz klopfte wie wild. Er wälzte sich von links nach rechts und wieder zurück, er glitt in einen Traum, der kein Traum war, und wälzte sich im Bett hin und her und schlug sich die Stirn ein wenig an, als er mit dem Kopf gegen die Wand stieß.

Er hatte Angst. Und er fühlte sich allein.

»Papa?«

Sein Zimmer lag zwischen Rasmus' und Luizas Zimmer, und von da war Mamas und Papas Schlafzimmer nicht weit weg. Papa schlief wie er. Verschwitzt, die Laken zerwühlt und das Kopfkissen auf dem Fußboden.

»Papa? Wach auf.«

»Hugo?«

Papa blinzelte ins Licht, richtete sich halb im Bett auf, betrachtete einen Jungen mit zerzaustem Wuschelschopf, der an seiner Hand zog.

»Wir müssen reden. Jetzt.«

»Wo...rüber?«

»Über Ewert.«

Gemeinsam gingen sie zurück in Hugos Zimmer, aber erst als Hugo sich ins Bett gelegt und versprochen hatte, gleich wieder zu schlafen, rückte Piet Hoffmann den dreibeinigen Hocker an das Bett, ließ sich darauf nieder und legte die Hand auf die Brust seines ältesten Sprösslings.

»Ewert, sagtest du?«

»Er ist verschwunden.«

»Verschwunden?«

»Ich bin mir sicher.«

Und dann erzählte Hugo das, worüber er den ganzen

Abend nicht hatte reden wollen, als Mama und Papa gefragt hatten, was ihn bedrückte und warum er so traurig aussähe.

Erzählte von dem Treffen, das nicht stattgefunden hatte.

Von Ewert, der suspendiert und traurig war und nicht auf seinem Cordsofa lag und nicht zu Hause war und nicht ans Telefon ging.

Sagte, dass er kein gutes Gefühl hatte und dass man nicht schlafen kann, wenn man kein gutes Gefühl hat.

»Manchmal, Hugo, muss ein Kriminalkommissar während einer Ermittlung verreisen, um mehr herauszufinden.«

»Nicht, ohne mir Bescheid zu sagen, wenn wir verabredet sind.«

»Manchmal, mein Großer, kommt es, wie es kommt. Menschen vergessen etwas. Das Leben nimmt einen anderen Lauf. Ich weiß, dass es dir am liebsten wäre, wenn alles so bliebe, wie es immer gewesen ist. Und sich alles so entwickelt, wie du es planst. Dass du dich so am wohlsten fühlst. Das unterscheidet dich von Rasmus. Rasmus plant nie etwas, er stiefelt einfach ohne nachzudenken oder Fragen zu stellen drauflos. Kein Weg ist schlechter oder besser. Jeder hat seine eigene Art. Und diesmal macht deine Art es ein wenig komplizierter. Für dich. Weil Ewert dir versprochen hat, dass ihr euch trefft, und eure Verabredung vergessen hat.«

Die Hand blieb auf der Brust liegen.

Es war schön und machte das Atmen leichter, obwohl sie ziemlich schwer war.

»Ewert und ich vertrauen einander.«

Hugo sah seinen Vater an.

»Verstehst du?«

Sah in ihn *hinein*.

»Darum weiß ich es einfach.«

So fühlte es sich immer an, wenn ihre Blicke sich trafen.

»Irgendetwas stimmt nicht.«

Danach schwiegen sie. Hugo fühlte sich besser, nachdem er alles erzählt hatte und jemand anders wusste, was ihm durch den Kopf ging. Dann erinnerte er sich nur noch, dass sein Vater auf dem Hocker sitzen geblieben war. Er musste eingeschlafen sein, denn mit einem Mal war es draußen hell, und er hörte, wie Rasmus in seinem Zimmer rumorte und Mama mit Luiza redete. Es war eindeutig morgen.

An einem Alltagsmorgen liebte Piet Hoffmann jede Sekunde seines Lebens.

Wenn das Zuhause alles andere als ein schöner Anblick war. Oder eben genau das.

Denn das verrückte Durcheinander, das augenscheinliche Chaos, besaß eine innere Struktur, die für Außenstehende nicht erkennbar, für jedes Familienmitglied dagegen deutlich sichtbar war. Ein zufälliger Besucher sähe vermutlich Menschen verschiedener Größe, die unkoordiniert herumliefen, nur Millimeter von einem Zusammenstoß entfernt, während die Hoffmanns ausgewiesenen Pfeilen folgten, aufgemalt von jahrelanger Routine, die sie schließlich ungefähr gleichzeitig hinaus in den Flur führten, vollständig angezogen, mit gepackten Taschen, Rucksäcken und allen Siebensachen.

Piet schluckte, fast gerührt.

Unfassbar, dass es so gekommen war.

Während seiner Zeit als Infiltrator für die schwedische Polizei hatte er sich jahrelang im Drogenmilieu und in kriminellen Kreisen bewegt, war süchtig nach Gefahr gewesen. Hatte nur existiert, wenn er kriminelle Organisationen unterwandert, enttarnt und zerschlagen hatte. Immer mit dem Risiko, aufzufliegen und getötet zu werden. Er hatte geglaubt, nur im Zustand der Flucht leben zu können – immer bereit, immer einen Schritt voraus, nie ein Blick zurück.

Wie wenig er damals begriffen hatte.

Wie viel diese Menschen ihm bedeuteten.

Eine Frau und drei Kinder. Sein Alltagsmorgen.

Aber nicht heute. Nicht an diesem Morgen. Hugo hatte still und in sich gekehrt am Frühstückstisch gesessen. Sein großer kleiner Junge, der nie gut schlief, hatte heute Nacht länger als gewöhnlich wach gelegen. Piet und Zofia hatten gelernt, ihn nicht mit Fragen zu bedrängen, dann zog Hugo sich zurück, entfernte sich von ihnen. Nur wenn er von sich aus Kontakt aufnahm, kam man ihm näher. Wie heute Nacht. Er hatte seinen Vater geweckt, sich geöffnet. Und als sie jetzt alle gemeinsam im Flur standen, am Ende des Alltagsmorgens angelangt, brach er zusammen, rutschte an der Wand langsam zu Boden und blieb dort sitzen, zwischen Schuhregal und Kommode.

»Es geht nicht.«

»Was geht nicht, Hugo?«

»Dass wir hier stehen. Wie an einem normalen Sommertag. Dass Rasmus und ich in die Ferienbetreuung gehen und Luiza in die Kita. Dass du ins Büro gehst, Mama, und Papa irgendwelche Alarmanlagen einbaut oder als Personenschützer arbeitet oder irgendwas anderes macht.«

»Papa hat gesagt …«

»Irgendwas ist mit Ewert. Ich *weiß* es.«

Hugo rutschte noch weiter nach unten, die Schultern an der Flurwand, den Rücken auf dem Fußboden.

»Er geht immer noch nicht ans Telefon. Sein Handy ist nicht eingeschaltet. Warum sollte er das machen? *Dass wir beide verabredet sind, ist das Einzige, was ich niemals vergesse* – das hat er zu mir gesagt. Und dass ich der Wichtigste von allen bin.«

Sogar Rasmus blieb fertig angezogen im Flur stehen, wartete stumm ab, verstand, dass es hier um etwas Ernstes ging. Luiza hockte sich tröstend auf die Knie ihres großen Bruders.

»Hugo – wir machen Folgendes …«

Piet ging in die Hocke, küsste Luizas Stirn, und – wo er schon so nahe war – auch Hugos.

»Rasmus und du setzt euch ins Auto. Wir fahren zu dem

Treffpunkt, wo der Bus euch abholt, aber heute geht nur Rasmus in die Ferienbetreuung. Wir beide fahren weiter. Ich lasse meine Arbeit sausen, und wir suchen nach Ewert, bis wir ihn gefunden haben. In Ordnung?«

Im Auto fühlte es sich besser an. Als ob Hugo leichter geworden wäre. Piet Hoffmann betrachtete seinen Ältesten von Zeit zu Zeit im Rückspiegel, wenn er glaubte, dass Hugo es nicht mitbekam, und nach einer Weile gewann er den Eindruck, dass die besorgten Augen seines Sohnes nicht mehr ganz so dunkel waren. Luiza hatte Hugo im Hausflur einen feuchten Zwei-Jahre-Schmatzer auf die Wange gedrückt, und bevor Rasmus in den Bus gestiegen war, war er noch einmal zum Auto zurückgekommen, hatte die hintere Tür geöffnet, Hugo umarmt, ihm zugeflüstert: *Ihr werdet Ewert in Nullkommanix finden, Bruder*, und ihnen dann von seinem Platz am Busfenster aus zugewinkt.

Von Enskede bis in die Innenstadt kamen sie im ungewöhnlich lichten Verkehr rasch voran, aber auf dem Sveavägen war infolge eines Auffahrunfalls mit einem Bus die halbe Fahrbahn gesperrt, und ihr Notfall-Parkmanöver vor Grens' Haus war weder besonders elegant noch besonders vorschriftsmäßig. Hugo öffnete die Eingangstür mit dem Zugangscode der Post und entschied sich diesmal für den Fahrstuhl – mit Papa an seiner Seite war die Fahrt nicht ganz so ruckelig.

Die Tür mit dem Schild EWERT & ANNI GRENS auf der Briefklappe wirkte unversehrt. Keine Einbruchspuren, keine Kratzer. Piet Hoffmann war sich sicher: Niemand hatte das Schloss aufgebrochen oder die Scharniere ausgehebelt, um sich mit Gewalt Zutritt zu Ewert Grens' Wohnung zu verschaffen. Hugo klingelte. Sie warteten. Hugo klingelte ein zweites Mal. Kein Zeichen, das darauf schließen ließ, dass jemand in der Wohnung war.

»Genau wie gestern.«

»Du hast mehrmals geklingelt?«

»Ja. Und geklopft. Und durch die Briefklappe gerufen.«

Wie vor ein paar Minuten küsste Piet Hoffmann die besorgte Stirn.

Auch diesmal protestierte Hugo nicht.

»Jetzt könnten wir unsere Wohnungsschlüssel gebrauchen.«

»Ich hatte meinen noch sehr lange. Ewert wollte sogar, dass ich ihn behalte, weil wir uns ja so oft treffen. Aber ich … das war dumm.«

»Geh mal einen Schritt zurück, Hugo.«

Piet untersuchte die Tür genauer. Einbrüche waren einmal seine Spezialität gewesen. Inzwischen nahm er gutes Geld, um andere davor zu schützen. Ewerts Tür hätte er in dreißig Sekunden geöffnet. Aber am helllichten Tag in einem Stockwerk mit drei Nachbartüren in die Wohnung eines hochrangigen Polizeibeamten einzubrechen war keine brillante Idee. Damit riskierte er, ihre Ewert-Suche zu beenden, bevor sie überhaupt angefangen hatte. Stattdessen bat er Hugo, vor Ewerts Tür zu warten, während er zu ihrem unvorschriftsmäßig geparkten Auto hinunterlief und das Abschleppseil und einen langen Meißel aus dem Kofferraum holte.

Als er zurückkam, legte er Hugo den Arm um die Schultern und ging mit ihm die Treppe hinauf, bis zur letzten Stufe, die vor einer Eisentür endete.

»Was sollen wir hier?«

»Arbeiten.«

»Arbeiten?«

»So, wie ich früher gearbeitet habe. Als wir uns noch nicht gekannt haben.«

»Was?«

»Bevor du geboren wurdest.«

Diese Tür wies deutliche Einbruchspuren auf. Rings um

das Schloss war das Metall eingedellt und verbeult, die Farbe war zerkratzt und blätterte ab.

»Dachbodenjunkies.«

»Dachboden … junkies?«

»Und Kastenschlösser.«

»Kasten … Wovon redest du, Papa?«

»Ein Schloss wie dieses hier kann man kinderleicht knacken, aber die Junkies glauben, dass man alles mit Gewalt aufbrechen muss.«

Eine einzige fließende Bewegung.

Der Meißel war lang, fünfzehn Zentimeter. Piet schob die Spitze in den Spalt zwischen Tür und Rahmen, zwängte den Schließzylinder nach hinten, drückte dabei die Klinke nach unten und zog an der Tür.

Sie ging auf.

»Ich gehe hier oben rein, Hugo. Aber du musst wieder nach unten gehen. Vor Ewerts Wohnung.«

»Und wie lange …«

»Bald.«

Wie auf allen alten Stockholmer Dachböden roch es feucht und muffig, war es ein bisschen zu warm und ein bisschen zu dunkel. Die Dachluke sah aus wie jede andere Dachluke, und fünf Metallsprossen an der Wand wiesen ihm den Weg dorthin. Er stieß die Luke auf und hievte sich hinaus. Ein leichter Wind wehte, und Dachleiter und Dachziegel waren nach dem Regen in der Nacht trügerisch glatt. Kurze, vorsichtige Schritte. Der Widerhaken des Abschleppseils rastete in der Öse neben dem Schornstein ein. Als sie bei Grens gewohnt hatten, hatte er viele Nächte auf Ewerts Balkon gestanden. Er wusste, wo und wie er sich abseilen musste.

Momente wie dieser erinnerten ihn an eine andere Zeit. An das, was er gewesen war.

An das Adrenalin, die Kicks, nach denen er sich gelegentlich so sehr sehnte, die er aber nie wieder zurückhaben wollte.

Unter ihm, auf dem Sveavägen, pulsierte das Leben. Doch niemand sah hinauf. Die Menschen, die zu Fuß gingen und mit dem Rad unterwegs waren und Auto fuhren, waren sich selbst genug. Piet Hoffmann tastete mit einem Fuß nach dem Balkongeländer, ließ das Abschleppseil los und sprang. Dann machte er sich mit dem Meißel an der Balkontür zu schaffen. Der Türrahmen war aus Metall. Er drückte die Spitze des Meißels unter die Kante, hebelte sie hoch, bekam sie mit beiden Händen zu fassen und zog daran. Er entfernte die Styroporisolierung und drückte die nächste Metallverkleidung nach innen, bis er die Hand durch den Spalt zwängen und die Klinke erreichen konnte. Zu guter Letzt zog er die Metallleisten notdürftig wieder über das klaffende Loch, dann musste er nur noch die weitläufige Wohnung durchqueren und die Tür öffnen.

»*Papa?*«

»Hallo, Hugo.«

»Wie …«

»Wie ich gesagt habe. So habe ich früher gearbeitet. Als wir uns noch nicht gekannt haben.«

Piet Hoffmann hatte sich nie richtig an Grens' Wohnung gewöhnen können. Eine Wohnung in der Innenstadt mit Platz für unzählige Bewohner. Große Räume, gefolgt von großen Räumen. Die ein staatlich angestellter Kriminalkommissar alleine bewohnte. Das ergab keinen Sinn. Wie das meiste, was Ewert Grens betraf.

Auf dem Küchentisch stand ein halb ausgetrunkener Kaffeebecher. In der Bibliothek brannte die zierliche Leselampe neben dem Sessel. In einem der Badezimmer hing ein Handtuch, das noch nicht ganz trocken war. Im Wohnzimmer stand ein Fenster auf Kipp, und das Bett in Ewerts Schlafzimmer war ungemacht.

Zeichen, dass sich vor nicht allzu langer Zeit ein Mensch hier aufgehalten hatte.

Aber keine Anzeichen, die auf einen Kampf hindeuteten oder darauf, dass Grens verreist war.

»Kein Ewert, Papa.«

Sie setzten sich an den Küchentisch, zu beiden Seiten des zur Hälfte ausgetrunkenen Kaffeebechers. Speisekammer und Kühlschrank waren genauso dürftig bestückt wie eh und je. Eine Tasse Kaffee und ein Glas Wasser waren alles, was sie zur Stärkung hatten, während sie über den nächsten Ort nachdachten, an dem sie suchen könnten.

»Ich habe gestern mit einer Nachbarin gesprochen.«

»Mit einer Nachbarin? Wo, Hugo?«

»Hier. Nebenan. Sie hat mich gefragt, wer ich bin und was ich hier will.«

»Genau deshalb haben wir einen … anderen Weg genommen.«

»Sie hat Müllmänner gesehen. Oder irgendwas in der Art. Sie waren vor Ewerts Wohnung und haben Overalls getragen.«

»Overalls? Wann?«

»Gestern Vormittag, nachdem ich gegangen war.«

Fünfzehn Sekunden später klingelten Piet und Hugo Hoffmann an der Tür der Nachbarin. Die Melodie war die gleiche wie bei Ewert. Drei Töne, die immer heller wurden.

»Nanu – du? Bist du heute auch wieder hier?«

»Hallo.«

»Ewerts bester Freund.«

»So in etwa.«

»Und das ist …?«

»Mein Name ist Piet. Ich bin Hugos Vater.«

Dann wiederholte Ewert Grens' Nachbarin das, was sie tags zuvor gesagt hatte.

Overalls. Eine große Mülltonne. Drei Männer.

Doch dann fügte sie *Lastwagen* hinzu.

Dass sie aus dem Fenster auf die Straße geblickt habe, ein wenig neugierig. Und dass die Männer in den Overalls die große Mülltonne auf einen dieser kleinen Lastwagen geladen hätten, die an Tankstellen vermietet werden.

Nach dieser Information sagte Piet Hoffmann *Danke, Sie haben uns sehr geholfen* – und wartete, bis die Nachbarin ihre Wohnungstür geschlossen hatte.

»Genau so hätte ich es auch gemacht, Hugo. Drei Mann – einer, der fährt, und zwei, die sich um das kümmern … was abgeholt werden soll.«

»Hä?«

»So wäre ich vorgegangen, als wir beide uns noch nicht gekannt haben. Overalls, die wie Firmenkleidung aussehen, und eine ganz gewöhnliche Mülltonne, in der man jemanden verbergen kann, und ein ganz gewöhnlicher Kleintransporter, in dem man jemanden wegschaffen kann. Mitten am Tag. Wenn niemand groß über das nachdenkt, was er sieht. Wenn alles, was normal wirkt, auch normal ist.«

»Papa, was …«

Tränen kullerten über Hugos Wangen.

»Sagst du, dass … dass …«

»Entschuldige.«

Piet Hoffmann nahm seinen Sohn in die Arme.

»Hugo, ich hätte nicht … Ich hätte besser nachdenken müssen.«

Sein Junge weinte. Wie damals, als er ganz klein war. Sie wurden zwölf Jahre zurückversetzt. Als einer von ihnen ein neuer Mensch und der andere ein frischgebackener Vater gewesen war.

»Du wolltest nach Ewert suchen. Wissen, was los ist. Und ich …«

»Ich verstehe, Papa. Ich *will* es wissen. Aber ist Ewert … ist Ewert *tot*?«

»Das denke ich nicht.«

Jetzt weinte Hugo noch heftiger.

»Was … denkst du dann?«

»Dass du besser mal ein Stück zurückgehst. Weiter als eben.«

Hugo trat beiseite, während sein Vater sich auf den Boden legte und anfing herumzukriechen. Piet begann bei Ewerts Wohnungstür und robbte auf allen vieren vorwärts, das Gesicht dicht am harten Steinfußboden. Quadratzentimeter für Quadratzentimeter in alle Richtungen. Die Nachbarin, die eben ihre Fragen beantwortet hatte, spähte aus ihrer Wohnung und sah sie schweigend an, bevor sie ihre Tür wieder schloss. Ein paar Mal wollte Hugo wissen, was sein Vater da anstellte, bekam jedoch keine Antwort. Und als Piet endlich fertig zu sein schien, begann er von Neuem. Kroch noch einmal auf dem Treppenabsatz herum. Genauso gründlich, das Gesicht genauso dicht am Boden.

»Hugo?«

Bis er zufrieden aufblickte.

»Komm her.«

Sie saßen mitten im Treppenhaus. Wenn jemand vorbeiwollte, sollte derjenige eben fragen.

»Du hast dich gewundert, was ich eben gemacht habe?«

»Ich war nicht der Einzige. Du sahst total bekloppt aus.«

»Ich habe das hier gesammelt.«

Piet hielt die Hand auf. Auf seiner Handfläche lagen drei winzige verschiedenfarbige Papierplättchen. Ein knallpinkes, ein leuchtend gelbes, ein giftgrünes. Wie Konfetti, das bei einer Hochzeit oder einer Geburtstagsfeier in die Luft geworfen worden war.

»Diese winzigen Farbplättchen sind auf dem Boden so

gut wie nicht zu erkennen, Hugo. Ein paar übersieht man immer.«

Hugo stippte eines der Papierfitzelchen mit Daumen und Zeigefinger auf. Es wog nichts. Als er sich dichter darüber beugte, erkannte er, dass auf dem Pinken etwas Schwarzes stand. Zahlen und Buchstaben.

»Was du da zu entziffern versuchst, ist eine Seriennummer.«

»Eine Seriennummer?«

Piet Hoffmann streichelte die Wange seines Sohnes.

»Jemand hat auf Ewert geschossen.«

Sie blieben ohne Eile im Treppenhaus sitzen – es dauerte eben so lange, wie es dauerte.

»Geschossen?«

»Entführt.«

»Entführt?«

»Es macht Sinn. Ganz genau so wäre ich vorgegangen, als ich …«

»Ich weiß, Papa. *Bevor wir uns gekannt haben.*«

Hugo zuckte mit den Achseln.

»Ich weiß, warum du im Gefängnis gewesen bist. Warum wir zu Hause Waffen hatten. Geheimtunnel. Geheimzimmer. Warum wir uns in fremden Wohnungen und in Kolumbien versteckt haben. Warum wir bedroht wurden und unser Haus in die Luft gesprengt worden ist. Ich bin zwölf, Papa, nicht bescheuert. Und Rasmus ist es genauso wenig. Sogar Luiza wird es bald kapieren.«

Piet Hoffmann konnte sich nicht entscheiden. Ob er sich schämen sollte für Lebenswege, die nicht unbedingt so aussahen wie die Lebenswege anderer Eltern. Oder ob er stolz sein sollte auf einen Sohn, der manchmal klüger war als sein Vater und seine Mutter.

»Lass uns einfach sagen, ich hätte jemanden entführen wollen, so wie … ja, früher. Dann hätte ich eine Waffe benutzt wie die, von der diese kleinen Farbplättchen stammen. Ich hätte die Person getasert. Diese Waffen gibt es in allen möglichen Ausführungen, und sie sind verdammt gefährlich. Sie geben Elektroschocks ab, Stromstöße mit niedriger Amperezahl und sehr hoher Voltspannung, die den Körper, das zentrale Nervensystem lähmen.«

Hugo rieb schweigend über das Papierplättchen, das an seiner Fingerspitze haftete.

»Elektroschocker sind geräuschlos, Hugo, sie hinterlassen keine sichtbaren Spuren. Kein Blut oder Ähnliches. Wenn der Angreifer abdrückt, schießen zwei Elektroden aus dem Gerät, wie Pfeile an dünnen Angelschnüren, und dann – bzzzzz – kippt die Zielperson einfach vornüber. Ohne Gegenwehr. Wenn man vier Sekunden von so einem Ding getroffen wird, ist man komplett außer Gefecht gesetzt. Nach sechs Sekunden kann ein Herzstillstand eintreten.«

»Und das hat jemand …«

Hugos Stimme. Traurig und bedrückt.

»… mit Ewert gemacht?«

»Ich *glaube*, dass jemand das mit Ewert gemacht hat. Diese bunten Plättchen werden beim Abschuss der Pfeilelektroden verstreut. Und die winzige Seriennummer, die darauf steht, gehört zu genau diesem Pfeil, zu dieser Ladung.«

Vorsichtig zog Piet Hugos Zeigefinger zu sich heran, tupfte das pinkfarbene Papierplättchen von der Fingerspitze seines Sohnes und streifte es in ein kleines Fach seiner Handyhülle.

»Komm, ich zeig dir was.«

Piet stieg wieder die Treppe hinauf, und Hugo folgte ihm. Bis zu der Dachbodentür, die sich mit einem Meißel als Schlüssel öffnen ließ.

»Diesmal kannst du mitkommen.«

In der stickigen Wärme und Unordnung des Dachbodens stieß er die Dachluke auf und kletterte hindurch. Dann erlaubte er Hugo, hinterherzuklettern, bis zur obersten Metallsprosse. Von dort, nur mit dem Kopf im Freien, durfte sein Sohn dabei zusehen, wie er langsam das Abschleppseil einholte und zusammenrollte.

»Man darf niemals Spuren hinterlassen, Hugo.«

Erst als sie die Treppe wieder hinuntergegangen waren und

im Auto saßen, unter dessen Scheibenwischer ein Knöllchen wegen Falschparkens klemmte, hatte Hugo alles so weit verdaut, dass er wieder reden konnte.

»Also … du hast an dem Abschleppseil gehangen, Papa?«

»Ich mache mir auch Sorgen um Ewert.«

»Bis zu Ewerts Balkon bist du geklettert? Draußen an der Hauswand?«

Piet brauchte nicht zu antworten. Die Fragen waren das Wichtige – sie mussten aus Hugos Kopf und wurden auf dem Weg vom Sveavägen zum Polizeipräsidium immer zahlreicher.

»Eine Elektroschockpistole?«

»So hätte ich es gemacht.«

»Und eine Mülltonne – in die sie Ewert gesteckt haben?«

»Nachdem Sie Chloroform benutzt haben.«

»Chloro…«

»Leicht herzustellen aus Substanzen, die es in jeder Apotheke zu kaufen gibt. Man zwingt jemanden, es einzuatmen, bis derjenige einschläft. Und für den Fall, dass die Person doch aufwacht, fesselt man sie und klebt ihr den Mund zu.«

Vor dem Polizeipräsidium zu parken, das betagt und fast ein wenig überheblich an seinem Platz thronte, war ein zwiespältiges Gefühl. Neun Jahre lang hatte er Tag für Tag, Stunde für Stunde sein Leben und das seiner Familie für Ermittlungsarbeit riskiert, die innerhalb dieser Wände betrieben worden war. Entlohnt aus einem öffentlichen Tippgeber-Sondertopf, bei dem nicht nachgewiesen werden musste, wie die Auszahlungen verbucht und wohin sie geleistet wurden. Einerseits – ein inoffizieller Vollzeitangestellter, die schärfste Waffe der Polizei gegen das Organisierte Verbrechen. Andererseits – ein mieser Krimineller, dessen Existenz man im selben Moment leugnete, in dem sein Name in Verbindung mit einer Polizeibehörde fiel, die mit solchen wie ihm, kriminellen Infiltratoren, nicht zusammenarbeiten durfte, es aber trotzdem tat, weil es der beste Weg war. Weil er der Beste war.

Neun Jahre als Angestellter.

Und zum ersten Mal betrat er das Gebäude als er selbst.

Erik Wilson, sein einstiger Kontaktmann und heute Ewert Grens' Chef, war bei seinem Anruf umgehend ans Telefon gegangen und holte nun einen großen und einen kleinen Hoffmann persönlich am Eingang ab. Wilson und Hugo begrüßten sich herzlich. Als Hugo klein gewesen war, hatten sie sich oft gesehen, und Hugo vertraute Wilson genauso, wie er Grens vertraute.

Sein Sohn war ein guter Menschenkenner.

Das zwiespältige Gefühl verstärkte sich, als sie jene Flure entlanggingen, die mal versucht hatten, ihn ins Gefängnis zu bringen, dann wieder auf seinen Informationen basierend einen Zugriff geplant hatten. Wie erwartet, war Wilsons Büro großzügig bemessen, Chefs bekamen immer Eckbüros mit fabelhafter Aussicht. Von seinem Platz auf einem Besucherstuhl, der kostspielig aussah, versuchte Piet Hoffmann die Angst eines zwölfjährigen Jungen zu schildern, die zu seiner Tatortuntersuchung geführt hatte, ohne zu erwähnen, dass er dabei in die Wohnung eines Kriminalkommissars eingebrochen war. Er pfriemelte die winzig kleinen Farbplättchen hervor und wartete, während Wilson sie aufmerksam betrachtete.

»Und die lagen vor Ewerts Wohnungstür?«

»Ja.«

»Heute?«

»Vor einer halben Stunde.«

Das zwiespältige Gefühl kehrte zum dritten Mal zurück. Er las es in Wilsons Gesicht. Sachlich. Gleichzeitig besorgt.

»Piet, du weißt, dass Ewert auf unbestimmte Zeit vom Dienst suspendiert ist?«

»Ja.«

»Was bedeutet, dass er als Privatperson gehen kann, wohin er will, wann immer er will?«

»Ja.«

»Dass uns heute keine Straftat gemeldet wurde, die in Zusammenhang mit Ewert steht?«

»Ja.«

»Was heißt, dass kein Straftatverdacht vorliegt. Abgesehen von dem, in dem wir bereits ermitteln, und zwar *gegen* Ewert – weil er möglicherweise die falschen Etablissements besucht und auf den falschen Matratzen schläft?«

»Ja.«

»Und dass er weniger als vierundzwanzig Stunden verschwunden, beziehungsweise nicht erreichbar, ist?«

»Ja.«

Wilson und Hoffmann kannten einander. Von Grund auf.

Neun Jahre lang hatte Piet Hoffmanns Leben davon abgehangen, dass Erik Wilson rund um die Uhr da gewesen war. Genauso wie Erik Wilsons rasche Karriere innerhalb des Polizeipräsidiums und seine Ernennung zum jüngsten Kommissar aller Zeiten davon abgehangen hatten, dass Piet Hoffmann rund um die Uhr da gewesen war.

Darum erkannte Piet ihn.

Den Zwiespalt.

»Dann weißt du auch, Piet, dass ich trotz der Fundstücke, die in meiner Hand liegen und von denen keiner von uns weiß, wie und wann sie in ein Treppenhaus gelangt sind, keine Ermittlung einleiten kann, nur weil Ewert Polizeibeamter ist und wir drei, die wir hier in diesem Zimmer sitzen, ihn mögen. Wir selbst predigen doch den besorgten Eltern oder Angehörigen, die Personen als vermisst melden, ohne dass Verdacht auf ein Verbrechen vorliegt, zuversichtlich zu sein, dass die Verschwundenen so gut wie immer von selbst wieder auftauchen oder sich nach ein, zwei Tagen melden.«

»Und du, Erik, *weißt*: Wenn ich sage, dass ein Verbrechen vorliegt, und Vermutungen anstelle, wie dieses Verbrechen begangen wurde, dass sich meine Vermutungen dann sehr oft als zutreffend erweisen. Ich glaube, dass es ernst ist und schnelles Handeln erforderlich ist – dass *wir* schnell handeln müssen.«

Hugo hatte bislang schweigend dagesessen. Jetzt sprang er auf die Füße und wanderte rastlos auf und ab wie Ewert Grens persönlich.

»Ich verstehe es einfach nicht.«

Auf und ab.

»Wieso Ewert nicht ans Telefon geht. Wieso er nicht zu Hause ist. Oder hier. Oder *irgendwo*.«

Die Tränen. Sie waren zurück.

»Erik?«

Piet Hoffmann schloss Hugo in die Arme, ließ ihn die Tränen an Papas Pullover abwischen und sah dabei seinen ehemaligen inoffiziellen Vorgesetzten an, sah dessen Zwiespalt.

»Ich habe für ein Scheißgeld für dich und die Polizeibehörde gearbeitet, ohne in Erscheinung zu treten. Weil ihr mich rekrutiert habt, als ich in U-Haft gesessen habe und für euer Angebot empfänglich war. Und als ich aussteigen wollte, habt ihr nicht lockergelassen. Sogar gedroht habt ihr mir, als ich mich geweigert habe. Jetzt bitte ich dich. Für Hugo und für mich und für Ewert. Wir machen es wie früher. Ich gehe den Dingen nach, in denen ihr von hier aus noch nicht ermitteln dürft, so lange, bis ihr es dürft. Und so lange drückt ihr beide Augen zu, falls ich währenddessen einen kleinen Gesetzesübertritt begehen sollte.«

Piet Hoffmanns Finger gruben sich in Hugos Schultern, und Hugo protestierte auch diesmal nicht.

Dann nickte Erik Wilson unmerklich.

»Abgemacht.«

Denn es gab Gründe, in die er seine beiden Besucher nicht einweihen durfte. Dass sie in eine Ermittlung hineingeraten waren, die *möglicherweise* darauf hinauslief, dass jemand dem ehemaligen leitenden Kriminalkommissar etwas anhängen wollte. Demselben Kriminalkommissar, der nun *möglicherweise* verschwunden war. Dass dies ein *Möglicherweise* zu viel war, das gegen Vernunft und Fakten abgewogen werden musste.

»Aber das bleibt in diesen vier Wänden, Piet.«

»Wie üblich.«

»Und bei der Kontaktperson, die ich dir in Kürze zuteile.«

»Kontaktperson?«

»Und falls etwas geschieht, das nicht geschehen darf, weiß ich nicht, wer du bist. Solltest du etwas herausfinden, was andere vor Gericht und ins Gefängnis bringt, bekommst du unsere Hilfe, aber weder Anerkennung noch Lob. Die bekommen wir.«

»Genau, wie ich es haben will.«

Erik Wilson erhob sich.

»Dann stelle ich dir deine neue, wenn auch nur vorübergehende Kontaktperson vor.«

Sie gingen in den Flur hinaus und an vier Türen vorbei. Dort saß sie, die Kontaktperson. Wilson benötigte zwanzig Minuten, um ihr alles zu erklären. Dann verließ er das Zimmer, um nicht mitanzuhören, was er nicht wissen durfte.

Mariana Hermansson.

Der einzige Mensch, der Ewert Grens fragen durfte, wie es ihm *wirklich* ging, und eine Antwort erhielt.

Piet und Mariana begrüßten sich, sie waren sich schon begegnet, ohne sich wirklich zu kennen.

Sie wandte sich zuerst an ihren jüngsten Gast.

»Machst du dir immer noch Sorgen?«

»Ja.«

»Ich habe über deinen Besuch nachgedacht, Hugo – hier und in Ewerts Büro –, nachdem du gegangen bist. Und inzwischen mache ich mir auch Sorgen. Ewert mag manchmal schwierig sein und vergessen, auf andere Menschen Rücksicht zu nehmen. Er würde aus ermittlungstaktischen Gründen verreisen, ohne seinen Vorgesetzten oder seine Kollegen zu informieren, aber genau wie du glaube ich – Suspendierung hin oder her, verreist oder nicht –, dich würde er nie vergessen.«

Sie redeten lange.

Darüber, was gewaffelte Pfannkuchen waren und dass Ewert noch nicht einmal gewusst hatte, wie man ein Ei kocht, als er das erste Mal auf die beiden Hoffmann-Jungs aufgepasst hatte. Darüber, wie es klang, wenn Ewert laut und falsch sang und glaubte, dass niemand ihn hörte. Sogar darüber, wie der älteste Kriminalkommissar der Stockholmer Mordkommission aussah, wenn er breitbeinig im Schießstand des Präsidiums stand, die Luft anhielt und über die Zielscheibe hinweg, unter der Zielscheibe hindurch und neben der Zielscheibe her schoss, redeten sie. Es war ein schönes Gefühl, gemeinsam aufrichtig über einen Ewert zu lachen, der so oft einen Drahtseilakt ohne Drahtseil vollführte, und Hugos Vater nickte seiner neuen Kontaktperson dankbar zu.

Als die beiden Hoffmanns gerade gehen wollten und Piet überzeugt davon war, dass sie ein gemeinsames Ziel hatten – Ewert Grens finden –, händigte er Mariana Hermansson die kleinen Farbplättchen mit der winzigen Seriennummer aus und bat sie bei einer Frage um Hilfe, die er nicht selbst beantworten konnte. Bat sie darum, sich in ihrer Eigenschaft als offizielle Angestellte der schwedischen Polizei an Interpol zu wenden und eine Spur zu verfolgten: zurück an ihren Anfang. Herauszufinden, aus welcher Waffe die Plättchen abgefeuert worden waren. Wo die Waffe verkauft worden war. Und wer sie gekauft hatte.

Wenig später, auf dem Rückweg durch das Polizeipräsidium, als Hugo in verschiedenen Varianten immer wieder fragte, *ob er wirklich ganz sicher sei, dass Ewert noch lebte*, antwortete Piet Hoffmann jedes Mal, dass er davon überzeugt sei.

Das war leichter, als seinem Sohn zu erklären, dass er in Wahrheit ganz und gar nicht mehr so sicher war.

Dass es mit fortschreitender Zeit ohne Kontaktaufnahme vonseiten der Entführer und ohne Verhandlungen über eine Freilassung immer unwahrscheinlicher wurde, dass Grens entführt worden war.

Es war leichter, als zu erklären, dass die Wahrscheinlichkeit genauso groß war, dass Ewert überfallen, verschleppt und ermordet worden war – dass Ewert, genau wie Sven, nicht mehr lebte.

»WOHIN FAHREN WIR?«

»Ich bringe dich nach Hause.«

»Warum?«

»Den Rest muss ich alleine lösen.«

»Nein.«

»Doch.«

»Ich habe als Erster nach Ewert gesucht.«

Diese Stimme. Brüchig.

»Ohne mich würde keiner nach ihm suchen. Oder, Papa?«

Piet Hoffmann bremste und hielt in der Parkbucht vor dem Clarion Hotel, unmittelbar vor der Auffahrt auf die Skanstullsbron.

Er sah seinen Sohn an.

»Okay. Du kannst mitkommen – noch den nächsten Schritt. Aber dann ist Schluss.«

Hoffmann wechselte die Fahrbahn, fuhr geradeaus über die Kreuzung, folgte dem Ringvägen, der in die Renstiernas gata, Skånegatan und schließlich in die Katarina Bangata überging. Dort fuhr er rechts ran. Vor der Eingangstür, die er mit Mariana Hermanssons Hilfe gefunden hatte.

»Was sollen wir hier?«

»Erinnerst du dich an Billy? Er war mal spätabends bei uns zu Hause, zusammen mit Ewert.«

»Computer. Er wusste alles über Computer.«

»Und deshalb sind wir hier, Hugo.«

Der Fahrstuhl war genauso eng und klapprig wie der bei Grens im Sveavägen, und sie beschlossen, zu Fuß in den fünften Stock hinaufzusteigen, über breite steinerne Treppenstufen, die im Laufe eines turbulenten Jahrhunderts blank poliert worden waren.

Billy schien gerade erst aufgestanden zu sein, sein Pony stand wirr in alle Richtungen ab, und sein Gesicht wirkte noch blasser, als Piet Hoffmann es in Erinnerung hatte.

»Sorry für die schlechte Luft. Ich habe die ganze Nacht vor dem Computer gehockt. Es ist ein bisschen her, dass ich gelüftet habe.«

Piet betrachtete den jungen Mann, der wach war, wenn andere schliefen, der nachts, wenn das Risiko, Menschen zu begegnen, am geringsten war, zum Imbiss an der Ecke ging und der sich als Kind lieber im Keller seines Elternhauses mit komplizierten Verschlüsselungssystemen beschäftigt hatte, als Eis zu essen und mit Gleichaltrigen Verstecken zu spielen.

»Danke, dass wir kommen durften. Wir haben einmal miteinander telefoniert, während ich versucht habe, in Kalifornien einen verschlüsselten Computer zu öffnen. Und als ich mit Grens mitten in der Nacht zu einem Friedhof gefahren bin, hast du Hugo und seinem Bruder Rasmus Computerwelten gezeigt, die die beiden nie zuvor gesehen hatten.«

»Ich erinnere mich an Kalifornien und den Friedhof. Aber darum habe ich euch nicht in meine Wohnung gelassen. Ihr steht nur hier, weil Hermansson gesagt hat, dass der Kommissar verschwunden ist. Dass ihm möglicherweise was zugestoßen ist und ihr nach ihm sucht. Ich kann den Kommissar verdammt gut leiden. Er kommt genauso wenig mit Menschen klar wie ich. Wusstet ihr, dass er mal zwei Tage auf der Bank in meiner winzigen Küche gelegen hat? Er wollte partout nicht gehen, bevor wir diese Schweine nicht drangekriegt hatten. Diesen Pädophilenring.«

Eine Einzimmerwohnung, in der außer der besagten Küchenbank nur zwei Möbelstücke standen. Ein ungemachtes Bett an einer Wand sowie ein runder, mit vier überdimensionalen Computermonitoren bestückter Tisch in der Mitte des Raums.

»Kann ich euch was anbieten? Einen schwarzen Kaffee? Den hat der Kommissar immer getrunken. Viel mehr habe ich auch nicht da, seitdem hatte ich keinen Besuch mehr.«

»Wir möchten nur deine Hilfe.«

Billy holte einen kleinen Hocker aus der Küche, faltete einen Pappkarton auseinander, den er aus einem Wandschrank hervorgekramt hatte, und platzierte sie rechts und links von seinem Stuhl am Computertisch.

»Eilt die Sache? Wegen des Kommissars, meine ich?«

Er trug ein verwaschenes T-Shirt und Jogginghosen, trotzdem sprach der magere, blassgesichtige Wohnungseigentümer mit Stolz. Attitüde. Sei es, weil er keine Ahnung hatte, wie man sich unterhielt, oder weil es ihm schlicht und einfach schnuppe war.

»Ich denke schon. Irgendwas stimmt nicht.«

»Ach so?«

»Egal, ob er entführt wurde oder …«

Ein rascher Blick auf Hugo. Ermordet. Piet wollte es nicht aussprechen.

»… oder etwas anderes. Wenn Grens wirklich von Profis entführt worden ist, dann haben sie ihn auch gefilzt. *Aber nicht am Ort der Entführung.* Das hätte nur Zeit gekostet, die möglicherweise Zeugen auf den Plan gerufen hätte.«

»Wenn Sie es sagen.«

»Deshalb sind wir hier, Billy. Um herauszufinden, *wo* sie Grens das Telefon abgenommen und es zerstört haben – die exakte Position, an der Grens' Handy sich zum letzten Mal in einen Funkmast eingewählt hat und der Funkkontakt abgebrochen ist. Wo er vielleicht noch immer ist.«

»Keine Chance.«

»Keine Chance?«

»Bei so was kann ich euch, will sagen, dem Kommissar, nicht helfen. Telefongesellschaften und deren Datenverkehr sind Bullensache.«

»Wir haben keine Zeit zu warten, bis die Polizei sich darum kümmert. *Der Kommissar* hat nicht die Zeit, da bin ich mir hundertprozentig sicher.«

»In dem Fall ... habe ich vielleicht einen Kumpel.«

Billy deutete auf die beiden neuen Sitzgelegenheiten.

»Macht es euch bequem.«

Hugo bekam den ziemlich instabilen Pappkarton, Hoffmann den rot geblümten Hocker, der vermutlich mal einem Kleinkind gehört hatte, während Billy auf dem ramponierten Schreibtischstuhl in der Mitte Platz nahm.

»Oder ... ich *hatte* mal einen Kumpel. Wir hängen nicht mehr zusammen ab, helfen uns aber ab und zu. Wobei – das ist es vielleicht, was Kumpel tun?«

Billy weckte seinen Computer aus dem Ruhemodus, und vier Monitore flackerten auf und erwachten zum Leben.

»Ich hab diesen ... Kumpel – ja, er ist ein Kumpel – in einem Verein getroffen, den die Zeitungen als die gefährlichste Hacker-Gruppe Schwedens bezeichnet haben. Er hat die Algorithmen von Kreditkartennummern geknackt – wir haben eine Shoppingtour mit Nummern gemacht, die gar nicht existieren. Fast alle Mitglieder dieser Gruppe sind inzwischen auf der anderen Seite. Etabliert. Viele arbeiten mit Computersicherheit. Mein Kumpel auch. Und ratet mal, wo? Bei einer Telefongesellschaft. Also ... kein Problem, ich kann die Bullensache von hier aus managen.«

Zahlen. Symbole. Ein paar Buchstaben.

Billys Hände tanzten über die Computertastatur.

Einige Minuten später wandte er sich zu Piet Hoffmann.

»Das Sicherheitsbewusstsein des Kommissars ist, wie soll ich es sagen ... nicht ganz auf dem neusten Stand. Ich habe ihm vor ein paar Jahren mit einigen Einstellungen geholfen, und Passwörter kann ich mir ziemlich gut merken.«

Er deutete mit dem Kopf auf die Monitore.

»Da sind sie. Die Triangulationsdaten seines Handys. Und wir wollen wissen, wo der Kommissar sich befunden hat, als sein Handy sich das letzte Mal ins Mobilfunknetz eingewählt hat – habe ich das richtig verstanden?«

»Ja. Und ich kenne mich in diesen Dingen aus. Das Telefon nimmt man jemandem weit entfernt von dem Keller oder der Wohnung ab, wo man ihn festhalten will, um keine Spuren zu hinterlassen, die dort hinführen. Man wählt einen isolierten Ort. Abgeschieden. Was bedeutet, dass sich dort nicht viele Handys in die Sendemasten einwählen. Ich will wissen, welche anderen Telefone sich zur fraglichen Zeit dort befunden haben. Ich will den Bewegungsprofilen dieser Telefone folgen. Ich will sehen, wo sie jetzt, in diesem Moment, sind.«

Auf Billys Bitte scrollte Hugo die Namensliste seines Handys durch, und als er zum Buchstaben E und EWERT kam, hielt er ihm das Display hin und zeigte ihm die Nummer. Zum ersten Mal lächelte Billy, zumindest ein wenig.

»*Ewert.* Er wollte mich dazu bringen, ihn so zu nennen. *Ewert.* Es ging nicht. Ich hab ihm gesagt, das wäre zu merkwürdig, dass er für mich von Anfang an der Kommissar war.«

»*War?*«

Hugos Augen füllten sich mit Tränen.

»Ist, Hugo. Für mich *ist* er der Kommissar.«

Neue Zahlen und neue Buchstaben, als Billys Finger aufs Neue tanzten.

»Mein Kumpel hilft uns just in diesem Moment mit den Telefonnummern der Handys, die im selben Sendemast eingeloggt waren wie das Handy des Kommissars, bevor sein Funksignal abgebrochen ist.«

Piet und Hugo versuchten, Billys Erklärungen zu folgen,

die Daten auf den Monitoren zu entschlüsseln, verloren sich jedoch in unverständlichen Hieroglyphen, die ihrer Meinung nach am ehesten dem Gekrakel glichen, das Luiza mit orangen und lila Filzstiften auf ihrem eigenen Bauch fabrizierte.

Es dauerte eine Weile.

Piet holte den Kaffee, den Billy angeboten hatte, und Hugo trank zwei große Gläser Wasser mit Eiswürfeln, während die Hitze von draußen zu ihnen hineindrang und sich im Raum ausbreitete.

Dann schlug Billy mit der flachen Hand auf den Tisch.

»Ich hab sie. Alle Nummern. Das Handy des Kommissars war gestern Vormittag eingeloggt, und zwar ... *genau hier*, seht ihr?«

Billy deutete auf einen der Monitore. Auf eine Karte.

»Der Standortverlauf verrät, dass der Kommissar um 10:01 Uhr die Arbeit schwänzt und stattdessen einen gemütlichen Spaziergang macht, und zwar, wenn mich meine Augen nicht täuschen, im Vasapark.«

»Mit mir.«

Hugos Miene hellte sich auf.

Im Park hatte Ewert nicht mehr ganz so traurig ausgesehen.

»Um 10:33 Uhr ist er ... *hier*. Rührt sich vierunddreißig Minuten nicht vom Fleck. Bis 11:07 Uhr. Aber, surprise – auch diesmal befindet er sich nicht bei der Arbeit, sondern in der Odengatan. Wir reden hier von einem richtig schweren Fall von chronischer Berufsschwänzerei.«

»Er ist in der Konditorei Ritorno. Und Ewert schwänzt nicht, er darf gar nicht im ... unwichtig. Wir haben Zimtschnecken gegessen.«

»Danach hält er sich *hier* auf, im Sveavägen – gegenüber von der Stadtbibliothek.«

»Er ist zu Hause.«

»Und da bleibt er eine ganze Weile.«

»Ich war bei ihm. Wir haben Karten gespielt, Bluff. Ewert ist immer noch ultraschlecht im Bluffen.«

Piet Hoffmann hörte lächelnd zu. Stolz auf einen Jungen, der nicht lockergelassen hatte und dessen Beharrlichkeit sie auf eine Spur gebracht hatte.

»Und jetzt – hier ist es so weit!«

Billys lethargische Stimme war mit einem Mal voller Elan, und seine zwei Besucher fuhren erschrocken zusammen.

Sogar seine blassen Wangen hatten einen leichten Rotton bekommen.

»Seht ihr?«

Er fuchtelte mit seiner mageren Hand, klopfte gegen den Monitor links außen, trommelte mit den Fingerspitzen ungeduldig gegen Kristalle und Dioden.

»Um 13:42 Uhr. Nach zwei Stunden im trauten Heim kommt Bewegung in den Kommissar. Jedenfalls bewegt sich sein Telefon. Zum letzten Mal. Denn hier, *guckt euch das an*, wird es ausgeschaltet. Um 14:33 Uhr. Hugo? Piet? Versteht ihr, was das heißt?«

Billy wies auf einen grünen Kreis, zoomte weiter heraus, ließ ihn Teil eines größeren Kartenausschnitts werden, und der Kreis schrumpfte zu einem Punkt inmitten von Pfaden, Wäldern und Seen.

»*Filzen.* Heißt das so? Genau *hier* … machen sie es. Sie nehmen dem Kommissar sein Handy ab und zerstören es.«

Billy klopfte auf den Bildschirm, auf den grünen Punkt und auf etwas, das aussah wie das Kartensymbol eines Rastplatzes.

»Dies ist der Ort, den ihr sucht. Und jetzt sehen wir uns an, welche anderen Telefone zur selben Zeit dort eingeloggt waren.«

Manchmal war es, als ob Ewert Grens ihr etwas bedeutete. Mehr, als sie wollte. Sie wollte keine Gefühle für ihn hegen. Doch hin und wieder schien er sie zu berühren. Mit seiner Naivität, ein Kind im Körper eines älteren Mannes.

Mitunter, für einen kurzen Moment, kam ihr der Gedanke, dass es etwas anderes gewesen sein könnte. Etwas anderes hätte werden können.

Lena Nordwall saß auf ihrem Balkon, in dem Wind und den Geräuschen, die Stockholm waren.

Es war ein schöner Tag, aber sie merkte es nicht.

Natürlich wusste sie, dass Grens – ohne die Zusammenhänge zu verstehen – Bengts Machenschaften ihretwegen gedeckt hatte. Dass er seine Karriere riskiert hatte, um sie vor einer Wahrheit zu beschützen, die zu gleichen Teilen ihre eigene Wahrheit war. Sie wusste auch, wie gut er Elin getan hatte, insbesondere damals, als Bengt von ihnen gegangen war, wie liebevoll Ewert sich um ihre Tochter gekümmert hatte, als ihr in ihrer Trauer die Kraft dafür gefehlt hatte. Ein vorübergehender Ersatzvater.

Aus diesem Grund hatte sie versucht, eine andere Lösung zu finden, seine Suspendierung zu erwirken, damit er von dem Fall abgezogen wurde. Aber es hatte nichts genützt.

Alena hatte ihm die Beweise zugespielt. Der Rechtsmediziner hatte ihn auf Svens Todesumstände aufmerksam gemacht.

Ewert Grens war nicht nur ihr zu nahe gekommen – er war der Organisation zu nahe gekommen.

Sie hatte keine Wahl.

Er musste verschwinden.

Hugo hockte auf einem instabilen Pappkarton vor einem Computerbildschirm, der das Tor zum Rest der Welt bildete. Zum Rest zweier Welten. Zu der, die atmete und redete und draußen herumwanderte, und zu der anderen, die in verschlüsselten Netzwerken unter der Oberfläche des normalen Internets und jenseits offizieller Suchmaschinen existierte. Weder Hugo noch Billy sagten sonderlich viel, es war nicht nötig, manchmal fühlt man sich einfach verbunden, und sie waren beide verbunden mit Ewert Grens. *Der sich auch nicht auf Menschen verstand* und der genau wie sie beide wusste, dass Schweigen eine andere Form von Sprache ist.

Piet hatte sich bewusst ein wenig zurückgezogen. Es war schön, zwei junge Rücken zu betrachten, die der Wirklichkeit auf digitalem Weg einen Besuch abstatteten, die aus einer sicheren Wohnung in der Katarina Bangata heraus verdächtige Telefone aufspürten, indem Billy Hugo erklärte, wie man erkannte, welche Handys zum selben Zeitpunkt im selben Funkmast eingeloggt gewesen waren wie Ewerts Handy, bevor sein Signal abgebrochen war.

Auf der Liste, die Billys Kumpel ihm geschickt hatte, standen insgesamt achtzehn Telefonnummern.

Insgesamt siebzehn mögliche Kidnapper.

So hatte Billy es formuliert. *Mögliche Kidnapper.* Er hatte Piet Hoffmanns Zögern und Wortwahl mitbekommen, der ebenfalls *mögliche Mörder* gemeint, den Ausdruck jedoch vermieden hatte.

Auf die Datenerhebung folgte nun das Ausschlussverfahren.

Siebzehn mögliche Kandidaten waren deutlich zu viele.

Ewert Grens' Nummer hatte Billy gleich zu Anfang gestrichen. Als Nächstes strich er die Nummern, die in den Onlineausgaben von Telefonbüchern auftauchten – Kriminelle bevorzugten Prepaidkarten, die nirgends gelistet waren.

Danach blieben noch sechs mögliche Handys übrig.

Billy und Hugo saßen dicht nebeneinander, größtenteils schweigend, bis Billys Kumpel ihnen die Positionen der fraglichen Telefone vor und nach dem Filzen übermittelte.

Bis sie weitere Telefone eines nach dem anderen ausschließen konnten.

Es war, als schlichen sie sich an die Kidnapper heran. Im Nachhinein und trotzdem früh genug, beobachteten sie alles rechtzeitig von einem sicheren Aussichtsplatz.

Sie waren nicht vor Ort – und waren es doch.

Nachdem sie Meter für Meter und Funkmast für Funkmast dem letzten Telefon gefolgt waren, sahen sie sich an, grinsten triumphierend und klatschten sich stumm ab.

Sie hatten das Handy gefunden. *Die* Handys.

Drei Handys wiesen ein Muster auf, das von den anderen abwich. Sie entfernten sich nicht in einer konstanten Bewegung, blieben aber auch nicht vor Ort.

Drei Telefone befanden sich offensichtlich in *ein und demselben* Fahrzeug.

Aber sie setzten ihren Weg nicht fort – sie kehrten um, in die Stockholmer Innenstadt.

Als Billy sich wenig später in die Überwachungskameras der Stockholmer Mautautobahnen hackte und den Zeitpunkt ermittelte, an dem die Telefone auf dem Drottningholmsvägen die Innenstadtgrenze passiert hatten, konnten sie ohne Weiteres feststellen, dass der Wagen dem gemieteten Kleintransporter ähnelte, den Grens' Nachbarin vom Fenster aus gesehen hatte.

Der Kriminalkommissar war mit an Sicherheit grenzender

Wahrscheinlichkeit in diesem Fahrzeug weggeschafft worden – und als Hugo und Billy auf einem der Computerbildschirme eine verpixelte Aufnahme betrachteten, fragten sie sich beide, ob er genau in diesem Moment zurückgebracht worden war.

Er starb.

Drei Männer vor ihm im Treppenhaus. Sie sagten nichts. Einer von ihnen hielt eine Waffe in der Hand.

Schoss.

Er spürte den Schmerz in der Brust.

Er stürzte durch Schwärze und Geräuschlosigkeit.

Er starb, war aber lebendig.

Ewert Grens' Körper war steif und schmerzte, doch trotz der Gefahr hob er vorsichtig einen Arm über den Kopf, bewegte die Finger in der Luft, kurbelte die Blutzirkulation an.

Er wusste jetzt, die kleinste Bewegung könnte den Tod bedeuten.

Endgültig.

Als fremde Hände ihn aus etwas herausgezerrt hatten, was er als Mülltonne zu identifizieren glaubte, war er für einen Augenblick zu Bewusstsein gekommen. Es hatte nach Äther gerochen, möglicherweise Chloroform, und er war ein zweites Mal gestorben. Dann war er hier aufgewacht. Einen Knebel im Mund, eine Binde vor den Augen. Umgeben von einem anderen Geruch. Chlor. Wie in den leeren Wohnungen, die eine Menschenhändlerorganisation in aller Eile verlassen hatte.

Die Augenbinde war ihm abgenommen worden.

Und er hatte die drei Männer aus dem Treppenhaus vor sich stehen sehen.

Er rief sich die Waffe vor Augen. Es musste ein Elektroschocker gewesen sein. Keine tödliche Waffe. Noch nicht.

Von der Augenbinde befreit, erinnerte der Chlorgeruch nicht nur an eine leere Bordellwohnung – *es war dieselbe Wohnung*. Die Tapeten, der Fußboden, die Zimmerdecke, Schnitt und Größe des Raums.

Die Männer, die er nur einmal zuvor gesehen hatte, hatten ihm erklärt, wie das einzige Möbelstück im Raum – der Stuhl, auf dem er saß – funktionierte. Wiesen ihn an, sich ganz langsam vorzubeugen, das Stück Stoff anzuheben, einen

Blick dahinter zu werfen, aber unter gar keinen Umständen aufzustehen.

Sie hatten ihn auf den Tod gesetzt.

Die dreiteilige Konstruktion war ebenso dilettantisch wie genial.

Ein Narkosegewehr für Wildtiere, abgesägt, um an die ihm zugedachte Stelle zu passen, nur der Abzug und ein Teil des Laufs waren noch vorhanden. Ein Gyrosensor, der ursprünglich in einem handelsüblichen ferngesteuerten Modellhubschrauber gesessen hatte. Und eine digitale Eieruhr.

Miteinander verdrahtet unter dem Stuhl.

Unter ihm.

Der Sitz war der Auslöser. Seine eigenen Bewegungen.

Eine Sitzfläche, umgebaut zu einer federnden Platte mit Scharnieren, die gespannt blieben, solange er darauf saß, angeschlossen an einen Stromtrafo. Die Männer hatten ihm das Klicken vorgeführt, als er ihn selbst aktiviert hatte. Denn in der Mitte des Sitzes befand sich ein Loch. Und in diesem Loch saß die Mündung des abgesägten und mit Kohlendioxid betriebenen Narkosegewehrs. Der Gyrosensor war an den Abzug gekoppelt, übte Druck darauf aus, und die Blasrohrkanüle zur Tierbetäubung war durch eine Spritze ersetzt worden. Eine Spritze mit Pavulon. Ewert Grens wusste genau, was das bedeutete. So hatte Svens Leben geendet. Der Curare-ähnliche Wirkstoff hatte Svens Atmung aussetzen lassen, während sein Herz noch acht Minuten weitergeschlagen hatte. Tot bei lebendigem Leib, bis er wirklich gestorben war.

Wenn Ewert Grens aufstand.

Wenn er sich auch nur einen Millimeter bewegte.

Wenn er die Feder aktivierte, den Gyrosensor, den Abzug des Betäubungsgewehrs.

Würde sich der Schuss mit dem tödlichen Gift lösen und ihn treffen.

Die digitale Eieruhr dagegen gab ihm Rätsel auf. Sie war aufgeschraubt und der Mechanismus, der am Ende der Kochzeit piepte, entfernt worden, so viel begriff er. Stattdessen erhielt der Gyrosensor einen Impuls und wurde aktiviert. Grens war klar, dass die Eieruhr als Timer diente und einen Countdown herunterzählte, aber nicht, welche Zeitspanne und was nach Ablauf der eingestellten Zeit passieren würde.

Sie war noch nie in Vilnius gewesen. Eine Hauptstadt, so nah, näher sogar als viele schwedische Städte, trotzdem hatte es einen verschwundenen Ewert Grens erfordert, damit sie ein Flugticket hierher löste. Von Zeit zu Zeit, auf Plätzen mit urig verfallenem Charme, hatte sie das Gefühl, durch eine weit zurückliegende altertümliche Zeit zu wandern, dann wiederum war sie von Moderne und gleichförmiger Hässlichkeit umgeben.

Die Wegweiser, die sie hergeführt hatten, waren knallpink, zitronengelb und giftgrün und von einer Elektroschockpistole verstreut worden, während zwei Stromstöße Ewert Grens' Körper und sein zentrales Nervensystem gelähmt hatten. Mariana Hermansson hatte mit einer Lupe die Seriennummer auf den Farbplättchen entziffert und via Interpol beim Hersteller anfragen lassen, in welchen Teil der Welt genau diese Waffe ausgeliefert worden war.

In das Gebäude, vor dem sie in diesem Augenblick stand.

An einen Händler, dessen kleiner Laden von zahllosen Künstler-Galerien umringt inmitten des bunten Stadtviertels Užupis lag, das wiederum von der Vilnia begrenzt wurde. Der Inhaber, ein Mann in den Fünfzigern, trug seine langen Haare zu einem struppigen Pferdeschwanz zurückgebunden, ließ seine scharfen Augen überallhin schauen, nur nicht zu seiner Gesprächspartnerin, und zeigte sich von ihrer schwedischen Polizeidienstmarke wenig beeindruckt. Er berief sich auf den Käuferschutz. Verwies auf das litauische Gesetz. Drohte. Rief irgendwo an und war aufgebracht. Doch als Mariana eine Stunde später die Ladentür hinter sich schloss und davonging, tat sie es mit einem zerknitterten Zettel, auf dem der

Name des Kunden stand, der die Elektroschockpistole bestellt und abgeholt hatte, die Spuren vor Grens' Wohnung hinterlassen hatte.

Ein Mann. Burak Žukauskas. Der Name sagte ihr nichts. Ähnelte keinem der Namen, die Grens oder Werner aus dem neunten Stock ihr genannt hatten oder die ihr von der älteren Ermittlung geläufig waren. Und eigentlich überraschte es sie nicht. Das Organisierte Verbrechen benutzte immer Strohleute, die ganz unten in der Rangordnung standen, bei Waffenkäufen jedoch an die Spitze aufstiegen.

Sie wanderte weiter durch Viertel mit hübschen, altertümlichen Häusern, kehrte in einem davon ein, trank eine Tasse Tee und aß ein großes Stück ofenwarmen Apfelkuchen, dessen Duft bis hinaus auf die Straße gedrungen war.

Vilnius.

Gleichgültig, ob die Waffenspur vorerst bei einem Strohmann endete oder nicht – bis hierher hatte sie geführt.

Und wie Ewert Grens glaubte Mariana nicht an Zufälle. In einer Polizeiermittlung ging es darum, Fäden zu erkennen und zusammenzuführen. Zwischen einer Waffe, in Vilnius zu dem Zweck gekauft, sie gegen einen schwedischen Kriminalkommissar einzusetzen, der gegen eine Organisation ermittelte, die mit Menschen aus ebendieser Stadt handelte, bestand eine Verbindung. Genauso wie die Waffe mit dem Menschenhändlerring in Zusammenhang stand, der Jahre zuvor ebenfalls mit Menschen aus dieser Stadt gehandelt hatte.

Räumlich hatte sie sich vom Verbrechen entfernt.

Der Lösung aber war sie näher gekommen.

»PIET?«

»Ja.«

»Schauen Sie sich das an.«

Piet trat von seinem Platz hinter den jungen Rücken ein paar Schritte vor, in die Lücke zwischen Billys Schreibtischstuhl und Hugos Pappkarton.

»Sehen Sie? Der Transporter hat *hier* angehalten. Mit allen drei Telefonen. Und hier sind sie zwei Stunden und fünfundzwanzig Minuten geblieben. Wenn der Kommissar mit im Lieferwagen war … Sie verstehen, was das heißt?«

»Wie lautet die Adresse?«

»Vegagatan. Hausnummer drei oder fünf. Genauer lässt es sich nicht erkennen.«

Piet und Billy sahen sich an – sie waren so weit gekommen, wie es in der virtuellen Welt möglich war. Der Rest spielte sich in der Wirklichkeit ab, an der Billy nicht teilhaben wollte. Hugo umarmte Billy, und Billy versprach, dass sein neuer Freund jederzeit willkommen war, von seinem Domizil aus eine Reise via Computerbildschirm anzutreten, wann er wollte und wohin er wollte, ganz ohne Tickets, Visum oder Flughafen-Check-in.

Im Auto protestierte Hugo. Obwohl er versprochen hatte, es nicht zu tun.

»Ich *will* nicht nach Hause, Papa.«

»Keine Diskussion.«

»Es war immer noch meine Idee.«

»Aber jetzt wird es zu gefährlich für dich.«

»Dann wird es für dich genauso gefährlich.«

»Hugo – momentan ist es weder für dich noch für mich

richtig gefährlich. Ewert ist derjenige, für den es richtig gefährlich ist.«

Sie hielten vor dem quietschenden Gartentor ihres Hauses in Enskede, und jeder Schritt, mit dem Hugo sich der Eingangstür näherte, war ein stummer Protest. Auf dem Weg in sein Zimmer im zweiten Stock reagierte er weder auf Luizas liebevolle Beinstupser noch auf Rasmus' zehntausend ungeduldige Fragen oder auf Zofias Versuche, Blickkontakt zu ihm herzustellen. Hugos Mutter, Vater, Bruder und Schwester zu sein war an fast jedem Tag rundum wundervoll und an einigen seltenen Tagen etwas weniger wundervoll.

Piet eilte in sein Arbeitszimmer im Keller und zu dem verschlossenen Waffenschrank mit seiner Basisausrüstung – die Radompistole in einem Holster und das Messer mit zweischneidiger Klinge in einem zweiten, das weiche Leder schmiegte sich fest und vertraut an seine Schultern –, dann hastete er die Kellertreppe wieder hinauf und verließ das Haus. Er würde sich später bei Zofia melden, erklären, fragen, wie es Hugo ging.

Auf dem Nynäsvägen, auf halbem Weg in die Stadt, klingelte sein Handy. Eine unbekannte Nummer.

»Piet?«

Eine Frauenstimme.

»Ja?«

»Mariana Hermansson. Aus Vilnius.«

»Vilnius?«

»Der Elektroschocker hat mich hergeführt. Burak Žukauskas. Sagt Ihnen der Name was?«

»Nein.«

»Das habe ich vermutet. Ich melde mich wieder.«

Er hätte vielleicht etwas sagen sollen. Wohin er unterwegs war. Wohin er *glaubte*, unterwegs zu sein.

Zu jemandem, der ihnen beiden etwas bedeutete.

Aber er kannte Mariana Hermansson nicht. In einer Behörde mit dreißigtausend Mitarbeitern gab es nach wie vor nur zwei Mitarbeiter, denen er vertraute. Erik Wilson und Ewert Grens.

Hermansson blieb bis auf Weiteres eine der neunundzwanzigtausendneunhundertachtundneunzig Personen, denen er dort *nicht* vertraute.

Abend in der schwedischen Hauptstadt, helle Dunkelheit senkte sich herab, aber kein Anzeichen von Ruhe. Menschen umarmten sich, aßen, lachten, johlten. Es war Sommer und warm, und während jemand um sein Leben rang, lebten andere das ihre.

Das hatte er auch vor vielen Jahren gedacht, als sein Vater auf der Intensivstation gestorben war. Am Ende hatten sie sich ausgesöhnt, und kurz nachdem er die Krankenhausluft verlassen hatte, war er jemandem begegnet, der ein Eis aß, und jemand anderem, der in einem Bus saß, und Menschen, die tanzten und vor sich hin sangen. Da war ihm zum ersten Mal bewusst geworden, dass die Welt sich weiterdrehte. Dass sein Vater das Leben verloren hatte und alle anderen es lebten.

Vegagatan. Ein Stück Asphalt, an das er nie einen Gedanken verschwendet hatte. Zwischen Upplandsgatan und Norrtullsgatan. Ein paar Straßenzüge, nicht weit von Grens' Wohnung im Sveavägen.

Er parkte ein Stück entfernt von »Hausnummer drei oder Hausnummer fünf«, wo laut Billy die digitale Spur endete, die Ewert Grens' Aufenthaltsort markieren *könnte*.

Ein Ort, mit dem Piet Hoffmann absolut nichts verband. Fremde Fenster, denen er einerlei war, weil sie ihm einerlei waren. Heime ohne Gesichter.

»Hermansson?«

Ihre Nummer stand ganz oben in der Liste der eingegangenen Anrufe. Er hoffte, dass sie noch nicht wieder im Flugzeug saß.

»Ja?«

»Vilnius – passt das zu dem Fall, an dem Grens gearbeitet hat? Zu Sven Sundkvist?«

»Ich bin mir ziemlich sicher.«

»Aber Sie wollen mir immer noch nicht sagen, woran *genau* er gearbeitet hat?«

»Das darf ich nicht. Ewert war mit einer Polizeiermittlung befasst. Sie sind kein Polizist.«

»Okay. Dann versuche ich mein Glück in der Vegagatan.«

Sie antwortete nicht.

»Hören Sie mich, Hermansson? Vegagatan. Hausnummer drei oder fünf.«

Ihr Schweigen. Es *war* hörbar.

»Sagt Ihnen das was?«

Er wartete. Geduldig.

»Ja.«

»Vegagatan drei oder fünf, sagt Ihnen das etwas?«

»Ja.«

Er wartete wieder. Diesmal ungeduldiger.

»Ich vertraue Ihnen nicht. Sie vertrauen mir nicht. Aber Ewert vertraut uns beiden. Und er ist wie ich. Obwohl wir niemandem vertrauen, *beschließen* wir, es hin und wieder trotzdem zu tun. Hermansson! Pfeifen Sie auf die Vorschriften! Ich glaube, dass wir uns beeilen müssen. Ich glaube, dass Grens in großer Gefahr ist.«

Sie schwieg wieder. Aber nicht ganz so lange.

»Hausnummer drei.«

»Was?«

»Razzien, vor ein paar Tagen, an drei Adressen. Verdacht auf Menschenhandel. Eine der Wohnungen lag in der Vegagatan drei. Im Parterre. An der Tür stand der Name Lindh.

Aber als wir in die Wohnungen eingedrungen sind, waren alle drei leer. Klinisch rein – irgendjemand hatte die Betreiber gewarnt.«

Hoffmann vergewisserte sich, dass Pistole und Messer in den Schulterholstern saßen, schlug den Jackenkragen hoch und zog die Baseballkappe tiefer in die Stirn, während er auf die Eingangstür zuging. Er tippte den Code ein, den Hermansson ihm aufs Handy geschickt hatte, und betrat ein ganz normales Treppenhaus in einem ganz normalen Haus in der Stockholmer Innenstadt. Zwischen den weißen Wänden erzeugten seine Schritte einen Widerhall, die Deckenlampe verbreitete einen goldenen Schein. An der Heizung war ein Fahrrad angekettet, in einer Nische stand ein Kinderwagen.

Langsam durchquerte er das Parterre mit nur zwei Mietparteien, passierte die erste, STENBERG, ging weiter zur nächsten, LINDH.

Die Polizei hatte saubere Arbeit geleistet. Eine alte Wohnungstür, an etlichen Stellen zerkratzt und abgenutzt, aber er entdeckte nicht mehr als ein paar wenige frisch abgeplatzte Holzsplitter. Doch das Türschloss bestätigte Mariana Hermanssons Auskunft. Es glänzte neu und unbeschädigt, hatte einen zertrümmerten Schließzylinder ersetzt.

Piet Hoffmann ging an der Tür vorbei, blieb knapp außerhalb des Radius des Gucklochs stehen.

War Grens hierhergebracht worden?

Wartete der Kriminalkommissar auf der anderen Seite dieser schlichten Wohnungstür?

Waren sie nur ein paar Meter voneinander entfernt?

Er hielt den Atem an, beugte sich vor.

Wenn die Täter nur einen Tag nach dem missglückten Zugriff der Polizei zurückgekehrt waren, war es ein genialer Schachzug – ein sicherer Ort war schwer zu finden.

Er lauschte auf die Stille. Nahm den Geruch von Chlor wahr.

Ob die Wirklichkeit genau hier weiterging, nachdem sie im Computer geendet hatte?

Die neuen Wohnungsbordelle mit neuen Mietverträgen waren fast besser als die, die sie gezwungenermaßen und in aller Eile verlassen hatten. Erki hatte einen guten Job gemacht. Weniger Einblick und größere Schlafzimmer an attraktiven Adressen. Die Kunden würden das zu schätzen wissen. Sie selbst hatte, wie jedes Mal, alle erforderlichen Fäden gezogen, damit bei einer ersten oberflächlichen Kontrolle die Namen an den Wohnungstüren existierten, obwohl sie in Wahrheit nie existiert hatten. Als Lena Nordwall jetzt die Inspektion der dritten und letzten Wohnung beendete – Inesa, Antea und Pija waren in je einer bereits vor Ort –, bereute sie ihre Entscheidung, mit der Inbetriebnahme bis zur Rückkehr der Frischoperierten aus Vilnius abzuwarten. Der Druck war groß. Die Anfragen kamen zahlreich. Selbst die Hälfte der üblichen Einnahmen wäre für einen begrenzten Zeitraum den Aufwand wert gewesen – drei mal sieben ausbleibende Buchungen zu tausendfünfhundert Kronen summierten sich zu über dreißigtausend Kronen, die ihnen pro Tag durch die Lappen gingen.

Sie setzte sich in dem Zimmer, das Tanyas werden sollte, aufs Bett. Der rote Überwurf war frisch gebügelt, die geöffnete Schublade mit Dildos, Handschellen, Vaseline und Reservekondomen bestückt, der Sessel für die Kleidung des Gastes bequem und funktional. Nur ihre Verdienstquelle fehlte.

Und Alena Sljusareva.

Lena Nordwall schaute auf die Uhr ihres Handys. Viertel vor elf. Keine drei Stunden mehr.

Präziser: Ewert Grens hatte keine drei Stunden mehr.

Es war *seine* verbleibende Zeit, deren Countdown gestern um halb zwei begonnen hatte, im selben Moment, als er von den Mitarbeitern der Sicherheitsfirma entführt worden war. Sie hatte ihm sechsunddreißig Stunden gewährt. Die schwedische Polizei führte pro Jahr nur circa dreihundert Sucheinsätze nach vermissten Personen durch, und das auch erst, wenn feststand, dass eine Gefahr für Leib und Leben vorlag. Bevor jemand wegen eines erwachsenen und von der Arbeit freigestellten Mannes aktiv wurde, der *möglicherweise* verschwunden war, noch dazu ohne einen *konkreten Verdacht auf ein Verbrechen*, würden mindestens sechsunddreißig Stunden vergehen. Vermutlich sogar erheblich mehr, aber Lena Nordwall wollte auf der sicheren Seite sein.

Falls sie jedoch Alena Sljusareva vor Ablauf dieser Zeit fand.

Falls es ihr gelang, die versteckten Beweise zu vernichten.

Dann würde sie Ewert Grens laufen lassen, ihn freilassen – ohne Beweise waren Alenas Worte nichts als Worte, und es gäbe keine Ermittlung.

Gelang es ihr *nicht*, musste er dagegen verschwinden. Obwohl sie auf eine Art begonnen hatte, ihn gernzuhaben. Sein Leben gegen ihres. Um Elin eine andere Zukunft zu ermöglichen als die, mit der sie selbst gestartet war, die Chance, andere Wege zu beschreiten.

So hatte sie die Sicherheitsfirma instruiert, die Grens gegen ein enormes Entgelt entführt hatte und nun die Verantwortung für ihn trug.

Davon hatte Ewert natürlich keine Ahnung. Man hatte ihm die Konstruktion unter dem Stuhl gezeigt, die Konsequenz erklärt, sollte er aufstehen und zu fliehen versuchen. Wovon man ihm jedoch nichts gesagt hatte, war der Countdown, der die Zeit bis zu seinem Tod herunterzählte. Und dass – sollten Alena Sljusarevas angebliche Beweise nach Ablauf der sechsunddreißig Stunden nicht vorliegen – das Narkosegewehr so oder so ausgelöst werden würde. Gleichgültig, ob er auf dem Stuhl saß und keinen Muskel rührte, oder nicht. Die Munition – dasselbe Gift, das Sven Sundkvist der Muskelkraft und des Sauerstoffs im Blut beraubt hatte, während das Herz eines toten Mannes noch acht Minuten lang weiterschlug – würde abgefeuert werden und sich in seinen Körper bohren.

Und Ewert Grens wusste nicht, dass er in diesem Fall nur noch drei Stunden zu atmen hatte.

»Bist du wach?«

»Machen Sie Witze? Es ist fast Nacht. Meine Tageszeit.«

»Gut. Weil ich deine Hilfe brauche.«

Piet Hoffmann saß in der Vegagatan im parkenden Auto, weit genug entfernt, um keinen Verdacht zu erregen, nah genug, um Haus Nummer drei im Auge zu behalten.

»Schießen Sie los.«

Billy klang wirklich hellwach. Für ihn fand das wahre Leben jetzt statt. Wenn alle anderen sich zum Schlafen anschickten.

»Ich glaube, du hast uns die richtige Richtung gewiesen, Billy.«

»Sie glauben? Hallo? Mit wem denken Sie, reden Sie?«

»Aber bevor ich weitermache, will ich einschätzen können, wie die Bewachung aussieht – Wachen, Sprengsätze, Alarmsysteme. Ich will wissen, wo die drei Telefone sich genau jetzt, in diesem Augenblick, befinden. Ich muss die Lage sondieren.«

»Wie schnell?«

»Ich muss fertig sein, bevor es hell wird.«

»Zehn Minuten.«

Piet Hoffmann blickte auf die Haustür, hinter der sich möglicherweise ein Freund befand.

Wenn Ewert noch lebte.

Er hoffte es. Er musste daran glauben.

Und in dem Fall durfte er Ewert um keinen Preis weiterer Gefahr aussetzen. Wenn diese Sache auf irgendeine Weise mit Grens' Kollegen Sundkvist zusammenhing, hatten die Entführer bereits bewiesen, dass sie bereit waren zu töten, um zu überleben. *Ich mag mich mehr als dich, deshalb entscheide ich mich für mich.* Ein Mantra, das er verstand und respektierte. Seine persönliche Interpretation der Wirklichkeit, jedes Mal, wenn Zofias Leben, Hugos Leben, Rasmus' Leben und Luizas Leben mehr wert waren als der Tod von jemand anderem.

»Hoffmann?«

Zehn Minuten. Billy wusste, was er tat.

»Ja?«

»Ein Handy befindet sich in Södertälje. Eins in Solna. Und eins ist in … der Kungholmsgatan. Ganz in der Nähe der Kungsbron.«

»Aber keins hier? In der Vegagatan?«

»Keins der Handys der Leute, die den Kommissar in einem Kleintransporter weggeschafft und ihn wieder zurück in die Stadt gebracht haben.«

Hoffmanns Blick verharrte erneut auf der Eingangstür mit der Hausnummer drei.

Kein einziger Bewacher? Oder gab es noch weitere Beteiligte? Hatte er eine falsche Spur verfolgt und sich vollkommen verzettelt? Befand sich Grens nicht fünfzig Meter von ihm entfernt, sondern ganz woanders?

»Das Telefon in der Kungsgatan, Billy. Hast du die genaue Adresse?«

»Auf der linken Seite, wenn man aus Richtung Hötorget und Sveavägen kommt. Hausnummer 65.«

»Cosmopol.«

»Was?«

»Kannst du mir die Telefonnummer schicken?«

Er fuhr gut einen Kilometer durch die Art von Sommerdunkelheit, die von Geräuschen und Leben erfüllt war, vorbei an blinkenden Ampeln und belebten Restaurants in einer Hauptstadt, die noch lange nicht zu Bett ging. Er parkte in der Vasagatan Ecke Kungsgatan und ging das letzte Stück zu Fuß zum Haus Nummer 65. Zum Kasino Cosmopol. Wo der Besitzer eines der drei Telefone, einer der mutmaßlichen Entführer, die frühen Stunden der Nacht verspielte.

Piet Hoffmann rückte die Schulterholster unter seiner leichten Sommerjacke zurecht, trotz des Risikos, dass jemand misstrauisch werden, ihn beobachten könnte. Dann betrat er eines der schönsten Gebäude Stockholms. Die Kirche des Mammons. Das Heiligtum der Hoffnung auf ein neues Leben, der Sehnsucht nach Veränderung, der Verheißung eines anderen Daseins. Ein rötlicher Glanz schwebte über der gigantischen Empore, auf der unter Anspannung stehende Menschen Spielautomaten in freskengeschmückten Erkern mit Scheinen fütterten, während die Teppichauslegeware im Erdgeschoss Besuchern den Weg zwischen Roulettekesseln, Pokertischen und schwarzen Black-Jack-Barhockern wies.

Er schob drei Fünfhundertkronenscheine über den Wechseltresen, worauf die Frau hinter der Glasscheibe ihm zehn blaue und zehn grüne Chips aushändigte und ihm viel Glück wünschte. Das Erste, was ihm auffiel, war die sonderbare Stille. Von Zeit zu Zeit erklangen vereinzelte Lacher, die Rufe der Croupiers sowie Gläserklirren. Davon abgesehen spürte man nur Hoffnung und Konzentration. Er blieb auf der Schwelle der imposanten Empore stehen, lehnte sich an gut erhaltene Holzpaneele und wählte die Telefonnummer, die Billy ihm geschickt hatte. Wartete. Wartete. Ohne irgendwo ein einsetzendes Klingeln zu vernehmen. Er ging weiter in den Saal hinein, ließ den Blick über Spieltische und besorgte Rücken wandern und wählte die Nummer ein zweites Mal. Und auch diesmal setzte nirgendwo ein Klingeln ein. Doch drei Black-Jack-Tische entfernt zog ein Mann um die dreißig sein Handy hervor, meldete sich und schob das Telefon einen Augenblick später unverrichteter Dinge und mit einem irritierten Schulterzucken zurück in die Hosentasche. Dorthin lenkte Piet Hoffmann seine Schritte.

Die sieben Stühle um den sichelförmigen Tisch waren alle besetzt, und Hoffmann mischte sich unter die Umstehenden, die zuschauten oder darauf warteten, dass ein Platz frei wurde. Der Mann, der vergeblich an sein Telefon gegangen war, saß rechts außen. Er hatte ein rosafarbenes Muttermal auf der Stirn, das aussah wie eine Lache Himbeersaft und das er unter dunklen Stirnlocken zu verbergen versuchte. Seine eng beieinanderstehenden Augen folgten jeder neuen Karte, die aus sechs verschiedenen Kartendecks ausgeteilt wurde. Seine Hände waren grob, mit ein paar Goldringen zu viel geschmückt, und ruhten schwer auf seinen eigenen Karten. Ein König und eine Fünf. Fünfzehn. Ein hoffnungsloses Blatt, um auf einundzwanzig zu kommen, und als der Dealer ihn fragte, ob er eine neue Karte aufnehmen oder passen wolle, wedelte er zunächst abwehrend mit der Hand, änderte dann jedoch seine Meinung und bekam eine Acht. Ein Stapel mit zehn schwarzen Tausend-Kronen-Chips wanderte über den Tisch und in den Besitz der Bank.

Der Mann mit dem Muttermal gab keinen Laut von sich, verzog keine Miene, atmete wie zuvor. Ein neuer Stapel Chips erschien am selben Platz.

Möglicherweise saß er dort, um Geld zu waschen; das war der Grund, warum Piet Hoffmann in einem anderen Leben selbst mit einer derartigen Gemütsruhe große Summen in einem Kasino verloren hatte, aber wahrscheinlich war der Mann einfach nur professionell beherrscht.

Ein Mann, der fähig war, zu drohen, zu entführen, zu töten.

Ein dritter Anruf. Um ganz sicher zu sein.

Hoffmann wählte die Nummer. Musterte dabei einen Körper, der durchtrainiert war, ohne muskulös zu sein, einen Blick, der fokussiert war, sowie die Umrisse einer Waffe, die sich wie seine eigene in einem Holster an der Schulter unter dem Sakko des Mannes abzeichnete.

Und drückte den Anruf weg, als er sah, dass der Mann ans Telefon ging.

Der Stuhl zur Linken des mutmaßlichen Kidnappers wurde frei, Piet Hoffmann ließ sich darauf nieder und markierte die Einsatzzone, die jetzt seine war, mit allen eingewechselten blauen und grünen Chips. Er hatte nur vor, eine einzige Runde zu spielen.

Der Mann mit dem Muttermal deckte die Kreuz-Neun auf, Hoffmann die Herz-Acht.

Der Mann mit dem Muttermal deckte die Karo-Sechs auf, Hoffmann die Pik-Zehn.

Der Mann mit dem Muttermal addierte, überlegte und wollte, seine ganze Konzentration auf den Spieltisch gerichtet, soeben eine neue Karte anfordern, als er die Mündung einer Neunmillimeter Halbautomatik zwischen seinen Rippen spürte.

»Wir haben einen gemeinsamen Freund und Bekannten. Mein Freund, dein Bekannter.«

Piet Hoffmann beugte sich zu ihm, raunte.

»Wir verschwinden jetzt hübsch leise von hier und besuchen ihn.«

Mitgliedern der Welt, in der Gewalt regierte, war das Mantra *Ich mag mich mehr als dich, deshalb entscheide ich mich für mich* bestens vertraut. Sie wussten, wenn sie jemandem begegneten, der getötet hatte und bereit war, es wieder zu tun. Der Mann mit dem Muttermal stand wortlos von Kreuz-Neun, Karo-Sechs und dem Tausend-Kronen-Stapel auf dem Spieltisch auf.

»Zum Ausgang.«

Impulskontrolle. Im Lauf der Jahre hatte Piet Hoffmann gelernt, die irrsinnige Wut, die er seit jeher in sich getragen hatte, zu kanalisieren, sie gezielt einzusetzen. Die Akten voll Gutachten, die ihn als Insassen von Jugendstrafanstalten und Hochsicherheitsgefängnissen beschrieben, der Gewalt favorisierte, waren inzwischen überholt. Er favorisierte Gewalt nicht mehr, er nutzte sie als Mittel zum Zweck. Wartete auf den richtigen Moment, in dem er sie nicht mehr zügeln musste. In einer anderen Zeit hätte er längst geschrien und gedroht und geschossen. Heute war er klüger. Wenn Ewert Grens weiterleben sollte, musste er die Gewalt weiter einsetzen, auf die richtige Weise, er musste den Mistkerl einsetzen, der einen Menschen gekidnappt und womöglich verletzt hatte, einen Menschen, den Hugo sehr gernhatte.

Aus verzweifelten Sälen traten sie hinaus in warme Dunkelheit, und Hoffmann blieb einen halben Schritt hinter dem Mann zurück, während die Kungsgatan zur Vasagatan wurde, wo Impulskontrolle nicht mehr erforderlich war und er den Griff seiner Radom auf den dunkel gelockten Hinterkopf hieb. Er öffnete die Beifahrertür seines Wagens und stieß den bewusstlosen Mann hinein. Dann leerte er dessen Waffenholster, Hosentaschen und Jackentaschen und legte eine Pistole, eine Schachtel Zigaretten, ein Tütchen Metamphetamin, einen großen Schlüsselbund und ein silbernes Kartenetui auf das Armaturenbrett. Begrenzte Zeit erforderte simple Lösungen. Piet Hoffmann fesselte den Mann mit breitem Isolierband an Knien und Füßen, wickelte es um Beifahrersitz und Bauch, Beifahrersitz und Brust, Beifahrersitz und Arme und erhöhte die Nackenstütze – für einige abschließende Runden um Schultern, Hals und Stirn.

Dann beugte er sich prüfend zurück.

Irgendwas fehlte. Für den Fall, dass neugierige Augen auf die Idee kommen sollten, durchs Seitenfenster zu spähen.

Er griff nach Rasmus' roter Manchester-United-Kappe, die zerknautscht auf der Rückbank lag, vergrößerte den Kopfumfang so weit wie möglich und drückte die Kappe in eine bewusstlose Stirn.

»*Wach auf.*«

Seine Handflächen schlugen abwechselnd auf eine rechte und eine linke Wange.

»*Du miese Ratte.*«

Die Gesichtshaut nahm denselben rötlichen Farbton an wie die Missfärbung auf der Stirn.

»*Sieh mich an.*«

Der letzte Schlag war härter, eine geballte Faust gegen die Schläfe.

Das half.

Vergebens versuchte der Mann, den Kopf zu bewegen, schrie irgendwas, das nicht zu verstehen war, riss die Augen auf und starrte auf das beidseitig geschliffene Messer, das Hoffmann aus einem seiner Schulterholster zog.

»Ich will, dass du das hier ansiehst.«

Hoffmann achtete darauf, dass der Mann dem Messer mit den Augen folgte, während es einen Halbkreis um seinen festgezurrten Kopf beschrieb, hinter der Nackenstütze verschwand, in sie *hinein*gedrückt wurde.

»Scheiße!«

Das knirschende Geräusch, mit dem die Spitze der Messerklinge zuerst durch das vorgebohrte Loch der Metallummantelung drang und danach durch harten, stoßdämpfenden Kunststoff, war nicht sonderlich laut, trotzdem durchschnitt es Gedanken und Bewusstsein.

»Scheiße! Scheiße! Scheiße!«

»Wunderbar. Du bist wach. Dann fahren wir los.«

Piet Hoffmann ließ den Motor an und fuhr langsam in Richtung Norra Bantorget.

»Ewert Grens. Wo ist er? Raus mit der Sprache!«

»Fick dich ins Knie.«

Hoffmann behielt die linke Hand am Lenkrad, langte mit dem rechten Arm um den Beifahrersitz und schlug mit der flachen Hand gegen den Messergriff, sodass die Klinge tiefer in die Nackenstütze drang.

»Falsche Antwort.«

In der Torsgatan bremste Piet ab, fuhr nicht viel schneller als die beiden Radfahrer, die fröhlich und angeheitert in wilden Schlangenlinien über die Straße kurvten.

»Ewert Grens. *Wo ist er?*«

Der Festgezurrte blieb stumm, vielleicht mit einem leichten Hohngrinsen auf dem Gesicht.

»Wieder die falsche Antwort.«

Piet Hoffmann schlug gegen den Messergriff, bis er sicher war, dass der Nacken des Mannes das letzte Hindernis ausmachte. Dass die Spitze der Klinge seine Nackenwirbel berührte.

»*Wo ist er?*«

Sie fuhren an der Odengatan und am Sankt Eriksplan vorbei, und Piet Hoffmanns rechte Handfläche schlug weiter gegen den Messergriff. Fest genug, damit die Haut des Mannes die Spitze der Klinge noch ein wenig deutlicher spürte, ein wenig stärker blutete.

»*Wo?*«

Sie bogen nach rechts in den Karlsbergsvägen ein, und auf Höhe der ersten Ampel wurden die Schläge härter und zu schmerzhaften Nackenstichen.

»*Wo?*«

Piet Hoffmann fuhr rechts ran, hielt mit laufendem Motor.

»*Wo?*«

»Vega…«

Ein weiterer Stich in den Nacken. Der Schrei des Mannes kam aus dem Bauch.

»…gatan!«

»Hausnummer?«

»Drei.«

»Der Name an der Wohnungstür?«

Der Mann zögerte.

Hoffmann streckte sich zum Messer, signalisierte, dass er gleich dagegenschlagen würde.

»Der Name an der Wohnungstür?«

»Lindh.«

Die Adresse. Die Wohnung.

Piet Hoffmann hatte mit Billys Hilfe den Weg gefunden.

Und nun spielte ihm die Angst in die Hände. Der festgezurrte Kopf schien die Wahrheit zu sagen. Angst, Todesangst, förderte unweigerlich weitere Wahrheit zutage – die er bei der nächsten Antwort brauchte, der wichtigsten.

»Wer bewacht ihn?«

Hoffmann schlug gegen den Messergriff, nicht hart, aber hart genug, und das Gesicht neben ihm sah ihn an, blass, verzerrt.

»Nur ich.«

Ein neuerlicher Schlag.

»Nu…«

Noch einer.

»Nur …«

Die Stimme wurde schwächer, war kaum zu verstehen.

»… ich.«

Sie bogen von der Dalagatan in die Observatoriegatan und von da links in die Vegagatan. Diesmal hielt Piet Hoffmann näher an der Eingangstür mit der Hausnummer drei. Er plante einen letzten Schlag gegen den Messergriff, einen Schlag, der die Spitze der Klinge so tief in den Nacken des Mannes eindringen lassen würde, wie es auf dieser Seite des Lebens möglich war, als sein Handy klingelte, mit dem Klingelton, der einzig und allein zwei Jungen vorbehalten war.

Um diese Uhrzeit? Das verhieß nichts Gutes.

»Ich bin's, Papa.«

Hugo.

»Du sollst nicht mehr wach sein, Kumpel.«

»Ich kann nicht schlafen.«

»Du wirst einschlafen. Bald.«

»Ich denke. An Ewert.«

Piet Hoffmann wollte die bettwarmen Wangen küssen, den unruhigen Körper seines Sohnes umarmen.

»Alles wird gut. Ich bin dicht dran. In ein paar Tagen esst ihr wieder zusammen Zimtschnecken.«

Er wartete darauf, dass Hugo auflegte. Doch sein Ältester tat es nicht.

»Papa?«

»Ja?«

»Wenn Ewert was passiert.«

»Ihm passiert nichts.«

»Aber wenn doch. Irgendwas Schlimmes.«

»Hör mir zu. Wenn du mir versprichst, dass du versuchst zu schlafen, verspreche ich dir, anzurufen, wenn alles vorbei ist.«

»Sofort?«

»Auch mitten in der Nacht.«

»Auch wenn was Schlimmes passiert ist?«

»Schlaf jetzt, Großer.«

Piet legte das Telefon in das Seitenfach der Fahrertür, hob den Arm und dachte an einen Jungen, der nicht schlafen konnte, und an einen Freund, den jemand entführt und womöglich verletzt hatte, ihn vielleicht sogar … und es war so leicht, das Messer noch ein Stückchen tiefer in die Nackenstütze zu treiben.

»Ich möchte sicher sein, dass ich alles richtig verstehe. *Keine* anderen Wachen?«

»Nu… nur … ich.«

»*Keine* Wachablösung?«

»Ich … letz…te … Ablösung. Sonst … keiner.«

»*Keine* Minen? *Keine* Sprengladungen? *Keine* anderen Sicherheitsfallen, von denen ich wissen müsste?«

»Ni…nichts. Er … bewacht sich selbst.«

Hoffmann packte den Mann beim Kinn.

»Jetzt hörst du mir zu – ganz genau, wie mein Sohn gerade eben.«

Wartete, bis der Mann ihn ansah.

»*Ein* Schlag noch. Das ist alles. Und das weiß ich ganz genau, weil ich das hier schon mal gemacht und dabei gelernt habe, wie weit die Messerklinge reicht. Damals ging sie ein kleines Stück zu tief, und ich und die Familie des Typen haben gelernt, wo die Grenze verläuft – der Typ selbst hatte nicht mehr die Zeit dazu.«

Die Augen. In ihnen lag keine Angst mehr. Sondern Todesangst.

»Du kannst also unbesorgt sein. Erst wenn ich das Treppenhaus betrete und feststelle, dass du mir einen Haufen Lügen aufgetischt hast und dadrin doch ein mieser kleiner Aufpasser hockt. Oder wenn ich fast über eine Zündschnur stolpere. Letzte Chance. Wenn du mich angelogen hast, komme ich zurück und ramme die Klinge bis zum Anstoß in deinen Hals.«

Sie blickten sich an.

Lange.

Piet Hoffmann war überzeugt. Der festgezurrte Kopf log nicht.

Er nahm den Schlüsselbund vom Armaturenbrett, stieg aus dem Auto und lief zu der Eingangstür mit der Hausnummer drei. Das Fahrrad war noch an der Heizung angekettet, der Kinderwagen war nicht mehr da. Er ignorierte die Wohnungstür mit dem Namensschild STENBERG, blieb vor der

Tür mit dem Namen LINDH stehen und lauschte – erst mit einem Ohr an der Tür, dann durch die Briefklappe – und hörte die gleiche Stille wie vorhin. Dann wählte er aus dem großen Bund sieben Schlüssel, die aussahen, als könnten sie in das funkelnagelneue Schloss passen, und probierte sie der Reihe nach aus.

Er weinte.

Zum dritten Mal innerhalb von zwei Tagen.

Bei Sven hatte er aus Verzweiflung geweint, aus Trauer. Bei Lena hatte er mit den Tränen gekämpft, obwohl er glücklich gewesen war. Diese Tränen waren Tränen der Demütigung, der Todesangst.

Ewert Grens hatte keine Kraft, dagegen anzukämpfen. Seit über vierundzwanzig Stunden saß er in seinen eigenen Exkrementen. Sein Körper schmerzte vor Durst und Krämpfen, weil eine einzige Bewegung gleichbedeutend war mit Atemstillstand, während sein Herz weiterschlagen würde. Er, der sich so viele Jahre davor gefürchtet hatte zu leben, fürchtete sich nun davor zu sterben.

Zu guter Letzt hatte er begriffen, welche Funktion die digitale Eieruhr unter dem Stuhl erfüllte, was nach Ablauf der programmierten Zeit passieren würde. Als er das Stück Stoff vorsichtig mit dem rechten Schuh angehoben hatte, ohne sich dabei auch nur einen Millimeter vom Stuhl zu bewegen, ohne die tödliche Giftinjektion zu aktivieren, hatte er die blinkenden Leuchtziffern des Timers gesehen und die verbleibende Zeit. Die Stunden, die Minuten, die Sekunden, bis ein abgesägtes Narkosegewehr und eine Giftspritze ausgelöst werden würden, gleichgültig ob er still saß oder nicht. Aufzustehen bedeutete den Tod.

Und sitzen zu bleiben würde in – zum zehnten Mal schob er mit der Schuhspitze den Stoffvorhang beiseite – zwanzig Minuten ebenfalls den Tod bedeuten.

Er war allein im Raum. Er wurde nicht bewacht.

Er war nur an den Händen gefesselt.

Diese Konstruktion, die von seinem Körper ausgelöst wurde, bei jedem Versuch zu fliehen, machte ihn zu seinem eigenen Bewacher.

In gewisser Weise wäre es leichter, wenn er komplett gefesselt wäre – nicht bloß die Arme festgebunden hinter einer Stuhllehne und der Mund verschlossen mit Knebel und Klebeband. Die infamste Qual war die Möglichkeit, jederzeit aufstehen zu können, das Ende selbst herbeiführen zu können, bevor die Zeit es tat.

Selbst zu bestimmen, wann er sterben würde.

Der sechste Schlüssel glitt genauso widerstandslos in das Schloss wie die fünf vorherigen, die sich aber nicht hatten drehen lassen. Piet Hoffmann hielt ihn zwischen Daumen und Zeigefinger, spürte, wie hervorstehende Metallzacken einrasteten und den Schließzylinder zur Seite drückten.

Jetzt. *Jetzt.* Ein mechanisches Klicken. Die Tür ging auf.

Eine Grabkammer.

Sein erster Gedanke.

Vielleicht lag es an der Dunkelheit, an den heruntergelassenen Jalousien und ausgeschalteten Lampen, aber vor allem lag es am Geruch. Der Chlorgestank nahm mit jedem Schritt ab, den er in die Wohnung hineinging, wurde überlagert von etwas Muffigem. Es roch nicht nach Feuchtigkeit oder Schimmel, auch nicht nach verdorbenen Lebensmitteln. Es stank nach Schweiß, nach frischem Schweiß, vermengt mit altem Schweiß. Es stank nach Exkrementen. Es stank nach Tod.

Hoffmann blieb in der Mitte des Flurs stehen.

Hundertprozentig sicher.

Er war nicht allein.

Es war noch jemand hier.

Stück für Stück gewöhnten sich seine Augen an die Dunkelheit, die ausreichend Konturen erkennen ließ, damit er das ehemalige Bordell Raum für Raum sichern konnte. Vor ein paar Jahren, als er an der linken Hand zwei Finger verloren und das seine Schießfertigkeit beeinträchtigt hatte, hatte er sich umgestellt, hatte sich angewöhnt, die Pistole in der rechten Hand zu halten. Inzwischen traf er als Rechtshänder mit derselben Selbstverständlichkeit, wie er es als Linkshänder getan hatte. Er kontrollierte mit vorgehaltener Waffe Flur, Schränke, Badezimmer, Küche, ein Schlafzimmer und einen Raum, der vermutlich das Wohnzimmer gewesen war. Wenn sich in dieser Wohnung lebendige Wesen befanden – und diesen Eindruck hatte er, leise Atemzüge und ein zunehmend beißender Gestank –, mussten sie im nächsten Zimmer sein.

Ein letzter Schritt, vor eine Tür, die einen Spalt weit offen stand.

Dass er eine fremde Anwesenheit spürte, bedeutete natürlich, dass die Person oder die Personen hinter der Tür ebenfalls die Gegenwart eines ungebetenen Gastes spürten.

Die Lichtschalter waren bisher immer in Brusthöhe, zehn Zentimeter vom Türrahmen entfernt angebracht gewesen. Piet setzte voraus, dass es in diesem Raum nicht anders sein würde.

Sein Gleichgewicht war ausbalanciert, sein Körper gespannt.

Er schnellte mit dem Oberkörper um den Türstock, schaltete in derselben Bewegung die Deckenlampe an und zielte auf die Gestalt in der Mitte des Raums.

Verflucht.

Verflucht.

»Ewert?«

Der stolze Mann, der kluge Kriminalkommissar, der gute Freund.

Piet Hoffmann bebte vor Verzweiflung.

Dort saß Ewert Grens, gebrochen und zunichtegemacht.

»Ich bin es, Piet.«

In dem Raum befand sich ein einziges Möbelstück, ein Stuhl, auf dem der Kriminalkommissar saß, und Hoffmann stürzte auf die Überreste eines Menschen zu. Während Grens etwas zu sagen versuchte, durch Knebel und Klebeband daran gehindert, durchtrennte Piet Hoffmann die Kabelbinder, mit denen Grens' Arme gefesselt waren, packte ihn bei der Schulter und wollte ihn hochziehen.

»Steh auf, Ewert. Wir haben nicht viel Zeit. Wir müssen von hier weg.«

Ewert Grens war massig. Jetzt machte er sich noch schwerer, als er ohnehin war, presste seinen Körper nach unten, statt Piets Hand nach oben zu folgen, und versuchte zugleich, das von seinem Mund zu reißen, was ihn am Reden hinderte.

»Später. Ewert. Reden können wir *später*. Beruhige dich, ich kümmere mich um dich.«

Piet Hoffmann zerrte jetzt an beiden Schultern, während Grens panisch Augenkontakt suchte und sich mit beiden Händen am Stuhlsitz festhielt, sich mit letzter Kraft festklammerte.

Hoffmann zeigte ihm das Messer.

»Halt den Kopf still.«

Er riss das Klebeband von Grens' Lippen, durchschnitt den Knebel, der auf Grens' Zähne drückte.

»Piet, ich ...«

Der gebrochene Kriminalkommissar starrte ihn an.

»... sitzc ...«

Er hustete, räusperte sich, hustete wieder.

»... auf ...«

Seine Stimme war kaum zu hören.

»... dem Tod.«

So als sässe man auf einer Bombe. Einen Atemzug von der Detonation entfernt.

Piet Hoffmann kniete vor Ewert Grens' Füßen und versuchte zu verstehen, was er da betrachtete. Hinter einem Stoffvorhang, unter einem Stuhl. Versuchte zu verstehen, wie die Konstruktion, von der der Kommissar gesprochen hatte, funktionierte.

»Und … in dieser Spritze ist ein synthetisches Curare-Derivat?«

Grens nickte schwach, Hoffmann legte ihm eine Hand aufs Knie.

»Steh auf, Ewert.«

Grens blieb sitzen.

»Ewert – das ist eine interessante Heimwerkelei, aber nicht mehr als ein Stuhlsitz mit Scharnieren, Federn und einem Trafo. Ich drücke die Platte nach unten, und du stehst auf.«

Piet Hoffmann stemmte die Hand unter Grens' Beine und wartete, bis der Kommissar sehr langsam und am ganzen Körper zitternd aufstand.

»Jetzt musst du übernehmen – leg deine Hand hierhin.«

Grens befolgte Hoffmanns Anweisung, presste eine Hand, die genauso stark zitterte wie seine Beine, auf das zusammengezimmerte Stück Holz. Hoffmann umwickelte es einige Male mit Klebeband, untersuchte ein Waffenteil nach dem anderen und war bei der Eieruhr angelangt, als er einen Aufschrei unterdrückte.

Nur noch sechzehn Minuten.

So kurz davor war jemand gewesen, seinen Freund zu töten, Hugos Freund.

»Warte einen Moment hier, Ewert.«

Piet Hoffmann fasste Ewert Grens am Arm und führte ihn behutsam zum Fenster. Der einzige Ort, mit Ausnahme des Höllenstuhls, der in dem leeren Raum eine Haltemöglichkeit bot.

»Die Fensterbank. Halt dich mit beiden Händen daran fest. Ich bin gleich wieder da.«

Im Hinausgehen wählte Hoffmann als Erstes den Notruf, um einen Krankenwagen zu rufen, dann drehte er den Stuhl um, entfernte Scharniere, Gyrosensor und Timer, das abgesägte Narkosegewehr nahm er an sich. Ein letzter Blick auf Grens, der sich bleich und vornübergekrümmt an der Fensterbank festklammerte und auf einen leeren Innenhof hinausstarrte.

Vom Haus bis zu seinem Wagen war es nicht weit, aber die Distanz genügte, damit Piet klar wurde, wie kurz er selbst davor gewesen war, das Leben eines Freundes zu beenden. Wie verzweifelt Grens sich widersetzt hatte, als er an seinen Schultern und Armen gezerrt hatte, um ihn zu zwingen, aufzustehen und die Giftinjektion auszulösen.

Der spärlichen Straßenbeleuchtung zum Trotz war die rote Manchester-United-Kappe bereits etliche Meter vor dem Ziel zu erkennen, das schwarze Isolierband um Stirn und Hals dagegen war erst zu sehen, als er die Beifahrertür öffnete und sich in den Wagen beugte. Der Mann, der dort saß, war angeheuert worden, ein Handlanger, der sich ein Zubrot verdiente, indem er Leute bedrohte und verletzte, genau wie Hoffmann es einst getan hatte. Aber das war unwichtig. Jetzt, in diesem Moment, war der Handlanger für die Zeit verantwortlich, die von Grens' Leben verblieben gewesen war.

»Du hast deine Aufgabe erfüllt.«

Piet Hoffmann riss das Isolierband um Kopf, Oberkörper und Beine ab.

Der Mann mit dem Muttermal sah seinen Befreier stumm an, als hege er erhebliche Zweifel.

»Hau ab, zum Teufel.«

Ein letzter Blick, und der Kidnapper suchte das Weite, ohne nach dem Menschen zu fragen, den er in seiner eigenen Pisse und Scheiße hatte sitzen lassen. Dem Menschen, von dem er keinen blassen Schimmer hatte. Den er nicht kannte, von dem er nicht wusste, wer er war, demgegenüber er sich aber das Recht herausgenommen hatte, Macht über ihn auszuüben, bereit, dabei zuzusehen, wie eine Konstruktion Marke Eigenbau dessen Leben beendete.

»Ach, übrigens.«

Der Kidnapper war erst ein paar Schritte weit gekommen, als Hoffmann ihm folgte.

»Eins noch.«

Der Mann drehte sich um, und Hoffmann holte ihn ein.

»Du hattest meinem Freund noch sechzehn Minuten gegeben.«

Das abgesägte Narkosegewehr hatte genau unter seine Jacke gepasst. Hoffmann zog es hervor und hielt es mit dem Lauf nach unten in der Hand.

»Aber du kriegst nur die Hälfte.«

Während sein Finger den Abzug suchte.

»Also acht Minuten. Denn …«

Er schoss.

Die Waffe mit der giftigen Munition unverändert nach unten gerichtet.

»… obwohl du nicht mehr atmen kannst …«

Auf den rechten Fuß des Mannes.

Das Resultat wäre dasselbe.

»… schlägt dein Herz so lange noch weiter.«

Teil 5

Wie anders ein Mensch in neuer Haut erscheint. Wenn die Kleidung abgelegt ist und die Farben sich zurückgezogen haben. Wenn stark zu schwach und groß zu klein geworden ist. Wenn ein Kriminalkommissar, der jagt, zur Geisel geworden ist, die gejagt wird.

Wenn Macht sich in Machtlosigkeit verkehrt.

Es war nicht nur das Gesicht. Es war der ganze gebrochene Mann, von dem die Angst zu sterben nicht lassen wollte. Piet Hoffmann rückte näher an das Bett heran, legte Ewert eine Hand auf die Brust, so wie er es immer bei Hugo machte. Dem behandelnden Arzt zufolge würde Grens noch einige Stunden schlafen. Man hatte ihn gewaschen, ein schweißgetränktes Hemd und eine stinkende Hose waren gegen einen Krankenhauskittel ausgetauscht worden. Grens' Atemzüge waren regelmäßiger, seine Träume jedoch voll Unruhe. Manchmal schrie er laut auf und verteidigte sich mit den Händen fuchtelnd gegen irgendein Fantasiegespinst. Seine Lippen, Wangen und seine Stirn waren angespannt, seine Augenlider zuckten unkontrolliert.

Mit Ausnahme der Handgelenke, an denen die Kabelbinder tiefe Einschnitte verursacht hatten, und massiver Hämatome an Oberarmen und Oberschenkeln wies er keine äußerlichen Verletzungen auf. Aber die seelischen Wunden, die weder gemessen noch geröntgt noch gescannt werden konnten, reichten viel tiefer und würden länger brauchen, um zu heilen.

Als Erik Wilson und Mariana Hermansson eintrafen, setzten sie sich jeweils an eine Seite des Bettes, an eine Seite von Ewerts Kopf, dann taten sie das Gleiche wie Hoffmann –

betrachteten verwundert einen Mann, dessen Nimbus und Ausstrahlung alles gewesen waren und der jetzt wie ein Nichts vor ihnen lag. Wilson ließ kein Wort darüber fallen, dass Piet Hoffmann recht gehabt hatte, dass die Lage ernst und keine Zeit zu verlieren gewesen war, es war nicht nötig. Sie hatten einander einmal wie kein Zweiter gekannt und gelernt, niemals in dem zu verharren, was bereits geschehen war.

Mit dieser Ablösung vor Ort verließ Piet Hoffmann das Karolinska-Universitätskrankenhaus und fuhr durch die Stockholmer Nacht zu dem Haus in Enskede, das inzwischen die einzige Wirklichkeit war, nach der er sich sehnte. Er küsste Zofia, flüsterte, dass alles gut gegangen sei und dass die ganze Familie morgen früh vereint am Frühstückstisch sitzen würde. Er ging in Luizas Zimmer und streichelte die weichste Wange, die er kannte, ging in Rasmus' Zimmer und staunte über den ruhigen Schlaf seines jüngeren Sohnes, der auf dem Rücken lag und bereit zu sein schien, jede Herausforderung anzunehmen, die das Leben mit sich brachte. Zuletzt ging er in Hugos Zimmer und rüttelte sanft verschwitzte Schultern, bis Hugo die Augen aufschlug, im ersten Moment voller Angst, dann ruhig, als er begriff, wer neben seinem Bett stand.

»Hey, Großer.«

»Pa…pa?«

»Ja.«

»Was … warum bist du hier?«

Hugo setzte sich auf. Die Augen aufs Neue voller Angst.

»Ewert? Ist was …«

»Ewert geht es gut. Ziemlich gut. Und ich glaube, er würde sich riesig freuen, wenn du ihn besuchen kommst.«

»Jetzt?«

»Jetzt. Wenn du willst.«

Auf dem Weg ins Krankenhaus sprachen sie nicht viel. Als würden sie sonst riskieren, die bevorstehende Begegnung zu zerstören. Aus Dunkelheit war Morgendämmerung geworden. Während des kurzen Wimpernschlags, der Nachtmenschen von Morgenmenschen trennte, durch die schwedische Hauptstadt zu fahren, hatte jedes Mal etwas Wundersames.

Die Umarmung zwischen einem Jungen, der die letzten Meter zu einem Krankenhausbett rannte, zu einem älteren Mann, der unter Schmerzen seine leicht zitternden Arme ausstreckte, gehörte zum Schönsten, was Hoffmann je gesehen hatte.

Sie umarmten sich, lange.

Während Wilson und Hermansson sich zurückzogen, um nicht zu stören.

Und dann, als die leisen Gespräche zwischen fünf Personen vor erlösender Erleichterung teils zu lautem Lachen und teils zu wütenden Zornesrufen anschwollen, weil ihnen aufging, was hätte passieren können, erwies es sich als Glück, dass der Kriminalkommissar in einem Einzelzimmer lag. Es war ein schöner Moment. Einer dieser Momente, die man für immer bewahrt.

»Aber jetzt jetzt müsst ihr alle nach Hause gehen und ein wenig schlafen. Ihr seht zum Umfallen müde aus. Müder noch, als ich mich fühle.«

Ewert Grens' Stimme klang erschöpft, nach Heiserkeit, die nur späte Nächte und sechzehn Minuten verbleibende Lebenszeit hervorrufen konnten.

»Ist das eine Dienstanweisung?«

Mariana Hermansson lächelte. Wie er.

»Ja.«

»Ewert, ich verlasse dieses Zimmer, wann ich will.«

Sie küsste ihn auf die Wange, wie Sven, als der in einem Krankenhausbett gelegen und klein ausgesehen hatte.

»Du kannst mir keine Anweisung erteilen. Soweit ich weiß, bist du … wie heißt das Wort noch gleich … suspendiert.«

»Raus.«

»Gute Nacht, Ewert.«

Hermansson hatte die Zimmertür geöffnet und schickte sich an, auf den Flur hinauszugehen, als Wilson sie zurückhielt.

»Die Suspendierung ist hinfällig.«

Er sah den Kriminalkommissar an.

»Du warst der leitende Ermittler. Jemand wollte dir etwas anhängen, dich aus dem Weg haben. Jemand war sogar bereit, dich zu töten. Du musst zurück in den Dienst. Ich kümmere mich um das DIE. Ab sofort, Ewert, ist deine Suspendierung aufgehoben. Und wenn du wieder so weit bei Kräften bist, dass du zur Arbeit …«

»Morgen.«

»Ewert, wenn du …«

»Morgen Nachmittag bin ich da.«

»Du bekommst alle Ressourcen. Ab jetzt. Um diesen Fall aufzuklären. Aber unter einer Bedingung – du spielst mit offenen Karten. Keine eigenmächtigen Treffen mit Quellen. Du behältst keine Informationen für dich. Okay?«

Grens nickte. Müde. Zufrieden.

»Wir gehen auch, Hugo.«

Piet Hoffmann strich über ungekämmte Haare eines Zwölfjährigen.

»Ewert muss sich ausruhen.«

Eine letzte Umarmung.

Hugo drückte seinen erheblich älteren Freund ganz fest.

Und sie konnten hören, wie Grens flüsterte.

»Du hast mich gerettet, Hugo.«

Sie fand keinen Schlaf. Aber für mehr als einen Gemeinschaftssaal mit zehn Betten hatte ihr Geld nicht gereicht. Alle paar Augenblicke kam jemand herein oder ging hinaus. Doch am meisten störten sie ein junger Mann in der Ecke, der pünktlich wie ein Uhrwerk jede Viertelstunde aufs Neue tief aus dem Magen heraus hustete, und eine ältere Frau zwei Betten neben ihr, die sich durch die dunklen Stunden wimmerte.

Mit dem Kissen auf den Ohren, um die Geräusche auszusperren und Unruhe und Energie abzuschütteln, wälzte sich Alena auf die Seite.

Nur diese eine Nacht. Dann wäre alles überstanden.

Sie drehte sich auf den Bauch.

Dann auf die andere Seite.

Es nützte nichts.

Barfuß, um niemanden zu wecken, schlich sie durch den Schlafsaal in die Gemeinschaftsküche der Jugendherberge, trank ein Glas kaltes Wasser, stellte sich ans Fenster und betrachtete die Morgendämmerung, die über der Innenstadt von Vilnius schimmerte, setzte sich draußen auf die Vordertreppe, rauchte eine Zigarette und lauschte den Geräuschen der Stadt.

Sie war allein, fühlte sich aber nicht allein. Es war, als würde Lydia neben ihr sitzen, den Arm um sie legen und ihr aus der Ewigkeit zuflüstern, dass sie das Richtige tat. Als würden Tanya und Neda aus ihrem Krankenzimmer nach ihr rufen, bereit.

Der Testlauf war geglückt. Sie hatte ihre selbst gebastelte Sicherheitsvorkehrung installieren können, ohne auf sie angewiesen gewesen zu sein. Als sie aus Tanyas und Nedas Zimmer gekommen war, hatten sie draußen auf dem Gang gestanden und jeden ihrer Schritte beobachtet, Erki in seinem lächerlichen Glanzanzug und der Kahlrasierte in seiner schmuddeligen Trainingshose und mit dem Stacheldrahttattoo am Hals, und ihr nahegelegt, mit ihrem Putzwagen schleunigst zu verschwinden. Nachdem sie mit ihren Blicken im Rücken zwei Durchgangstüren passiert hatte und hinter der scharfen Biegung des Gangs außer Sichtweite gewesen war, hatte sie das Stabfeuerzeug entfernt, die Muttern, die die Rohrenden der Gasleitungen zusammenhielten, wieder festgeschraubt und ihr Werkzeug im Wäschekorb verborgen.

Alena erhob sich und kehrte in den Schlafsaal zurück.

Sie suchte sich einen Weg durch laut schnarchende Schläfer und andere, die mit regelmäßigen Atemzügen lautlos träumten, doch an ihrem Bett sah sie ein, dass jeder weitere Versuch, Schlaf zu finden, sinnlos wäre. Sie griff nach ihren Schuhen und dem kleinen Rucksack und trat hinaus in die noch menschenleere litauische Hauptstadt, um die letzten Stunden bis zum Tagesanbruch abzulaufen.

Die Stunden bis zu Tanyas und Nedas Flucht.

Er wechselte erneut die Haut. In seine eigene, saubere Hose zu schlüpfen, die Piet im Lauf des Vormittags, als Ewert Grens im Tiefschlaf gelegen hatte, auf den Stuhl neben dem Krankenhausbett gehängt haben musste, war, wie noch einmal geboren zu werden. Das Wagnis einzugehen, noch einmal zu altern. Ein neues Diensthandy, ein gebügeltes Hemd, frische Socken, geputzte Schuhe. Sogar das grau karierte Jackett, das er nie trug, weil er sich darin lächerlich kostümiert vorkam, hatte Piet aus der hintersten Ecke von Grens' Kleiderschrank gekramt. Und dass er es jetzt, wie ein junger Mann, mit dem mittleren Knopf schließen konnte, war ein kurzer Augenblick weit entfernt von einem Herzen, das ohne Atemzüge weiterschlug.

Ihm war natürlich klar, dass Sven sich möglicherweise genauso stark und vom Leben begrüßt gefühlt hatte. Nachdem seine zerfetzten Organe operiert und seine Kräfte zurückgekehrt waren und ein Arzt ihm versichert hatte, dass er bald vollkommen wiederhergestellt wäre. Bevor ihm jemand – sollte Errfors richtigliegen – eine tödliche Dosis Gift injiziert hatte.

Dasselbe Gift, das zwei Tage später ein zweites Mal den Übergang vom Leben in den Tod hatte bewirken sollen.

Sven hatte acht Minuten gehabt.

Er selbst sechzehn.

Ewert Grens verstaute seine wenigen Habseligkeiten, die er aus dem Krankenhaus mit nach Hause nehmen wollte, in einer Tragetasche, dann setzte er sich auf den Hocker am Fußende des Bettes und wartete. Es war noch früh, das wusste er, aber er konnte es nicht erwarten, entlassen zu werden.

Als sein Handy klingelte, nahm er an, es wären Hoffmann oder Hermansson und somit sein Signal, zum Ausgang zu gehen, um auf den Beifahrersitz eines vorfahrenden Wagens zu rutschen.

Es war Alena Sljusareva.

Ihre Stimme klang ruhig und fest. Zielstrebig. Und wie bei ihren vorherigen Kontakten ging die Initiative von ihr aus, und sie bestimmte den Verlauf des Gesprächs.

»Hören Sie zu, Grens?«

»Wenn du mir sagst, von wo du anrufst.«

»Ich habe gesagt, dass ich diese Frage nicht beantworte. Genauso wenig wie irgendeine andere Frage von Ihnen.«

»Und ich habe gesagt …«

»Halten Sie die Klappe, Grens. Ich gebe, und Sie nehmen. *Sie* wollen *meine* Informationen. Ich will einen Scheiß von Ihnen. Verstehen wir uns?«

»Jeder Mensch hat ein Motiv. Du auch. Das hast du jedenfalls bei unserem letzten Treffen gesagt. Dass es um drei Frauen geht und um dich selbst.«

Alena Sljusareva schwieg. Grens lauschte auf Hintergrundgeräusche, auf die Laute, die in der Summe eine Welt ergaben. Ein Auto, das in Sljusarevas Nähe vorbeifuhr. Eine Maschine in der Ferne, Lärm von Straßenarbeiten oder einem Hausbau. Doch er hörte nichts, was sich von den Straßengeräuschen vor seinem Fenster unterschied.

»Waren Sie zufrieden mit den Beweisen, die Sie mit der Post bekommen haben?«

»Ja.«

»Dann kriegen Sie eine zweite Chance: *Halten Sie die Klappe und hören Sie zu.* Ich lege in zehn Sekunden auf.«

Erneut horchte er auf Geräusche.

Eine Kirchturmuhr.

Ja. Er war sich sicher. Genau so klang es. Zwei dumpfe, volltönende Schläge. Grens sah auf seine Armbanduhr. Dreizehn Uhr. Auf die Minute. Also befand sie sich nicht in Schweden, sondern in der nächsten Zeitzone, eine Stunde weiter östlich.

Wie zum Beispiel in Vilnius.

»Ich höre zu. Keine Fragen mehr.«

»Dann kriegen Sie dreißig Sekunden obendrauf.«

»Ja?«

»In dem Safe waren mehrere Krankenakten. Von jungen Frauen, die auf Anweisung der Person untersucht worden sind, die die Organisation leitet. Eine dieser jungen Frauen heißt Estela. Ihr wird heute eine Niere entnommen, als Bezahlung für ihre Schulden bei Menschenhändlern, die ihren kompletten Körper schon Hunderte Male verkauft haben.«

Vielleicht lag es am Jackettknopf, der auf seinen Magen drückte. Oder an dem unbequemen Hocker. Mit einem Mal zog sich seine Brust zusammen, und er musste aufstehen.

»Und du … bist dir sicher?«

»Ich bin mir sicher.«

Es lag weder am Jackett noch an der Sitzhaltung.

Frust.

Das war es, was er spürte.

»Ein Tipp, Grens. Medizinische Befunde, dass eine Niere oder ein anderes Organ verkauft werden kann – damit ein Endkäufer am Schluss der Lieferkette eine halbe Million Kronen für das zahlt, was Estela für zwanzig- oder dreißigtausend Kronen verrechnet wird –, *diese* Informationen haben Sie bereits. Weil Sie sie von mir bekommen haben. Und die können Sie zurückverfolgen, sie Stück für Stück auswerten. Weitere Beweise finden. Kapieren Sie?«

Als sein Handy zwanzig Minuten später wieder klingelte, war es wirklich Hoffmann, der unten vor dem Haupteingang des Krankenhauses wartete.

Das Polizeipräsidium war so unendlich viel belebender als seine dunkle Wohnung, wo sie unterwegs die Aktentasche mit Beweisstücken aus einem Safe abgeholt hatten, die Grens aus Gewohnheit in seinem Dachbodenabteil versteckt hatte. In seinem Büro auf seinem Sofa zu liegen und einen Automatenkaffee zu trinken, bevor Erik Wilson und Mariana Hermansson zu einer ersten richtigen Fallbesprechung zu ihm kommen würden – das war alles, wonach er sich gesehnt hatte und woran er sich zu denken gezwungen hatte, als er gefesselt auf einem geladenen Stuhl gesessen und auf den Tod gewartet hatte.

Als es so weit war, scherte er sich nicht darum, dass die drei jeden Schritt, den er während der Besprechung in seinem Büro machte, mit Argusaugen zu beobachten schienen, wohl für den Fall, dass er zusammenbrechen sollte. Oder dass sie bei seiner Präsentation von Alena Sljusarevas Beweisen ihrerseits Beweise dafür zu finden versuchten, dass es dem Mann, der da vor ihnen saß, nicht gut ging und er darum nach Hause geschickt werden musste, um sich auszuruhen.

Am Computerbildschirm erläuterte Ewert Grens eine Geschäftsbilanz, in der durch Sexkäufer generierte Tageseinnahmen aufgesplittet wurden. Er teilte eine Zusammenfassung sämtlicher Bordelladressen aus und ging Kopien von Kundenlisten mit Hunderten Namen durch. Und als er zu dem heimlich in Operationssälen aufgenommenen Fotomaterial kam, das sie in Kombination mit scheinbar authentischen ärztlichen Gutachten in eine Welt führte, in der junge Frauen mit Körperteilen ihre Freiheit zurückkauften, machten sich weder Hermansson noch Hoffmann noch Wilson weiter Sorgen um den Gesundheitszustand eines Kriminalkommissars.

Bis er erklärte, er wolle mehr.

»Mehr, Ewert?«

»Ja.«

Erik Wilson schob alle Listen, Dokumente und Fotografien zusammen und hielt sie hoch.

»Das hier ist mehr als genug für ein Gerichtsurteil.«

»Für drei, vier Jahre Gefängnis wegen Menschenhandels. Höchstens. Wie immer.«

Wilson schwenkte das Beweiskonvolut.

»Ja, Ewert – weil dies hier ausgezeichnete Polizeiarbeit ist.«

»Drei, vier Jahre. Aber wenn wir dazu noch illegalen Organhandel unter Zwangsbedingungen nachweisen, schätze ich … acht Jahre. Die doppelte Zeit hinter Gittern.«

Grens beugte sich vor, nahm eine Plastikmappe aus seiner Aktentasche und teilte ihren Inhalt aus. Zwei zusammengeheftete Seiten pro Kopf.

»Acht Jahre. Aber auch das ist nicht genug. Ich will noch mehr.«

Erik Wilson setzte abermals zu einer Erwiderung an, entschied sich aber dagegen.

»Ich war bei Errfors im Institut für Rechtsmedizin. Dann zusammen mit Hermansson in der anatomischen Abteilung des Söderkrankenhauses. Wir haben neben Sven gestanden und seine Schulter berührt, während die Pathologin uns erklärt hat, dass sie keine Todesursache finden konnte, nicht am Herzen, nicht in den Lungen, nirgends. Also haben wir – wenn man sehr spitzfindig ist, ein klitzekleines bisschen am Dienstweg vorbei – Blut- und Gewebeproben und noch ein paar weitere toxikologische Proben veranlasst.«

Die Seele der Mordkommission.

So hatte Erik Wilson Sven genannt.

Möglicherweise starrte er deshalb auf den Fußboden von Grens' Büro. Als ahne er die Fortsetzung und wolle die Seele nicht auf diese Art verlieren.

»Sven hatte Pavulon im Blut. In hoher Konzentration. In

sehr hoher. Er wurde aller Wahrscheinlichkeit nach ermordet.«

Ewert Grens nahm einen USB-Stick aus der Tasche und fummelte ihn in einen Seitenschlitz seines Computers.

»Und weil ich, während ich durch dasselbe Gift sterben sollte, viel Zeit zum Nachdenken hatte, bin ich zu der Überzeugung gelangt, dass Svens Tod und meine Entführung zusammenhängen. Weil er und ich wiederholt gegen Menschenhandel ermittelt haben. Ich bin mir so gut wie sicher, dass wir es mit demselben Täter zu tun haben.«

Als Grens das Video abspielte und abermals die Bilder von einem Bistrotisch sah, an dem ein Mensch, den er sehr gernhatte, mit einem Zuhälter und einem bekannten Gewaltverbrecher verhandelte, und daraufhin erklärte, was das Kürzel LN, das sie soeben in einer kalkulatorischen Geschäftsbilanz gelesen hatten, bedeutete, tat er es mit einer seltsamen Ruhe, weil er gleichzeitig zerbrach.

»Genauer gesagt: mit derselben Täter*in*.«

Während die anderen versuchten zu begreifen, was er da gerade gesagt hatte, dass Sven ermordet worden war, dass die Ereignisse miteinander zusammenhängen könnten, spürte Grens, dass Mariana Hermansson ihn fixierte.

»Nordwall, Ewert?«

»Ja.«

Mariana, die als Einzige in diesem Raum wusste, was die Täterin für ihn geworden war.

»Lena Nordwall?«

»Ja, Mariana.«

Sie fixierte ihn weiter, und er erwiderte ihren Blick, überzeugt, dass sie in ihn hineinsah.

Die Täuschung sah, die sein persönlicher Schmerz geworden war.

»Ich will mehr als acht Jahre. Ich will lebenslänglich. Wenn wir sie wegen Menschenhandels festnehmen, wegen illegalen Organhandels, und sich herausstellt, dass sie in irgendeiner Weise in den Mord verwickelt ist, dann wird sie den Rest ihres Lebens in einer Zelle in Hinseberg verbringen.«

Zum zweiten mal in seinem Leben ging Piet Hoffmann durch die Flure des Polizeipräsidiums Kronoberg, ohne eine falsche Identität zu benutzen, ohne eine Verkleidung tragen zu müssen oder unter Straftatverdacht zu stehen. Doch das zwiespältige Gefühl von seinem ersten Besuch blieb. Er gehörte nicht hierher. Die Polizeibehörde konnte ihn jederzeit anzeigen, verraten und ihm den Rücken kehren. Ein Mensch, der nichts und niemandem vertraute, brauchte lange, um jahrzehntealte Verhaltensmuster abzulegen.

In Ewert Grens' Büro wartete hingegen das, was er fast als Geborgenheit empfand. Grens und er kannten einander, obwohl ihre Freundschaft begonnen hatte, als der Kommissar einen tödlichen Schuss auf ihn befohlen hatte. Nach all den Jahren in Grens' Sofa zu versinken war genauso bequem-unbequem, wie Hugo es beschrieben hatte.

»Echter Bullenkaffee, Piet.«

Und das Gebräu, das ihm in einem Plastikbecher aus dem Getränkeautomaten draußen auf dem Flur serviert wurde, war genauso stark und bitter und untrinkbar wie jeder andere Kaffee, den Grens einschenkte.

»Denn diesmal bist du ein waschechter Bulle – kein gefälschter Dienstausweis auf den Namen Verner Larsson und kein gefälschtes Foto wie zuletzt. Deine vogelfreien, rechtelosen Tage von damals, als du für Wilson gearbeitet hast, sind vorbei. Natürlich sprechen wir von einer sehr befristeten Anstellung auf Zeit, aber auf alle Fälle so lange, bis diese Sache abgeschlossen ist. In dem notwendigen Papierkram, den ich durch die Bürokratie geschleust habe, habe ich dich als *Consultant* bezeichnet und Wörter wie *Spitzenkompetenz* und *Multikompetenz* und weiß der Geier was für Kompetenzen eingestreut. Du kriegst sogar ein Gehalt, ohne geheime Konten.«

Der Kriminalkommissar trank seinen Bullenkaffee immer auf dieselbe Weise, wie die Jahre auch kamen und gingen und seinen Körper verwandelten – rasch und ohne sich dessen bewusst zu sein.

»Was bedeutet, dass ich dir jetzt erzählen kann und darf, worum es genau geht.«

Grens begann in seinem ziemlich beengten Büro auf und ab zu wandern. Kehrte einige Jahre zurück. Zu den Tagen, als er die Entscheidung getroffen hatte, die Augen zu verschließen. Piet Hoffmann hörte zu und hörte Aufrichtigkeit, aber auch Reue, die – als Ewert Grens' Ausführungen sich der Anführerin der Organisation näherten – in Verzweiflung umschlug. Hier gab es etwas, das Grens *nicht* erzählte, davon war Hoffmann überzeugt, sei es, weil Grens nicht darüber sprechen konnte, weil er es nicht durfte oder weil er es nicht wollte.

»Menschenhandel. Mord. Und – illegaler Organhandel. Hier kommst du ins Spiel, Piet. Während ich dem Menschenhandel nachgehe und Mariana dem Mord, sollst du Beweise finden, dass diese Organisation illegale Organe vermittelt, die auf dem Weg zu ihren Empfängern legal werden und nichts ahnenden, bedürftigen und verzweifelten Patienten eingepflanzt werden. Ich will die komplette Kette. Die Anführerin muss für immer hinter Gitter. Was ich gestern gesagt habe, war mein Ernst. Ich gebe erst Ruhe, wenn ich weiß, dass sie nie wieder aus dem Gefängnis freikommt.«

Piet Hoffmann spürte es wieder.

Dass Grens' Stimme Kontrolle und Festigkeit verlor und – doch, so war es – verzweifelt klang, sobald er auf die Anführerin zu sprechen kam.

Es war nicht nur ein Kriminalkommissar, der rastlos vor ihnen auf und ab wanderte und mit Wänden und Schreibtisch zusammenstieß. Es war ein Mensch, der – ohne es richtig zu verstehen – mit persönlichen Beweggründen kämpfte, die stärker waren.

Ewert Grens schob Alena Sljusarevas Beweise zusammen, die ausgebreitet auf dem Couchtisch gelegen hatten, und stopfte sie in eine alte Aktentasche, dann gingen sie zu zweit in die Tiefgarage hinunter zum Wagen des Kriminalkommissars.

»Die Anführerin, Ewert.«

»Ja?«

»Jedes Mal, wenn du … ich will dir nicht zu nahe treten, aber wenn du von ihr sprichst, bist du anders. Betroffen. Gibt es da etwas, was ich wissen sollte?«

Sie saßen nebeneinander im Auto, auf Vordersitzen, die mit einem Mal unbequem waren, bemüht, geradeaus zu starren.

»Nein.«

Grens' Stimme. Nicht einmal Schroffheit, Verschlossenheit konnten seine Verlorenheit und Verwirrung kaschieren.

Trauer.

»Ich habe das Gefühl, dass du mir nicht alles sagst.«

»Piet, du hast mein Wort, ich habe dir alles gesagt, was für *deinen Auftrag* relevant ist. Was für *dich* relevant ist.«

Eine Fahrt von wenigen Kilometern, die in diesem Moment unendlich lang wurde.

Als sie endlich ankamen, ohne ein weiteres Wort gewechselt zu haben, stand Ludvig Errfors am oberen Ende der Treppe zum Institut für Rechtsmedizin, begrüßte Grens mit einem Hallo und gab Piet Hoffmann, den der Kriminalkommissar als neuen Kollegen vorstellte, die Hand. Und genau wie bei Grens' letztem Besuch führte er sie am Obduktionssaal vorbei in ein abgeschiedenes Büro. Ewert Grens entnahm seiner Aktentasche den gesamten Dokumentenstoß und reihte alle Unterlagen auf einem Stahltisch auf, der wahrscheinlich zum Sezieren diente. Die Kratzer im Stahl schienen von Skalpellen zu stammen, und der Geruch im Raum erinnerte an Verwesung oder zumindest an etwas, das in Vergessenheit geraten war.

»Ich habe alles mitgebracht. Alle Informationen, die wir haben.«

»Das war nicht nötig, Ewert.«

»Aber du kennst erst …«

»Was du mir heute Morgen geschickt hast, die Kopien ärztlicher Gutachten für eine Frau namens Estela Varnene, genügt. Versprochen. Setzt euch. Wenn ihr einen Platz findet.«

Es war wie zu Hause bei Billy. Piet Hoffmann entdeckte in einer Ecke einen Klappstuhl, den Grens sich aufstellte, während Hoffmann sich auf einem Packen Zeitschriften niederließ, deren Titel allesamt das Wort Medizin zu enthalten schienen.

»Ich glaube, ich habe gefunden, was du suchst, Ewert. Einen Weg, dem ihr folgen könnt – weil die Befunde fantastisch sind. Ausnahmslos. Auf den *ersten* Blick.«

Der Rechtsmediziner legte drei Kopien nebeneinander auf den Tisch, der, als Grens ihn genauer ins Auge fasste, tatsächlich ein Seziertisch zu sein schien.

»Estela Varnene besitzt die ideale Blutgruppe. Blutgruppe Null. Blutgruppe Null weist im Gegensatz zu Blutgruppe A und B keine Antigene auf und ist daher für fast alle Empfänger geeignet.«

Ewert Grens' Telefon lag zuunterst in der jetzt geschlossenen Aktentasche. Dennoch unterbrach sein unvermitteltes schrilles Klingeln Errfors' Ausführungen. Grens bat um Entschuldigung, kramte auf dem Boden der Tasche herum, bekam das Handy genau in dem Moment zu fassen, als das Klingeln verstummte, und wollte es gerade wieder zurücklegen, als er mitten in der Bewegung erstarrte.

War der Anruf … von *dieser* Nummer gekommen?

Jetzt?

»Hörst du zu, Ewert?«

»Ich höre zu. Entschuldige. Fahr fort.«

»Sie hat die ideale Blutgruppe – und auch sonst sind ihre Werte perfekt. Sie ist kerngesund. Keine Vorerkrankungen. Estela Varnene ist die perfekte Universalspenderin, deren Organe für fast jeden Empfänger infrage kommen.«

In diesem Moment begann Grens' Telefon erneut zu klingeln.

Doch diesmal währte die Unterbrechung nicht lange, denn das Handy befand sich noch in Grens' Hand, und er drückte das störende Geräusch weg.

Dieselbe Nummer. Dieselbe Person. Wieder.

»Jetzt bleibt es still. Red weiter, Errfors.«

»Die perfekte Spenderin. Jedenfalls wenn wir uns die *offiziellen* Befunde ansehen, die für den behandelnden Arzt eines möglichen Empfängers zusammengestellt werden, der die Kompatibilität des Spenderorgans beurteilen muss. Aber dein Tippgeber, Ewert, von dem du die Dokumente, Fotos und den USB-Stick bekommen hast, hat ganze Arbeit geleistet. Denn du hast nicht nur die offiziellen Befunde bekommen, du hast auch …«

Der Rechtsmediziner griff nach dem nächsten Papierstoß, wedelte damit in der stickigen Luft, verwirbelte den Geruch des Vergessenen.

»… das hier gekriegt. Die Ursprungsversion, die vermutlich vernichtet werden sollte, aber irgendwie in die Hände deines Informanten gelangt ist. Den *echten* ärztlichen Befund. Eure wichtigste Spur zur Aufklärung dieses Falls.«

Grens hatte das Handy auf stumm geschaltet. Es nützte nichts.

Als dieselbe Person zum dritten Mal versuchte, ihn anzurufen, begann das Telefon in seiner Hand stattdessen zu vibrieren und ihr Gespräch abermals zu stören.

»Entschuldigt. Ich muss rangehen. Ich bin gleich wieder da.«

Ewert Grens verließ das Büro und hastete den schmalen Flur hinunter, um ungestört sprechen zu können. Als er stehen blieb, befand er sich zwischen zwei Glaswänden. Zu beiden Seiten landete sein Blick in einem Obduktionssaal.

»Ja?«

»Hallo, Ewert. Ich bin's.«

Es war wirklich *sie*.

»Ich habe dich angerufen, nach dir gesucht, mich nach dir erkundigt und … Ewert, du hast mir eine Heidenangst eingejagt. Erst war dein Telefon ausgeschaltet, dann bist du nicht drangegangen, und dann …«

Lena. Sie klang aufrichtig. Angst, von der Grens wünschte, er könnte sie glauben.

»Ich … hatte ziemlich viel um die Ohren. Wie es manchmal kommt.«

In beiden Sälen lagen leblose Körper.

Wohin er sich wandte, wohin er auch sah, wartete der Tod.

»Und *ich*, Ewert, ich stehe auf dem Balkon und denke daran, wie *wir* hier gestanden haben. Zusammen. Als du, als wir … Ich vermisse dich.«

Dann sagten sie nichts mehr.

Sie wartete schweigend am anderen Ende, und er hörte Verkehrsgeräusche und einen leichten Wind.

Bis er auflegte. Und sein ganzer Körper schmerzte.

Auf halbem Weg zurück zum Büro überfiel ihn Schwindel, und er musste sich an den Wänden festhalten. Im Raum, in dem es roch, kehrte er auf den Klappstuhl zwischen Hoffmanns Zeitschriftenstapel und Errfors' Unterlagen zurück.

»Ich bitte noch mal um Entschuldigung. Das Telefon wird nicht wieder klingeln.«

Der Rechtsmediziner wedelte mit demselben Dokument wie eben.

»Der echte medizinische Befund ist *fast* genauso gut wie der manipulierte. Estela Varnene ist als Organspenderin mit nahezu jedem Empfänger kompatibel und hat fantastische Werte. Wenn im Originalbefund nicht diese winzige Zeile stehen würde, die in der zurechtfrisierten Version fehlt.«

Er zeigte auf vier Buchstaben.

RPGN.

»*Rapid-progressive Glomerulonephritis.* Estela Varnenes Werte zeigen eine Nierenentzündung, die bei Nicht-Behandlung zu terminalem Nierenversagen führt. Das ist die Spitze des Eisbergs, der ihr nachgehen müsst. Und eure Suche beginnt jetzt. Eine Niere muss nach Entnahme umgehend zum Empfänger. Bei Hypophyse, Augenhornhäuten und Knochenmark besteht ein zeitlicher Spielraum, aber weiche innere Organe wie Nieren, Herz und Leber müssen sofort verpflanzt werden. Da muss die Logistik bereitstehen. Eine Kühltasche, von der Größe eines Picknickkorbs, und ein abflugbereiter Hubschrauber, der das Organ an seinen Bestimmungsort bringt.«

Ewert Grens hörte zu, ohne etwas aufzunehmen.

In Gedanken immer noch bei einem Telefongespräch, das ihn ins Schwanken gebracht hatte, bei einer Stimme, bei der ihm warm ums Herz wurde.

»In den meisten Ländern gibt es Wartelisten für Organtransplantationen. Estela Varnenes Niere wird – wie alle illegalen Organe, die mithilfe falscher Papiere legal werden – einem dieser wartenden Empfänger eingepflanzt werden, und zwar schnell. Wenn ihr alle Nierentransplantationen von einem Spender mit der Blutgruppe Null aufspürt, die binnen der *nächsten vierundzwanzig Stunden* durchgeführt werden und die schieflaufen, dann seid ihr dicht dran. Glomerulonephritis ist im akuten Stadium nicht zu erkennen. Und weil diese Erkrankung in dem frisierten medizinischen Befund, den der behandelnde Arzt erhalten hat, nicht auftaucht, wird niemand damit rechnen. Bis Komplikationen auftreten. Der Arzt wird eine Abstoßungsreaktion vermuten und versuchen, ihr entgegenzuwirken. Wenn seine Maßnahmen keinen Erfolg zeigen, wird er eine Biopsie vornehmen, die Klarheit bringen wird. Und wenn ihr die an Glomerulonephritis erkrankte Spenderniere findet, seid ihr am Ziel.«

Errfors sah sie an, wartete auf eine Reaktion.

Er hatte ihnen soeben den Weg gewiesen.

»Ewert? Was sagst du?«

Der Kriminalkommissar starrte den Rechtsmediziner an, ohne ein Wort herauszubekommen.

Piet Hoffmann war schon bei Grens' Rückkehr aufgefallen, wie abwesend er wirkte. Wie auf dem Hinweg im Auto. Reaktionen, die keinen Sinn ergaben, Gedanken, die anderswo waren.

Also sprang er ein, antwortete an Grens' Stelle.

»Sie haben vollkommen recht. Genau so werden wir vorgehen. Und, in Ihrer Eigenschaft als mein … ja, ich denke, wir können Sie als meinen langjährigen behandelnden Arzt bezeichnen, könnten Sie mir darüber hinaus bei einem kleinen Detail behilflich sein, damit ich meinen eigenen Teil der Suche beginnen kann.«

»So?«

»Ich möchte, dass Sie ein ärztliches Gutachten erstellen, komplett mit Röntgenaufnahmen und Krankengeschichte, das bestätigt, dass der Patient – nennen wir ihn Peter Haraldsson, einer der Aliasse, für die ich einen gültigen Pass besitze – dringend eine Spenderniere benötigt, um weiterleben zu können. In der Zwischenzeit kümmere ich mich um alles Übrige, was ich benötige, um meinen Auftrag zu beginnen.«

Als Ewert Grens und Piet Hoffmann eine halbe Stunde später den Raum, der nach Leichen roch, und die Glaswände, die den Tod zur Schau stellten, hinter sich ließen und sich ins Auto setzten, um zurück ins Präsidium zu fahren, beugte Hoffmann sich vor und legte seine Hand auf Grens', hinderte ihn daran, den Zündschlüssel umzudrehen.

»Ewert – was ist da gerade passiert?«

»Lass meine Hand los.«

»Wenn du mir sagst, was mit dir los ist. Wie es dir geht. Und ich rede nicht von einer nachträglichen Todesangst, weil du gefesselt auf einem mit Gift geladenen Gewehr gesessen hast. Ich rede davon, was *da* los ist …«

Hoffmann nahm seine Hand weg, deutete erst auf Grens' Kopf, dann auf Grens' Herz.

»… und *da*. Du vergisst, Ewert, dass es jemanden gibt, der dich kennt. *Ich* kenne dich. Und ich weiß, dass es dir ganz und gar nicht gut geht. Dass du komplett neben dir stehst. Und ich habe nicht vor, dabei zuzusehen, wie mein Freund, der Freund meiner Familie …«

»Piet?«

Sie sahen sich an, jeder von seinem Vordersitz.

Sahen sich wirklich an.

Zu guter Letzt.

»Du scheinst ein bisschen schwer von Begriff zu sein. Soweit ich mich erinnere, habe ich dir gesagt, dass du alle Informationen hast, die für deinen Auftrag relevant sind. Die für *dich* relevant sind.«

»Mit wem hast du eben telefoniert?«

»Geheimnis, Schatz.«

»Mama – hallo?«

»Was glaubst du?«

»Du hast geklungen, als wäre es Ewert.«

»Aha – wie klinge ich denn, wenn ich mit Ewert rede?«

»Keine Ahnung ... als würdest du wollen, dass er dich gernhat.«

»Das will ich, Elin.«

Lena hielt inne. Verblüfft. Sie meinte, was sie gerade gesagt hatte. Sie *wollte*, dass Ewert sie gernhatte. Und nicht nur, damit sie in die Nähe einer Polizeiermittlung gelangte. Sie mochte diesen sonderbaren Menschen, der keinem anderen glich. Hin und wieder ähnelte das, was sie für ihn empfand, sogar dem, was sie für Bengt empfunden hatte.

»Das ist gut, Mama. Weil *ich* Ewert mag. Das habe ich ihm gesagt, als er neulich nachts in der Küche stand und vor Verlegenheit nicht wusste, wo er hingucken sollte, weil er nur Boxershorts anhatte. Ich hab ihm gesagt, dass ich nichts dagegen habe, dass er hier ist. Er ist cool, Mama, obwohl er es gar nicht weiß. Oder gerade deswegen.«

Lena Nordwall umarmte ihre Tochter.

Wie groß sie geworden war.

Wie alt sie selbst geworden sein musste.

Elin verließ den Balkon so unvermittelt, wie sie aufgetaucht war, und Lena folgte mit dem Blick dem Rücken ihrer Tochter, als Elin die Küche durchquerte und den Flur hinunter verschwand. Sie schenkte sich Weißwein nach, und während unter ihr der Stockholmer Abend pulsierte, versuchte sie zu verstehen, was geschehen war. Dem Bericht der Sicherheitsfirma zufolge hatten deren Mitarbeiter in der Vegagatan 3 einen leeren Stuhl vorgefunden. Das war alles. Keinen Kollegen, keine tickende Waffenkonstruktion, deren Zeit hätte abgelaufen sein müssen.

Keinen Ewert Grens.

Sie konnte sich nicht erklären, wie das zugegangen war, sie wusste nur, dass irgendein Detail ihres Plans komplett schiefgelaufen war.

Sie ging davon aus, dass Grens ein neues Diensthandy erhalten hatte. Als sie im Verlauf des Vormittags seine Nummer gewählt hatte, war die Verbindung zustande gekommen, der Anruf aber direkt zur Mailbox weitergeleitet worden, andere Anrufe hatte er weggedrückt – doch nach einigen weiteren Versuchen war er schließlich drangegangen und hatte sich bemüht, normal zu klingen.

Ahnte er etwas?

Oder tat er das, was er seit Jahren tat – sie vor Kummer beschützen?

Lena Nordwall lehnte sich an das Balkongeländer und schloss die Augen. Ein Sommerabend wie in südeuropäischen Städten. Wärme, Erwartungen, der Geruch von Autoabgasen und offenem Gewässer. Wenn sie sich auf die Zehenspitzen stellte, konnte sie einen Zipfel der Ostsee und einen Zipfel des Mälaren sehen, als seien sie das Mittelmeer.

Ein Ewert Grens, der beschützt.

Ein Ewert Grens, der ahnt.

So oder so, sie musste sich weiter verhalten wie bisher. Nur Schuldige handelten übereilt. Nach dieser Maxime hatten Bengt und sie gelebt, so hatte sie in Eigenregie überlebt.

Und als ihr Telefon endlich klingelte, wurde ihr Gefühl, ihre Entscheidung bestätigt.

»Erki?«

»Alles läuft nach Plan.«

»Was bedeutet?«

»Die Kühltasche wurde transportiert. Und ich habe die Quittung über die Schlusszahlung des Organmaklers.«

»Tanya und Neda?«

»Werden morgen Nachmittag operiert. Beide.«

Lena Nordwall blieb am Balkongeländer stehen, blickte einem Ruderboot nach, das über das glitzernde Wasser glitt und auf Slussen zuhielt, ein Stück entfernt bretterten zwei Scooter Seite an Seite mit hoher Geschwindigkeit am Rathaus vorbei. In den Jahren mit Bengt hatte sie die Innenstadt gemieden, sich dagegen gesträubt, in der Nähe ihrer Gewerbeflächen zu wohnen. Heute konnte sie stundenlang hier draußen auf dem Balkon stehen und das Leben ringsum beobachten.

Ein paar tiefe, langsame Atemzüge.

Ewert Grens hatte sich normal verhalten.

Sie würde sich normal verhalten.

Deshalb würden die Gewerbeflächen schon morgen wieder öffnen.

Die drei neuen Adressen – Hornsgatan 75, Sankt Eriksgatan 64 und Kammakargatan 10 – waren vollständig ausgerüstet, und mit je einer buchbaren Angestellten pro Wohnung würden die dreißigtausend Kronen pro Tag eine Woche später, nach der Rückkehr zweier frisch Operierter, auf fünfzigtausend Kronen anwachsen und, sobald eine sechste Angestellte angelernt und buchbar wäre, auf sechzigtausend Kronen.

Obendrein würde der silberhaarige Verwaltungsfachangestellte – von dem sie sich weiterhin Informationen zu Überwachungskameras versprach – wieder Exklusivzugang zu Tanya erhalten, der einzigen Frau, bei der er keine Makel fand.

Sie drehte sich um, als Elin ihr von der Wohnungstür aus

zuwinkte, eine junge Frau auf dem Weg hinaus in den Sommer, sie warfen sich Kusshände durch Fenster und Küche zu. Sie selbst würde noch eine Weile draußen auf dem Balkon bleiben. Es war warm und schön, und der Handyempfang war hier ein wenig besser, sobald es Zeit wurde, wieder Ewerts Nummer zu wählen.

Ewert Grens balancierte zwei randvolle Kaffeebecher über die Türschwelle seines Büros, brachte das Kunststück fertig, sich auf den Schreibtischstuhl zu setzen, ohne etwas zu verschütten, und trank den ersten Becher aus, bevor er merkte, dass er nicht allein war. Jemand schien ausgestreckt auf seinem Cordsofa zu liegen. Er beugte sich ein Stück vor. Ja. Tatsächlich. Mariana Hermansson. Grens konnte sich nicht daran erinnern, dass sie jemals zuvor auf seinem Sofa gelegen hatte.

»Schläfst du?«

»Nein.«

»Was machst du dann hier? Auf dem Sofa?«

»Ganz ehrlich?«

»Ja.«

»Bist du sicher, dass du es hören willst, Ewert?«

»Du weißt, dass ich der schlechteste Smalltalker des Landes bin.«

»Das stimmt.«

»Also?«

»Ich habe damit begonnen, alle Indizien zusammenzutragen, die auf vorsätzlichen Mord hindeuten könnten. Aber ich bin nicht weit gekommen, weil ich an dich denken musste. Daran, was passiert, falls sich dein Verdacht als richtig erweist. Falls Lena Nordwall wirklich in Svens Tod involviert ist. Falls du damals schon mehr gewusst, aber nicht weiter ermittelt hast. Ich habe an dich gedacht und daran, dass wir – falls das alles stimmt, falls wir das alles hätten wissen können – Sven nicht in einer Leichenhalle hätten besuchen müssen. Dass er umsonst gestorben ist. Dass Anita ihren

Ehemann verloren hat, Jonas seinen Vater und wir einen guten Freund, *vollkommen umsonst!*«

Sie setzte sich auf, mühsam, in dem weichen und widerspenstigen Cordsofa.

Grens verließ seinen Schreibtisch und sank neben ihr ins Polster.

»Glaubst du, das weiß ich nicht?«

Griff nach ihrer Hand und brüllte laut:

»Glaubst du, das weiß ich nicht?!«

Dann war es wie mit Hoffmann im Auto. Sie saßen stumm, aber dicht nebeneinander, bis Mariana ihn bat, sie in den Raum zu begleiten, der bis vor Kurzem Svens Büro gewesen war, damit sie gemeinsam den ersten Schritt in einer Mordermittlung tun konnten.

»Nein.«

»Nein?«

»Das Zimmer betrete ich nicht, Mariana. Noch nicht.«

Sie ging allein, sammelte Notizen, Skizzen und Fotos zusammen und kam zurück. Zum Cordsofa und in den Raum, der nicht ganz so viele Erinnerungen an das mutmaßliche Mordopfer enthielt.

»Hier fangen wir an.«

Sie schob Grens' wackligen Couchtisch zur Seite, ließ sämtliches Material, das sie geholt hatte, auf dem Sofa liegen und griff nur eine Papierrolle heraus, die sie auf dem Fußboden ausbreitete. Von Grens' schmalem Spind aus am Schreibtisch vorbei bis zur Wand zum Innenhof.

»Das ist eine chronologische Zeitleiste. Ich habe alle Ereignisse eingetragen, die ich für relevant halte.«

Die Papierrolle machte unermüdlich Anstalten, sich wieder einzurollen. Mariana beschwerte das eine Ende mit einem Stuhl, das andere mit einem von Grens' zahlreichen Aktenordnern und kniete sich zu guter Letzt selbst in die Mitte.

»Aber vorerst genügt es, wenn wir uns auf … diesen Abschnitt konzentrieren.«

Ihre Hand strich über Tage und Stunden, die Vergangenheit waren, und hielt bei einem Zeitabschnitt inne, der Geschehnisse ab zehn Uhr abends bis vier Uhr am nächsten Morgen umfasste.

»Wir wissen beide, welcher Zeitraum das ist. Die Stunden vor und nach unseren gescheiterten Razzien in drei Wohnungsbordellen.«

Sie sahen sich an.

Diese Nacht.

»Hier, gegen zweiundzwanzig Uhr ruft Sven dich an und sagt sinngemäß: ›Die Ermittlung, die vor Jahren begann, und die Ermittlung, die vor Kurzem angefangen hat, hängen miteinander zusammen.‹ Er will dir erklären, wie genau, und ihr vereinbart, am nächsten Morgen darüber zu sprechen.«

Ewert Grens war nicht bloß der schlechteste Smalltalker des Landes, er war vermutlich auch der ungelenkigste Kriminalkommissar der Nation. Bei dem Versuch, sich zu Mariana auf den Fußboden zu knien, schlug er nicht nur der Länge nach auf die Zeitleiste, er riss Hermansson im Fall mit. Doch jetzt kniete er neben ihr, und nun war es sehr viel einfacher, Marianas akkurate, aber winzige Beschriftung zu entziffern.

»Alles in Ordnung, Ewert?«

»Alles in Ordnung. Tut mir leid. Mach weiter.«

»Von hier aus springen wir zwei Stunden vor. Zu den gescheiterten Razzien um Mitternacht. Die siehst du … hier. Und dann, wenn du dir … das hier anschaust, Ewert, dann …«

Mariana unterbrach sich, kroch über die lange Zeitleiste – die Schlange unternahm nun Anstalten, sich an den Längsseiten aufzurollen –, kramte Tesafilm aus einer von Grens' Schreibtischschubladen und befestigte das widerspenstige

Papierreptil sorgfältig auf dem abgenutzten Linoleumboden.

»Das wird halten – bis der Mörder gefasst ist.«

Mariana wandte sich wieder der Zeitleiste zu und deutete auf einen weißen Abschnitt. Fast sechseinhalb Stunden ohne Eintrag, bis zu dem Zeitpunkt, an dem Kriminalinspektor Sven Johan Peter Sundkvist für tot erklärt worden war.

»Wir wissen, dass Sven um 22:05 Uhr noch gelebt hat – um 04:28 Uhr ist er tot. Für den Zeitraum dazwischen möchte ich, dass du, Ewert, im Namen der Stockholmer Mordkommission einen Antrag auf Einsichtnahme in die Videobänder der vier Überwachungskameras stellst, die den Haupteingang des Söderkrankenhauses abdecken, sowie die drei Kameras, die die Flure überwachen, die zum Aufzug B führen, plus für die einzelne Kamera im fünften Stock, die vor dem Eingang zur Intensivstation an der Decke hängt.«

Bei diesem Moment verharrten sie, ohne noch etwas hinzuzufügen. Beim letzten Uhrenschlag.

Als die Zeit abgelaufen war.

Für einen Menschen – für alle anderen ging der Zeitlauf weiter.

Kurz darauf verließ Mariana Grens' Büro, um weiterzuermitteln, während der Kriminalkommissar weiter auf dem sitzen blieb, was bereits geschehen war. Es war schön, sich nicht vorwärtszubewegen. Bis sein Handy die Stille zunichtemachte.

Sie. Wieder.

»Ja?«

»Ewert?«

Diese Stimme.

Es war, als wollte er laufen, so schnell er konnte, dürfe sich aber nicht vom Fleck rühren.

»Ja?«

»Ich stehe wieder hier – auf dem Balkon. Ich vermisse dich. Kannst du … möchtest du … zu mir kommen? Für eine Weile?«

Grens fiel in sich zusammen und auf die Knie.

Er kroch an der Zeitleiste entlang, suchte Halt am Besucherstuhl, der umkippte, und am Couchtisch, der zur Seite rutschte, während seine Beine weiter den Dienst versagten.

Er hatte alle Kraft der Welt und war kraftlos.

»Ewert?«

Mariana. Sie musste ihn gehört haben.

Jetzt kam sie zurück, griff nach seiner Hand, half ihm auf.

»Geht es dir gut?«

»Ich … ich muss weg. Für eine Weile.«

»Aha?«

»Was, wenn es falsch ist.«

»Falsch? Was soll falsch sein, Ewert?«

»Es darf nicht wahr sein. Es ist unwahrscheinlich. Ich meine, wenn man nie etwas empfindet … und es dann ein Mal tut … dass es dann ausgerechnet dieses eine Mal … Oder nicht?«

»Wovon redest du? Dein Gesicht ist leichenblass, dein Hals hektisch gerötet. Du …«

»Später. Wir reden später.«

Sie sah ihm nach, während er den Flur hinunterging. Mechanisch. So fühlte er sich. Als er das Polizeipräsidium verließ, in ein Taxi stieg, sein Haus im Sveavägen betrat, eine neue Zeitungsschlagzeile über den Polizisten, der Sex kaufte, vom Fahrstuhlspiegel riss, seine Wohnungstür aufschloss und sich umzog, in ein neues Taxi stieg und Lenas Wohnhaus in der Altstadt betrat.

Alle Kraft der Welt und kraftlos.

Als er sie in den Armen gehalten hatte. Als sie ihn in den Armen gehalten hatte.

»Du und ich?«

Er hatte sich ein halbes Leben lang danach gesehnt.

Er hatte sie eingelassen, hatte sie da wohnen lassen, wo nur Anni gewohnt hatte.

Er hatte es gewagt zu lieben.

»Du und ich. Du kannst mir vertrauen, Ewert.«

Sie hatten an entgegengesetzten Enden der Katarina Bangata einen Parkplatz gefunden und kamen, aus entgegengesetzten Richtungen, gleichzeitig vor der Haustür an. Ewert Grens tippte den Zugangscode ein, und Piet Hoffmann hielt die Tür auf. Der Fahrstuhl war genauso eng und schwankte genauso bedenklich wie bei ihrem letzten Besuch, und während der Fahrt in den obersten Stock war es unmöglich, nicht aneinanderzustoßen, geschweige denn, wenige Zentimeter voneinander entfernt, stumpfsinnig vor sich hin zu starren.

»Du scheinst immer noch durch den Wind zu sein, Grens. Erschöpft. Wenn nicht abgekämpft.«

»Und ich dachte, du schätzt mich aufgrund meiner inneren Werte.«

»Im Institut für Rechtsmedizin haben bei mir die Alarmglocken geschrillt.«

»Vielleicht zweifle ich ein wenig.«

»Woran?«

»An meinem Urteilsvermögen.«

»Deinem Urteilsvermögen?«

»Über den Täter. Die Täterin.«

»Und warum?«

»Manchmal, Piet … Ich liege nicht immer richtig.«

Der alte Fahrstuhl schwankte und schaukelte, als sie ausstiegen, und es war eine Erleichterung, festen Boden unter den Füßen zu haben und an Billys Wohnungstür zu klingeln. Er schien sich zu freuen, als er öffnete. Ein leichtes Lächeln lag auf seinem blassen, jungenhaften Gesicht.

»Kommissar – wie schön, Sie zu sehen! Als Hoffmann senior und junior hier waren, hat es wohl keiner von uns laut auszusprechen gewagt, aber … es war, als würden wir Sie nie wiedersehen.«

Grens legte Billy eine Hand auf den Arm, unsicher, ob der junge Mann Berührungen ebenso zwiegespalten gegenüberstand wie er selbst.

»Ich habe Hugo und Piet von ganzem Herzen gedankt. Aber dir möchte ich auch danken. Was du getan hast, Billy – ohne dich hätten sie mich nicht gefunden.«

Der Kriminalkommissar nestelte ein kleines, mit Glanzpapier und zerknautschtem Geschenkband umwickeltes Päckchen aus seiner Hosentasche und überreichte es verlegen Billy.

»Hier. Ich wusste nicht, ob … Du kannst es später aufmachen. Wenn wir weg sind.«

Sie lächelten sich an. Fast scheu.

»Kommen Sie rein. Beide.«

Billys Wohnung sah aus wie immer. Genau wie ihr Bewohner. Zerknittertes T-Shirt, löchrige Jeans und nackte Füße im einzigen Raum, der von einem Tisch mit überdimensionalen Computermonitoren dominiert wurde.

»Der Hocker, auf dem Sie gesessen haben, Piet, steht dahinten. Aber Hugos Pappkarton kommt für Sie wohl kaum infrage, Kommissar. Sie können meinen Stuhl nehmen. Ich kann genauso gut stehen.«

»Es ist besser, wenn du bei der Arbeit sitzt. Denn wir brauchen deine Hilfe.«

»Kommissar? Wenn es eine Bande Kidnapper nicht geschafft hat, Sie um die Ecke zu bringen, werde ich einen Teufel tun, es mit einem Pappkarton zu versuchen.«

Billy schob seinem wesentlich älteren Gast seinen Schreibtischstuhl zu und zog die Computertastatur zu sich heran.

»Nach Ihrem Anruf gestern habe ich mich gleich dahintergeklemmt, und eins kann ich Ihnen sagen, Kommissar:

Unternehmen und Organisationen, die sich mit Organtransplantationen befassen, sollten ein Dutzend Billys einstellen, die ihre Firewalls so weit aufrüsten, dass sie zumindest den *Anschein* von Sicherheit suggerieren. Ich habe mich schon in die Datenbanken von National Kidney Registry, Scandiatransplant, Eurotransplant und einigen anderen Unternehmen eingehackt, habe aber keinen Schimmer, wonach ich suchen soll. Wonach ihr sucht.«

Zunächst mussten sie sich einen Überblick verschaffen.

Denn Billy hatte sich wirklich eingehackt und Keys und Passwörter für einen Großteil der Namen ausgelesen, die auf der Liste möglicher Akteure standen, die Grens von Errfors bekommen hatte.

Dann verdeutlichte Ewert Grens die Marschrichtung für ihr weiteres Vordringen in eine virtuelle Welt, erklärte, sie suchten nach einem Organempfänger, dem eine Niere eingepflanzt worden war, die die medizinischen Implikationen einer Spenderin namens Estela Varnene aufwies.

Billy machte sich ans Werk.

Ewert Grens und Piet Hoffmann nahmen links und rechts von Händen Platz, die über eine Computertastatur tanzten, und vor Computermonitoren, die unentwegt ihre Anzeige wechselten, doch nach nur wenigen Minuten rollte der rastlose Kriminalkommissar mit seinem Stuhl nach hinten und flüsterte Hoffmann etwas zu.

»Also, Piet, diese Computerwelt ist nicht das Einzige, was ein wenig kurios ist. Ich habe gestern einen Anruf bekommen, bei dem es wieder um dieses Curare-Derivat ging. Der diensthabende Beamte dachte, es hätte vielleicht etwas mit meiner Ermittlung zu tun.«

»Aha?«

»In derselben Nacht, in der du mich von diesem Höllenstuhl befreist, geht in der Giftnotrufzentrale ein anonymer

Anruf wegen eines Mannes ein, dem genau *dieses* Gift injiziert wurde – noch dazu *direkt* vor der Vegagatan drei.«

»Ach ja?«

»Vor dem Haus, in dem du und ich uns zu diesem Zeitpunkt befinden.«

»Und?«

»Dank diesem anonymen Anruf wird ein einunddreißigjähriger Mann von einem Anästhesisten-Expertenteam gerettet, das für gewöhnlich gar nicht in einem Notarztwagen mitfährt. Und weißt du, was? Sie waren genau rechtzeitig vor Ablauf der acht Minuten vor Ort.«

Billy drehte sich zu ihnen um, räusperte sich.

»Könntet ihr …«

»Entschuldige. Ich rede hinter deinem Rücken. Wir sind jetzt still.«

»Im Gegenteil, Kommissar. Redet, so viel ihr wollt, aber nicht im Flüsterton. Das wollte ich sagen. Dann stört ihr weniger.«

Grens wartete, bis Billy sich umgedreht hatte, um weiter nach Nierenpatienten mit den richtigen Implikationen zu suchen, dann beugte er sich wieder zu Hoffmann.

»Und, hör zu, Piet, das Kuriose geht weiter. Als ich ein Foto des geretteten Mannes zu sehen bekomme, ist es, so wahr ich hier sitze, mein Gefängniswärter! Und als Nächstes stellt sich heraus, dass der Anruf einging, kurz nachdem du mich befreit hast. Zum selben Zeitpunkt, als du, wie ich mich entsinne, mit dem Handy am Ohr nach draußen gegangen bist, um irgendwas zu erledigen.«

»Sieh einer an.«

»Im Notarztwagen befindet sich also ein Anästhesisten-Team, das eigentlich nicht dort sein sollte, ausgerüstet mit dem passenden Gegengift, damit Leute aufwachen und selbstständig weiteratmen, das genauso wenig dort sein sollte.«

»Sieh einer an.«

»Weiß du, was ich glaube? Du hast dem Scheißkerl das Gift injiziert und anschließend den Notarzt alarmiert, damit er durchkommt.«

»Sieh einer an.«

»Ist das alles, was du dazu zu sagen hast?«

»Ja.«

»Piet? Denkst du, ich gebe mich damit zufrieden?«

»Okay, vielleicht können wir uns darauf einigen, Grens: Manchmal ist es heilsam, am eigenen Leib zu spüren, was man anderen zufügen wollte. Zum Beispiel eine Giftspritze in den Fuß. Damit man sein Verhalten überdenkt und es nicht wiederholt. Oder ... was meinst du?«

Manchmal bedurfte es keiner Antworten.

Ewert Grens rollte mit dem Schreibtischstuhl zurück vor die großen Monitore. Billy summte zufrieden vor sich hin, er schien vorangekommen zu sein.

»Bitte schön, Kommissar.«

Billy war nicht nur vorangekommen – er war am Ziel.

»Ich denke, ich hab's.«

Er deutete auf einen der Bildschirme.

»Zwei.«

»Was?«

»Ich finde zwei Personen, denen in den vierundzwanzig Stunden, die ich durchforsten sollte, eine Niere transplantiert wurde und bei denen sämtliche Spender- und Empfängerwerte übereinstimmen. Mir ist klar, dass wir mindestens noch hundert andere Datenbanken durchgehen könnten, aber ich nehme an, dass ihr die Länder, die zu weit entfernt liegen oder in denen es keine Transplantationskliniken gibt, schon im Vorfeld aussortiert habt.«

Grens stand auf, blickte auf die Bildschirme, begriff aber nicht, was er sich ansehen sollte.

»Wo genau?«

»Tel Aviv und Bukarest.«

»Wie lauten die Namen der Patienten? Der Ärzte? Die Adressen der Kliniken?«

»Habe ich Ihnen längst gemailt. Schauen Sie in Ihr E-Mail-Postfach, Kommissar.«

Sie hatten sich für die Hilfe bedankt und waren auf dem Weg in den engen Fahrstuhl für eine schaukelnde Abwärtsfahrt, als Piet Hoffmann noch einmal kehrtmachte und an Billys Tür klingelte. Es dauerte einen Moment, bis der junge Mann öffnete, und als er es tat, hielt er Grens' Geschenk in der Hand, das Glanzpapier zur Hälfte entfernt.

»Habt ihr schon Sehnsucht nach mir?«

»Eine Sache noch.«

Billy entfernte das zerknautschte Geschenkband.

»Ja?«

»Ich brauche die Grundrisszeichnungen der Kliniken. Inklusive Stromverteilerkästen und aller Räume wie Abfallräume, Kellerräume, Dachböden und Schutzräume. Und falls dir die eine oder andere Übersicht über installierte Alarmsysteme unterkommt, kannst du sie mit dazupacken.«

»Wie schnell?«

»Bis morgen.«

»Dann sollten Sie wie der Kommissar ab und zu einen Blick in Ihr E-Mail-Postfach werfen, okay?«

Hoffmann war zum zweiten Mal auf dem Weg in den Fahrstuhl, als Billy ihm etwas nachrief.

»Wozu brauchen Sie diese Pläne eigentlich?«

»Neugierig?«

»Ein bisschen.«

»Ich arbeite zum ersten Mal als offizieller Angestellter der Polizeibehörde, das habe ich schriftlich. Aber nirgends steht geschrieben, dass ich keine inoffiziellen Arbeitsmethoden anwenden darf.«

»Als da wären?«

»Eine Straftat, um eine Straftat aufzuklären.«

S UND A und …

Sie hielt den Film an. Zoomte den Ausschnitt noch ein wenig näher heran.

… RAH.

Die Aufnahme der siebten Überwachungskamera ließ den Betrachter nah herankommen. Mariana Hermansson erkannte deutlich zwei Stifte, die in der Brusttasche der Pflegekraft steckten, sowie die schwarzen Buchstaben auf ihrem weißen Namensschild, die den Namen SARAH bildeten.

Schon die vier Kameras im Bereich des Haupteingangs hatten die nächtliche Besucherin aus verschiedenen Winkeln eingefangen, allerdings aus zu großer Distanz und mit mäßiger Bildqualität, sodass keine klaren Details zu erkennen gewesen waren.

Trotzdem waren die Aufnahmen allesentscheidend.

Denn als die Frau um 03:37 Uhr das Krankenhaus durch den Haupteingang betritt, an dem geschlossenen Blumengeschäft vorbeigeht und die öffentlichen Toilettenräume aufsucht, verändert sich alles.

Der im Bild mitlaufenden Zeit zufolge hält sie sich dort drei Minuten und vierundzwanzig Sekunden auf. Zeit genug, um ihr Aussehen zu verändern. Als sie wieder herauskommt, trägt sie anstelle ihres Kleids die Uniform des Pflegepersonals, und als Mitarbeiterin des Krankenhauses verschwindet sie tiefer im Gebäude. Die Kameras Nummer fünf und Nummer sechs zeichnen kurz darauf auf, wie sie ihren Weg zum Fahrstuhl B fortsetzt, wo Kamera Nummer sieben übernimmt, ein nahes Herankommen ermöglicht – und die wahre Identität der verkleideten Frau bestätigt.

Lena Nordwall.

Sie war es.

Getarnt als Pflegekraft Sarah.

Die Kamera vor der Intensivstation 55 fünf Stockwerke höher erzählte die Fortsetzung. Sie ließ den Betrachter ebenso nah heran, und Lena Nordwall war ebenso deutlich zu erkennen. Es gab keinen Zweifel, Lena Nordwall hatte die Intensivstation des Söderkrankenhauses um 03:48 Uhr betreten und um 03:59 Uhr wieder verlassen. Sie hatte sich zu dem Zeitpunkt dort aufgehalten, als Sven Sundkvist mit einer sehr hohen Konzentration Gift im Blut aufgehört hatte zu atmen.

Ewert Grens reagierte wie von Mariana befürchtet. Er lag auf seinem Cordsofa, als sie anklopfte und mit ihrem Laptop im Arm hereinkam. Und sie ließ ihn dort liegen, während sie ihm vier Filmsequenzen vorspielte. Insbesondere die Sequenz, in der die Frau fast unmittelbar in die Kamera blickte, ehe sie die Intensivstation verließ, die kurz darauf von der Hektik erfolgloser Wiederbelebungsversuche erfüllt wurde, schien sich tief in Grens hineinzubohren. Diesmal sagte er nichts, zeigte keine Regung, doch Mariana wusste es auch so. Er hatte auf eine andere Antwort gehofft, auf eine andere Wirklichkeit.

»Ich möchte, dass du jetzt hierherschaust, Ewert.«

Mariana schob den Couchtisch zur Seite, machte die auf dem Fußboden befestigte Zeitleiste in voller Länge sichtbar.

»Es ist so.«

Sie wartete, bis Grens sich aufgesetzt hatte und zumindest ungefähr sehen konnte, wohin sie deutete.

»Hier ruft Sven dich an und sagt, dass er dir etwas erzählen muss. Und du antwortest – ich habe einen Vermerk des Wortlauts, an den du dich noch erinnert hast – *Nach dem Zugriff, Sven. Wenn du morgen früh aufwachst, dann bin ich bei dir.* In dieser Nacht, Ewert, stirbt Sven.«

Wie eben bei den Filmsequenzen zeigte der Kriminalkommissar nicht die geringste Regung.

»Dann springen wir ein Stück vor, bis Mitternacht. Zu den gescheiterten Razzien. Die Wohnungsbordelle sind leer geräumt und frisch geputzt, genau in dem Moment, als wir vor der Tür stehen. Du hörst es selbst: Svens Tod und drei ausgeräumte Wohnungen. Irgendjemand war über jeden deiner Pläne im Bild. Irgendjemand war über jeden deiner Schritte und über jedes Wort, das du gesagt hast, informiert. Ich nehme an, dass du schon selbst auf den Gedanken gekommen bist. Du wurdest abgehört, Ewert, beobachtet, habe ich recht? Und wenn meine Vermutung zutrifft, weißt du auch, von wem.«

Es wäre leichter gewesen, wenn er auf Angriff geschaltet hätte. Einen Ewert Grens, der brüllte und tobte und sich querlegte, wusste sie zu händeln.

Aber nicht diese Version von ihm.

Ein fremder Mensch, der völlig willkürlich reagieren konnte.

»Denn wenn wir annehmen, dass die Frau, die du eben in den Aufnahmen der Überwachungskameras gesehen hast, dich abhören wollte, dann liegt es nahe, dass sie es auch getan hat. Ich glaube, dass sie auf deinem alten Diensthandy eine Spyware installiert hat, und ich möchte, dass du bei ihrem Telefon dasselbe machst.«

Jetzt reagierte er.

»Was zum Teufel …«

Heftig, aggressiv.

»… sagst du da?«

»Damit wir weiterermitteln und ihre Kontobewegungen zurückverfolgen können, brauche ich deine Hilfe. Was heißt: *Du* musst eine ähnliche Spyware auf *ihrem* Telefon installieren.«

»Nie im Leben würde ich …«

»Wir wissen beide, dass Svens Zimmer nicht kameraüberwacht wurde. Ein Staatsanwalt kann nicht beweisen, wer die tödliche Tat begangen hat. Die Aufnahmen beweisen lediglich, wer sich mitten in der Nacht in der Nähe des Tatorts aufgehalten hat. Darum, Ewert, möchte ich, dass du – nachdem du ihr Telefon verwanzt hast und *wir* diejenigen sind, die über jeden *ihrer* Schritte im Bild sind – DNA-Material von ihr beschaffst.«

»Hermansson, hast du vollkommen … Ich kann doch nicht DNA-Material von jemandem beschaffen und …«

»Ich habe die Pathologin bereits gebeten, Svens Leiche ein letztes Mal zu untersuchen, weil Mörder immer eine Spur hinterlassen. Und sobald wir diese Spur gefunden haben – denn das werden wir –, will ich sie mit Lena Nordwalls DNA abgleichen, ohne dass sie erfährt, dass wir ihr auf den Fersen sind.«

Vilniaus Ligoninė.

Noch ein einziges Mal. Danach nie wieder.

Alena lächelte zwei älteren Damen zu, die, auf ihre Rollatoren gestützt, den Ausgang des Krankenhauses im Auge behielten und auf ihre bestellten Taxis warteten. Vor dem Fahrstuhl bedachte sie weißbekittelte Krankenhausmitarbeiter und Besucher mit einem freundlichen Nicken, stieg zwei Stockwerke früher aus als zuletzt, mied die Station mit Föten in Glasbehältern, stahl einen anderen Putzwagen als beim letzten Mal, entwendete Putzkittel und Laken aus anderen Wäschekammern und Schwesternzimmern, verbarg die Tüte mit Schraubenschlüssel, Stabfeuerzeug, Schnur und Klebebandrolle ganz unten im Putzwagen, rückte ihre blonde Perücke zurecht und kontrollierte, dass die Bauchattrappe, die sie um den Hals trug, vom Taillengurt stabilisiert wurde.

Auf dem Weg hinunter ins Kellergeschoss war sie allein im Fahrstuhl.

Ein letzter Blick in den großen Spiegel im kalten Licht der Kabine, ein letztes Blinzeln mit den blauen Kontaktlinsen, dann betrat sie den breiten Gang des düsteren Kellergewölbes.

Sie blieb an derselben Stelle stehen wie zuletzt, an der Durchgangstür unmittelbar vor der 90-Grad-Biegung und somit außer Sichtweite, achtete jedoch darauf, den Putzwagen schon auf der anderen Seite der Tür abzustellen. Die Sicherheitsvorkehrung war rasch montiert – das Zündungsröhrchen des Stabfeuerzeugs wies auf den Spalt zwischen zwei Gasleitungsrohren, die Schnurenden waren um den Hebel der Durchgangstür und den Trigger-Schalter des Stabfeuerzeugs gewickelt, und die Rohrmuttern hatte sie gelöst, bis Gas austrat.

Es war so weit.

Bewegungen, die Ruhe ausstrahlen mussten, um die Unruhe in ihrem Inneren zu verbergen. Die Finger fest um den Griff des Putzwagens geschlossen, den Blick unbeirrt geradeaus gerichtet, umrundete sie die scharfe Biegung des unterirdischen Gangs.

Alena sah sie sofort. Am Ende des Korridors, hinter zwei Durchgangstüren mit Sichtfenstern. Erki und sein bulliger Kompagnon.

Ein kontrollierter Schritt nach dem anderen.

Obwohl der Kahlrasierte, immer noch in derselben schmuddeligen und verwaschenen Kleidung, auf sie zustürzte, als sie mit der einen Hand die letzte Durchgangstür zur Reservestation aufstieß und mit der anderen den Putzwagen nachzog. Und obwohl Erki sie lange musterte, als würde er sie erkennen, sie jedoch nicht einordnen können – eine ehemalige Nachbarin oder die Frau, die im Lebensmittelgeschäft an der Ecke arbeitete.

»Du? Wieder?«

Der Kahlrasierte trat nicht zur Seite. Angespannter als beim letzten Mal, aggressiver.

Ernster. Es war spürbar. Dass Estela hinter einer dieser Türen eines ihrer Organe beraubt worden war.

»Ich putze. Jeden Tag.«

Sie griff nach einem frischen Stapel Laken, schob ihn auf den Griff des Putzwagens.

»Gestern warst du nicht hier.«

»Ein Auffahrunfall. Viele Verletzte. Ich musste in der Notaufnahme aushelfen.«

Er musterte sie, abschätzig. Aber nicht so, wie Männer es seit jeher taten. Er wusste nichts von dem Unfall, der nicht stattgefunden hatte, und versuchte zu entscheiden, ob die Übergewichtige mit den stark blondierten und stark gelockten Haaren die Wahrheit sagte.

»Die Zimmer. Auf der Seite da.«

Er deutete auf den Teil des Gangs, in dem drei junge Frauen ihren Krankenhausaufenthalt verbrachten, dann trat er zur Seite und ließ die Putzfrau mit ihrem Wagen vorbei.

»Die kannst du putzen. Die anderen nicht.«

Also wurden die Operationsvorbereitungen hinter den Türen auf der anderen Gangseite durchgeführt.

Alena hielt den Blick auf den Boden gerichtet, als sie an dem Kahlrasierten und an Erki vorbeiging, ihr Herz hämmerte noch heftiger unter ihrem Putzkittel als zuletzt. Sie wollte umkehren, erklären, dass sie etwas vergessen hatte und zurückgehen musste. Oder den Wagen stehen lassen und schneller laufen als jemals zuvor. Oder sich auf den Fußboden legen und die Augen schließen, bis alles vorbei wäre.

Sie ging weiter.

Ein kontrollierter Schritt nach dem anderen.

Vorbei an Estelas Zimmer. Das leer war. Estela hatte ihre Entscheidung getroffen, sie hatte nicht die Kraft gefunden zu fliehen, sie hatte sich damit abgefunden, wie ihr Weg zurück nach Hause aussah.

Dann klopfte sie bei Neda und Tanya an, wartete, bis ein leises *Herein* erklang, und öffnete und schloss die Tür in einer Bewegung.

Sie lagen da. Jede in einem Bett.

Alena umarmte sie, sie waren nervös, aber bereit, sie hatten ihre Meinung nicht geändert.

Sie wollten leben, vollständig.

»Wir haben nur ein paar Minuten. Nicht mehr.«

Alena hielt ihre Hände.

»Ich kann euch nur einzeln mitnehmen – nur eine verstecken. Wenn die Erste von euch da ist, wo ihr drei Tage ausharren müsst, komme ich zurück und hole die Nächste. Ihr entscheidet, wen ich zuerst mitnehme.«

»Wohin bringst du uns?«

Die Angst, die beim letzten Mal in Nedas Stimme mitgeschwungen hatte, war verschwunden.

Hoffnung. Neugier.

Das war es, was Alena hörte.

»Neda – es ist besser, wenn du es erst siehst, sobald wir da sind. Wenn ich es jetzt erzähle, kommt es euch vielleicht merkwürdig vor. Aber ihr bleibt *im* Krankenhaus. Wir holen euch raus. Sobald es sicher ist.«

»Wer? Wer holt uns raus?«

»Jemand, dem ich vertraue. Vorbehaltlos.«

»Dann …«

Neda lächelte ihrer Zimmergenossin zu.

»… Tanya zuerst.«

Während Alena Nedas Bett neu bezog, schüttelte Tanya den Kopf.

»Nein, du zuerst, Neda.«

»Du hast Schmerzen, das …«

»Du zuerst. Du bist schwanger. Keine Diskussion.«

Unter den anhaltenden Schmerzen klang Tanya entschlossener und unbeirrbarer denn je. Neda musste als Erster geholfen werden. Neda musste als Erste fliehen.

Alena wartete, bis Tanya aufgestanden war, dann bezog sie auch ihr Bett neu.

»Dann machen wir es so. Neda, steig in den Putzwagen.«

Obwohl Neda schon einen deutlichen Babybauch hatte, kletterte sie erstaunlich gelenkig in den Putzwagen und kauerte sich geschmeidig zusammen. Alena verteilte die alte Bettwäsche über ihr, bis sie komplett verdeckt war.

»Ich bin bald zurück, Tanya.«

Tanya nickte ihr von dem frisch bezogenen Bett zu, und Alena schloss ihre weißen Finger fest um den Griff des Putzwagens.

Es musste klappen.

Sie schob den Wagen auf den Kellergang. Kam aber nicht weit.

»Du da.«

»Ich muss …«

»Hiergeblieben.«

»… noch ein paar frische Laken und Handtücher holen. Die Wäsche hat nicht gereicht.«

»Du hast dich lange genug hier unten rumgetrieben.«

Diesmal begegnete sie Erkis Blick.

»Die Wäsche muss nach der Operation sauber sein. Sonst können Komplikationen auftreten.«

Alena rührte sich nicht von der Stelle. Jemand, der die Wahrheit sagte, wich nicht zurück.

»Und darum sind Sie doch wohl hier? Damit die Patientinnen gesund werden?«

Wenn sie sich fokussierte, ihre gesamte Konzentration auf den Putzwagen richtete, spürte sie, wie Neda sich in Höhe ihres Schienbeins zusammenkauerte.

Die Körperwärme. Die kaum wahrnehmbaren Atemzüge.

Dann nickte Erki.

»Dann geh, zum Teufel.«

Er warf nicht einmal einen Blick auf den Putzwagen. Genauso wenig wie der Kahlrasierte.

»Aber sieh zu, dass du beim nächsten Mal genug frische Wäsche dabeihast.«

Der Putzwagen war wesentlich schwerer beladen als vom Hersteller vorgesehen, und es erforderte all ihre Kraft, ihn aus dem Stand anzuschieben, ohne zu zeigen, welche Anstrengung es sie kostete, und die quietschenden Räder in Bewegung zu setzen. Die ersten Schritte waren die schwierigsten. Doch als sie ein wenig Geschwindigkeit gewonnen hatte, war es unerwartet leicht, die Durchgangstüren eine nach der anderen zu öffnen. Wenn sie die Türen mit einer Hand aufstieß, konnte sie durch den Spalt rollen, ohne stehen bleiben zu müssen. Erki und sein Kompagnon blickten ihr durch die Glasscheiben nach, während der Abstand zwischen ihnen wuchs. Alena sah und spürte ihre Blicke, und sie musste sich beherrschen, nicht schneller zu laufen. Als auf der rechten Seite des Gangs die schwere Metalltür in Sicht kam, auf der in roten Buchstaben auf gelbem Hintergrund das Wort LEICHENHALLE stand, verlangsamte sie ihr Tempo und warf einen Blick zurück. Als sie nur noch wenige Meter entfernt war, verlangsamte sie ihre Schritte noch ein wenig mehr und wagte einen zweiten Schulterblick zurück zur Reservestation. *Es könnte klappen.* Erki und der Kahlrasierte wandten ihr beide den Rücken zu, schauten dorthin, wo, wie Alena vermutete, weiterhin Operationsvorbereitungen getroffen wurden. Blitzschnell entschied sie sich – sie zog die Tür der Leichenhalle auf, zwängte den Putzwagen hindurch und schlüpfte hinterher.

Erst in dem Moment wurde es ihr klar.

Sie wählte denselben Weg wie Lydia – eine Leichenhalle.

Doch anders als Lydia, die sich einen Rucksack mit Sprengstoff umgeschnallt und Geiseln genommen hatte, bevor sie und der Polizist und die komplette schwedische Leichenhalle in die Luft geflogen waren, betrat sie, Alena, eine litauische Leichenhalle mit einem Putzwagen, der einen Menschen auf der Flucht verbarg.

Und während Lydia den Tod gewählt hatte, würde sie Neda lediglich bitten, vorübergehend zu sterben.

»Du kannst jetzt rauskommen.«

Alena griff nach Nedas Hand, und die junge, schwangere

Frau kletterte genauso gelenkig aus dem Putzwagen heraus, wie sie vor ein paar Minuten hineingeklettert war.

»Wo … sind wir?«

Neda stand inmitten einer Szenerie, die sie bisher nur aus dem Fernsehen kannte.

Stahltische, blitzblanke, weiß gekachelte Wände, für Körperteile vorgesehene Edelstahlschalen, grell beleuchtete Kühlräume.

Inmitten dieses Geruchs.

Nach Reinigungsmitteln und altem Fleisch und danach, wie sich in ihrer Vorstellung der Tod anfühlte.

»Wir sind da, Neda. Hier musst du drei Tage lang bleiben.«

»Hier …?«

»Das ist der einzige Ort, an dem niemand sucht. Von hier kannst du fliehen – sobald sie nicht mehr nach dir suchen und nach Schweden zurückgekehrt sind.«

Ein Mann in den Dreißigern kam aus einem der Kühlräume. Er trug eine Plastikschürze über einem weißen Kittel, einen Mundschutz sowie ein doppeltes Paar Handschuhe. Er lächelte Alena zu, legte ihr leicht die Hand auf die Schulter.

»Alles ist vorbereitet.«

»Ich weiß nicht, wie ich dir danken soll, Radu.«

»Alena, du hast mir geholfen, als ich Hilfe gebraucht habe. Ich revanchiere mich nur, mehr nicht.«

Die Wand vor ihnen bestand ausnahmslos aus nummerierten Metallfächern. Vom Fußboden bis zur Decke.

Alena griff wieder nach Nedas Hand, und gemeinsam traten sie näher heran.

»Der Hausmeister der Leichenhalle ist ein Freund von mir. Er sorgt dafür, dass du genügend Sauerstoff hast und jeden Tag eine Flasche Wasser. Aber es wird eng und dunkel und einsam sein. Als ob die Zeit nie vergeht.«

Nedas Gesicht war blass.

»Neda? Hörst du mich?«

Alena nahm die zierliche junge Frau in den Arm.

»Ich habe keine Ahnung, wo die Organisation ihre Wachmänner postiert hat und ob es noch mehr gibt. Wir können euch nicht weiter wegbringen, wir müssen die Strecke so kurz wie möglich halten. Und ihr seid zu zweit. Ich schwöre dir, dies ist der einzige sichere Weg, um euch beide hier rauszuholen.«

Starr. Stumm.

»Sieh mich an, Neda. Willst du es dir anders überlegen?«

Neda war blass, aber ihr Blick, als sie ihn langsam hob, war fest entschlossen.

»Nein.«

»Ich würde verstehen, wenn es so wäre.«

»Ich will *das hier*, Alena. Mehr, als ich das andere will.«

Der Hausmeister der Leichenhalle hatte ihnen Zeit für die letzten schwierigen Fragen gegeben, doch nun trat er zwischen sie und deutete auf zwei Metallfächer.

»Nummer 11 oder Nummer 33?«

Neda zuckte mit den Achseln.

»Was ist der Unterschied?«

»Eigentlich keiner. Du hast Leichen unter, über und neben dir. Es ist eher eine Frage, ob du hoch oben oder tief unten liegen willst.«

»Na dann. Entscheiden Sie.«

Der Hausmeister zog Fach Nummer 11 auf, ungefähr in Nedas Hüfthöhe. Zweihundert Zentimeter in der Länge, achtzig Zentimeter in der Breite, fünfzig Zentimeter in der Höhe. Neda hielt sich an den scharfen Kanten des Faches fest und legte sich rücklings auf die Rollbahre, links und rechts von ihr blieb jeweils ein Zentimeter Platz.

Der Hausmeister sah sie an, sprach langsam und ruhig.

»In drei Tagen werden die wöchentlichen Leichen abgeholt. Ich sorge dafür, dass du darunter bist. Und am Zielort wird sich ein Freund von mir um dich kümmern.«

Wie mutig Neda war.

So viel stärker und entschlossener als die Menschen, die meinten, sie zu besitzen.

Alena war stolz und ein wenig gerührt, als sie Neda auf die Wange küsste und dabei zusah, wie der Hausmeister die Rollbahre zurück in das Metallfach schob und die Tür mit einem vernehmlichen Klicken fest verschloss. Dann klebte er einen Zettel mit einem fremden Namen und einem fremden Geburtsdatum an die Tür und fügte mit Bleistift das heutige Datum als Todestag hinzu.

Es war viele Jahre her, seit er zuletzt auf dem Ben-Gurion-Flughafen gelandet war. Ein anderes Leben. Eine Waffenlieferung in die Westbank, ziemlich gut bezahlt, er sorgte dafür, dass die Käufer ihren vertraglich vereinbarten Verpflichtungen nachkamen. Er hatte vergessen, dass alles so dicht beieinander lag, dass es so klein war, dass dieses so viel umschriebene Land bequem in die schwedische Provinz Småland hineinpasste und die Fahrt im Leihwagen in Richtung Meer und in das Stadtzentrum von Tel Aviv weniger als eine halbe Stunde dauerte.

Billy hatte wie versprochen die Grundrisspläne der Privatklinik in der J. L. Gordon Street gemailt sowie eine Übersicht aller übrigen baulichen Maßnahmen, die eine Genehmigung erforderten und somit in den Datenbanken der israelischen Behörden zu finden waren.

Piet Hoffmann bremste und fuhr langsam an dem sandfarbenen zweistöckigen Gebäude vorbei. Im Eingangsbereich der Klinik machte er einen einzelnen uniformierten Wachmann aus. Dem Augenschein nach war der Mann unbewaffnet. Vermutlich bestand seine Aufgabe eher darin, die Ausweispapiere der angemeldeten Patienten zu kontrollieren. Piet parkte ein Stück weiter die Straße hinunter, von wo aus er den Haupteingang der Klinik bestens im Blick hatte. Mit dem Fernglas verschaffte er sich einen Eindruck, welche Art von Klientel das Gebäude betrat und verließ, erhielt Gewissheit, dass die Information, der Eingang sei alarmgesichert, aber nicht kameraüberwacht, zutraf und dass Sprechzimmer und Büros im Erdgeschoss untergebracht waren, während die Patientenzimmer im ersten Stock lagen. Hinter einigen

Fenstern lief Personal hin und her, auf einem der Balkone schnappte ein Patient frische Luft, auf einem zweiten stand eine Person in weißem Arztkittel und rauchte. Hoffmann verglich den visuellen Eindruck mit der Grundrisszeichnung und den Fotos, die er von der Webseite der Klinik heruntergeladen hatte, klebte die Hochglanz-Werbefotos auf die Planquadrate der Skizze und setzte so Stück für Stück ein mentales Gesamtbild des Gebäudes zusammen, zu dem er sich Zutritt verschaffen würde.

Aber erst später.

Er stattete nie mehr als einen Besuch ab. Niemand sollte bezeugen können, ihn schon einmal in der Klinik gesehen zu haben, niemand einen früheren Besuch mit dem in Zusammenhang bringen können, was im Schutz der Dunkelheit stattfand. Diese Regel hatte er für sich selbst aufgestellt, und sie hatte ihn lange davor bewahrt, geschnappt zu werden. Bis sie nach hinten losgegangen war und er seine erste Gefängnisstraße abgesessen hatte. Lange vor Zofia, lange vor den Kindern.

Doch jetzt saß er hier, in einem Leihwagen in einem fremden Land, und kundschaftete ein Gebäude aus, von dessen Existenz er bis heute nichts gewusst hatte – und er tat es mit dem gleichen erwartungsvollen Kribbeln wie damals. Obwohl er ein anderer Mensch geworden war. Obwohl er *glaubte*, ein anderer Mensch geworden zu sein. Das Kribbeln war zurück, genauso stark wie jedes andere Mal, wenn er so wie jetzt dagesessen und einen Plan geschmiedet, sich die bevorstehende abendliche und nächtliche Stille vorgestellt hatte, das Verborgene und die Ungewissheit, die Stunden, die jeden erdenklichen Ausgang nehmen konnten und deshalb alles enthielten.

Er dachte zurück an seinen allerersten etwas größeren Einbruch. In das Chemieinstitut der Universität Uppsala. Den Tipp hatte er von einem Typen bekommen, der dort studiert und fünfundzwanzig Prozent von seinem späteren Verkaufserlös gefordert hatte. Piet Hoffmann hatte nie recht begriffen, warum genau eine Universität große Mengen Narkotika in einem ihrer Labore aufbewahrte, aber vermutet, dass sie den Studenten als Lehrmaterialien dienten. Wie und Warum war bedeutungslos gewesen in einer Zeit, als sich alles darum drehte, wie große Mengen er von einer Ware stehlen konnte und welchen Preis ein Hehler oder ein Dealer ihm hinterher dafür zahlte. In jener Nacht war er praktisch ins Gebäude hineinspaziert. Das Chemielabor war nicht alarmgesichert gewesen, und die Türen hatte er im Handumdrehen aufgebrochen. Wie im Himmel, so hatte er sich gefühlt. Riesige Opiumklumpen und überdimensionale Haschkekse in frei zugänglichen Schränken. Opiumklumpen groß wie Tennisbälle. Haschkekse aus der Sorte, die Roter Libanese genannt wurde. Schwarzes Hasch und eine ziemlich beachtliche Menge braunes, das einen merkwürdigen Goldstempel trug. Alles in allem etwa ein Kilo.

Und als er auf dem Rückweg eine Abkürzung durch die Cafeteria genommen hatte, mit diesem wunderbaren Kribbeln im Körper, das Spannung und Glück und Unberechenbarkeit war, hatte er der Versuchung einfach nicht widerstehen können. Das Wechselgeld und die Zigaretten hatten schließlich direkt vor seiner Nase gelegen.

Er blieb auf seinem Beobachtungsposten, bis er gesehen hatte, was er sehen musste, dann fuhr er wenige Kilometer weiter zum Azrieli Center, einem von Tel Avivs Wolkenkratzern, in dessen Erdgeschoss ein großes Einkaufszentrum lag. Er brauchte ein zusätzliches Paar Schuhe, einen langen Schraubendreher, einen Schraubenschlüssel, einen Cutter und drei Paar Gummihandschuhe. Und eine Baseballkappe – Gipsmörtel im Haar war keine besonders schlaue Idee, sollte er hinterher aufgehalten werden.

Alena zögerte.

Wenn sie die Tür der Leichenhalle öffnete und den Putzwagen auf den Gang hinausschob und Erki und der Kahlrasierte in diesem Augenblick in ihre Richtung blickten, bestand die Gefahr, dass sie eins und eins zusammenzählten. Verdacht schöpften. Auch wenn der Abstand groß war, zwei Türen zwischen ihnen lagen und sie sich einredete, dass die beiden vermutlich keine Ahnung hatten, wohin jeder einzelne Gang in diesem großen Krankenhaus führte.

Aber sie hatte keine Wahl. Sie musste zurück.

Auf dieselbe Art, wie sie hergekommen war – ein fester Griff um die Türklinke und ein beherzter Schritt hinaus.

Der Gang war leer.

Jedenfalls so weit sie sehen konnte. Nicht einmal am Ende hielt jemand Wache.

Sie sollte es als gutes Omen werten.

Niemand hatte sie aus der Leichenhalle kommen sehen – was das Risiko minimierte, ein zweites Mal in Richtung Reservestation zu gehen.

Aber sie *empfand* es nicht als gutes Omen.

Konnte sie wirklich derartiges Glück haben? Hatten die beiden Wachhunde ausgerechnet in diesem Moment beschlossen, eine Pause einzulegen?

Alena setzte sich in Bewegung, langsam.

Die Räder des Putzwagens quietschten jetzt lauter, als hätte das Gewicht eines Menschen ihre Kräfte überfordert.

Sie passierte die vorletzte Durchgangstür.

Der Korridor war immer noch leer. Die einzigen Geräusche, die zu hören waren, waren die, die sie selbst verursachte.

Alena warf einen Blick auf ihre Armbanduhr. Sie hatte zweiundzwanzig Minuten gebraucht, um Neda in Sicherheit zu bringen. Gleich würde sie Tanya holen, und in zweiundzwanzig weiteren Minuten würden zwei junge und quicklebendige Frauen in je einem Metallfach zwischen den Toten liegen, und dann wäre bald alles ausgestanden.

Alena näherte sich der letzten Durchgangstür – und hörte die ersten Stimmen.

Sie öffnete die Tür, aber nur einen Spalt weit.

Lauschte.

»Wo zum Teufel ist sie?«

Eine Männerstimme. Erki. In Tanyas Zimmer.

»Rede, du scheiß Nutte!«

Alena stieß die Tür ein kleines bisschen weiter auf, um besser hören zu können – die Stimme, die zu antworten versuchte, war schwach, drang kaum aus dem Zimmer.

»Ich …«

Tanya.

Liebe, liebe Tanya.

»… weiß es nicht.«

»Sie lag hier in diesem Bett! Direkt neben dir!«

»Ich habe geschlafen.«

»Du weißt, wo sie ist! Du weißt es, du verfluchte … Antworte, wenn du nicht willst, dass ich dir jeden Knochen im Leib breche!«

Alena umklammerte den Griff des Putzwagens.

Zitterte.

Sie konnte nicht weitergehen. Sie konnte auch nicht stehen bleiben.

Doch sie musste keine Entscheidung treffen – die Umstände entschieden für sie. Plötzlich sah sie durch das Fenster in der Tür, wie der Kahlrasierte aus dem Zimmer stürmte, in dem Tanya lag und in dem auch Neda hätte liegen müssen.

Jetzt bestand kein Zweifel mehr, welchen Part die Putzfrau spielte.

Der Kahlrasierte rief nach Erki, dann rannte er weiter – auf sie zu.

Alena ließ den Putzwagen stehen, mitten im Gang, und spürte, dass ihre Beine sich bewegten, wie sie es seit ihrer Kindheit nicht mehr getan hatten. Von Angst getrieben, leicht vom Adrenalin. Auf halbem Weg durch die nächste Durchgangstür riss sie sich die Bauchattrappe vom Leib, und als sie in hohem Tempo hindurchschlüpfte, verfingen sich ihre falschen Locken an einem hervorstehenden Metallhebel, und ihre Perücke rutschte zu Boden.

Sie drehte sich um, hörte, wie die beiden hinter ihr her brüllten.

Verfolgten. Jagten.

Vor der scharfen 90-Grad-Biegung warf sie abermals einen Blick über die Schulter, ehe sie für einen Moment außer Sichtweite verschwand. Die nächste Durchgangstür zog sie nur so weit auf, dass sie gerade eben hindurchpasste.

Ihre Verfolger waren schneller als sie, doch die Tür fiel hinter ihr zu, bevor sie sie eingeholt hatten – und die beiden taten genau das, worauf sie gehofft hatte.

Wie Alena es im Fall ihrer Entdeckung vorausgesehen hatte, lösten sie mit wilden, unnötig ausholenden Gebärden ihre Sicherheitsvorkehrung aus.

Es war eine schöne Explosion.

Das grelle Licht. Die intensiven Farben.

Der Druck presste Alena vorwärts, die Hitze war spürbar, aber die große Welle flutete, strömte in die entgegengesetzte Richtung. Energie. Entladung. Als der Kahlrasierte die Tür sperrangelweit aufgerissen hatte, damit Erki und er gleichzeitig hindurchpassten, hatte sich die am Hebel befestigte Schnur gespannt, Druck auf den Trigger-Schalter des Stabfeuerzeugs ausgeübt, und die Flamme war direkt unterhalb des Lecks in der Rohrleitung emporgeschlagen, aus dem das Gas austrat. Erki und sein Kompagnon und Teile der Tür wurden zurückgeschleudert, während Alena ihren Weg fortsetzte.

Ohne Putzwagen und ohne einen anderen Menschen, der auch von hier fortwollte.

Nedas Flucht konnte noch immer gelingen.

Während Tanya dem Krankenhaus, einer bevorstehenden Operation und einer verlängerten Leibeigenschaft nicht entkam.

Das Hotel, das Grens in Tel Aviv für ihn gebucht hatte, verfügte über bequemere Betten, als ein paar wenige Abendstunden Schlaf verdienten. Denn als sich die Dunkelheit über die israelische Metropole gesenkt hatte, kehrte Piet Hoffmann in die J. L. Gordon Street und zu der auf Nierentransplantationen spezialisierten Privatklinik zurück. Bei bewohnten Gebäuden war es klüger, sich Zutritt zu verschaffen, solange draußen auf den Straßen noch Leben herrschte und Geräusche weniger auffielen – mit hellwachem Pflegepersonal im zweiten Stock war das Risiko, nachts entdeckt zu werden, nur einen Fehltritt weit entfernt.

Schon zu seiner Zeit als Krimineller war Organhandel in Israel gang und gäbe gewesen; eine bisweilen mangelhafte Kontrolle von Transplantationen, gleichgültig, ob sie in öffentlichen Krankenhäusern oder in Privatkliniken durchgeführt wurden. Und die Privatklinik, zu der er jetzt auf dem Weg war, konnte Billys Rechercheergebnissen zufolge eine dieser nachlässigen Kliniken sein.

Wie am Nachmittag parkte er ein Stück von der Klinik entfernt und ging zu Fuß durch die Dunkelheit.

Ein Spaziergang. Normal.

Das war wichtig.

Bis er vor der Klinik unvermittelt vom Bürgersteig abwich und sich am Eingang vorbei zum Abfallraum auf der Rückseite des Gebäudes stahl.

Während er mit Gummihandschuhen an den Händen die Spitze des Schraubendrehers unter die Kante der Metalltür zwängte und sie emporstemmte, schoss ihm durch den Kopf, dass dies wohl kaum das war, was Grens mit Spitzenkompetenz und Multikompetenz gemeint hatte, als er ihn als befristeten Mitarbeiter durch die Polizeibürokratie geschleust hatte. Oder es war genau das, was er im Sinn gehabt hatte. Fertigkeiten, über die Polizeibeamte selten verfügten und die Hoffmann viele Jahre lang trainiert und perfektioniert hatte.

Als das Metall sich weit genug von der Wand gelöst hatte, fasste er mit dem Schraubenschlüssel nach, bis der Schließzylinder frei lag und er, mit seinem Körpergewicht als Hebel, den Schraubendreher darunterzwängen konnte. Dann begann er leise zu zählen, das machte er immer, diesmal dauerte es sechs Sekunden.

Der einzige Ort, in so gut wie jedem Gebäudekomplex, der nicht alarmgesichert war. Niemand verschwendete Geld, um seinen Abfall zu schützen.

Im Raum selbst nahm er sich die Wand vor, die Billys Gebäudeplan zufolge aus Rigips bestand und auf deren anderer Seite ein Abstellraum lag. Er rückte einen kleineren Abfallcontainer zur Seite, klopfte die Wand ab, um die Position der Leitungen zu lokalisieren, die er umgehen wollte, und löste dann mit dem Cutter ein Rechteck aus den Gipskartonplatten heraus. Die kratzige, verfilzte Dämmwolle, die den Zwischenraum ausfüllte, warf er auf den Boden. Mit den nächsten Gipskartonplatten verfuhr er auf dieselbe Weise, schnitt Rechtecke aus den doppelten Platten heraus und zog sie hinüber auf seine Seite, um im angrenzenden Raum nicht zu viel Staub zu verursachen.

Als ein lautes Scheppern ertönte.

Er war mit der Kante eines der Gipskartonrechtecke gegen eine blanke Metallschale gestoßen, die ihn an die Schalen erinnerte, die er in Errfors' Obduktionssaal gesehen hatte, und die nun im Nebenraum laut klirrend zu Boden fiel. Es war tatsächlich ein Abstellraum – vor ihm befand sich ein großes Regal, das die gesamte Länge der Wand einnahm.

Er verharrte reglos. Nichts geschah.

Der Widerhall war deutlich zu hören gewesen – aber anscheinend nur hier.

Vorsichtig räumte er Plastikboxen, Metallschalen, Kartonagen, Dosen mit Stiften und Papierstapel beiseite, dann kletterte er durch die Öffnung und zwängte sich zwischen den Regalbrettern hindurch in den Abstellraum.

Um weiterzukommen, musste er eine angrenzende Teeküche durchqueren, in der Licht brannte. Und er hatte gerade einen Fuß über die Schwelle gesetzt, als er auf der Anrichte einen Teller mit Keksen entdeckte und daneben den rot leuchtenden Knopf einer eingeschalteten Kaffeemaschine.

Irgendjemand bereitete sich einen abendlichen Snack zu. Und würde ihn jeden Augenblick holen kommen.

Rasch wich Hoffmann zurück in den Abstellraum und schloss die Tür. Da sah er es.

Fußabdrücke. Mehrere. Er war durch den weißen Gipsstaub gelaufen, den die Metallschale im Hinunterfallen aufgewirbelt hatte, und hatte vor dem Regal deutliche Schuhabdrücke hinterlassen – und vermutlich prangte ein identischer weißer Schuhabdruck jenseits der Tür auf dem Küchenfußboden.

Abermals verharrte er in der Dunkelheit, stumm, reglos, das Ohr an der Tür.

Er hatte richtig vermutet.

Jemand kam eine Treppe herunter. Jemand kam näher. Jemand kam in die Küche und hantierte dort herum.

Piet Hoffmann hörte das Geklapper von Porzellan und einen Wasserhahn, der auf- und zugedreht wurde – und hielt die Luft an. So viele erfolgreiche Einbrüche er auch begangen hatte, so erfahren und versiert er auch geworden sein mochte, das Atemholen konnte jedes Mal zum Verhängnis werden. Denn wenn er seine Atemzüge hörte, konnte jemand anders es auch.

Er stieß die Luft in winzig kleinen Mengen aus, bis die Schritte verklungen waren.

Dann zog er die Tür einen Spalt weit auf und schlüpfte aus seinen Schuhen – wenn die Sohlen weiße Abdrücke hinterließen, musste er eben auf Socken laufen. Piet Hoffmann ging in die Hocke, wischte mit dem Unterarm den Fußabdruck weg, an dem soeben jemand mit einem Kaffeetablett vorbeigelaufen war, dann ging er zu der Küchenspüle und schöpfte sich Wasser ins Gesicht, um den Gipsstaub abzuwaschen.

Laut Lageplan gab es auf diesem Gang insgesamt sechs Räume. Drei Sprechzimmer, ein WC, ein Garderobenraum – und ein Raum für Ordner und Medikamente. Dorthin ging er nun. Eine Tür mit Kastenschloss, wie Grens' Dachbodentür, bei dem jede beliebige Bankkarte funktioniert hätte. Um den einfachen Mechanismus zu knacken, brauchte er nur wenige Sekunden.

Er war drin. Am Ziel seiner Reise nach Tel Aviv.

Wenn er innehielt, hörte er Schritte über sich, Klinikpersonal oder Patienten, auch leises Stimmengemurmel. Und wenn er sie hörte, konnten sie ihn genauso hören.

Er ging an Regalen mit Medikamenten entlang, die in einer anderen Zeit sein Ziel gewesen wären und mit denen er den Rucksack auf seinem Rücken gefüllt hätte, zu gleichen Teilen zum Eigenbedarf wie zum Verkauf.

Der Aktenschrank neben dem Fenster besaß vier Hängeregister-Schubladen mit Patientenakten in alphabetischer Reihenfolge.

Estela Varnene.

Er zog die unterste Schublade auf, als ein Lichtschein in den Raum fiel.

Rasch warf er sich flach auf den Boden. Der Lichtkegel verschwand, kam jedoch einen Augenblick später zurück und erhellte den Raum aus der entgegengesetzten Richtung. Piet Hoffmann robbte ans Fenster und sah den Zipfel einer Wachuniform – die Einbruchspuren an der Tür des Abfallraums waren der Kontrolle des Wachmanns entgangen, der seinen entlohnten Rundgang absolviert hatte und nun zum nächsten Objekt weitergehen würde.

Doch er ging nicht weiter.

Er blieb stehen, und Hoffmann betrachtete die Rückenansicht des Mannes, der sich eine Zigarette ansteckte und sich mit jemandem unterhielt, der nicht zu sehen war.

Ein Passant? Ein Pfleger? Ein Kollege?

Der Wachmann redete, lachte laut und blies Zigarettenrauch aus, und Piet Hoffmann spähte, so weit, wie er es wagte, aus dem Fenster.

Erst als die Zigarette an einem schwarzen Schuhabsatz ausgedrückt worden und der Wachmann verschwunden war, knipste der Einbrecher seinerseits eine Taschenlampe an, um in den Akten der Hängeregisterschublade zu blättern, die Namen von Spendern und Empfängern mit den Buchstaben S–Z enthielt.

Eine Estela Varnene war nicht darunter.

Keine Spenderin mit diesem Namen hatte eine schriftliche Einwilligung zur Spende ihrer Niere an einen Empfänger in dieser Klinik erteilt.

Um das zu finden, was er suchte, was Kriminalkommissar Ewert Grens benötigte, um vor Festnahme und Anklageerhebung eine Beweiskette zu schließen, musste Piet Hoffmann weiterreisen, in ein weiteres Flugzeug steigen – nach Bukarest.

Noch eine Chance.

Zwei nackte Füsse. Die den größten Unterschied der Welt machten. Heute Morgen gemeinsam aufzuwachen, in einer langen Umarmung, war ein Moment von Scham, von Peinlichkeit gewesen. Von verstohlenen Blicken, wenn der andere es nicht mitbekam, von zu lautem Lachen, wenn zwei Ellbogen an der Kaffeemaschine aneinanderstießen. Wie zwei Teenager nach der ersten Nacht. Doch mit einer aus einem Paket Butter und frisch aufgetauten Brötchen errichteten Mauer zwischen ihnen auf dem Frühstückstisch streckte Ewert Grens – als er seine verkrampfte Sitzhaltung lockerte – aus Versehen den rechten Fuß zu weit vor, stieß dabei gegen Lena Nordwalls linken Fuß und beließ seinen Fuß, wo er war. Es genügte. Sie wagten, einander wieder anzusehen. Sein Herz klopfte ein wenig langsamer, und sein Kopf funkte nicht bei jeder Bewegung dazwischen.

Es war eine schöne Nacht gewesen.

Es *hätte* eine schöne Nacht *sein können.*

All die Wärme, die Nähe, das Vertrauen, wonach er sich immer gesehnt hatte – und nichts als Illusion.

Alles war nur gespielt, es war das letzte Treffen.

Stunden, in denen er das getan hatte, wozu ihn Mariana Hermansson weiter gedrängt hatte. Als Lena kurz nach Sonnenaufgang zur Toilette gegangen war, hatte er auf ihrem Handy die vorbereitete Software installiert, die für ihn ein Buch mit sieben Siegeln war, die ihnen aber Zugang zu all ihren Telefongesprächen, E-Mails, Textnachrichten und Bankkonten verschaffen würde.

Nach dem Frühstück erfüllte er auch Marianas zweite Forderung.

Er räumte den Tisch ab und machte den Abwasch – allerdings erst, nachdem er Lenas mit DNA-Material versehenen Kaffeebecher in eine Plastiktüte gesteckt und in den Küchenschrank gestellt hatte.

Zum ersten Mal seit Anni hatte er eine Frau gebeten, bei ihm zu Hause zu übernachten. Weil er sie in den Armen halten wollte. Weil es die Installation von Spysoftware und das Verstecken von Kaffeebechern erleichterte. Aber vor allem, weil er es nicht fertigbrachte, allein zu sein, weil er jemanden bei sich haben wollte, wenn er sich für Svens Erinnerungsgottesdienst fertig machte.

Sie standen jeder auf einer Seite des großen Standspiegels in seinem Schlafzimmer, als er einen schwarzen Anzug anzog. Sie war schön, er sah verkleidet aus.

Er hatte ein Taxi zur St. Görans Kirche auf Kungsholmen bestellt, nur einen Steinwurf weit vom Polizeipräsidium entfernt – Grens fragte sich, ob das ein Zufall war oder ob Sven sich tatsächlich gewünscht hatte, ausgerechnet dort sein letztes Lebewohl zu sagen. Er selbst hatte sich nie Gedanken gemacht über das Wo. Es war unwichtig. Nicht einmal in Annis Nähe zu liegen war wichtig, denn keinem von ihnen würde es bewusst sein.

An der feierlichen Gedenkstunde nahm er keinen Anteil.

Er saß in der Kirche, zwei Bänke von Svens Foto entfernt, ohne anwesend zu sein.

An Annis Beerdigung hatte er im Bett gelegen, und vor der Beisetzung ihrer ungeborenen Tochter war er geflohen, genau wie vor dem Begräbnis seiner Eltern. Sven war wohl derjenige, dessen Abwesenheit er am mittelbarsten empfand. Oder, in seinem Fall, nicht empfand. Dabei bemühte er sich nach Kräften, er *wollte* empfinden, war jedoch genauso tot wie Sven.

Jonas hinterher zu umarmen war entsetzlich, Anita in die

Arme zu nehmen das Grauenvollste, was er jemals erlebt hatte. Das war wohl der Grund, warum er sich fast von ihr losriss, als sie, wie schon zuvor telefonisch und per SMS, versuchte, mit ihm über etwas zu sprechen, was Sven ihm hatte sagen wollen. Später. Er würde Anita erzählen, was passiert war, warum Sven und er in dieser Hotellobby gewesen waren, dass es seine Schuld war. Aber erst, wenn etwas Zeit verstrichen war. Wenn er Anita in die Augen sehen und ihr sagen konnte, dass er den Menschen, der ihre Familie zerstört hatte, hinter Schloss und Riegel gebracht hatte.

Bevor er es anderen erklären konnte, musste er es selbst erst verstehen.

Die Rückverfolgung von Lena Nordwalls Bankkonten, die den Beweis erbringen sollte, dass sie mit Menschenhandel und illegalem Organhandel große Summen erwirtschaftete, die sie versteckte, verlief zunächst ergebnislos. Aus dem einfachen Grund, weil es keine Konten gab, die zurückverfolgt werden konnten. Mariana hatte auf Ewert eingeredet, gefordert und ihn praktisch dazu gezwungen, bei Nordwall zu tun, was Nordwall bei ihm gemacht hatte: auf ihrem Handy eine Spyware zu installieren, damit sie jeden Schritt, den sie machte, mitverfolgen konnten. Umsonst. Lena Nordwall war vorsichtig, ein öffentlicher Schatten. Ihre Telefonate gaben nichts preis. Ein paar Gespräche mit jemandem namens Erki konnten zwar möglicherweise als Indizien für vorsätzlichen Menschenhandel gedeutet werden, eine Handvoll SMS mit gutem Willen als Hinweise auf illegale Geschäftsabwicklungen. Doch vor Gericht hätte das alles kaum Bestand. Ihre Bankgeschäfte, der Hauptgrund für Grens' nächtliche Operation, erledigte Lena Nordwall nicht am Telefon.

An ihren Computer, an den musste Mariana Hermansson herankommen. Und sie war bei Grens in die Lehre gegangen. Sie war wie er der Ansicht, dass man bei der Aufgabe, andere dazu zu bringen, das Gesetz zu befolgen, die Buchstaben des Gesetzes selbst nicht immer aufs i-Tüpfelchen genau befolgen konnte. Insbesondere wenn ein Verdächtiger noch nicht von dem gegen ihn vorliegenden Straftatverdacht in Kenntnis gesetzt worden war. Aber in Lena Nordwalls Wohnung einzubrechen und ihren Computer zu stehlen fiel eher in Piet Hoffmanns Kompetenzbereich.

Mariana Hermansson hatte stattdessen einen WLAN-

Sniffer und ein Passwort-Cracker-Tool angewendet, die jeder unbescholtene Bürger im Internet herunterladen konnte, war nach Einbruch der Dunkelheit in die Stockholmer Altstadt gefahren, hatte ihr Auto unter Lena Nordwalls Balkon geparkt, die in der Umgebung verfügbaren Netzwerke gescannt und Nordwalls identifiziert. Marina war weit davon entfernt, eine Hackerin zu sein, aber in den Jahren, in denen sie im Nationalen Zentrum für IT-Forensik gearbeitet hatte, hatte sie genug gelernt, um die richtigen Tools zu finden und zu konfigurieren. Und eine Stunde später – gleichermaßen erstaunt wie befriedigt, dass diese Methode noch immer funktionierte – hatte sie dagesessen und auf Nordwalls Netzwerkpasswort geblickt. Sie hatte sich eingeloggt, Einsicht in Lena Nordwalls komplette Datenkommunikation genommen und im Hintergrund als Zaungast mitverfolgt, was Lena Nordwall an ihrem Computer tat, ohne in ihre Wohnung eindringen und Gegenstände entwenden zu müssen.

So hatte sie Zugang zu sämtlichen laufenden Banktransaktionen bekommen.

Sie hatte gesehen, wie die tausendfünfhundert Kronen, die jeder Freier für dreißig Minuten in einem der Wohnungsbordelle der Organisation bezahlte, zu allen übrigen Einkünften hinzuaddiert wurden, die einmal täglich via Forex oder Western Union auf Konten in Bahrain, Samoa, der Schweiz oder Belize transferiert wurden. Hin und wieder gingen kleinere Summen auf Privatkonten in Litauen, die vermutlich den Zuhältern gehörten, die Alena Sljusarevas Dokumenten zufolge Prozentanteile an einigen Frauen besaßen. Mariana Hermansson hoffte, dass der Staatsanwalt Verständnis dafür zeigen würde, dass es mitunter schwierig war, das Gesetz einzuhalten, um andere dazu zu bringen, damit zu beginnen. Sie hoffte, ihn mit diesen inoffiziellen Erkenntnissen davon zu überzeugen, im Inland Bankauskunft über eine verdächtige

Person zu verlangen, die Geld von ihren Konten ins Ausland transferierte, sowie ein internationales Rechtshilfegesuch zu stellen, um auch Einsicht in vertrauliche ausländische Kontodaten nehmen zu können.

Grens' zweiter Auftrag, der zwischen ihnen zu Aggressivität und Konflikten geführt hatte, der Kaffeebecher mit Lena Nordwalls DNA, den er am Ende widerstrebend versteckt hatte, war auch nicht vergeblich gewesen. Die Pathologin war bereits dabei, Svens Leiche akribisch nach Spuren von Fremdeinwirkung abzusuchen.

Binnen weniger Tage war es Mariana Hermansson gelungen, in die Nähe von Beweisen zu kommen, die ausreichten, um Lena Nordwall wegen Mordes und Menschenhandels zu verurteilen. Doch sie hatte beschlossen, ihrem Chef vorerst nichts davon zu sagen.

Zurzeit vertraute sie Ewert nicht.

Sie vertraute *ihm*, aber nicht seiner Fähigkeit, Klarheit in seine Gedanken und Gefühle gegenüber einer Frau zu bringen, die er zumindest bis vor wenigen Tagen geliebt hatte, wie er seit über dreißig Jahren niemanden mehr geliebt hatte. Indem Lena Nordwall Ewert ausnutzte, hatte sie die Polizei wiederholt hinters Licht geführt, und solange Ewert nichts wusste, konnte er auch keinen Schaden anrichten.

»Ihr wurden die Eierstöcke und ein Eileiter entfernt. Ihr Bauch ist aufgebläht. Sie ist müde. Extrem mitgenommen.«

»Und?«

»Lena – sie wurde frisch operiert und braucht *Ruhe*. Ein paar Tage.«

»Wenn ich mich nicht irre, hast du gerade gesagt, dass Neda nicht mehr da ist.«

»Ja.«

»Dass sie ... verschwunden ist. Oder habe ich mich verhört?«

»Nein, aber ...«

»Halt jetzt besser die Klappe, Erki. Zu deinem eigenen Besten. Das Spiel läuft so: Wenn Neda kein Geld für uns verdient, muss Tanya das Doppelte verdienen.«

»Sie bittet um Aufschub.«

»Ihr kommt in einer Stunde am Värtahafen an.«

»Und *ich* bitte für Tanya. Weil ich ihr glaube, dass es nicht geht. Dass sie nicht in der Lage ist. Dass die Schmerzen ...«

»Ihre Kunden sind gebucht. Und du sorgst gefälligst dafür, dass unser Personal arbeitet.«

Er war noch nie in Bukarest gewesen. Er war überhaupt zum ersten Mal in Rumänien. Es hatte sich nicht ergeben, trotz eines unsteten Hin und Her zwischen verschiedenen Ländern und Hauptstädten in seinen Jahren als Schwerverbrecher und anschließend als inoffizieller Infiltrator für die schwedische Polizei. Die Straßen sahen schön aus, und es klang und roch, wie er es sich vorgestellt hatte. Aber das war unwichtig. Er war nicht als Tourist hier, er hatte einen Auftrag, und sobald dieser Auftrag ausgeführt war, würde er mit dem nächsten Flugzeug zurückfliegen, nach Stockholm und zu seiner Familie, um sie ganz fest in die Arme zu schließen. Hugo hatte ihn in den letzten Tagen genauso oft angerufen wie Zofia, und Piet Hoffmann hatte ihm erklärt, was er ihm erklären konnte, dass sein Vater verreist war, um etwas zu suchen, das er in Tel Aviv nicht gefunden hatte, und dass Bukarest die letzte Chance war, das zu finden, was Ewert helfen konnte, die Leute aufzuspüren, die versucht hatten, ihm zu schaden.

Die Strada Turnu Măgurele war eine stark befahrene Durchgangsstraße, die auf einer Seite von unbelebten grauen Hochhäusern gesäumt wurde und auf der anderen von einer quirligen Kleinhaussiedlung, die einander aus ihrer jeweiligen Wirklichkeit heraus beäugten. Piet Hoffmann fuhr langsamer, trotz des einsetzenden wütenden Hupkonzerts hinter ihm, und hielt Ausschau nach dem Hinweisschild zur Strada Moşola und zu der Privatklinik, die auf der linken Straßenseite liegen sollte, neben einer Autowerkstatt.

In der Straße behielt er die langsame Geschwindigkeit bei und passierte das Gebäude, das auf den ersten Blick der israelischen Klinik glich – zwei Stockwerke und eine gepflegte Außenfassade –, aber einen Augenblick später absolut nichts mehr mit ihr gemein hatte. Vor dem Gebäude befand sich ein kleiner Parkplatz, und ein flüchtiger Blick in das glänzende BMW-Vorführmodell, das dort stand, genügte, um seinem eigenen Ich, zehn Jahre jünger, zu begegnen. Die Bomberjacke, die Körperhaltung und die Art, wie der Typ ihn ansah – gegen diesen Blick hatte er unzählige Male gekämpft. Der Mann saß nicht da, weil er auf seine Frau wartete, er hatte einen anderen Auftrag. Ein Schwerverbrecher, Teil des wachenden Fußvolks. Diese Privatklinik unterschied sich von der israelischen Klinik auch in der Anzahl der Überwachungskameras, die auf Billys Grundrissplänen und Bauanträgen nicht eingezeichnet waren. Hier schützte jemand ganz eindeutig seine Investition.

Nach ein paar Hundert Metern bremste Hoffmann, fuhr in eine Hauseinfahrt, drehte und passierte das Klinikgebäude aus der entgegengesetzten Richtung.

Das genügte, um eine Entscheidung zu treffen.

Hier würde ein nächtlicher Einbruch nicht funktionieren. Bei dieser Bewachung, diesen Eigentümern und seinen eigenen unzureichenden Vorbereitungen – dieses Gebäude musste er offen und bei Tageslicht betreten.

Nach einem letzten Blick in Richtung des Typen in dem glänzenden BMW fuhr Hoffmann weiter in das Herz von Bukarest und zu dem Hotel, das genau wie Grens' Tel Aviver Reservierung ein bisschen zu teuer und mit unnötig bequemen Betten daherkam. Das Paket, das am Empfang auf ihn wartete, hatte er bei einem seiner ehemaligen Kooperationspartner geordert, der ihm noch einen Gefallen schuldig gewesen war. Und nachdem er die Radom auf seinem Zimmer ausgepackt hatte, vollendete er seine äußerliche Verwandlung.

Er hatte in den letzten vierundzwanzig Stunden nicht geschlafen, um so müde, blass und mitgenommen auszusehen, wie nur Schlafmangel ein Gesicht zeichnet. Und um den Eindruck von Erschöpfung und Mattigkeit noch zu verstärken, hatte er in diesem Zeitraum nichts gegessen. Der Mann, der ihm aus dem länglichen Badezimmerspiegel entgegenblickte, hatte glaubhafte dunkle Ringe unter den Augen, und seine Haut besaß einen gräulich-fahlen Teint. Jetzt musste er nur noch sein Gesicht ein wenig pudern, sich splitternackt ausziehen und sich von Kopf bis Fuß mit Urin einschmieren. Mehrmals. Bis er Ammoniakgeruch ausdünstete, als hätte er nur noch einen Monat zu leben, Wasser angesammelt und Harnstoffe im Blut entwickelt. Mit Errfors' gefälschtem Gutachten, das ihm eine Niereninsuffizienz und akuten Bedarf an einer Spenderniere bescheinigte, hoffte er, den Wachschutz des Klinikeigentümers zu passieren und weit genug in die Räumlichkeiten der Klinik vorzudringen, um das an sich zu nehmen, weswegen er hergekommen war.

Diesmal bog Piet Hoffmann nicht in die Strada Moşoala ein, um im Schritttempo an der Klinik vorbeizufahren, diesmal hielt er mitten davor, parkte neben dem glänzenden und teuren Schlitten, der zu einem nigelnagelneuen Mercedes mit einem anderen Typen auf dem Fahrersitz geworden war. Wachablösung. Aber die gleiche Körperhaltung. Der gleiche Blick. Menschen, die getötet hatten – selbst wenn sie lachten, ihr Blick war und blieb derselbe.

Piet Hoffmann stieg aus dem Auto, geriet beim ersten Schritt ins Straucheln, fiel auf die Motorhaube des Mercedes und fing den Sturz mit einer Hand auf der Vorderscheibe ab.

Der Wachhund ließ das Seitenfenster genauso schnell herunter, wie Hoffmann es erwartet hatte.

»Was zum Teufel machen Sie da?«

Englisch mit starkem Akzent. Gewöhnt an ausländische Patienten. Und dieser Blick. Als wollte er Hoffmann auf der Stelle abmurksen.

»Ist dies die Transplantationsklinik?«

Piet Hoffmann beugte sich dicht zu ihm. Der Mann sollte den Uringeruch wahrnehmen.

»Ich hoffe, mit einem Arzt zu sprechen. Ich …«

»Dadrinnen.«

Das Seitenfenster ging wieder hoch, und Hoffmann sah seinen Plan bestätigt. Bei Tag in die Klinik zu gehen war die richtige Entscheidung. Diese Leute *waren* Kriminelle. Mafia. Diese Sorte erkannte er überall. Dies *konnte* eine der Kliniken sein, die eine professionelle Außenfassade präsentierten und professionelle Transplantationen mit professionellen Ärzten durchführten, die gutes Geld dafür bekamen, dass sie keine Fragen stellten, woher die Organe stammten und unter welchen Umständen die Spender ihre Unterschrift unter die Einverständniserklärung gesetzt hatten. Dies *konnte* der Ort sein, den Grens suchte.

Hoffmann humpelte davon, ein Mensch, der Schmerzen litt, in weiter Kleidung, die einen durchtrainierten Körper verbarg. Kurz vor dem Eingang, mit dem Rücken zum starrenden Mercedestypen, senkte er den Kopf und schob sich das kleine Röhrchen in den Mund, zwischen Backenzahn und Wangeninnenseite.

Am Empfang saß eine junge Frau in einem weißen Kittel und mit einem freundlichen Lächeln. Sie nickte ihm zu, als er ein paar letzte entkräftete Schritte machte und sich schwer auf dem Tresen abstützte.

»Ich … muss mit einem … Arzt sprechen. Dringend.«

»Haben Sie einen Termin?«

»Nein. Es eilt. Ich sterbe. Jeden Tag ein bisschen mehr. Verstehen Sie?«

Er reichte ihr seine Papiere, und während sie sich darin vertiefte, zerbiss er das Röhrchen und ließ das Blutplasma herausfließen, aber nur eine kleine Menge. Das Blut landete auf seiner Zunge und lief sein Kinn hinab. Es durfte nicht zu viel sein. Vielleicht noch eine Spur im Mundwinkel und auf den Lippen. Er hustete, und ein wenig Blut floss nach. Er präparierte die Röhrchen selbst, mit seinem eigenen Blut.

»Ich möchte … nur sprechen. Mit einem Arzt. Ein paar Minuten.«

Die junge Frau sah ihn an, war aber alles andere als alarmiert, er war nicht der erste todkranke Patient, den sie zu Gesicht bekam.

»Ich habe nicht mehr viel Zeit, und … ich muss … ich bitte Sie … ein paar Minuten, nicht mehr, ich verspreche es.«

Sie zögerte. Er spürte, wie sie ihn einschätzte. Dann forderte sie ihn schließlich auf, Platz zu nehmen, und verschwand in einem kurzen Korridor. Piet Hoffmann fragte sich, ob sie ein gutes Wort für ihn einlegte oder Alarm schlug.

Verstohlen blickte er zu dem Mercedes hinaus, dann sah er sich um. Auch in der Klinik waren Überwachungskameras installiert – unmöglich, eines der Zimmer zu betreten, ohne von einem Kameraauge erfasst zu werden. Er sank auf einen der Stühle des winzigen Wartebereichs und wischte sich mit dem Hemdsärmel das Blut vom Kinn. Er war gerade fertig, als die junge Frau zurückkam.

»Der Arzt wird leider nichts für Sie tun können, der Prozess dauert Monate, aber er …«

»Ich verstehe.«

»… könnte kurz mit Ihnen sprechen, jetzt, zwischen zwei *vereinbarten* Terminen.«

Er ergriff ihre Hand, dankte ihr aus der Tiefe seines sterbenden Herzens, humpelte mühsam hinter ihr her, als sie an eine der geschlossenen Türen klopfte. Während sie darauf warteten, hereingebeten zu werden, erspähte er im Augenwinkel ein weiteres Mitglied der kriminellen Wachmannschaft. Dieses Exemplar, das dafür sorgte, dass auch in der Klinik alles ruhig zuging, war erheblich bulliger als der Typ draußen im Auto, verbrachte offensichtlich etliche Stunden im Fitnessstudio und griff mehrmals am Tag in die Pillendose.

Als der Arzt Piet Hoffmann hereinrief, las er bereits in Errfors' Gutachten. Der Mann war in Hoffmanns Alter, und Piet ertappte sich bei dem Gedanken, wie unterschiedlich die Wege waren, die das Leben nahm. Auf der einen Seite des Schreibtischs ein erfahrener Transplantationschirurg, der menschliche Körper aufschnitt, Organe austauschte und Leben rettete – auf der anderen Seite ein ehemaliger Krimineller, der innerhalb von Sekunden verschlossene Türen öffnete und wusste, wie man die Schussbahn einer Kugel berechnete, um einen menschlichen Körper zu treffen und Leben zu *nehmen*.

»Ja, das sieht nicht gut aus, aber …«

Der Arzt blickte auf, musterte das kranke Gesicht.

»… wie Ihnen Camelia schon gesagt hat, kann ich in diesem Moment nicht mehr für Sie tun, als Ihre Krankenakte zu studieren und zu bestätigen, dass Ihr Arzt korrekte Arbeit geleistet hat. Es ist ein sehr langer Prozess, die Wartezeit sehr lang. Es dauert Monate, das richtige Spenderorgan zu bekommen.«

Der rumänische Arzt wandte sich erneut dem Gutachten zu, vertiefte sich in die Akte des vorgeblich Kranken, und Hoffmann scannte den Raum ab. Er hatte mafiaähnliche Organisationen infiltriert, mal neun Jahre lang, mal drei Jahre lang, mal für einige Monate, und war jedes Mal in der Lage gewesen, die Organisation von innen heraus zu zerschlagen, dank Fähigkeiten, die ihn nur Zeit hatte lehren können. Jetzt hatte er zehn Minuten. Als der Arzt nach Ende seiner Lektüre die vermeintliche Krankenakte in einer Hängeregisterschublade eines großen Aktenschranks verstaute, gab es – mit einem ausgewiesenen Ort, an dem er in diesem Zimmer suchen musste, und bewaffnetem Wachpersonal draußen vor der Tür – nur eine Option. Piet Hoffmann öffnete seine Aktentasche und entnahm den einzigen Gegenstand, den sie enthielt. Eine Radompistole.

»Sch.«

Und der Arzt, der vor ihm saß, weil er alles über Nierentransplantationen wusste, verstand einen Augenblick lang gar nichts. Warum ein todkranker Patient einen Finger auf seine aufgesprungenen Lippen legte und ihm den Lauf einer Waffe an die Schläfe presste.

»Wenn Sie schreien, schieße ich.«

Hoffmann flüsterte, stand auf, drehte die Radompistole um – und schlug den Griff auf den Punkt, auf den er gerade gezielt hatte. Der Arzt fiel bewusstlos nach hinten, kippte mitsamt Stuhl zu Boden. Hoffmann richtete die Arme des Mediziners aus, fesselte sie mit Kabelbindern an die Beine eines Regals, zog ihm eine Socke vom Fuß, stopfte sie ihm in den Mund und fixierte den Knebel mit zwei Kabelbindern um den Nacken.

Drei Schubladen standen zur Auswahl.

Und wie in Tel Aviv wählte er die unterste – setzte voraus, dass auch hier Spender und Empfänger in alphabetischer Reihenfolge sortiert wurden. Er hatte richtig vermutet. Die Hängemappenreiter gingen von O bis Z. Hoffmann hatte gerade begonnen, nach dem Namen Estela Varnene zu blättern, als die Tür des Sprechzimmers aufging und sich der jungen Frau vom Empfang ein sonderbarer Anblick bot: Ihr Kollege lag gefesselt am Boden und auf seinem Schreibtisch eine Pistole.

Sie schrie das, was der Arzt nicht geschrien hatte.

»*Ajutor!*«

Im nächsten Moment hörte Piet Hoffmann, dass jemand herbeigerannt kam, schwere Schritte näherten sich.

»*Ajutor!*«

Er packte den gesamten Schubladeninhalt, riss alle Akten auf einmal heraus und stopfte sie in seine Aktentasche.

Sein erster Gedanke war das Fenster – doch bis dahin würde er es nicht schaffen. Sein zweiter Gedanke war die Pistole, die er auf dem Schreibtisch abgelegt hatte – aber ihm blieb keine Zeit, sie zu holen. Wachmann Nummer eins war bereits im Anmarsch. Der größere, aufgepumpte Typ, den Hoffmann draußen auf dem Flur gesehen hatte, aber auch schon unzählige Male zuvor, als er selbst Teil der kriminellen Welt gewesen war. Deshalb empfand er nichts als Ruhe. Dies war die Sorte, die herumlief, ihr Leben lang Testosteron schluckte oder spritzte, mehr auf Körpermasse als auf Fertigkeiten setzte, als ob alle Fitnessstudio-Kilos Intelligenz aufwogen. Jetzt stürzte das Schwergewicht auf Hoffmann zu und zog im Laufen eine Pistole aus dem Hosenbund, überzeugt, sich einem sehr kranken Individuum zu nähern, ohne zu merken, dass der Patient sich zu seiner vollen Größe aufgerichtet hatte und dass der Blick, dem er begegnete, einem anderen Menschen angehörte.

Piet Hoffmann trat genau in dem Moment einen Schritt vor, als der im Stiergalopp vorpreschende Kleiderschrank mit seiner Flucht gerechnet hatte – und führte mit geballter Faust den einzigen Schlag aus, der ihm in dieser Situation übrig blieb – ein harter Schlag auf den Kehlkopf des Gegners. Es genügte nicht, damit er das Bewusstsein verlor – bei einem mit Hormonen vollgepumpten Individuum waren dafür mehrere Schläge notwendig –, aber es genügte, damit dem Mann die Luft wegblieb und er seine Waffe fallen ließ.

Hoffmann warf sich auf den Mann, umfasste dessen Kopf mit beiden Händen und schlug ihn mehrmals gegen die Wand, bis der von der Mafia angeheuerte Wachhund genau wie der von der Mafia angeheuerte Arzt für eine Weile ausgeschaltet war.

Wo einer war, waren immer mehr.

Jeden Moment würde auch der Mercedestyp aufkreuzen, und möglicherweise befanden sich noch weitere Mitglieder der Organisation im Gebäude.

Piet Hoffmann griff nach seiner Aktentasche, riss das Fenster auf und sprang in einen Hinterhof, von dem er nicht wusste, wie er aussah oder wohin er führte. Er rannte über Rasen auf einen Maschendrahtzaun zu, kletterte daran empor, schwang sich darüber, sprang hinunter in den Nachbarhof, durchquerte ihn und stieg über den nächsten Zaun. An einer Garagenwand lehnte ein verrostetes Damenfahrrad. Es war nicht abgeschlossen. Er schob es auf die Straße, die große Strada Turnu Măgurele, vermutete er, radelte in die entgegengesetzte Richtung als die, aus der er gekommen war, und erinnerte sich, ganz in der Nähe einen Taxistand gesehen zu haben. Er blickte mehrmals über die Schulter zurück, darauf gefasst, jeden Augenblick aus einer der kleineren Querstraßen einen Wagen schießen zu sehen, der mit hoher Geschwindigkeit auf ihn zuhielt.

Doch niemand kam. Was ihn fast mehr verblüffte als erleichterte.

Im Taxi erklärte er dem Fahrer, er fühle sich ein wenig schwindelig, legte sich der Länge nach auf die Rückbank und bat darum, zum Hotel Cismigiu gebracht zu werden.

Zurück im Hotel, mied er den Fahrstuhl und nahm die Treppe in den obersten Stock.

In seinem Zimmer verteilte er die Dokumente, die in der Tasche wirr durcheinandergeraten waren, auf Bett, Fußboden, Schreibtisch und Sessel, las sie der Reihe nach durch und sortierte aus.

Er erhielt nach wie vor Angebote, mit einem Leibwächterjob oder als Schuldeneintreiber schnelles Geld zu verdienen, obwohl er jedes Mal erklärte, inzwischen ein ehrliches Leben zu führen, daher war er recht gut darüber im Bilde, wie stark der Handel mit illegalen Organen in den letzten Jahren zugenommen hatte, ein Geschäft in Milliardenhöhe, so hieß es. Zudem hatte Errfors, als er im Vorfeld von Hoffmanns dreitägiger Europareise die falsche Krankenakte erstellt hatte, einiges zu sagen gehabt über die riesige Kluft zwischen Angebot und Nachfrage, über medizinische Technik, die immer besser wurde, und die sinkende Verfügbarkeit von Spenderorganen Verstorbener, deren Zahl rückläufig war, weil Verkehrsunfälle rückläufig waren, was dazu führte, dass Organempfänger aus reichen Ländern auf Organsuche in den armen Ländern gingen.

Trotzdem kniete Piet Hoffmann auf dem Fußboden seines Hotelzimmers und verstand nichts.

Nicht das Dokument eines chinesischen Netzwerks, das die Lieferung einer männlichen Leiche bestätigte, der Organe im Wert von insgesamt drei Millionen Kronen entnommen worden waren, gefolgt von einer weiteren Lieferung an die Bukarester Privatklinik in Form von Augen, die einem siebenjährigen Jungen geraubt worden waren, versehen mit dem Vermerk, dass Organe von Kindern stets eine bessere Qualität aufwiesen und daher einen höheren Preis rechtfertigten.

Nicht die Dokumente, in denen der Vorschlag von sieben Nierentransplantationen auf den Philippinen unterbreitet wurde und die die folgende Randnotiz enthielten: »nur 1000 Euro / Stück an die Spender, billigster Preis weltweit«.

Nicht die Dokumente, die die Unkosten dafür bezifferten, dass neunzehn Personen aus einem moldawischen Dorf von einem einheimischen Organhändler angeworben und zwecks Ultraschall, Blutproben und Infusionen in die Bukarester Privatklinik gebracht worden waren, wo man sie in saubere Kleidung gesteckt und eine Spender-Einwilligungserklärung zur Unterschrift vor sie hingelegt hatte. In einer abschließenden Spalte wurde das persönliche Entgelt eines jeden Spenders aufgeführt. Am Tag nach dem Eingriff hatte man die neunzehn Dorfbewohner für die Rückkehr nach Hause mit Fahrkarten für den Überlandbus versehen und ihnen jeweils dreitausend Euro in die Hand gedrückt, was angesichts der Tatsache, dass jeder Empfänger pro Kopf einhundertzehntausend Euro für sein Spenderorgan bezahlt hatte, als gutes Geschäft gewertet werden musste.

Mit jedem gelesenen Dokument schwand Hoffmanns Hoffnung, das zu finden, weswegen er hergekommen war.

Nachdem Fußboden, Schreibtisch und Sessel keinen Treffer ergeben hatten, setzte er sich auf das gemachte Hotelbett, um die letzten verbleibenden Akten durchzugehen.

Doch das war nicht mehr nötig.

Er lag mitten auf dem Bett. Ihr Name, Estela Varnene, deutlich zu lesen unter der Einwilligungserklärung zu einer Organspende, die aus einem illegalen Organ ein legales machte.

Zusammen mit dem Protokoll einer fehlgeschlagenen Transplantation – eine exakte Wiedergabe des von Errfors prognostizierten Verlaufs.

Als die transplantierte Niere Anzeichen von akutem Versagen zeigte, hatte der operierende Arzt eine Abstoßungsreaktion vermutet und entsprechende Behandlungsmaßnahmen eingeleitet. Als diese keinen Erfolg zeigten, hatte er eine Biopsie vorgenommen und als Resultat ebenjene vier Buchstaben erhalten, die aus dem medizinischen Originalgutachten gestrichen worden waren. RPGN. *Rapid-progres-*

sive Glomerulonephritis. Estela Varnenes unterschlagene, sehr seltene Nierenerkrankung.

Piet Hoffmanns Suche war vorbei.

Ewert Grens hatte jetzt einen der Beweise, die er benötigte, um die Schuldige für lange Zeit hinter Gitter zu bringen.

»Ich bin nicht sicher, ob ich das richtig verstehe. Sie wurde frisch instand gesetzt. Also kann sie keine Makel haben, oder irre ich mich?«

»Sie ist intakt. Aber sie braucht ein paar Tage Ruhe.«

»Ich habe sie gebucht. Ich bin den ganzen Weg hergekommen. Wir haben diese Woche zwei Treffen ausgemacht, nachdem ich mich so lange gedulden musste. Liegt sie dadrin? Unbekleidet und bereit?«

»Wir sagen – gratis. Sie müssen das nächste Mal nichts bezahlen, okay? Wir zwei lösen das unter uns. Wenn Sie heute verzichten.«

»Erki? War das Ihr Name?«

»Ja.«

»Wissen Sie nicht, Erki, dass ich längst Gratiskunde bin? Weil wir Dienste austauschen. Ihr dürft euch Kameraaufnahmen ansehen, und ich darf herkommen, zu der Einzigen, die keine Makel hat. Ihr schuldet *mir* etwas. Und jetzt hat mich euer Boss um weitere Hilfe gebeten, um neue Videobänder, die sie sich ansehen will. Das darf sie. Aber erst nachdem ich das bekommen habe, was ihr mir schuldet. In diesem neuen und hübschen Etablissement.«

Tanya hatte den ganzen Morgen über gefleht.

Noch nicht, Erki, es tut so weh.

Tanya hatte geweint, sogar in seinen Armen.

Bitte, Erki, bitte. Ich kann nicht. Ich … kann … nicht.

Tanya hatte sich nackt aufs Bett gelegt, damit er sich die Operationsnarben ansehen, sich die Schmerzen vorstellen konnte.

»Gehen Sie jetzt bitte aus dem Weg? Damit ich hineingehen kann, zu meinem vereinbarten Termin?«

Das Silberhaar, das stets sorgfältig nach hinten frisiert lag, geriet in Unordnung, der ältere Mann schüttelte irritiert den Kopf, gestresst, ungeduldig.

Vor Verlangen.

»Und danach, Erki, in einer halben Stunde, wird alles wieder so sein wie immer.«

Erki trat zögernd einen kleinen Schritt zur Seite.

Gerade so weit, dass der Mann mit dem Silberhaar sich an ihm vorbei in das Zimmer zwängen konnte.

Woraufhin der Zuhälter sich vor der geschlossenen Zimmertür auf einen Hocker sinken ließ. Eine Wache. Ohne das Recht einzugreifen.

Es wurden die grauenvollsten dreißig Minuten, die er je erlebt hatte.

Hinterher trug er sie in seinen Armen.

Und als sie ihm etwas zuflüsterte, meinte er zu hören, wie sie sagte, dass ihr das nie wieder passieren würde.

Während ihrer Mörderjagd war Mariana ihrem Chef möglichst aus dem Weg gegangen – im Zustand der Verliebtheit traute sie seinem Urteilsvermögen nicht. Aber jetzt konnte sie nicht länger einen Bogen um ihn machen. Es war Aufgabe des leitenden Kriminalkommissars, die Ermittlung zusammenzufassen und sie dem Staatsanwalt vorzulegen. Doch als sie mit dem Ergebnis in der Hand an Grens' Türrahmen klopfte und er nickte und sie hereinbat, hatte sie dasselbe Gefühl in der Brust – Misstrauen und Sorge, wie er auf die unbestreitbare Wahrheit reagieren würde. Sie setzte sich neben ihn auf das Cordsofa und breitete ihre Dokumente auf dem instabilen Couchtisch aus, der stets ein einziges Blatt vom Zusammenbruch entfernt zu sein schien.

»Du bist also fertig, Mariana.«

»Jedenfalls fast.«

»Und du willst mir erklären, warum du mir in den letzten Tagen aus dem Weg gegangen bist?«

»Ich denke nicht, dass ich das muss, Ewert.«

Sie sahen sich an. Sie kannten sich.

»Oder?«

Er zuckte mit den Schultern.

»Du hast sicher die richtige Entscheidung getroffen. Nur leider bin ich wieder zum leitenden Ermittler ernannt worden. Also rede.«

Drei Dokumente genügten. Der Couchtisch stand für den Moment noch weiter sicher.

»Wir beginnen außen links – Auszüge aus Lena Nordwalls Konten bei Western Union und Forex. Überweisungen an unbekannte Kontoinhaber in Belize, Litauen, der Schweiz,

Bahrain und Samoa. Eine Übersicht, die wir leider nicht als Beweis verwenden können, weil sie mir auf eine … ja, etwas unkonventionelle Weise in die Hände gefallen ist. Aber sie hat mir gezeigt, dass ich auf der richtigen Spur bin. Und sie hat genügt, damit der Staatsanwalt einen Antrag auf Konteneinsicht gestellt hat, um auf offiziellem Weg Zugang zu sämtlichen Transaktionen der Verdächtigen zu erhalten, im Inland und vor allem im Ausland.«

Sie wollte Ewert nicht ansehen. Wollte nicht wissen, wie er reagierte oder sich fühlte.

»Wenn wir die litauischen Empfänger außer Acht lassen, gegen die die litauische Polizei nach eigenen Angaben seit Längerem wegen Kuppelei ermittelt, laufen sämtliche Konten in Belize, der Schweiz, Bahrain und Samoa auf ein und denselben Namen.«

Mariana schob Ewert Grens das mittlere Dokument zu.

»Eine sehr junge Person – den Namen siehst du … da –, die, wenn du etwas weiter unten schaust, ein Gesamtvermögen von dreiundsechzig Millionen Kronen besitzt.«

Der Kriminalkommissar nahm das DIN-A4-Blatt nicht einmal in die Hand.

Es gibt Momente, in denen schlicht die Kraft fehlt.

»Elin Johanna Nordwall. Vierzehn Jahre alt, wenn ich richtig gerechnet habe. In ein paar Tagen wird sie fünfzehn. Ich bin mir ziemlich sicher, dass sie keine Ahnung davon hat, dass sie ihren Geburtstag als Multimillionärin feiert.«

Grens sagte kein Wort. Auch das hätte schließlich Kraft erfordert.

»Das letzte Dokument außen rechts betrifft die Analyseergebnisse des DNA-Materials, das du beschafft hast und das mit Svens Mord in Zusammenhang steht. Das Ergebnis ist so eindeutig, wie wir gehofft haben. Wie *ich* gehofft habe.«

Grens zeigte weiterhin keinerlei Regung, schwieg. Mariana hielt ihm das Blatt vors Gesicht.

»Das, Ewert, ist die kurze und knappe Zusammenfassung. Wortwörtlich.«

Nach einer Pause las sie laut vor.

Die DNA, die nach gezielter Untersuchung im Bereich des Anus des Pat. gefunden wurde, stimmt mit der am Kaffeebecher sichergestellten DNA überein.

Sie blieben nebeneinander auf dem Sofa sitzen. Mariana, die das Analyseergebnis in der Hand hielt, und Ewert, der es nicht ansehen wollte. Ohne ein weiteres Wort zu sagen, weil alles gesagt war. Nach einer Weile ließ sie ihn allein, ihre Ermittlungsunterlagen waren jetzt seine Verantwortung, ebenso wie die Informationen, die Alena Sljusareva ihnen zugespielt hatte, ebenso wie die Krankenakten, die Hoffmann heute Nacht gemailt hatte. Und Mariana setzte voraus, dass ihr Chef diesmal richtig handeln würde.

Deshalb sah sie nicht seine abgrundtiefe Trauer. Wie er unter einer Woge von Schamgefühlen, weil er schändlich ausgenutzt und gedemütigt worden war, zu seinem betagten Kassettenrekorder ging, Sechzigerjahre-Musik einlegte und langsam mit niemandem zu tanzen begann. Während er zu der Erkenntnis gelangte, dass ein Mensch, der niemandem vertraut, aber die *Entscheidung* trifft, es doch zu tun, sich im selben Moment für das Risiko entscheidet, getäuscht zu werden. Während ihm klar wurde, dass er jetzt hieb- und stichfeste Beweise dafür hatte, dass Lena Nordwall, die Frau, die er liebte, obwohl er nicht fähig war zu lieben, des Menschenhandels, der Kuppelei, des illegalen Organhandels und des Mordes an seinem besten Freund schuldig war. Während er zu verstehen versuchte, was zur Hölle er mit all diesen Informationen anfangen sollte.

Er tanzte lange unter der Deckenlampe.

Schweißbäche den Rücken hinunter, aufgerollte Hemdsärmel.

Hüften und Knie, die schmerzten, aber er spürte es nicht – das Einzige, was er wusste, war, dass er sich nie Antworten gewünscht hatte, nur ein Fortdauern.

Mitten in einem schmissigen Refrain traf er eine Entscheidung. Er würde zwei Anrufe machen. Der erste würde an Hermansson gehen, obwohl sie nur ein paar Türen entfernt saß. Er wollte nicht, dass sie ihn sah, sie würde seinen Plan durchschauen.

Nachdem er Mariana gebeten hatte, ihm die acht Kamerafilme des nächtlichen Besuchs der Verdächtigen im Söderkrankenhaus zu mailen, fror er von jedem Film jeweils ein Standbild ein und druckte es stark vergrößert aus.

Der zweite Anruf ging an Lena, und er begann im selben Moment zu reden, in dem sie abnahm. Er war nervös, fühlte sich klein und hatte Angst, seinen Plan nicht durchziehen zu können, sobald sie ihn unterbrach. Er sagte, dass er sie sehen wolle, dass er Sehnsucht nach ihr habe und dass er sich riesig freuen würde, wenn auch Elin da wäre – er habe Elin sehr gern, und jetzt, wo sie beide sich ohnehin so oft sähen …

Wie jedes Mal fuhr Ewert Grens zuerst nach Hause in den Sveavägen und zog sich um. Und als er ein wenig später an der Wohnungstür in der Stockholmer Altstadt klingelte und Elin ihm öffnete, überreichte er ihr fünf Packungen Eis und erklärte, dass er nicht wüsste, welche Sorte sie am liebsten äße, und deshalb alle Sorten genommen hätte, die in der Kühltruhe eines 7-Eleven-Kiosks vorrätig gewesen wären.

Lena war schöner denn je.

Sie trug ihr Haar zu Zöpfen gebunden, so wie er es immer

an Anni gemocht hatte, sie duftete nach nichts anderem als sich selbst, und ihr Lächeln traf ihn mitten ins Herz.

Er wollte nichts lieber als sie im Arm halten.

Sie hatte draußen auf dem Balkon für drei gedeckt, und der Stockholmer Abend war seidig und warm und machte das Lachen leicht. Lena legte ab und zu ihre Hand auf seine, und Elin fragte mit aufrichtigem Interesse, wer er eigentlich war. Sie saßen beisammen wie eine ganz normale Familie, während die Dunkelheit sie umfing und eine Kerze die einzige Lichtquelle bildete.

Svens Sohn Jonas hatte Grens im Lauf der Jahre gut kennengelernt, und Hoffmanns drei Kinder nannten ihn manchmal Ersatzopa, trotzdem war er gleichermaßen überrascht und gerührt darüber, wie leicht es war, Elin nahezukommen.

Sie hatten den Fischeintopf aufgegessen, den Lena und Elin gemeinsam gekocht hatten. Mutter und Tochter hatten unter fröhlichem Gekicher und wie aus einem Mund von dem Salzstreuer erzählt, der auf dem Fußboden gelandet war, und von dem Herd, der aus heiterem Himmel angefangen hatte, ohrenbetäubend zu piepen, und es schien ihm der passende Moment, in die Innentasche seines Jacketts zu greifen, den weißen Umschlag herauszunehmen und ihn neben Lenas Teller zu legen.

»Das sind die Bilder, über die wir gesprochen haben.«

Verständnislos. So sah sie ihn an.

»Wie bitte, was?«

»Mach den Umschlag auf.«

Sie lächelte, neugierig. Eine Überraschung. Das musste sie denken.

»Sieh sie dir an, Lena. Dann weißt du, was ich meine.«

Der Umschlag war nicht zugeklebt, und der erste von acht Ausdrucken ließ sich leicht fassen. Lena zog ihn spielerisch und mit einem schalkhaften Lächeln heraus, wie um die Überraschung spannender zu machen, als Elin versuchte, einen Blick darauf zu erhaschen.

Schweigen. Komplette Stille.

Lena blickte auf das Bild, während Elin und Ewert auf sie blickten.

»Was ist das, Mama? Zeig her.«

Sie zeigte keinerlei Regung.

»Komm schon, Mama – ich will sehen, was Ewert sich ausgedacht hat.«

Lena stand auf.

»Zeit für das Eis.«

Der Wind strich friedlich um sie herum, der Straßenverkehr war zur Ruhe gekommen, sogar die Wellen des Mälaren schienen sanfter geworden zu sein.

»Mama sah ganz … ich weiß nicht – was waren das für Bilder, Ewert?«

Er antwortete nicht.

»Du?«

Er sollte dem Mädchen eine Antwort geben, aber es ging nicht.

»Hallo?«

Er fingerte am Dessertlöffel herum, starrte in sein Weinglas.

»Ich versteh nicht, was los ist, Ewert. Kannst du mir nicht einfach sagen, was …«

Lena kam zurück. Mit einem Tablett voll Eis.

Und ganz kurz, als sie aus der Küche auf den Balkon hinaustrat, warf sie ihm einen flüchtigen Blick zu. Ein Blick ohne Aggressivität, ohne Rachsucht. Ein ehrlicher Blick von einem Menschen, der soeben sein Leben hatte enden sehen und sich dessen bewusst war.

Das war es jedenfalls, was Ewert Grens zu sehen meinte.

Vielleicht weil er es sehen wollte.

Das Tablett passte genau zwischen die halb vollen Gläser, und Lena faltete drei Servietten, die das Kunststück fertigbrachten, aufrecht auf ihren Tellern zu stehen. Dann drehte sie sich zu ihm.

»Es ist in Ordnung, Ewert.«

»Was ist in Ordnung, Mama? Was waren das für Bilder?«

Lena drückte Elins Hand.

»In Ordnung zwischen mir und Ewert.«

Fünf Eissorten. Die zerflossen, aus- und ineinander. Er stand auf, wollte nichts haben.

»Das hatte ich gehofft, Lena. Dass es in Ordnung ist. Weil ich dachte, dass wir uns morgen Vormittag um zehn Uhr hier wiedersehen. So habt ihr beide noch ein paar Stunden Zeit, um zu reden, ausführlich.«

Er umarmte Elin, küsste Lena leicht auf die Wange und stieg, ohne zu wissen, wie er aus der Wohnung gekommen war, die Treppe hinunter.

Er fragte sich, ob er gerade die größte Dummheit begangen hatte, die ein Polizist begehen konnte, oder ob er ausnahmsweise einmal – von der menschlichen Warte aus betrachtet – das einzig Richtige getan hatte.

Die längste Nacht seines Lebens. Nicht einmal die Dunkelheit, die auf Annis Tod gefolgt war, war so schwarz gewesen, weil tote Menschen zwar wehtaten, aber nicht das Weite suchen konnten. Ewert Grens wanderte in seiner Wohnung auf und ab und blickte über die Dächer von Stockholm, zunehmend davon überzeugt, dass die Täterin, die unter Verdacht stand, einen Mord begangen und Menschen- sowie illegalen Organhandel zu betreiben, in diesem Moment in einem Taxi zum Flughafen saß, um sich ins Ausland abzusetzen. Er hatte sie vor Jahren geschützt, mit Konsequenzen, die kein Ende nehmen wollten – und trotzdem hatte er diesmal Elins wegen die Entscheidung getroffen, der Ermittlung ein weiteres Mal vorzugreifen. Im Morgengrauen hielt er es nicht mehr aus. Ein Spaziergang durch Stockholm zum Präsidium und zu gleichermaßen unerträglich langen Stunden. Vor und zurück in seinem Büro, auf und ab im Flur der Mordkommission, die Treppen hinunter und hinauf und wieder hinunter in die Tiefgarage. Bis die Zeit endlich ein Einsehen hatte und ihn einließ. Der Morgen war zum Vormittag geworden, und er würde erfahren, ob er die richtige oder die falsche Entscheidung getroffen hatte.

Er hatte drei Streifenwagen als Verstärkung angefordert, sie in einem engen Ring um das Wohnhaus in der Altstadt postiert und strikte Anweisung gegeben, dass außer Hermansson und ihm nur eine Mitarbeiterin des Jugendamtes sichtbar vor der Tür stehen sollte.

Um zehn Uhr null null, auf die Sekunde genau, drückte er auf den runden Klingelknopf und klopfte gleichzeitig fest an die Tür. Aus dem Augenwinkel sah er zu Mariana, deren

Blick auf der Ausbeulung unter seinem grauen Jackett haftete. Er ahnte, was sie dachte, er trug seine Dienstwaffe nicht oft, und das letzte Mal, als er es getan hatte, hatte er sich mit Sven an seiner Seite in einer Hotellobby befunden.

Sie warteten. Aus der Wohnung drang kein Laut. Weder Schritte noch Stimmen.

Mariana starrte ihn weiter an. Aber nicht mehr auf seine Waffe. Sie starrte so lange, bis er ihren Blick erwiderte. Ja. Er sah es. Er spürte es. Sie durchschaute ihn. Wie immer. Sie *wusste*, dass er seine gesammelten Informationen dazu verwendet hatte, um Lena Nordwall vorzuwarnen.

Er klingelte wieder. Hämmerte mit der Hand gegen die Tür. Schrie *Ich bin es, Ewert!*, laut, drei Mal.

Nichts.

Mariana wandte den Blick nicht von ihm ab, sah, wie er zitterte. Lena. Sie hatte das getan, was er befürchtet hatte. Nicht einmal ihre Liebe zu Elin hatte sie davon abgehalten, ihn ein letztes Mal zu täuschen.

»Ewert?«

Mariana trat dichter an ihn heran.

»Was hast du gemacht?«

Es gab kein Entrinnen.

»Warum hast du angeordnet, dass wir sie erst *jetzt* festnehmen? Warum hast du dem Staatsanwalt gesagt, dass es besser wäre, um zehn Uhr vormittags vor ihrer Tür zu stehen, und nicht schon gestern Abend – als wir längst alle Beweise hatten?«

»Das Mädchen.«

»Was?«

»Ich wollte ihr Zeit geben, mit dem Mädchen zu reden.«

Mariana wurde nie laut oder handgreiflich, dafür war sie viel zu klug, geschickter, als er selbst es jemals gewesen war. In all den Jahren hatte er zweimal erlebt, wie sie jemanden angegriffen hatte, und beide Male war es berechtigt gewesen – ein Yuppie-Junkie, der in seinem Büro höhnisch gelacht und sie Bullenfotze genannt hatte, und ein sturzbetrunkener Mittfünfziger, der Grens, auf Hermansson zeigend, in einer Kneipe auf den Rücken geklopft und ihn gefragt hatte, wie viel er für die Kanakenschlampe bezahlt hätte. Beide, der Yuppie-Junkie und der Kneipenschwede, hatten Bekanntschaft mit Hermanssons seltenem Zorn gemacht, und nun erlebte Grens ihn zum dritten Mal, war selbst dessen Adressat.

»Du verfluchter ... Hast du den Verstand verloren, du Mistkerl?«

Sie war kurz davor, ihn zu schlagen. Die Hand vor seinem Gesicht.

»Ich wusste ... wusste, dass ich dir nicht vertrauen kann! Hast du etwa wieder ... aber diesmal ... Svens Mörderin ... ich schwöre dir, diesmal zeige ich dich an, diesmal, Ewert, wirst du dich dafür verantworten müssen, diesmal ...«

In diesem Moment wurde die Wohnungstür geöffnet.

Sie standen dort. Lena und Elin. In Straßenkleidung. Elin hielt eine kleine Tasche in der Hand.

Im Treppenhaus war es still.

Keine Worte.

Aber ein Blick. Elins Blick, der Ewerts begegnete.

Hass.

Das Mädchen starrte ihn an, etwas derart Intensives hatte er noch nie erlebt.

Die Handschellen blieben an Mariana Hermanssons Gürtel. Sie waren nicht nötig. Lena Nordwall stieg freiwillig die Treppe hinunter und in den wartenden Streifenwagen. Die Verdächtige sollte auf der Rückbank sitzen und in Kriminalkommissar Ewert Grens' Nacken blicken. Und von diesem Platz sagte sie mit leiser Stimme: »Ich hatte dich auch gern. Das ist die Wahrheit, Ewert.«

Elin dagegen sollte in den anderen Wagen steigen, den mit der Aufschrift Gemeinde Järfalla an der Seite. Die Jugendamtsmitarbeiterin saß mit einer Kollegin vorn, während Mariana die Rückbank mit dem Mädchen teilte, das darauf achtete, so weit entfernt von ihr wie möglich zu sitzen.

Für einen kurzen Moment, als die beiden Wagen in entgegengesetzte Richtungen davonfuhren, begegneten sich Grens' und Elins Blicke durch zwei Seitenfenster hindurch aufs Neue, und wenn Grens im Treppenhaus Hass in Elins Augen gesehen hatte, war es nun mehr als das.

Ihr Gesicht war vollkommen ausdruckslos.

Sie war verrückt vor Wut, mimte aber Gleichgültigkeit.

Sie starrte ihn an, während sie langsam die Hand hob, den Zeigefinger nach vorn gestreckt, den Daumen nach oben. Sie formte eine Waffe, sie zielte, und sie schoss.

Es war, als wäre er getroffen worden.

Als würde er sterben.

Das Cordsofa. Der Kassettenrekorder. Der Schreibtisch.

Die übervollen Aktenregale, das kalte Licht der Deckenlampe, der flache Tresor, der schmale Spind. Der Fensterblick auf die Kollegen im Innenhof des Polizeipräsidiums. Die Aktenstapel mit laufenden Ermittlungen. Ein Zimmer, das mehr Geborgenheit vermittelte als alle anderen Orte zusammengenommen – doch das Einzige, was Ewert Grens sah, war eine am Boden befestigte Papierrolle, Marianas Zeitleiste über einen Mord, begangen von der Frau, die ihn benutzt und wie Abfall weggeworfen hatte.

Grens drehte die Musik lauter und lauter, um Elin zu entkommen, die auf der Rückbank saß und ihn anstarrte, um Lenas Hand loszuwerden, die auf seiner lag, ihre nackte Haut, ihre Umarmung.

Zum ersten Mal während eines langen Lebens hatte er Vertrauen gewählt, hatte riskiert, getäuscht zu werden.

Es tat so verflucht weh.

Vor einem Jahr hatte er von Schwindel befallen im Regen auf einer Friedhofsbank gelegen und sich gefragt, wer man ist, wenn alle Schichten menschlichen Miteinanders abhandengekommen sind, wenn die kleine Tochter und die Ehefrau und die Eltern auf verschiedenen Friedhöfen liegen. Wie man einen Zusammenhang findet, wenn nichts mehr zusammengehört. Nun wusste er es. Auf Abfall, der weggeworfen worden ist, folgt nichts. Und wenn man sich nirgends festhalten kann, wenn man aufstehen will, fällt man weiter.

* * *

Mariana ließ das Magazin ihrer Dienstwaffe ausrasten, kontrollierte, dass keine Patrone mehr darinsteckte, schloss die Pistole weg und zog die Stahltür der Waffenkammer hinter sich zu. Sie fuhr mit dem Aufzug aus dem Keller fünf Stockwerke nach oben in die Mordkommission und befand sich auf halber Höhe des Flurs, als sie Lärm hörte.

Aus Grens' Büro, lauter als jemals zuvor.

Sie klopfte an seine Tür, ohne eine Antwort zu erhalten.

»Ewert?«

Ihre Stimme verlor gegen irrsinnig laute Musik, und nach einem weiteren vergeblichen Versuch, sich mit Rufen Gehör zu verschaffen, öffnete Mariana die Tür einen Spalt weit und schaute in Grens' Büro.

»Ewert, was machst …«

Sie unterbrach sich selbst.

Er saß vornübergebeugt auf dem Schreibtischstuhl, die Hände an der blassen Stirn, die Luft war stickig und verbraucht, das Licht ausgeschaltet, und der Geruch, der ihr entgegenschlug, entsprang blanker Angst.

»Wie … Ewert – wie geht es dir?«

Mariana Hermansson hatte die Stockholmer Mordkommission vor zwei Jahren verlassen, hatte ihre Versetzung beantragt, weil sie es nicht mehr mit ihm ausgehalten hatte, mit Kriminalkommissar Ewert Grens, doch jetzt lag offen auf der Hand, dass er es war, der es mit sich selbst nicht aushielt.

»Bitte geh, Hermansson.«

»Nicht, wenn du in dieser Verfassung bist.«

»Sofort. Ich bitte dich!«

Sie mussten sich anschreien, um die beiden Lautsprecher des Kassettenrekorders zu übertönen, und er sah sie nicht an, starrte unverwandt auf die Tischplatte.

»Ewert?«

»Geh, Hermansson.«

***

Er wusste, dass Mariana aus der Waffenkammer kam, dass sie die Vorschriften befolgt und ihre Dienstwaffe nach dem ausgeführten Einsatz sicher weggeschlossen hatte. Er selbst war nicht in den Keller hinuntergegangen. Nach der Festnahme. Nachdem er die Verdächtige Lena Nordwall in die Frauenabteilung des Untersuchungsgefängnisses Kronoberg überstellt hatte, war er von Schwindel befallen und ohne eigenen Willen irgendwie durch das Präsidium in sein Büro gelangt, hatte sein Waffenholster abgeschnallt, es auf den Schreibtisch fallen und dort liegen lassen.

Er wartete, bis Mariana ein Stück den Flur hinuntergegangen war. Erst dann stand er auf, ging zur Tür und schloss sie von innen ab.

***

Mariana lief in ihrem Büro, das eigentlich Svens Büro war, auf und ab, ohne Ruhe zu finden.

Die Festnahme. Lena Nordwall. Elin. Anspannung, die sich jedes Mal einstellte, wenn eine langwierige Ermittlung vorbei war. Erschöpfung, die in Rastlosigkeit umschlug. Freude über den Erfolg, die von der Sorge um den nächsten Fall überschattet wurde.

Doch das war es nicht.

Ewert.

Sie ertrug es nicht, dass er es nicht ertrug.

Sie lief zurück zu seinem Büro, klopfte und rief, mit demselben Resultat wie eben. Sie versuchte, die Tür zu öffnen. Es ging nicht. Sie rief. Rief. Ewert hatte sich eingeschlossen und antwortete nicht, während der Geruch blanker Angst nun auch auf den Flur hinausdrang.

***

Man lebt ein ganzes Leben, und dann reduziert sich alles auf zwei Augenblicke.

Man wird geboren. Man stirbt.

Er zog das Holster zu sich heran, ließ geladene Waffe und Hand aufeinandertreffen.

Wie leicht sie war. Wie wenig es erforderte.

***

»Ewert? Ich bin's – Mariana.«

»Mach auf, Ewert! Mach sofort auf!«

»Was machst du? Rede mit mir, Ewert! Stell die verfluchte Musik aus!«

»Ewert? Ewert? Ewert!«

***

Wenn er die Pistole entsicherte.

Den Finger an den Abzug legte.

Elins Augen. Im Auto. Dann würden sie vielleicht verschwinden.

Sie hatte ihn angestarrt, auf ihn gezielt, auf ihn geschossen.

***

Mariana fuhr zusammen.

Der laute, verfluchte Knall. Sie wusste genau, was es war. Was gerade geschehen war.

Danach war nur noch Musik zu hören.

Nächster Tag

Das Licht, das ihre Augen sucht, ist grell, und womöglich blinzelt sie ein wenig. Ihre Beine sind ausgestreckt, ihre Arme liegen locker an den Hüften, und ihre Füße und Schultern haben ausreichend Platz. Sie friert nicht. Das Laken ist hübsch, aus Baumwolle gewebt und dicker, als es den Anschein hat, es ist eins dieser Laken, die man spürt, ohne dass sie beschweren, die umschließen, ohne zu scheuern.

»Dass einem Menschen Nieren, Lungen und Bauchspeicheldrüse entnommen werden, verstehe ich.«

Der Rechtsmediziner beugt sich vor, eine Hand auf ihrer nackten Schulter, Atemzüge auf ihrer Wange.

»Aber die Eierstöcke? Dafür zahlt niemand Geld.«

***

»Das habe ich heute Morgen gedacht, Mariana. *Als diese Geschichte begonnen hat.* Als ihr mit ihr reinkamt und ich euch eine erste Einschätzung gegeben habe. Aber dann habe ich das hier gesehen.«

Errfors hält seine plastikbehandschuhte Hand über den Hals der jungen Frau.

Über eine rote Druckstelle auf der Haut.

»Diese gerötete Stelle ist das Anfangsstadium eines Hämatoms, das keine Zeit hatte, blau zu werden. Und ich glaube, dass es von einem Strick verursacht wurde. Dass diese junge Frau sich das Leben genommen hat – indem sie sich erhängt hat.«

Um besser sehen zu können, tritt Mariana Hermansson ein Stück näher an die Bahre heran, in das Licht der grellen Lampen des Instituts für Rechtsmedizin, die dem Tod nachspüren.

»Sie hat Verletzungen im Nackenwirbelbereich. C1 und C2 sind ausgerenkt, was auf starke äußerliche Krafteinwirkung hindeutet. Dass sie auseinandergerissen wurden. Als ob sie irgendwo runtergesprungen ist und die Schlinge sich mit einem kräftigen Ruck zugezogen hat – sie hat praktisch mit ihrem ganzen Körpergewicht am Kopf gehangen.«

Mariana kann den leeren Blick der leblosen Frau nicht länger ertragen. Stattdessen schaut sie sich im Obduktionssaal um. Aber dort sieht sie nur noch mehr Kaltes, Blankes, Steriles.

»Gesprungen? Freiwillig?«

»Wahrscheinlich.«

»Jemand könnte sie gestoßen haben. Ihr Leben beendet haben.«

»Es gibt keine Anzeichen von Kampf, keine Abwehrverletzungen oder Hautreste unter den Fingernägeln. Und es ist schwierig, einen Menschen zu zwingen, auf einen Stuhl zu steigen, sich eigenhändig die Schlinge um den Hals zu legen und freiwillig zu springen. Es hätte einen Kampf geben müssen, Mariana. Oder wenigstens Fesselspuren an den Händen, um sie gewaltsam an den Tatort zu bringen.«

Die junge Frau.

Ein Mensch.

So nennen sie sie. Sie nennen sie nicht bei ihrem Namen.

Während der Rechtsmediziner Antworten bei jemandem sucht, der nicht mehr sprechen kann, schiebt Mariana einen glänzenden Wagen an die Bahre und räumt für Körperteile vorgesehene Metallschalen zur Seite. Auf die leere Fläche legt sie die Dokumente, die Ewert von Alena Sljusareva bekommen hat, und sucht die medizinischen Befunde heraus, die die Organisation erhoben hat. Denn anhand der zahnärztlichen Unterlagen und Blutanalysen, die darunter sind, ist es ihnen gelungen, die Identität der toten Frau festzustellen, die morgendliche Spaziergänger am Ufer des Valdemarsviken entdeckt haben.

Tanya.

Tanya Urbonyte.

Mariana Hermansson blättert die Dokumente durch, liest, versucht zu verstehen, Puzzleteile zusammenzufügen. Es fällt ihr zunehmend schwerer, still zu stehen. Denn wenn sie diese Dokumente richtig deutet, haben sie eine Frau vor sich, die sie hätten lebend antreffen können. Eine jener Frauen, die kurz vor einem gescheiterten Polizeizugriff in drei Wohnungsbordellen in aller Eile fortgeschafft worden waren. Tanya Urbonytes zerstörter und ausgeplünderter Körper bildet damit den endgültigen Beweis, dass eine Polizeiermittlung, die mehrere Jahre angedauert und Teile der Stockholmer Mordkommission vernichtet hat, nun zu Ende ist.

»Ich glaube, du hast gleichzeitig recht und unrecht, Errfors. Sie hat Selbstmord begangen – wurde aber ermordet.«

Mariana kehrt an die Bahre zurück und zu einem Menschen, der nur noch eine Hülle ist.

»Tanya ist vielleicht freiwillig gesprungen, genau so, wie du es beschrieben hast, mit einer Schlinge um den Hals. Aber sie hat es erst getan, als ihr Leben keine Auswege mehr bot. Als sie keine Kraft mehr hatte. Und da … *in dem Moment* haben die Schweine die Gelegenheit genutzt, ihren Körper auszuschlachten. Alles herauszuholen, was sie in die Finger kriegen konnten, um es Stück für Stück zu verkaufen. Als eine letzte Auszahlung.«

Mariana bleibt vor einem Menschen stehen, dem sie nie lebend begegnet ist, der für sie erst im Tod interessant und bedeutsam geworden ist.

Jetzt weiß sie so viel.

Wo alles zu spät ist.

Sie *weiß* einfach, dass Tanya Urbonyte sich das Leben genommen hat. Sie *weiß*, dass die Menschenhändlerin Lena Nordwall Tanya dazu getrieben hat. Und sie *weiß*, hätte Ewert Grens damals weiter ermittelt, ohne Zeugenaussagen und Wissen verschwinden zu lassen, hätte Tanya nicht sterben müssen. Genau wie all die anderen Frauen, die von einer Organisation ausgenutzt, zerstört, verstümmelt worden waren, die im Gegensatz zu ihnen fortbestand.

Mariana beugt sich über die Bahre, über die junge Frau.

Blickt in ihre unbelebten Augen, trotz allem.

Sieht den Tod. Sieht nichts.

Zwei Tage später

Es ist eine hübsche Friedhofskapelle. Ein spitzes Dach leuchtet in einen wolkenlosen Himmel empor, und das Licht fällt durch die kräftigen Farben bunter Rundbogenfenster. Das Gebäude liegt eingebettet in Waldesgrün, umgeben von jener Art von Stille, die sich nur am Ende des Lebens einfindet. Selbst das Wetter ist schön, eine leichte Brise und milder Sonnenschein.

Der Transporter, der die Verstorbenen des Krankenhauses in der litauischen Hauptstadt abgeholt hat, hält so dicht vor dem alten Steingebäude wie möglich. Es ist die vierte und letzte Kapelle an diesem Morgen, und der Küster lädt die verbliebenen Holzsärge ab, die mit Weihwasser und Weihrauch besprengt und in geweihter Erde bestattet werden sollen. Als der Fahrer die Plane über ein nun leeres Fahrzeug zieht, bevor er einen gewundenen Kiesweg zurück in Richtung Vilnius fahren wird, geht der Küster in die Kapelle und zu einer Besucherin, die in der hintersten Kirchenbank sitzt, versunken in einen Bibeltext.

»Die Särge sind da.«

Der Küster streckt sich nach der Bibel, sie wird nicht mehr weiter darin lesen.

»Auch der, auf den Sie gewartet haben.«

»Wo?«

Sie ist voller Eifer, er sieht es.

»Er steht bei den anderen. In einer Ecke klebt ein kleiner weißer Aufkleber. Ich schlage vor, dass Sie sich schon jetzt darum kümmern. Ich bleibe währenddessen hier und bereite den nächsten Gottesdienst vor – die Tafeln mit den Psalmennummern, meine Notizen für die Grabrede und die Fürbitten. Und diese Vorbereitungen werden *exakt* so viel Zeit beanspruchen, wie Sie benötigen, um das zu beenden, weshalb Sie hergekommen sind.«

Alena umarmt den Küster, der mit einem besten Freund aufgewachsen ist, der als Hausmeister einer Leichenhalle arbeitet und seine Tage darum in einem Kellergewölbe am anderen Ende einer Lieferkette zubringt. Sie verlässt die Kapelle, überquert den Rasen und betritt das wesentlich kleinere Steingebäude, in dem vier geschlossene Särge aus hellem Holz stehen. Auf einem von ihnen, auf dem Sarg außen links, klebt ein kleiner weißer Aufkleber.

Einen Sarg zu öffnen ist schwieriger, als sie gedacht hat. Schwerer. Der Deckel wiegt so viel wie ihre ganze Kraft.

Aber sie liegt da.

Neda.

Auf dem Rücken. Augen, die in das plötzliche Licht blinzeln, Haut, die ihren Willen verloren hat. Gekleidet in einen Patientenkittel, der einmal krankenhausblau gewesen ist. Sie hat drei Tage lang reglos in Dunkelheit und Stille und Einsamkeit gelegen. Sie ist gestorben, um nach ihren eigenen Bedingungen weiterleben zu können.

»Meine Süße.«

Alena küsst Neda auf die Stirn, streichelt ihre Wange.

»Meine mutige, tapfere Neda.«

Das eingetrocknete Blut scheint vom Rücken zu kommen. Behutsam hebt Alena den verkrusteten Stoff an und sieht eine lange, tiefe Wunde oberhalb der Hüfte.

»Eine … scharfe … Kante. In dem … Metallfach.«

Nedas Stimme ist brüchig. Das Sprechen bereitet Schmerzen.

»Bisher … hat wohl … niemand darin … gelebt. Es getestet.«

Wie schön es ist, ihr schwaches Lächeln.

»Und … sich beklagen können.«
»Komm, Neda.«
Auch Alena lächelt.
»Ich helfe dir hoch.«
Sie schiebt einen Arm unter Nedas Kopf und Schultern, und mit vereinten Kräften kann Neda sich aufsetzen, kurz darauf hinstellen, und als Alena Nedas Hände fest in ihre nimmt, kann diese mit steifen, vorsichtigen Bewegungen aus dem Sarg steigen.
»Wo ist … Tanya?«
Nedas Blick schweift über die anderen Särge.
»In welchem?«
Alena antwortet nicht. Und das ist Antwort genug.
»Ist sie nicht …«
»Es hat nicht geklappt. Ich konnte nicht. Die … Wir wurden entdeckt.«
Sie halten sich noch immer an den Händen. Als Neda nach hinten wegsackt, kann Alena den leichten Körper festhalten, ehe er auf den Sargrand schlägt.
»Tanya. Dann ist sie …?«
»Ich werde dir alles erzählen, später.«
»Aber …«
»Mein Ehrenwort, Neda. Du wirst alles erfahren. Aber zuerst musst du mit mir zu einem Auto gehen, das draußen steht. Zu unserem Auto. Das uns von hier wegbringt.«
Das Sonnenlicht zwingt Neda, die Augen zu schließen und der Hand zu vertrauen, die sie den Kiesweg entlang zu dem kleinen Parkplatz führt. Wärme umfängt sie, in den Bäumen rings um die Kapelle zwitschern Vögel. Alenas Brust sprudelt auf diese Art, wie sie es fast nie tut und die in einem erlösenden Lachen gipfelt.
»Wir sind jetzt frei, Neda.«

Acht Tage später

Kriminalinspektorin Mariana Hermansson fährt schnell, obwohl sie es nicht muss. Es ergibt sich einfach. Menschen, die lange genug dem Leben hinterhergejagt haben, fällt es schwer, sich langsam vorwärts zu bewegen. Sie lässt das Polizeipräsidium Kronoberg und die Stockholmer Innenstadt hinter sich zurück, fährt an Bromma, Tensta und Rinkeby vorbei. An der Abfahrt in Richtung Jakobsberg verlässt sie die stark befahrene Autobahn und gelangt über kleine Nebenstraßen zur Vorortidylle von Viksjö. Leichter Regen und starker Wind, aber sie registriert es kaum, nicht bevor sie vor dem Reihenhaus am Ende der Straße steht, den Haken der Gartenpforte löst – und das Tor ihr mit einem Ruck aus den Händen gerissen wird und hart und mit einem lauten Knall gegen den Lattenzaun schlägt.

Wie ein einziges lautes Anklopfen. Ehe Mariana die Haustür erreicht, wird sie geöffnet.

»Hallo.«

Mariana erkennt ihn wieder. Er müsste jetzt sieben Jahre alt sein, bei ihrer letzten Begegnung war er ungefähr fünf.

»Wieheißtduwokommstduherwashastduindeinentaschen?«

Und seine Begrüßungsformel ist noch dieselbe.

»Ich heiße Mariana, und …«

»Wieheißtduwokommstduherwashastduindeinentaschen?«

»… ich komme aus dem Polizeipräsidium, und genau wie bei unserem ersten Treffen habe ich in meinen Taschen ein Geheimnis.«

»Ein Geheimnis?«

»Erinnerst du dich an mich?«

»Vielleicht.«

»Ich erinnere mich an dich. Du heißt Emil, und du wohnst hier mit ganz vielen anderen Kindern. Und ich erinnere mich, dass dein Papa oft zu Hause ist. Ist er da?«

»Ja, das bin ich.«

Eine wesentlich ältere und dunklere Stimme aus dem Hausflur.

»Und ich erinnere mich an Sie. Kommen Sie rein.«

Emils Vater ist noch immer jugendlich-schlaksig und unterstreicht das mit zerrissenen Jeans und einem T-Shirt, auf dem eine Hardrockband abgebildet ist. Er ist einer jener Menschen, die mit Zeit, Liebe und Hartnäckigkeit dafür sorgen, dass einige der Tausenden schwedischen Kinder, die bei Pflegefamilien aufwachsen, weil niemand sie haben will, spüren, dass es doch jemanden gibt, der sie haben will.

»Gut, dass Sie kommen konnten.«

»Wie geht es ihr?«

»Wie man erwarten kann.«

Sie gehen an drei Zimmern vorbei, die von Kindern unterschiedlichen Alters bewohnt werden, die nicht Emils Geschwister sind, die aber trotzdem mit ihm in einem Haus leben und die sich Emils Vater in Ermangelung eines eigenen leihweise ausborgen.

»Es ist eigentlich kein richtiges Zimmer, sondern eine Abstellkammer, die ich in aller Eile ausgeräumt habe. Aber fürs Erste erfüllt sie den Zweck.«

Emils Vater klopft an die geschlossene Abstellkammertür.

Keine Antwort.

Er klopft wieder, länger, bis ein leises »Ja« auf den Flur hinausdringt.

»Du hast Besuch, Elin.«

Es dauert eine Weile. Aber die Tür wird geöffnet.

»Wunderbar. Dann lasse ich euch alleine.«

Emils Vater und Pflegevater der übrigen Kinder verschwindet den schmalen Flur hinunter, Marina bleibt vor der Türschwelle stehen.

»Darf ich reinkommen?«

Ein Nicken. Die einzige Antwort, die sie bekommt, aber sie genügt, damit sie die beengte Kammer betritt, in die vor Kurzem ein Bett, ein Stuhl und eine Stehlampe hineingezwängt worden sind, die fast den ganzen Raum beanspruchen. Das Mädchen hockt mit angezogenen Beinen auf dem ungemachten Bett im Haus einer Pflegefamilie, weil seine Mutter mit Aussicht auf eine lebenslange Haftstrafe im Untersuchungsgefängnis Kronoberg sitzt und sein Vater tot ist. Sie sieht ihre Besucherin flüchtig an, dann wendet sie den Blick ab, während Mariana, die Anstalten gemacht hat, sie zu umarmen, linkisch, mit den Armen in der Luft, stehen bleibt.

»Hallo, Elin.«

Noch immer keine Antwort.

»Ich … möchte nur wissen, wie es dir geht.«

Noch immer kein Blick.

»Ob du … ja, ob alles in Ordnung ist. So in Ordnung, wie es unter diesen Umständen sein kann.«

Elins Stimme ist leise, eher ein Flüstern.

»Was glauben Sie?«

Wie recht sie hat. Die einzige angemessene Antwort auf eine idiotische Frage. Mariana lässt sich auf dem Stuhl nieder, der so dicht am Bett steht, dass ihre Knie an das Kopfende stoßen.

»Ich glaube nicht – ich weiß es. Ich weiß, dass es große Scheiße ist. Dass du jede Sekunde hasst. Dass du nicht verstehst, was passiert ist. Dass du so traurig bist, dass du nicht einmal weinen kannst.«

Ein Blick. Wenigstens das.

»Ich weiß es, weil ich in derselben Situation war wie du. Ohne Eltern. Abgeschoben. Ausgegrenzt. Ohne … alles.«

Viel mehr sagen sie nicht. Trotzdem bleibt Mariana Hermansson eine gute halbe Stunde in der Abstellkammer, die ein vorübergehendes Zuhause ist. Und als sie aufsteht, um zu gehen, und fragt, ob sie wiederkommen darf, hat sie das Gefühl, dass die zaghafte Bewegung auf dem Bett an das leichte Nicken bei ihrem Eintreten erinnert.

Die Tür ist zu.

Aber Mariana bleibt draußen vor ihr stehen.

Vielleicht horcht sie, lauscht auf Geräusche auf der anderen Seite und hört nichts als Stille.

Sie denkt an die Festnahme, als sie vor einer anderen Tür stand, der Tür des einzigen Zuhauses, das ein Mädchen bis zu diesem Augenblick gekannt hatte. Sie versucht, sich eine neue Wirklichkeit zu erklären. Wie Elin und sie von ihrer beider Reaktionen überrascht worden waren. Elin, die sich auf der Rückbank des Autos des Jugendamtes voller Wut dem Bullen im Streifenwagen zugewandt hatte, ihn fixiert und nicht aus den Augen gelassen hatte, während sie die Hand hob, den Zeigefinger nach vorn streckte, den Daumen nach oben, eine Waffe formte und auf den Kopf des Bullen zielte. Und abdrückte. Und Mariana, die im gleichen Moment den verfluchten Zeigefinger ergriff und nach unten bog, *Das machst du nie wieder*, während das Mädchen schrie, *Und wie zum Teufel willst du das verhindern? Mir fünf Sorten Eis spendieren?*, und Marina das Mädchen an die Autotür drückte, *Niemand droht mir oder meinen Freunden, und Ewert ist mein Freund!* Dann hatte sie sich beruhigt und erklärt, sie könnte verstehen, dass man manchmal jemanden erschoss, weil jemand anders den Vater erschossen hat und einem die Mutter genommen worden ist, aber in ihrer, Mariana Hermanssons Welt, reichte das nicht aus, machte es das nicht legitim, auch nicht grenzenlose Trauer und grenzenlose Wut.

Daraufhin hatten sie beide die zustimmenden Blicke der Jugendamtsmitarbeiterinnen gesucht, und, als sie diese nicht bekamen, verlegen nebeneinandergesessen, bis sie vor dem Haus der Pflegefamilie gehalten und ihre Wege sich endlich getrennt hatten.

»Wie ist es gelaufen?«

Entweder bewegt sich der Pflegevater ungewöhnlich leise, oder sie ist zu sehr in ihre eigenen Gedanken vertieft gewesen. Mariana hat ihn nicht kommen hören und zuckt zusammen.

»So gut, wie es unter diesen Umständen möglich ist. Ich glaube, ich darf wiederkommen und sie besuchen.«

Er bittet sie, mit ihm in die Küche zu kommen, setzt Kaffee auf und stellt eine Packung Milch auf den Tisch. Sie weiß, was er sagen wird.

»Noch zwei Wochen. So lange gilt unsere Frist. Dann muss sie anderweitig untergebracht werden. Wenn es nach mir ginge, könnte Elin gerne bei uns bleiben, vorausgesetzt, sie möchte es. Aber das Jugendamt erlaubt es nicht. In diesem Haus ist formal gesehen kein Platz für weitere Kinder.«

»Ich bin froh und dankbar, dass sie *jetzt* hier ist – wenn auch nur für die erste Zeit. Dass Elin sich bei Ihnen abreagieren kann. Sich ausweinen kann. Zur Ruhe kommen kann. Wenigstens ein bisschen.«

»Das Jugendamt sucht nach Kräften nach einer längerfristigen Lösung. Einem Zuhause, wo sie mehrere Jahre bleiben kann, bis sie volljährig wird. Aber bei älteren Kindern ist das immer ein bisschen schwieriger. Und ich meine mich zu erinnern …«

Er scheint sein Gedächtnis nach etwas zu durchforsten.

Findet es.

»… gibt es nicht eine Vereinbarung darüber, wer im Fall des Todes beider Eltern das Sorgerecht erhält? Ein Patenonkel oder eine andere erziehungsberechtigte Person? Wurde das nicht festgelegt, irgendwann, als Elin klein war?«

Mariana blickt in ihre Kaffeetasse.

»Sie erinnern sich richtig.«

»Und?«

»Ihr Patenonkel hat leider nicht die Möglichkeit dazu.«

Kurz darauf, auf dem Weg zum Gartentor, das im Wind quietscht und schwankt, dreht Marina sich um und lässt ihren Blick über die Fenster des Reihenhauses wandern. Sie sieht andere Kinder, die ihr neugierig nachblicken, aber Elin ist nicht darunter. Also geht sie weiter zum Auto, um in ihr Leben zurückzukehren, und fragt sich, wie ein junges halbwüchsiges Mädchen jemals das seine finden soll.

Dreiundzwanzig Tage später

Der Stockholmer Hauptbahnhof summt, brummt, wie immer um diese Tageszeit. Menschen im Laufschritt, die versuchen, sich selber einzuholen, und die, wenn sie es nicht schaffen, denn das tun sie nie, noch schneller laufen.

Der perfekte Zeitpunkt für ein Treffen. Chaotisch. Ungeordnet. Niemand hat einen Blick für jemand anderen als sich selbst.

Die beiden Männer, die sich an einem Bistrotisch gegenübersitzen, haben das gleiche Alter, ungefähr Mitte dreißig, äußerlich aber sind sie das glatte Gegenteil voneinander.

Der, der seinen Kaffee schwarz und mit zwei Löffeln Zucker trinkt, ist überdurchschnittlich groß, und sein hageres Gesicht wird von spärlichen Koteletten umrahmt, die an senkrechte Bleistiftstriche erinnern. Er trägt einen teuren Anzug, der Falten wirft, als er seine lange Gestalt zusammenfaltet, um Platz zu finden.

Der, der eine Cola trinkt, ist genauso hager, aber sehr viel kleiner, weshalb er den Kopf ein wenig in den Nacken legt, um dem Blick seines Gegenübers begegnen zu können. Sein Oberlippenbart beschreibt einen waagerechten Strich, möglicherweise, um den zurückweichenden Haaransatz auszugleichen, der keinen rechten Anfang findet. Ein Arm steckt in einem klumpigen Gipsverband, und sein Gesicht scheint Verbrennungen aufzuweisen.

»Ich will mehr.«

»Ich beziffere den Wert auf hundertzehntausend Kronen.«

»Lena Nordwall hat einen anderen Tarif bekommen.«

»Mmm. Aber mit ihr habe ich regelmäßig Geschäfte gemacht. Dies ist ein Testlauf für mich. Um zu sehen, ob du wie vereinbart lieferst.«

»Es ist dieselbe Organisation. Unter neuer Führung. *Meiner Führung.*«

»Ich kann auf hundertzwanzigtausend erhöhen. Ja oder nein?«

Erki sieht den Organhändler an. Mustert ihn. Schätzt ihn ab wie irgendeine Niere irgendeiner verbrauchten Angestellten.

»Sie wollen ein Foto, sagten Sie?«

»Von ihrem Äußeren. Dann bezahlen die Empfänger in dieser Klinik mehr. Und, Erki – eine Unterschrift.«

»Hören Sie zu: Die Akquise ist abgeschlossen, die Wohnungen sind bereit. Ich beherrsche die Lieferkette in- und auswendig. Ich beherrsche sie genauso gut, wie die Nordwalls sie beherrscht haben. Aber ab jetzt müssen Sie mit mir verhandeln, wenn es um diese Organisation und diese Bordelle geht. Wenn Ihnen das nicht passt, gehe ich zur Konkurrenz. Inzwischen gibt es reichlich von eurer Sorte.«

Der Organhändler lacht, beugt sich über den Tisch und klopft mit langen Fingern auf Erkis Gips.

»Verflucht, Erki, du klingst ja wie ein waschechter Bordellkönig. Aus dir könnte wirklich was werden. Und das da – wie ist das passiert?«

Er klopft wieder auf Erkis eingegipsten Arm.

»Bin ausgerutscht.«

»Ich habe was anderes gehört.«

»Und was?«

»Dass du in einem Krankenhaus warst, als du krankenhausreif zugerichtet wurdest. Dass eine Nutte dich gefickt hat. Eigentlich dachte ich immer, dass es andersrum abläuft.«

Der Tisch wird zur Seite gestoßen, und eine Kaffeetasse

geht auf dem Boden des Hauptbahnhofs zu Bruch, als Erki wutentbrannt aufspringt und Anstalten macht zu gehen.

»Erki?«

Der Organhändler legt eine Hand auf den eingegipsten Arm.

»Ich habe dich nur ein bisschen gefoppt. Ich lege noch fünf obendrauf. Du kriegst einhundertfünfundzwanzigtausend für deine erste Niere. Okay?«

Gespielt gekränkt überdenkt Erki das Angebot. Sie wissen beide, dass er es nicht tut.

»Einhundertfünfundzwanzigtausend?«

»Gegen Foto, Lieferdatum und ein vollständiges Gesundheitszeugnis.«

Gemeinsam rücken sie den Tisch gerade, und Erki setzt sich wieder hin, während der Organhändler eine neue Tasse Kaffee holen geht.

»Dann noch mal von vorn – wann, Erki?«

»Sie wurde gerade neu installiert, hat aber hohe Schulden im Gepäck, und sie ist alt, dreiundzwanzig. Ich schätze, dass sie noch für ein paar Monate zu gebrauchen ist. Dann muss sie durch eine Jüngere ersetzt werden und sich freikaufen.«

»Blutgruppe Null, Rh-negativ?«

»Mit so gut wie jedem Empfänger kompatibel.«

Der Organhändler streckt seine Hand über Kaffeetasse und Colaglas aus, und Erki schüttelt sie.

»Abgemacht, Erki.«

Zwei magere Hände werden im Verbund etwa genauso groß wie eine.

»Du hast soeben deinen ersten Organdeal abgeschlossen. Willkommen in Stockholm. Willkommen im Club.«

Neunundvierzig Tage später

Es gibt ein Herz dicht am Herzen.

Und es schlägt so viel schneller als ihr eigenes, obwohl es so winzig ist.

Einhundertneunundfünfzig pochende Herzschläge in der Minute, als ob der ungeborene Mensch dadrinnen läuft und strampelt und kämpft, um nach draußen zu kommen.

Neda drückt Alenas Hand. Alena trägt einen grünen Kittel und steht dicht bei ihr, während es in Nedas Körper lodert und spielt. Die Bahre ist genauso breit wie die, auf der sie in einem Metallfach in einem unterirdischen Kellergewölbe gelegen hat, aber um sie herum ist alles lebendig. Auch in ihr. Die Hebamme, deren Finger durch Nedas Unterleib wandern, sagt, der Muttermund habe sich zehn Zentimeter geöffnet und das sei gut – das rasende Feuer würde bald verlöschen, das intensive Spiel verstummen.

Der Mensch, dem sie noch nicht begegnet ist.

Den sie aber so gut kennt und den zu treffen sie sich sehnt.

Neda schreit. Im selben Moment, als jemand anders schreit.

Neda atmet. Im selben Moment, als jemand anders atmet.

»Eine Entbindung in Woche dreiundzwanzig.«

Und dann liegt etwas auf ihrem Bauch.

»Das ist nicht die Regel. Aber es kommt vor. Inzwischen überleben immer mehr.«

Die Hebamme. Sie ist es, die redet. Aber sie steht doch an der Bahre, gegenüber von Alena. Also ist nicht sie diejenige, die schreit, die ihren Bauch beschwert.

»Und dein Kind ist eines davon.«

Nicht etwas liegt auf ihrem Bauch.

Sondern *jemand.*

Es ist ein *Jemand.*

»Herzlichen Glückwunsch, Neda. Zu einem kleinen Mädchen.«

Den Oberkörper zu heben zwingt ihren ganzen Leib in Schmerzen hinein.

Doch das macht nichts.

Sie muss sehen.

Verstehen.

Ein winzig kleines Köpfchen. Ganz nass und verschmiert. Aber es macht Geräusche, und es existiert, ganz wirklich.

»Tanya.«

Neda streichelt behutsam über das Nasse und Verschmierte, greift dabei nach Alenas Hand, drückt sie wieder ganz fest.

»So soll sie heißen.«

Zweiundsechzig Tage später

»TĒTIS?«

»Ja?«

»Wir erkennen es wieder. Ist es derselbe Ort?«

Die jungen Frauen tragen goldene Glitzerschuhe mit hohen Absätzen, kurze schwarze Röcke und durchsichtige Blusen, die am Hals geöffnet sind und an der Taille geschnürt und blasse Haut entblößen, die friert.

Sie sehen exakt gleich aus.

Spiegelbilder.

»Ja. Wir waren schon einmal hier. Vor ein paar Monaten. Als es … ja, als es schiefgelaufen ist. Heute wird das nicht passieren. Wir haben alles kontrolliert.«

Der Mann ist in den Vierzigern, groß und durchtrainiert, seine glänzenden schwarzen Stiefel haben dicke Gummisohlen, die den Hotelfußboden bei jedem Schritt festhalten und einen quietschenden, klagenden Laut von sich geben. Er mustert jedes Gesicht in der eleganten Lobby, deren Wände mit Regalen voll klassischer Literatur geschmückt sind – das Damenkränzchen, das vor dem großen Panoramafenster zur Sibyllegatan hin Kaffee trinkt, das verliebte junge Pärchen, das sich an einem Tischchen hinter ausladenden Grünpflanzen küsst, die vier Mittfünfziger, die lauthals lachen und Gläser mit Zitronenscheiben am Rand in den Händen halten.

»Tētis?«

»Ja?«

»Sollen wir wirklich … hier stehen?«

Die beiden jungen Frauen rücken näher zusammen, suchen die Hand der anderen, Unruhe, vielleicht sogar Angst, trotz des Lächelns, das sie gelernt haben, immer zu tragen.

»Es wird nichts passieren.«

»Aber …«

»Ich verspreche es euch. Nichts.«

Er drückt auf den runden Knopf, und oben an der Decke blinkt die Stockwerkanzeige auf, als der Fahrstuhl die siebte Etage verlässt.

Hier haben sie das letzte Mal gestanden.

Umringt von Polizisten.

Schüsse. Flucht.

»Seht ihr?«

Die Stockwerkanzeige springt von der 5 auf die 4 auf die 3.

»Es ist alles in Ordnung. Wir sind bald fertig.«

Von der 2 auf die 1 auf EG, und das Pling ist leise und freundlich.

Die Türen des Fahrstuhls gehen auf, und mit einer Hand in jedem Rücken führt er Vilma und Zelma hinein und atmet gleichzeitig auf. Sie sind am Ziel.

Zehn Wochen. So lange haben sie gewartet.

Im dritten Stock steigen sie aus, und die Tür von Zimmer 316 schwingt auf, ohne dass sie anklopfen müssen. Erki bittet sie herein, und sein rechter Gipsarm ist ein wenig im Weg, als sie Wangenküsse austauschen und Erki Schokolade und Orangenlikör anbietet. Der Umschlag in seiner unverletzten Hand enthält die zweite Hälfte der Bezahlung, und als der Begleiter der Zwillinge ihn entgegennimmt und den Oberkörper dreht, um ihn in seine Gesäßtasche zu schieben, klagen seine Schuhsohlen aufs Neue. Den ganzen Weg bis zur Tür quietschen sie weiter und machen Lärm, aber es ist trotzdem zu hören, wie beide Mädchen rufen: *Tētis? Wohin gehst du?*, bevor er die Tür öffnet und sie verlässt.

Der Autor dankt

Niclas Beimer, *Rolle Eriksson*, *Lasse Zernell* für eure Großzügigkeit und Kreativität – ihr seid schlaue Köpfe. *Fia Roslund*, weil du für mich und den Text während des gesamten Schreibprozesses da gewesen bist. *Lasse Lagergren* für dein Wissen über Giftspritzen, Obduktionen, den Umgang mit Organen und andere medizinische Scheußlichkeiten, die für einen Thriller entscheidend sind. *Calle Thunberg* für dein Know-how, wie bereits existierende und jüngst erfundene Waffen am besten zu handhaben sind. *Emil Eiman Roslund* und *Mikael Nyman* für eure klugen Hinweise. *Marianne Stenberg* für deine unermüdliche Korrekturarbeit. *Karin Wahlén*, weil du Grens und Hoffmann an der Hand hältst, wenn sie auf ihre Leserinnen und Leser treffen.

Mein ganz besonderer Dank geht an *Niclas Salomonsson* und *Tor Jonasson*, meine Literaturagenten, weil ihr euch in der großen ausländischen Buchwelt stets mit herausragender Kompetenz um mich kümmert.

Ein ebenfalls ganz besonderer Dank gebührt *Martin Ahlström*, Kommunikationsstratege, *Elisabeth Watson Straarup*, Redakteurin, und *Daniel Sandström*, Literaturchef/Verleger, für eure große Bescheidenheit und Klugheit im perfekten Ausgleich.